KB042024

작가수첩 II

알베르 카뮈 전집 **14**

작가수첩 Ⅱ

1942년 1월~1951년 3월

알베르 카뮈 지음 | 김화영 옮김

책세상

CARNETS II

Janvier 1942~Mars 1951

Albert CAMUS

© Éditions Gallimard, 1964

차례

편집자의 말

《작가수첩*Carnets*》 제2권을 펴내는 데 있어서 편집자에게 몇 가지 문제가 제기되었다. 알베르 카뮈는 타자한 원고를 남겨놓았을 뿐 그 원고를 다시 손질하지 않았다. 그래서 텍스트를 설정하기 위하여 마담 알베르 카뮈와 로제 키요 씨는 저자가 부분적으로 수정한 이전의 타자본과 원고를 참조했다. 몇 군데 잘못 타자된 곳은 바로잡았고 대부분의 어려운 문제들은 해결을 보았다. 불분명한 부분이 여전히 남아 있는 몇몇 경우에 대해서는 주석에 그 사실을 밝혀놓았다. 텍스트는 전문이 그대로 독자에게 소개되었지만 아직 생존해 있는 어떤 분의 건강과 관련된 18행만 제외했다. 편집자는 또한 166, 178, 258, 311, 325, 387쪽에서 몇 사람의 이름을 X표로 대체하지 않을 수 없었다. 알베르 카뮈가 나중에 별도로 사용하기 위하여 다른 자료집에 옮겨놓았던 두 대목은 본래의 자리에 되돌려놓았다. 그 대목들은 주석에 밝혀놓았다.

카뮈가 북아메리카(1946년 3월에서 5월까지)와 남아메리카(1949년 6월에서 8월까지)에 체류했던 기록은 한 권의 진정한 여행 일기이므로 이 《작가수첩 II》에 넣지 않는 것이 온당하다고 판단했다. 그 일기는 후일 따로 출판할 예정이다.

작가수첩 Ⅱ

공책 제4권
1942년 1월 ~ 1945년 9월

1월~2월.

"나를 죽이는 것이 아니면 무엇이든 다 나를 더욱 강하게 만든다." 그렇다. 하지만…… 그런데 행복을 생각하기란 얼마나 어려운가. 그 모든 것의 짓누르는 듯한 무게. 최선의 방법은 영원히 입을 다물고 그 밖의 것 쪽으로 생각을 돌리는 것이다.

*

도덕적이면서 또한 솔직해져야 한다는 데 딜레마가 있다고 지드는 말했다. 그리고 이렇게도 말했다. "광기가 불러주고 이성이 받아쓰는 것들만이 아름다운 것들이다."

*

모든 것에서 벗어날 것. 사막이 없으면 대신에 페스트를, 아니면 톨스토이의 작은 역(驛)을.

*

괴테 : "나는 스스로가 충분히 신이라고 느꼈기에 인간의 딸들에게 내려갈 수 있었다."

*

영리한 인간이 스스로 저지를 능력이 없다고 느끼는 큰 범죄란 없다. 지드에 따르건대 위대한 지성들은 그 유혹에 넘어가지 않는다. 왜냐하면 그들은 분수를 지키기 때문이다.

*

레Retz[1] 추기경이 파리에서의 첫 봉기를 쉽게 진압한 것은 그때가 저녁 먹을 시간이었기 때문이다. "가장 열성적인 자들도 이른바

---

1) (옮긴이주) 레(장 프랑수아 폴 드 공디, 1613~1679)는 파리 대주교의 조카로 일찍부터 재상에 오르려는 야심을 키웠다. 숙부의 보좌 주교를 거쳐 프롱드 난 때는 민중 봉기의 중심 인물이 되었고, 마자랭을 국외로 추방시켰다. 루이 14세에 의해 투옥되었다가 탈옥하여 로마로 도망했다. 파리 대주교가 되어 귀국했고, 후에 추기경직에 올랐다. 그의 유명한《회상록Mémoires》은 그가 죽은 지 40년 뒤에야 발간되었다.

식사 시간의 관례라는 것을 어길 생각은 없는 것이다."

*

외국의 모범들 {
톨스토이 ;

멜빌 ;

다니엘 디포 ;

세르반테스 ;
}

*

레 추기경 : "오를레앙 공작[2]은 용기만 제외하고 신사[3]가 갖추어야 할 것은 모두 갖추고 있었다."

*

프롱드 난(亂) 때 귀족들이 어떤 호송대를 만나자 십자가에 칼을 겨누면서 소리친다. "적이다."

---

2) (옮긴이주) 오를레앙 공작(1608~1660). 루이 13세의 동생으로 1626년에 공작이 되었는데, 리슐리외와 마자랭에 반대하는 모든 음모에 가담했다.

3) (옮긴이주) 신사honnête homme란 17세기의 사교계에서 가문, 교양, 태도가 뛰어났던 귀족을 가리킨다.

*

영국에 대한 공식적인 적대감에는 좋은 것이건 나쁜 것이건, 정치적인 것이건 아니건 간에 여러 가지 이유들이 있다. 그러나 가장 못된 이유 중 한 가지에 대해서는 아무도 말하지 않는데, 그것은 바로 자기 자신을 짓밟았던 힘에 감히 저항하는 자가 굴복하는 꼴을 보고 싶어 하는 저 야비하고 미칠 듯한 욕망이다.

*

그 프랑스 사람은 혁명[4]의 습관과 전통을 간직했다. 다만 배짱이 없는 것이 흠이다. 그래서 공무원, 소시민, 점원 따위가 되고 말았다. 그런데 그 무슨 신통력 덕분인지 그는 합법적인 혁명가가 된 것이다. 그는 공식적인 허가를 얻어서 음모를 꾸미는 것이다. 그는 안락 의자에 앉아 엉덩이도 쳐들지 않은 채 세상을 바꾸는 것이다.

*

오랑 혹은 미노타우로스에 붙일 제사(題詞)[5] :

---

4) 원고에는 '혁명'이라는 말 대신에 '위대한 사상'이라고 되어 있다. 수정된——그러나 카뮈가 손수 수정한 것은 아닌——원고에는 '혁명'이라고 표시되어 있다. 우리는 이것이 카뮈의 지시에 따라 수정된 것으로 판단했다.

5) 그 뒤에 이어지는 제사는 1939년 샤를로에서 간행된 초판에는 있으나 훗날 갈리마르 출판사에서 나온《여름 L'Été》에서는 사라지고 없다.

지드 : 선입견이 없는 사람. "나는 그 사람이 미노스 왕의 궁전에서 미노타우로스라는 것이 어떤 종류의 부끄러운 괴물인지, 과연 그것이 그렇게도 끔찍하게 생겼는지, 혹은 그렇지 않고 혹시나 매력적으로 생긴 존재는 아닌지 궁금해서 애를 태우는 것을 상상해 본다."

*

고대의 비극에서 대가를 지불하는 자는 항상 올바른 자, 즉 프로메테우스, 오이디푸스, 오레스테스 등이다. 그러나 그런 것은 중요하지 않다. 하여간 그들은 모두 지옥에 가고 만다. 그것이 타당하건 타당하지 않건 상관 없이. 보상도 벌도 없다. 그러니까 수세기에 걸친 기독교의 왜곡으로 인하여 어두워진 우리의 눈으로 보면 이런 비극들은 까닭 없게만 여겨지고 이 유희들은 비장하게만 보이는 것이다.

"가장 큰 위험은 어떤 고정 관념에 사로잡혀 헤어나지 못하는 것이다"(지드)라는 말과 니체의 '복종' 개념을 서로 비교하여 생각해 볼 것. 또 지드는 불우한 사람들에 대하여 이렇게 말했다. "그들에게서 영생의 기회를 빼앗지 말라. 그게 아니라면 그들에게 혁명의 기회를 주라." 반항에 관한 내 책을 위한 노트. "나의 이 소중하고 아늑한 동굴을 빼앗아가지 말라"라고 똥 구덩이 속에 갇혀 지내는 푸아티에의 여죄수가 말한다.

*

    정의와 그 정의의 부조리한 기능에 대하여 어떤 사람들이 느끼는 매혹. 지드, 도스토예프스키, 발자크, 카프카, 말로, 멜빌 등. 그 설명을 생각해볼 것.

*

    스탕달. 바레스[6]가, 그리고 나중에 스탕달이 쓴 말라테스타 가문과 에스테 가문의 역사.[7] 스탕달은 '위대한 사람'에 대한 르포르타주를 연대기 형식으로 쓰게 된다. 스탕달의 비결은 바로 어조와 이야기 사이의 부조화에 있다(몇몇 아메리카 작가들의 경우와 비교해볼 것). 스탕달과 베아트리스 첸치[8] 사이에 존재하는 부조화는 바로 이런 것이다. 만약 스탕달이 비장한 톤으로 서술했더라면 실패했을 것이다. (투르타이오스[9]는 문학적 이야기에도 불구하고 희극적이며 가증스럽다.) 《적과 흑*Le Rouge et le Noir*》은 '1830년의 연대기'라는 부제를 달고 있다. 이탈리아 연대기 (등).

---

   6) (옮긴이주) 바레스(1862~1923). 프랑스의 작가, 정치가.
   7) (옮긴이주) 말라테스타는 중세 이탈리아의 용병 가문이고, 에스테는 귀족 가문이다.
   8) (옮긴이주) 베아트리스 첸치는 16세기 이탈리아 비극의 여주인공. 자신을 범한 아버지를 죽이려고 음모를 꾸미다가 처형당하는 인물인데, 스탕달은 이 인물의 비극을 자신의 《이탈리아 연대기*Chroniques italiennes*》의 한 주제로 삼았다.
   9) (옮긴이주) 기원전 7세기의 그리스 시인.

*

3월.

밀턴의 마왕. "그분에게서 가장 먼 것이 최선이다……. 정신은 그 자체에게 스스로의 집이다. 정신은 그 자체 속에서 지옥을 하늘로 만들 수도 있고 하늘을 지옥으로 만들 수도 있다……. 하늘에서 받들어 모시는 것보다는 지옥에서 군림하는 것이 낫다."

아담과 이브의 심리 요약 : 남자는 관조와 용기를 위하여 키워졌고 여자는 유연함과 매혹적인 아름다움을 위해 키워졌다. 남자는 오직 신을 위하여. 여자는 자기 안의 신을 위해.

*

실러는 "구할 수 있는 모든 것을 다 구했으므로" 죽는다.

*

《일리아스*Ilias*》의 열 번째 노래. 참을 수 없는 패배를 맛보고 난 대장들이 잠을 이루지 못하고 잠자리에서 뒤척거리고 방황하다가 서로 사랑하는 마음에 한데 뭉쳐, '무엇이건 해야겠기에' 한 가지 모험, 즉 적에 대한 기습 공격을 시도한다.

파트로클로스의 말들은 주인이 죽었으므로 전장에서 눈물을 흘린다. 그래서 (열여덟 번째 노래) 아킬레우스는 전장으로 되돌아와 크게 세 번 절규한다. 방어 진지 위에 진을 치고 성난 모습으로 무기를 번뜩인다. 그리하여 트로이 사람들이 퇴각한다. 스물네 번째 노래. 승리하고 난 뒤 어둠 속에서 눈물 흘리는 아킬레우스의 슬픔. 프리아모스 : "나는 이 땅 위에서 아직 그 어떤 인간도 해내지 못한 것을 했으므로, 내 아이들을 죽인 자의 두 손을 내 입에 가까이 대노라."

[신주(神酒)는 붉은 빛이었다!]

*

일리아스에 대하여 말할 수 있는 최대의 찬사는 싸움의 결말이 어떻게 될 것인지를 뻔히 알면서도 우리는 트로이 사람들에게 밀려서 방어 진지 속에 갇힌 아카이아 사람들의 고통스러운 마음에 공감하게 된다는 사실이다. (오디세이아에 대해서도 같은 말을 할 수 있다. 우리는 오디세우스가 자기 아내에게 몰려드는 구혼자들을 죽일 것임을 미리 다 알고 있다.) 그러니 이 이야기를 처음 듣는 사람들의 감동은 어떠했으랴!

*

너그러운 심리학을 위하여.
우리는 어떤 사람으로 하여금 끊임없이 자신의 결점과 대면하도록 만들기보다는 그 자신에 대한 호의적 이미지를 보여줌으로써 그에게 더 많은 도움을 줄 수 있다. 대개 사람은 저마다 자신의 최선의 이미지에 가까워지려고 노력하는 법이다. 이것은 교육학, 역사학, 철학, 정치학 등 모든 분야로 확대될 수 있다. 예컨대 우리는 20세기에 걸친 기독교적 이미지가 빚어놓은 결실로서의 존재들이다. 2천 년 전부터 인간은 자신에 대한 어떤 모욕적인 이미지만을 마음속에 그려놓고 쳐다보며 지내온 것이다. 그 결과가 어떠했는지 우리는 너무나 잘 알고 있다. 어쨌건, 만약에 우리가 지난 20세기 동안 아름다운 인간의 얼굴을 지닌 고대의 이상적 모습을 고집스럽게 바라보며 지냈다면 지금 우리 인간들이 어떻게 되었을지 누가 말할 수 있겠는가?[10]

*

　정신분석학자들이 볼 때 자아는 스스로에게 끊임없이 어떤 모습을 재현하여 보여주고 있는 것으로 여겨진다. 그러나 그 모습의 목록집은 가짜다.
　F. 알렉산더와 H. 스타우브의 저서 《범죄자Le Criminel》. 수세기 전에는 히스테리 환자들에게 범죄자로서 벌을 주었다. 그런데 그 범죄자들을 치료해주는 날이 올 것이다.

---

10) (옮긴이주) 기독교 이전의 헬레니즘에 심취된 카뮈는 항상 원죄, 내세를 강조한 기독교의 어두운 이미지와 그것이 20세기 서구 역사에 미친 기독교의 영향에 대하여 부정적인 입장을 취하고 있다.

*

"거울 앞에서 살고 죽을 것"이라고 보들레르는 말했다. 그런데 사람들은 '그리고 죽을 것'이라는 표현에 충분히 주목하는 것 같지 않다. 거울 앞에서 사는 것이야 모든 사람이 다 하는 일이다. 그러나 자신의 죽음의 주인이 된다는 것, 바로 이것이 어려운 점이다.[11]

*

체포의 강박관념에 사로잡힌 정신병자.[12] 그는 연주회장, 유명한 식당 등 고상한 공공 장소들에만 집요하게 드나들었다. 여러 사람들과 알고 지내고 그들과 유대 관계를 맺어놓으면 일종의 보호벽이 된다. 그리고 그 속은 따뜻하고 서로의 어깨가 닿을 만큼 가깝게 느껴진다. 그는 자신의 이름 주위에 후광을 만들어주고 자신을 건드릴 수 없는 존재가 되게 해줄 놀라운 저서들을 발표하는 꿈을 꾸곤 했다. 혼자 머릿속으로 생각하기에 그저 경찰들에게 그의 저서들을 읽어보라고 하면 족할 것 같았다. 그들은 이렇게 말하겠지. "이 사람은 감수성이 풍부한 사람이군. 예술가야. 이런 영혼의 소유자를 감옥으로 보낼 수야 없지." 그러나 또 어떤 때에 그는, 무슨 병에 걸리거나 불구자가 된다면 그것 못지않게 보호받을 수 있을 것이라고

---

11) (옮긴이주) 자신의 죽음을 똑바로 보는 것, 죽음에서 고개를 돌려버리지 않는 것. 이것이 바로 카뮈가 말하는 '죽음을 창조한다' 혹은 '의식적인 죽음'이다.

12) 소설 《페스트 *La Peste*》에 등장하는 인물 코타르 참조.

느끼곤 했다. 그리고 옛날에 범죄자들이 사막으로 도망쳤듯이 병원, 요양소, 정신병원 같은 데로 도망칠 계획도 세워보았다.

그는 사람들과의 접촉, 체온이 그리웠다. 그는 자신이 알고 지내는 사람들을 하나하나 되새겨보았다. "X 씨의 친구, Y 씨에게 초대받는 손님에게 감히 그럴 수는 없지." 그러나 슬그머니 팔을 내밀어 그를 위협하려 하는 것을 막아주기에 족할 정도의 지면 관계란 없는 법. 그래서 그는 마침내 전염병을 생각하기에 이르렀다. 가령 티푸스, 페스트 같은 전염병이 생겼다고 생각해보라. 전에 그런 병이 실제로 유행한 적이 있었으니까. 이를테면 그건 있을 수 있는 일이다. 에 또, 그렇게 되면 모든 게 싹 달라진다. 사막이 나한테로 찾아오는 형국이다. 사람들이 나한테 신경 쓸 틈이 없어지는 것이다. 왜냐하면 본래 그런 것이니까. 즉, 나도 모르는 사이에 누군가가 내게 신경을 쓴다고 생각해보라. 그런데 그가 어떤 지경에 이르렀는지도 모르고 그가 무엇을 결정했는지, 그가 결정을 했는지 어떤지도 모르는 것이다. 그렇다면 페스트다——그뿐 나는 지진 얘기를 하는 것이 아니다.

그리하여 이 비사교적인 사내가 이웃을 그리워하게 되고 그들의 체온을 구걸하는 것이었다. 그리하여 쭈글쭈글하게 주름진 마음의 사내가 사막에서 참신한 바람을 구하고 질병, 재앙, 대재난을 제 마음의 평화의 계기로 삼는 것이었다. (발전시킬 필요.)

*

A. B.의 쉰이 된 할아버지는 이제 할 만큼 했다고 판단했다. 틀렘센에 있는 그의 조그만 집에서 자리에 누운 채 여든넷이 되어 죽는 날까지 아주 기본적인 일 외에는 어떤 일이 있어도 다시는 자리에서 일어나지 않았다. 지독한 구두쇠여서 그는 절대로 시계를 사려고 하지 않았다. 냄비 두 개를 가져다가 그중 하나에 이집트콩을 가득 채워놓고 그걸로 시간을, 특히 식사 시간을 측정했다.[13] 그는 부지런하게 규칙적으로 손을 놀려서 한쪽 냄비에 담긴 이집트콩을 다른 냄비에 가득 찰 때까지 옮겨 담으면서 그 냄비 시계로 하루 중의 시각을 맞춰내는 것이었다.

그는 일, 우정, 음악, 카페, 그 어느 것에도 흥미를 느끼지 않는다는 점에서 이미 그의 독특한 자질의 기미를 보여준 바 있다. 그는 자기가 사는 도시에서 밖으로 나가본 적이 한 번도 없다. 예외적으로 단 한 번, 어느 날 오랑에 가지 않으면 안 되었는데 그때도 모험을 하는 것이 겁이 나서 틀렘센에서 가장 가까운 역까지 갔다가는 더 이상 가지 않고 멈추어버렸다. 그리고 바로 첫 기차를 타고 자기가 사는 도시로 되돌아왔다. 34년 동안 자리에 누워서 살아왔다는 사실에 놀라는 사람들에게 그는, 종교인들의 말을 들어보면 사람의 일생 중 반은 오르막길이고 나머지 반은 내리막길이라는데 내리막길의 하루하루는 이미 그의 것이 아니라고 말하곤 했다. 신은 존재하지 않는다, 만약 그 반대라면 신부님들이 존재할 필요가 없을 것이다라는 식의 주장을 하는 것을 보면 사실 그의 말을 액면 그대로

---

13) 《페스트》, 163쪽에 등장하는, 천식 앓는 영감 에피소드 참조.

믿기 어려운 형편이었다. 그러나 그의 이런 철학은 그의 교구가 너무 자주 연보금을 내라고 하기 때문에 생긴 것이라고 사람들은 생각한다.

그러나 귀를 기울여 들어줄 사람만 있으면 그가 어김없이 털어놓는 마음속 깊은 곳의 소원이 무엇인지 알아야 비로소 그 참다운 인물상이 완성될 수 있겠는데, 그 소원은 바로 아주 오래오래 살다가 죽고 싶다는 것이었다.

*

세상에 비극적인 도락(道樂)이라는 것이 있을까?

*

부조리에 이르러 그 부조리의 귀결을 몸으로 살려고 노력할 때 사람은 늘 의식이 이 세상에서 가장 지탱하기 어려운 것임을 알아차리게 된다. 거의 언제나 주변 여건들이 거기에 걸림돌로 작용하는 것이다. 원칙적으로 모든 것이 다 분산되어 있는 한 세계에서 명철성을 유지하며 살아가자는 것이니까 말이다.

이리하여 그는 비록 신이 없는 상태에서라도 진정한 문제는 심리적 통일성의 문제(부조리의 작업이 제기하는 문제는 실제로 세계와 인간과 신 사이의 형이상학적 통일의 문제일 뿐이다)와 내면적 평화라는 것을 깨닫는다. 그는 또한 내면적 평화란 세계와 화해시키기 어려운 그 어떤 규율이 없이는 불가능하다는 사실을 깨닫는다. 문제는 바로 거기에 있다. 바로 그 규율을 세계와 화해시키지 않으면 안 되는 것이다. 반드시 실현해야 할 것은 이 시대 속의 규칙이다.

　장애는 과거의 지나간 삶(직업, 결혼, 과거의 견해 같은 것들), 이미 기성 사실이 되어버린 것이다. 그 문제의 그 어떤 요소도 배제하지 말 것.

*

　가증스러운 것은 자신이 한 번도 체험하지 않은 것을 말하고 이용하는 작가다. 그러나 요주의. 범죄에 대해 말하기에 가장 적절한 인물은 살인자가 아니다. (그렇지만 살인자야말로 그 자신의 범죄에 대해 말하기에 가장 적절한 인물이 아닐까? 하기야 그 점조차 확실치 않다.) 창조에서 실제 행동까지는 어느 정도의 거리가 있음을 생각할 필요가 있다. 진정한 예술가는 자신의 상상과 자신의 행동 중간 지점에 있다. 그는 '그렇게 할 가능성이 있는' 사람이다. 그는 자신이 묘사하는 것이 될 수도 있고 자신이 글로 쓰는 것을 실제로 살 수도 있다. 오직 행동만이 그를 제한하게 될 것이며 그는 행동을 한 사람이 될 것이다.

*

　"상사들은 부하들이 위대한 사람의 겉모습을 지니는 것을 절대로

허용하지 않는다."(《마을의 신부*Le Curé de Village*》)

위의 책. "빵이 다 떨어졌어." 베로니크와 몽티냐크 골짜기는 같은 시대를 먹고 성장한다. 《골짜기의 백합*Le Lys dans la vallée*》에서와 같은 상징성.

발자크가 글을 잘 쓰지 못한다고 생각하는 사람들은 그라슬랭 부인의 죽음 대목을 참조할 것 : "그녀 내부의 모든 것이 정화되고 밝아졌다. 그리고 그의 얼굴에는 그녀를 에워싸는 수호 천사들의 불타오르는 검(劍)의 그림자 같은 것이 어른거렸다."

《여자 연구*Étude de femme*》: 이야기는 비인칭적 서술이다——그러나 이야기하는 사람은 비앙숑이다.

발자크에 대하여 알랭이 한 말 : "그의 천재성은 하찮은 것 속에 자리를 잡고서 그것을 변화시키지 않은 채 숭고한 것으로 만들어버리는 데 있다."

발자크와 《페라귀스*Ferragus*》에 등장하는 공동 묘지들.

발자크의 바로크적인 면 : 《페라귀스》와 《랑제 공작부인*Duchesse de Langeais*》에서 파이프 오르간에 대한 여러 페이지들.

공작부인이 몽리보 장군에게서 그 열화와 같은 뜨거우면서도 불분명한 그림자를 보게 되는 그 불꽃이 발자크의 작품 전체에 벌겋게 어른거린다.

*

문체에는 두 가지가 있다. 라파예트 부인과 발자크. 전자는 디테일에서 완벽하고, 후자는 큰 덩어리를 다루는 데 능해서 네 개의 장(章) 정도만 읽어도 벌써 그의 호흡이 어떤 것인지 짐작할 수 있다. 발자크는 프랑스 말의 오류에도 불구하고가 아니라 그 오류와 함께 글을 잘 쓴다.

*

내 세계의 비밀 : 인간의 불멸성을 전제로 하지 않고 신을 상상한다는 것.

*

찰스 모건과 정신의 통일성 : 단일한 의도의 행복——탁월함의 확고한 재능——"천재성이란 바로 저 죽을 수 있는 능력이다", 여자에 대한, 그리고 그의 삶의 비극적 사랑에 대한 대립——그만큼 많은 주제들, 그만큼 많은 향수들.

*

셰익스피어의 소네트들 :

"장님들에게 열리는 저 어두운 가장자리들을 보기 위하여."
　　——그 나이의 모든 미치광이들

선을 위하여 죽어가면서, 범죄 속에서 살았던.

*

아름다움을 보호하는 나라들을 지키는 것이 가장 어렵다──그만큼 사람들은 그 나라들이 피해를 입지 않기를 바란다. 그런 까닭에 예술적인 민족이 배은망덕한 민족의 맡아놓은 피해자가 되어야 하는 것이다──자유에 대한 사랑이 인간의 마음속에서 아름다움에 대한 사랑에 우선하지 않는다면. 그것은 본능적인 예지다──자유란 아름다움의 원천이므로.

*

칼립소가 오디세우스에게 영원불멸과 그의 고향 땅 둘 중에서 하나를 선택하라고 제안한다. 그는 영원불멸을 포기한다. 그것이 아마도 오디세이아의 모든 의미일 것이다. 그 책의 열한 번째 노래에서 피로 가득 찬 구덩이 앞에서 오디세우스와 사자들──그리고 아가멤논이 그에게 말한다. "너의 아내에게 너무 착하게 굴지 말고 그녀에게 너의 속마음을 모두 다 털어놓지 말라."

*

오디세이아가 제우스에 대해 마치 조물주 아버지처럼 말하고 있다는 사실을 주목할 것. 비둘기 한 마리가 바위 위에 떨어진다. "그러나 아버지께서 그 숫자가 온전하도록 또 한 마리를 만들어내신다."

열일곱 번째 노래——개 아르고스.

스물두 번째 노래——몸을 바친 여자들을 목매단다——상상할 수 없는 잔혹함.

*

여전히 연대기 작가 스탕달——일기 28~29쪽 참조.

"불타는 사랑의 극단은 자신의 정부(情婦)를 위하여 한 마리의 파리를 죽이는 것일 수 있다." "내게 행복을 느끼게 하는 것은 오직 위대한 성격의 힘을 지닌 여자들뿐이다."

그리고 이런 일면. "극히 중대한 한두 가지 점에 자신의 에너지를 집중시켰던 사람들에게서 흔히 있는 일이지만 그는 덤덤하고 심드렁한 표정이었다."

제2권 : "오늘 저녁에 나는 느낀 것이 너무나 많아서 배가 아프다."

자기 자신의 문학적 미래에 대해 잘못 짚는 법이 없었던 스탕달이 샤토브리앙의 미래에 대해서는 어처구니없이 잘못 생각한다. "장담하거니와, 1913년이 되면 아무도 그가 쓴 글에 대해서는 관심을 갖지 않게 될 것이다."

H. 하이네의 묘비명 : "그는 브렌타의 장미꽃들을 사랑했다."

*

플로베르 : "한 인간이 다른 사람에 대해 판단을 내리는 광경은 내게 측은한 마음을 불러일으키거나 그렇지 않으면 배꼽을 잡고 웃게 만든다."

*

그가 제노바에서 본 것 : "장미꽃들이 가득한 정원들과 더불어 온통 대리석으로 된 도시."

그리고 "어리석음은 결론을 내리고자 하는 데 있다."

*

플로베르의 서간집.

제2권. "여자들한테 인기가 있다는 것은 대개 범용함의 표시다."(?)

위의 책. "부르주아로 살고 신인(神人)으로 생각할 것"?? 고독한 벌레의 이야기 참조.

"위대한 걸작들은 어리석다. 그것들은 덩치 큰 짐승들처럼 덤덤한 표정이다."

"만약 내가 열일곱 살에 사랑을 받았더라면 지금 어떤 예술가가 되어 있을까!"

*

"예술에 있어서는 **과장된** 것을 결코 두려워해서는 안 된다……그러나 과장은 계속성이 있는——과장 자체와 균형을 이루는——것이어야 한다."[14]

그 목적 : 삶의 아이러니컬한 수용과 예술에 의한 삶의 완전한 개조. "산다는 것은 우리와 상관없다."

다음과 같은 의미 심장한 핵심어로 인간을 설명하기. "견유주의는 순결함과 다름없다는 주장을 나는 여전히 굽히지 않는다."

위의 책. "만약 우리가 그릇된 생각들의 인도를 받지 않는다면 우리는 이 세상에서 아무 일도 하지 못할 것이다."(퐁트넬)

얼핏 보기엔 사람의 삶이 그의 작품들보다 더 흥미롭다. 삶은 집요하고 긴장된 하나의 전체를 이룬다. 정신의 통일성이 삶을 지배하고 있는 것이다. 단일한 숨결이 그 모든 세월을 관통하고 있다. 소설이란 바로 그 숨결이다. 물론 두고 다시 생각해볼 문제.

---

14) 손으로 작성한 공책의 위쪽에 이렇게 쓰여 있다. "베를리오즈 서한집 참조. 신학-정치학 논고."

　　　　　　　　　　　　　　　　*

　용기의 결핍에는 언제나 어떤 철학이 있다.

　　　　　　　　　　　　　　　　*

　미술 비평은 문학이라는 비판을 받을까 두려워서 회화의 언어를
말하려고 노력하는데 바로 그때 그것은 문학이 된다. 다시 보들레
르에게 되돌아와야 한다. 인간적인 전환, 그러나 객관적인 전환.

　　　　　　　　　　　　　　　　*

　V 부인. 썩은 고기 냄새가 진동하는 가운데. 고양이 세 마리. 개
두 마리. 내면의 노래를 길게 늘어놓는. 부엌은 잠겨 있다. 방 안은
견딜 수 없을 만큼 덥다.
　하늘과 더위의 무게가 온통 창문을 짓누른다. 모든 것이 빛으로
가득하다. 그러나 해는 사라지고 없다.

　　　　　　　　　　　　　　　　*

　고독의 여러 가지 난점들은 완전히 다 다루어져야 한다.

　　　　　　　　　　　　　　　　*

몽테뉴 : 미끄럽고 어두운 벙어리의 삶.

*

현대의 지성은 심각한 낭패 지경에 빠져 있다. 인식이 너무나도 느슨한 상태에 이른 나머지 세계와 정신은 모든 지탱점을 상실했다. 우리가 허무주의로 고통받고 있다는 것은 주지의 사실이다. 그러나 가장 놀라운 것은 온갖 '회귀'[15]에 대한 설교들이다. 중세 시대로, 원초적 심리 상태로, 땅으로, 종교로, 온갖 낡은 해결책들로의 회귀. 이런 달콤한 말들에 대해 조그만 효력이라도 인정해주려면 마치 우리의 모든 지식들은 더 이상 존재하지 않는 것처럼——마치 우리가 아무것도 배운 것이 없는 것처럼——요컨대 지워지지 않는 것을 지우는 체해야 할 것이다. 여러 세기에 걸친 공헌과, 혼돈을 결국 그 자신의 계산에 따라 재창조하는(이게 바로 그것이 거둔 최후의 발전이지만) 어떤 인간 정신의 부정할 수 없는 성과를 일거에 없었던 것으로 간주하여 지워버려야 할 것이다. 그것은 불가능하다. 치유하기 위해서는 이 명철성으로, 이 통찰로 만족해야 한다. 우리가 우리의 유적(流謫)에 대해 돌연 얻게 된 인식을 고려에 넣어야 한다. 인식이 세계를 혼란 상태로 만들어놓았기 때문에 지성이 낭패 지경에 빠진 것이 아니다. 지성이 이런 혼란 상태로 만족하지 못하기 때문에 낭패 지경에 빠진 것이다. 지성은 '그런 생

---

15) 페탱 장군 시절의 여러 가지 연설과 글들에 대한 암시.

각에 길이 들지 못했다.' 지성이 거기에 길들면 낭패감은 사라질 것이다. 오직 혼란 상태만이, 정신이 그런 혼란 상태를 만났다는 뚜렷한 인식만이 남을 것이다. 이야말로 새로 만들어야 할 한 문명 전체인 것이다.

*

　유일한 증거들은 손에 만져지듯 확실한 것이어야 한다.

*

　"유럽은 그들의 전사들로 인하여 멸망하리라"라고 몽테스키외가 말했다.

*

　누가 말할 수 있겠는가. 나는 완벽한 일주일을 보냈다고. 나의 추억이 내게 그렇게 말한다. 그것이 거짓이 아님을 나는 안다. 그렇다, 그 기나긴 날들이 완벽했듯이 그 이미지는 완벽하다. 그 기쁨들은 순전히 육체적인 것이고 정신의 전적인 동의를 얻은 것이다. 바로 거기에 완전함이 있는 것이다. 자신의 조건과의 일치, 감사, 그리고 인간에 대한 존중.
　기나긴 모래 언덕들은 야생의 모습 그대로 순수하다! 그토록 새

카만 아침의 물, 그토록 밝은 정오의 물, 미지근한 황금빛 저녁 물의 축제. 모래 언덕과 벌거벗은 몸들 가운데 오래 머무는 아침, 찍어누르는 듯한 정오, 그리고 그 뒤에 이어지는 모든 것을 되풀이해서 말하고, 했던 말을 또 말해야 하리. 그것이 바로 젊음이었다. 그것이 바로 젊음이기에. 서른 살의 나는 그 젊음이 계속되기를 바랄 뿐 더 이상 바랄 것이 없다. 그러나……

*

1822년까지 코페르니쿠스와 갈릴레이의 책들은 금서 목록에 올라 있었다. 무려 3세기 동안의 고집, 어지간하다.

*

사형. 범죄가 한 인간 속에 있는 삶의 능력을 바닥내버리기 때문에 범죄자를 죽이는 것이다. 그가 살인을 했다면 그는 살 만큼 다 산 것이다. 그는 죽어도 된다. 살인은 남김없이 끝내주는 것이다.

*

19세기 문학, 특히 20세기 문학은 어떤 점에서 고전적인 세기들의 문학과 구별되는 것일까? 그 문학 역시 프랑스 문학이니까 모럴리스트 문학이다. 그러나 고전적 모럴은 비판적(코르네유의 경우는 예외지만)——부정적 모럴이다. 반대로 20세기의 모럴은 긍정적이다. 즉, 그것은 **삶의 스타일**을 규정한다. 낭만적 영웅들을 보라. 스탕달, (그는 분명 자기 세기의 인물이다. 바로 그 점에서), 바레스, 몽테를랑, 말로, 지드 등.

*

몽테스키외. "세상의 어떤 어리석음들은 그보다 더한 어리석음들이 차라리 더 낫다고 여겨질 정도다."

*

'영원 회귀'를 좀더 잘 이해하려면 그것이 위대한 순간들의 반복이라고——마치 모든 것이 인류 절정의 순간들을 재생시키거나 메아리치게 하는 데 목적을 두고 있는 것처럼——상상해보면 된다. 이탈리아 프리미티브 화가들[16]이나 〈요한복음〉의 그리스도 수난 장면은 골고다 언덕의 "모든 것은 이루어졌다Tout est consommé"라는 말씀을 다시 살고 모방하고 그것에 주석을 붙이는 것이다. 세상의 모든 패배는 로마의 야만인들에게 개방된 아테네와 같은 그 무엇을 드러내는 것이고 모든 승리에는 살라미스 해전을 생각하게 하는 그 무엇이 있고, 등.

---

16) (옮긴이주) 14, 15세기 이탈리아 르네상스파 직전의 화가들을 지칭한다.

*

　브륄라르[17] : "나의 작문들은 내 여러 가지 사랑들과 마찬가지로 내 마음속에 수줍음을 불러일으켰다."

　앞의 책 : "여덟 사람 혹은 열 사람쯤이 모여 있고 그중 여자들은 한결같이 애인을 가진 적이 있는 여자들이고 주고받는 대화는 유쾌하며 밤 12시 반에 가벼운 펀치를 마시게 되는 살롱, 내가 이 세상에서 가장 마음 편하게 느끼는 곳이다."

*

　체포 강박관념에 시달리는 정신병[18] : 아들에게 월 생활비를 보낼 때 그는 백 프랑을 더 보태서 보냈다. 측은한 마음과 너그러움이 솟구쳤기 때문이다. 괴로워하다 보니 이타주의자가 된 것이다.

　마찬가지로 하루 종일 어떤 도시에서 쫓기고 있던 두 사내는 서로 이야기를 나누게 되자 곧 정에 약해진다. 그중 한 사람이 2년 동안이나 보지 못한 아내 이야기를 하면서 눈물을 흘린다. 큰 도시에서 외롭게 쫓겨 다니는 사람이 맞는 저녁을 상상해보라.

*

---

　17) (옮긴이주) 스탕달의 청소년기 회고록인 《앙리 브륄라르의 생애 *La Vie d'Henri Brulard*》를 지칭하는 듯하다.
　18) 《페스트》, 85쪽 참조.

《이방인L'Étranger》에 대해 A. J. T.

매우 탄탄하게 구성된 책이며 톤은……의도적이다. 톤이 네댓 번 높아지는 것이 사실이다. 그러나 그것은 단조로움을 피하기 위해서이고 또 일정한 구성이 이루어지도록 하기 위해서다. 교도소 부속 사제에게 나의 이방인은 변명을 하지 않는다. 변명하는 것이 아니라 성을 낸다. 그건 아주 다른 것이다. 그렇지만 내가 설명하고 나서지 않느냐고 당신은 말할지 모른다. 그렇다, 나는 그 점을 깊이 생각해보았다. 내가 그렇게 하기로 작정한 것은 내 인물이 일상적인 것, 자연스러운 것을 통해서 단 한 가지 중요한 문제에 도달하기를 내가 원했기 때문이다. 그 절대적인 순간을 뚜렷하게 드러낼 필요가 있었다. 다른 한편 나의 인물에게는 단절이 없다는 사실 또한 주목하는 것이 좋겠다. 이 책의 다른 모든 부분에서도 그렇지만 이 장에서 그는 남의 질문에 대답하는 것으로 그친다. 앞에서는 세상이 매일같이 우리에게 던지는 질문들이었다——그런데 이때는 부속 사제가 던지는 질문들이다. 이렇게 나는 내 인물을 부정적인 방식으로 규정한다.

그런 모든 것에 있어서 아주 자연스럽게. 이건 예술적인 수단일 뿐 목적이 아니다. 책의 의미는 정확하게 말해서 1부와 2부 사이의 평행 관계에 있다. 결론 : 사회는 어머니의 장례 때 눈물을 흘리는 사람들을 필요로 한다. 혹은 다른 말로 해서, 사람은 결코 자신이 생각하는 그 범죄 때문에 유죄 선고를 받는 것이 아니다. 사실 그 밖에도 생각할 수 있는 결론이 10여 가지다.

나폴레옹의 거창한 말들. "행복은 나의 자질들이 가장 크게 발전한 형태다."

엘베 섬으로 귀양 가기 전 : "살아 있는 졸병이 죽은 장군보다 낫다."

"진정한 위인은 항상 자신이 빚어낸 사건들보다 위에 있을 것이다."

"살기를 원해야 하고 죽을 줄 알아야 한다."

*

《이방인》에 대한 비판. '모랄린'[19])이 창궐한다. 부정(否定)은 하나의 선택인데(《페스트*La Peste*》의 작가는 부정의 영웅적인 면을 보여준다) 그것을 삶의 포기라고 생각하는 어리석은 그대들. 신을 잃어버린 인간──모든 인간이 다 신을 잃었다──에게 달리 가능한 삶이란 없다. 사나이다운 용기가 예언자나 된 것처럼 꿈틀대는 것이고 위대함이 겉으로 영적인 체하는 것이라고 상상하다니! 그러나 시와 시의 난해성을 동원한 이러한 투쟁, 정신의 이 같은 표면상의 반항은 가장 안이한 투쟁이요 반항이다. 그것은 실효성 없는 투쟁인데 폭군들은 그 사실을 잘 알고 있다.

---

19) (옮긴이주) '모랄린Moraline'은 카뮈가 노트에서 사용한 자기만의 조어로, 자신의 진의를 깨닫지 못한 편협한 모럴리스트들의 태도를 조롱하는 뜻으로 사용한 것 같다.

내일 없음.[20]

"나보다 더 큰 무엇을, 내가 느낄 수 있을 뿐 분명하게 규정할 수 없는 무엇을 깊이 생각하고 있는 것인가? 어떤 부정의 신성(神性)——신 없는 영웅주의——을 향하여 어렵게 걸어나가는 것, 마침내 순수해진 인간. 신에 대한 고독을 포함한 모든 인간적 덕목들.

무엇이 기독교의 **모범적** (유일한) 우월성을 이루는가? 그리스도와 그의 성자들——어떤 삶의 스타일 모색. 이 작품은 아무런 보상도 기대하지 않은 채 완전함을 향하여 나아가는 도상에서의 여러 도정들만큼이나 많은 형태를 갖출 것이다. 《이방인》은 제로 포인트다. 《신화*Le Mythe*》[21]의 경우도 마찬가지. 《페스트》는 어떤 진보다. 제로 포인트에서 무한을 향한 진보가 아니라 좀더 심오한 복합성을 향한 진보. 여기서 좀더 심오한 복합성이 어떤 것일지는 장차 규명할 문제. 최종적으로 이르는 지점은 성자가 될 것이다. 그러나 그 성자는 그 산술적인 값——인간처럼 측정이 가능한——을 지닐 것이다.

---

20) '내일 없음sans lendemain'이라는 말은 이미 기록된 공책을 다시 읽어본 뒤 작가가 첨가한 부분인 듯하다.

(옮긴이주) 여기서 '내일 없음'이라는 말은 그 뒤에 따르는 기록으로 보아 아마도 장차 《페스트》가 될 작품의 잠정적인 제목인 것 같다. 카뮈에게 '내일 없음'이란 '희망 없음'이라는 표현과 마찬가지로 '신이 보증하는 내세'(내일)를 믿지 않는 자의 삶 혹은 세계의 비참과 영광을 의미한다.

21) (옮긴이주) 《시지프 신화》를 줄여서 지칭한 것이다.

*

비판에 대하여.

3년이 걸려서 한 권의 책을 썼는데 불과 다섯 줄의 글이 그 책을 웃음거리로 만들어놓는다——게다가 잘못된 인용들.

문학 비평가 A. R.에게 쓰는 편지(보내지는 않을 생각인).

……당신의 비평 중에서 "나로서는 고려에 넣지 않는 바인……" 이라는 말이 내겐 너무나도 놀라웠습니다. 어떻게 견식 있는 한 비평가가 예술에 관한 작품 전체에 의도적으로 들어가 있는 것이 무엇인지 뻔히 알면서, 어떤 인물의 묘사 중에 그 인물이 자신에 대해 말하는, 독자에게 자신의 비밀스러운 그 무엇을 술회하는 유일한 순간을 고려에 넣지 않을 수 있단 말입니까? 그리고 당신은 그 결말 부분이 또한 어떤 집중이며 어떤 유별난 장소라는 사실을 어떻게 느끼지 못했단 말입니까? 내가 묘사한 너무나도 산만하게 분산된 존재가 마침내 스스로를 한데 집중시키게 되는 그 유별난 장소 말입니다.

당신은 내가 사실적인 체하려는 야심을 드러낸다고 뒤집어씌웁니다. 리얼리즘이란 아무런 의미도 없는 말입니다(《보바리 부인 *Madame Bovary*》과 《악령*Besy*》은 리얼리스트 소설이지만 그 둘 사이에는 아무런 공통점이 없습니다). 나는 그런 것에는 전혀 신경을 쓰지 않았습니다. 내가 품은 야심에 어떤 형식을 부여해야만 한다면 나는 그와 반대로 상징이라는 말이 더 어울린다고 봅니다. 사실 당신도 그 점을 느낀 것 같습니다. 그렇지만 당신은 그 상징에다가 아무 상관도 없는 의미를 부여하고 있습니다. 요컨대 당신은 공연히 내게 어떤 우스꽝스러운 철학의 딱지를 붙여놓는 것입니다. 사실 이 책의 어디를 보아도 내가 자연인의 존재를 믿는다거나 내가 어떤 인간 존재를 식물적 피조물과 동일시한다거나 인간의 본성은 윤리와 아무 상관이 없다거나 하는 따위의 단정을 내릴 수 있는 근거를 제공하는 대목은 한 군데도 없습니다. 이 책의 주인공은 결코 앞장서서 무엇을 주장하지 않습니다. 인생이 제기하는 질문이건 사람들이 제기하는 질문이건 그는 항상 질문에 대답하는 것으로 그친다는 사실을 당신은 주목하지 않았습니다. 그렇기 때문에 그는 결코 그 무엇도 단정하지 않습니다. 나는 그의 음화를 제공했을 따름입니다. 그의 심오한 태도에 대해 당신이 지레 짐작할 근거는 전혀 없었습니다. 바로 그 책의 마지막 장이라면 모르겠지만. 그러나 당신은 '고려에 넣지 않습니다.'

'가장 적게 말하겠다'는 그 의지의 이유들은 당신에게 설명하기엔 너무 깁니다. 그렇지만 적어도 당신이 피상적인 검토에 그친 채 나로서는 전혀 수용할 생각이 없는 싸구려 철학을 내게 덮어씌운 것은 실로 유감천만이라 하지 않을 수 없습니다. 만약 내가 당신 글의 유일한 인용이 잘못된 것(그 인용을 제시하고 수정할 것)이며 그 인용이 틀린 추론들에 근거를 제공하고 있다는 사실을 지적한다면 당신은 내 말의 뜻을 좀더 잘 알 수 있을 것입니다. 아마도 거기에는 어떤 다른 철학이 있었는지 모릅니다. 당신은 '비인간성'이라는 말을 설명하면서 그 철학을 암시했습니다. 그러나 그걸 증명해서 무엇하겠습니까?

어쩌면 당신은 이름도 없는 사람의 조그만 책 한 권을 가지고 너무 요란스럽게 떠든다고 생각할지도 모릅니다. 그러나 이 문제에 있어서는 내 힘이 미치지 못하는 것 같군요. 당신은 어떤 윤리적인 시각에서 보려고 한 탓에 평소 당신이 보여주었던 통찰력과 재능을 발휘하여 판단을 내릴 수 없게 되었으니 말입니다. 그 입장은 성립 불가능한 것으로 그 점에 대해서는 누구보다 당신이 더 잘 알고 계십니다. 당신의 비판들과, 이런저런 작품의 윤리적 성격 쪽으로 방향을 돌린 문학의 기치 아래 머지않아 사람들이 던지게 될 비판들(그리 오래지 않은 과거에 이미 있었던) 사이의 경계가 지극히 모호합니다. 성내지 않고 하는 말입니다만, 그것은 가증스러운 것입니다. 당신에게도 그 어느 누구에게도 한 작품이 지금 당장이건 언제건 나라에 이로운 것이 될지 해로운 것이 될지를 판단할 자격은 없습니다. 어쨌든 나는 그와 같은 재판에 응할 생각이 없습니다. 내가 이 편지를 쓰는 까닭도 거기에 있습니다. 사실 나는 그보다 더 심할지라도 더 유연한 정신에 입각하여 제시된 비판들이라면 의연하게 받아들일 용의가 있다는 사실을 믿어주시면 감사하겠습니다.

어떤 경우에도 이 편지가 어떤 새로운 오해를 불러일으키게 되는 일은 없기를 바랍니다. 내가 당신에게 보여드리는 것은 불만을 품은 저자의 행동이 아닙니다. 원컨대 이 편지의 어떤 것도 외부에 공개하지 마시기 바랍니다. 한몫 끼어드는 것이 너무나도 손쉬운 오늘날의 잡지들에서 당신은 내 이름을 자주 보지는 못했을 것입니다. 그런 데서 할말이 전혀 없기에 광고에 희생당하는 것이 내게 달가울 리 없습니다. 현재 나는 여러 해 걸려 쓴 몇 권의 책을 펴내고 있는데 그건 다만 그 책들이 완성되었고 내가 그에 뒤이을 다른 책들을 준비하고 있기 때문입니다. 나는 그 책들에서 어떤 물질적 이득도 어떤 존경도 기대하지 않습니다. 나는 선의로 이룩한 것이면 그 어떤 작업도 얻게 마련인 관심과 참을성 있는 이해를 이 책들도 얻게 되기를 바랐습니다. 하기야 이런 요구 자체가 지나친 것인지도 모릅니다. 부디 저의 솔직한 존경의 뜻을 믿어주시기 바랍니다.

*

《이방인》의 구성에는 세 인물이 들어가 있다. 두 남자(그중 하나는 나)와 한 여자.

*

브리스 파랭. 플라톤 학파의 로고스에 대한 에세이.[22] 언어로서의 로고스를 연구한다. 플라톤에게 어떤 표현의 철학을 갖추어주는 셈이 된다. 분별 있는 리얼리즘을 모색하려는 플라톤의 노력을 추적한다. 이 문제의 '비극적인' 점은 무엇일까? 만약 우리의 언어가 아무런 의미도 없다면 의미 있는 것은 아무것도 없다. 소피스트들이 옳다면 세계는 무분별한 것이다. 플라톤의 답은 심리적인 것이

---

22) 알베르 카뮈는 브리스 파랭의 이 에세이에 대하여 〈표현의 철학에 대하여Sur une philosophie de l'expression〉라는 제목의 글을 《포에지 44 Poésie 44》 17호에 발표한 바 있다.

아니다. 그의 답은 우주론적이다. 파랭의 입장이 가진 독창성은 무엇인가. 그는 언어의 문제를 사회적, 심리적 등의 문제가 아니라 형이상학적인 문제로 간주한다. 노트 참조.

*

프랑스 노동자들——함께 있으면 마음이 편안해지고, 그래서 알고 싶고 '살고' 싶어지는 유일한 사람들. 그들은 나와 같다.

*

1942년 8월 말.
문학. 이 말을 경계할 것. 너무 빨리 입 밖에 내지 말 것. 위대한 작가들에게서 문학을 제거한다면 그것은 아마도 그들에게 가장 개인적인 것을 제거하는 것이 될 터이다. 문학=향수(鄕愁). 니체의 초인, 도스토예프스키의 심연, 지드의 무상 행위 등.

*

나의 날들을 줄곧 따라다니는 저 샘물 소리. 샘들은 햇빛 밝은 들판을 거쳐 와 내 주위에서 흐른다. 이윽고 내게 더 가까운 곳으로 와서 흐른다. 그리하여 나는 이제 곧 그 소리를 내 안에 갖게 되리라. 마음속의 그 샘, 그 샘물 소리는 나의 모든 생각들과 함께 흐르리라.

그것은 망각이다.

*

《페스트》. 거기서 빠져나올 수가 없다. 이번에는 그 집필에 너무나 많은 '우연들.' 그 생각에 바싹 매달려야 한다. 《이방인》은 부조리와 대면한 인간의 벌거벗은 모습을 그려 보인다. 《페스트》는 똑같은 부조리와 대면한 개인들의 여러 가지 관점들이 속속들이 동등하다는 것을 보여준다. 이것은 일종의 발전이다. 이 발전은 장차 다른 작품들 속에서 더 분명해질 것이다. 《페스트》는 부조리가 아무것도 가르쳐주는 바 없다는 것을 증명해 보인다. 이것은 결정적인 발전이다.

*

파늘리에.[23] 해가 뜨기 전 높은 산꼭대기에서 전나무들은 그 나무들을 떠받치는 파동들과 잘 분간이 되지 않는다. 이윽고 아주 먼 곳의 해가 뒤쪽에서 나무들의 우듬지를 황금빛으로 물들인다. 이리하여 아주 조금 빛이 바랜 하늘을 배경으로 마치 깃털 달린 야만인들의 부대가 산 뒤쪽에서 불쑥 나타나는 듯한 형국이다. 해가 솟아오르고 하늘이 밝아져감에 따라 전나무들의 키가 훌쩍 커지고, 야

---

23) 건강상의 이유로 카뮈는 1942년 겨울부터 1943년 봄까지 샹봉쉬르리뇽 근처에 있는 파늘리에에서 여러 달을 보냈다.

만인 부대가 전진해 들어와 침략에 앞서 깃털의 소용돌이 속에서 운집하는 것만 같다. 곧이어 해가 상당히 높이 솟아오르자 그 빛을 받아, 산허리로 쏟아져 내려오는 전나무들이 훤히 드러난다. 이건 십중팔구 골짜기를 향하여 내닫는 야만인들의 질주요 짧고 비극적인 싸움의 시작이니, 이제 대낮의 야만족들이 밤의 사유의 약한 군대를 물리치게 되리라.

*

조이스에게 있어서 감동적인 것은 작품이 아니라 그런 작품을 시도했다는 사실이다. 이런 점에서 시도의 비장함——이건 예술과는 아무 상관이 없다——과 문자 그대로의 예술적 감동은 구별해야 한다.

*

하나의 예술 작품은 인간의 것이라는 점, 그것의 창조자는 결코 무슨 초월적인 받아쓰기를 기대할 것이 아니라는 점을 명심할 것. 《파름 승원*La Chartreuse de Parme*》,《페드르*Phèdre*》,《아돌프*Adolphe*》 같은 작품들은 아주 다른 것이 될 수도 있었다——그래도 다름없이 아름다울 수 있었을 것이다. 그것은 절대적인 주인인 그 작품의 저자들에게 달린 일.

여러 해가 지난 뒤 프랑스에 대해 어떤 에세이를 쓴다면 그 글은 결코 지금의 시대를 언급하지 않을 수 없을 것이다. 이 생각은 이 지역을 오가는 작은 기차[24] 안에서 아주 조그만 간이역들에 옹기종기 모여 있는 프랑스 사람들의 저 얼굴들과 실루엣들이 창 밖으로 스쳐 지나가는 것을 바라보고 있을 때 머리에 떠올랐다. 늙은 농사꾼 부부들, 여자는 피부가 누렇고 쭈글쭈글하고 남자는 얼굴에 윤기가 돌고 두 눈은 맑고 수염은 허옇다——때가 묻어 번들거리고 기운 데가 드러난 옷차림에 궁핍한 겨울을 두 번이나 넘기다 보니 온통 뒤틀려버린 그 실루엣들을 나는 잊지 못할 것이다. 가난에 쪼들린 이 백성들은 우아함을 잃어버렸다. 기차 안에 놓인 가방들은 찌부러져 있고, 마분지로 대강 수선하여 끈으로 묶어 간신히 닫아 놓은 것이었다. 모든 프랑스 사람들이 이민들 같다.

공장 지대의 도시들도 마찬가지——낡은 안경을 쓰고 창가에 나와 있는 저 늙은 노동자, 벌린 두 손에 얌전하게 책을 펴 들고 저무는 햇빛을 아쉬워하며 책을 읽는다.

역에서는 바쁜 사람들이 보잘것없는 음식을 불평 한마디 못한 채 허겁지겁 삼키고, 시내로 나서서 팔꿈치를 스치며 서로 섞이는 법도 없이 호텔로 방으로 뿔뿔이 흩어진다. 프랑스 전체가 기다림 속에서 견디는 절망적이고 말없는 삶.

---

24) 카뮈는 치료를 받기 위하여 매주 상봉쉬르리뇽에서 생테티엔으로 갔다.

매달 10일, 11일, 12일경에는 모두가 다 담배를 피운다. 그런데 18일이면 거리에서 불을 구할 수가 없다. 기차에서는 가뭄 얘기가 나온다. 알제리에 비한다면 이곳의 가뭄은 덜 심한 편이지만 그래도 비극적이긴 마찬가지다. 어떤 늙은 노동자가 자신의 가난한 처지를 털어놓는다. 생테티엔에서 한 시간 거리에 방 두 칸짜리 집. 왕복 두 시간, 여덟 시간 노동——집에는 먹을 것이 전혀 없다——너무 가난해서 암시장을 이용할 수도 없다. 어떤 젊은 여자는 여러 시간 동안 빨래를 해야 한다. 애가 둘이나 되고 남편은 위궤양을 얻어 전쟁에서 돌아왔으니 말이다. "그이는 흰 살코기를 잘 구워 먹어야 할 텐데, 그런 걸 어디 가서 구해요. 식이 요법을 권하는 증명서가 발급되어서 우유 4분의 3리터가 나오긴 하지만 기름기 있는 음식은 못 먹어요. 사람이 우유만 먹고 어떻게 살아요?" 손님들이 맡긴 빨래를 도둑 맞기라도 하면 그녀가 그 값을 물어줘야 한다.

그러는 동안 공장 지대의 골짜기가 보여주는 을씨년스러운 풍경이 비에 젖는다——이 매캐한 가난의 냄새——이들 삶의 끔찍스러운 비탄의 소리. 그런데 다른 사람들은 듣기 좋은 말만 늘어놓는다.

생테티엔의 안개 낀 아침. 종탑들, 건물들, 그리고 무슨 제물로 바치는 끔찍한 케이크인 양 켜켜이 쌓인 광재를 그 높은 곳에서 하늘로 토해내는 거대한 굴뚝들 한가운데서 작업 개시를 알리는 사이렌 소리가 요란하다.

*

《부데요비체*Budejovice*》, 3막.[25] 어머니가 자살하고 난 뒤 누이동생이 돌아온다.

　　아내와 대화를 주고받는 장면 : —— 대체 무엇의 이름으로 그런

　　　　　　　　　　　　　　　　　말을 하는 거죠?

　　　　　　　　　　　　　—— 사랑의 이름으로요.

　　　　　　　　　　　—— 그게 뭐죠?

누이동생이 마지막으로 퇴장한다. 아내가 고함치며 운다.

그 울음소리를 들었는지 말없는 하녀가 들어온다.

—— 아, 당신이군요, 당신이라도 나를 좀 도와줘요.

—— 아뇨. (막.)

*

모든 위대한 덕목들은 부조리한 일면을 갖고 있는 법이다.

*

다른 사람들의 삶에 대한 향수. 왜냐하면 밖에서 보면 그 삶이 어떤 통일된 전체를 이루는 것 같아 보이니까. 반면에 속에서 본 우리 자신의 삶은 아무렇게나 흩어진 채 갈피가 잡히지 않는 것 같다. 그

---

25) 희곡 〈오해Le Malentendu〉 3막 3장을 집필하기 위한 노트. 부데요비체는 극의 무대가 될 체코슬로바키아의 지명. 처음에는 이 지명이 작품의 임시적인 제목으로 사용되고 있다.

래서 우리는 또다시 어떤 통일성의 환상을 찾아서 헤맨다.

*

과학은 기능을 설명할 뿐 존재를 설명하지는 않는다. 예 : 왜 꽃의 종류는 한 가지가 아니고 여러 가지인가?

*

소설. "그는 가을날 찬바람을 맞으며 커다란 개암나무들 아래 풀밭 한 구석에서 그녀를 기다리고 있었다. 벌 떼가 시답지 않게 잉잉거리고 나뭇잎에 이는 바람, 산 너머에서 수탉이 요란스레 울어대는 소리, 개가 컹컹 짖어대는 소리, 이따금 갈까마귀 우짖는 소리. 9월의 어둑한 하늘과 축축한 땅 사이에서 그는 마르트와 동시에 겨울을 기다리는 것만 같은 느낌이었다."

*

짐승들과의 교미는 '타자'의 의식을 없애버린다. 그것은 '자유'다. 그런 이유 때문에 많은 사람들이 그것에 관심을 가졌다. 심지어 발자크까지도.

*

파늘리에. 9월의 처음 내리는 비와 누렇게 물든 나뭇잎들을 쏟아지는 빗물에 뒤섞어놓는 가벼운 바람. 나뭇잎들은 잠시 허공에 떴다가 물의 무게를 이기지 못하여 갑자기 땅바닥으로 툭 내려앉는다. 여기서처럼 자연이 평범한 것일 때 계절의 변화가 더 잘 느껴진다.

*

'가난한 어린 시절.' 몸에 맞지 않게 큰 우의——낮잠. 캔 음료수 뱅가——아주머니 댁에서 보내는 일요일들. 책들——시립 도서관. 크리스마스 날 저녁의 귀가. 식당 앞에서 본 시체. 지하실에서의 놀이(잔, 조제프 그리고 막스). 잔이 모든 단추를 주워 모으며 말한다. "이렇게 해서 부자가 되는 거야." 형의 바이올린과 노래하는 시간——갈루파.

*

소설. '페스트'라는 제목을 붙이지 말 것. 그렇게 말고 '갇힌 사람들' 같은 어떤 제목을.

*

아내와 함께 얼어붙은 시베리아 벌판을 걸어가는 아바쿰Avak-kum[26] : 여사제장이 묻는다. "사제장님, 아직도 더 오랫동안 고통을 겪어야 하는 겁니까?" 아바쿰이 대답한다. "마가의 딸아, 죽는 날까지 그래야 한단다." 그러자 여사제장이 한숨을 쉬며 말한다. "알았습니다, 바울의 아들이시여, 더 걸어가십시다."

*

〈고린도전서〉 7장 27절 : "너는 여자와 맺어졌으니 그 매듭에서 풀려나려고 애쓰지 말라. 너는 매듭에서 풀려났으니 여자를 찾으려 하지 말라."

〈누가복음〉 6장 26절 : "만인이 너를 좋게 말할 때 너에게 불행이 있으리라."

사도로서 유다는 여러 가지 기적을 행했다(생 장 크리조스톰).

*

장자(도교의 위인 중 세 번째 인물——기원전 4세기 후반)는 루크레티우스와 관점이 같다. "대붕은 바람을 타고 9만 층의 높은 곳까지 날아오른다. 그 높은 곳에서 그의 눈에 보이는 것은 내달리는 수많은 야생마 떼들이다."

*

---

26) 러시아 책 아바쿰의 회고록을 피에르 파스칼이 옮겼다. 1939년 갈리마르 출판사.

기독교 시대가 도래하기 전까지 붓다는 구체적인 모습으로 나타나지 않았다. 왜냐하면 그는 인격을 초월한 해탈의 경지에 있었기 때문이다.

*

프루스트가 볼 때 자연이 예술을 모방하는 것이 아니다. 위대한 예술가는 우리에게, 그의 작품이 그 무엇과도 바꿀 수 없는 방식으로 자연으로부터 분리해낸 것을 자연 속에서 보는 방법을 가르쳐주는 것이다. 그래서 모든 여자들이 다 르누아르 작품에 나오는 여자들로 변한다.

"침대 발치에서, 그처럼 숨을 거두어가며 헐떡이는 숨소리에 전신이 뒤틀리는 것을 느끼며, 울음을 터뜨리지는 않지만 이따금씩 눈물을 글썽이며, 어머니는 아무 생각도 하지 못한 채, 후려치는 빗줄기에 얻어맞고 바람에 뒤집히는 나뭇잎처럼 비탄에 잠겨 있었다." Gu.[27]

"우리의 삶에 있어서 크고 중요한 역할을 했던 사람들이 문득 결정적으로 삶에서 빠져 나가버리는 경우는 드물다." Gu.

《잃어버린 시간을 찾아서*À la recherche du temps perdu*》는

1) 창조 의지의 한결같음에 의하여

2) 그 의지가 병든 환자에게 요구하는 노력에 의하여,

---

27) Gu는 프루스트의 《잃어버린 시간을 찾아서*À la recherche du temps perdu*》의 게르망트가 편을 가리킨다.

영웅적이고 씩씩한 작품이다.

"병세가 고비에 이르러, 여러 날 동안 낮이고 밤이고 잠을 못 잔 데다 자리에 눕지도 마시지도 먹지도 못한 채, 힘이 다 소진되고 고통이 극에 달한 나머지 이젠 헤어날 길이 없겠구나 싶어졌을 때, 내 머리에 떠오른 것은 몸에 해로운 풀을 뜯어먹고 중독되어 바닷물에 옷이 다 젖은 채 고열에 떨며 모래톱에 쓰러져 있던 여행자가 그래도 며칠 뒤 좀 나은 것 같아지자 어쩌면 식인종일지도 모르지만 그래도 좋으니 어딘가 사람 사는 곳이 있지 않을까 하며 무턱대고 찾아 나서는 모습이었다. 그 모범에 용기가 생겼고 희망이 되살아났다. 나는 한동안이나마 용기를 잃었던 것이 부끄러웠다."(《소돔과 고모라》)

*

그는 자신에게 접근하는 창녀에게 마음이 있지만 그녀와 자지 않는다. 수중에 천 프랑짜리 지폐 한 장뿐인데 차마 그녀에게 잔돈을 거슬러달라고 할 용기가 나지 않기 때문이다.

*

프루스트의 감정과는 정반대되는 감정 : 새로운 도시, 새로운 아파트, 새로운 존재를 만날 때마다, 장미꽃이나 불꽃을 새로이 만날 때마다, 장차 길이 들 것을 생각하면서 그 새로움에 황홀해하는 것——그런 것들이 장차 맛보게 해줄 '친밀감'을 미래 속에서 찾으면서, 아직 오지 않은 시간을 탐구하는 것.

예 :

밤에 낯선 도시에 홀로 도착하는 것——그 숨이 막힐 듯한 느낌, 천 배 만 배 더 복잡한 짜임새에 압도당하는 느낌. 그러나 다음날, 중심적인 거리가 어딘지 알아내기만 하면 모든 것이 그 거리와 관련하여 알 만해지면서 안도감이 생긴다. 밤중에 외국 도시에 도착하는 경우를 모아보고 낯선 호텔 방들의 위력을 체험해볼 것.

*

전차에서 : "태어나긴 정상적으로 태어났죠. 하지만 일주일이 지나자 눈꺼풀이 달라붙어버렸어요. 그러니, 별수 있나요, 눈이 썩어버린 거죠."

*

《이방인》에 대한 비평들 : '무감동'이라고들 한다. 적절한 말이 못 된다. '호의'라고 하는 말이 더 맞을 것이다.

*

부데요비체(혹은 신은 대답하지 않는다).[28] 말이 없는 하녀는 늙은 하인이다.

마지막 장면의 아내 : "하느님, 저를 불쌍히 여겨주세요, 제게로 얼굴을 돌려주세요. 제 말을 좀 들어주세요, 하느님. 손을 내밀어주세요. 하느님, 서로 사랑하면서도 헤어져 있는 사람들을 불쌍히 여겨주세요."

늙은 하인이 들어온다.

——부르셨습니까?

여자 : ——네……아뇨……어느 쪽인지 모르게 돼버렸어요. 그렇지만 나를 좀 도와주세요. 네, 도와주세요. 도움이 필요해요. 불쌍히 생각해서 제발 좀 도와줘요.

늙은 하인——아뇨.

(막.)

상징성을 강조하기 위한 디테일들을 생각해낼 것.

*

그토록 많은 고통을 겪은 그의 얼굴이 어떻게 내겐 행복의 얼굴로만 보이는 것일까?

*

28) 희곡 〈오해〉를 위한 노트.

(옮긴이주) 카뮈는 이 작품의 제목을 '부데요비체' 혹은 '신은 대답하지 않는다'로 정하려고 생각했던 것 같다. 부데요비체는 체코슬로바키아에 있는 도시. 실제 희곡 〈오해〉에서는 무대가 중부 유럽의 어떤 도시로만 표시되어 있다.

소설. 사랑하는 여자의 죽어가는 몸을 앞에 두고 : "안 돼, 죽게 내 버려둘 수는 없어. 너를 잊어버리게 될 테니까. 그러면 난 모든 걸 다 잃게 돼. 난 너를 이승에 붙잡아두고 싶어. 내가 널 껴안을 수 있 는 유일한 세계니까" 등.

여자 : "오! 잊혀지고 만다는 걸 알면서 죽는다는 건 끔찍해."

항상 두 가지 국면을 동시에 보고 표현할 것.

*

《페스트》와 관련하여 나의 의도를 분명하게 요약할 것.

*

10월. 아직 푸른 풀 속에 벌써 누렇게 물든 잎. 짧고 분주한 바람 이 풀밭의 푸른 모루 위에 낭랑한 햇빛을 올려놓고 두드려서 빛의 막대를 다듬느니, 그 잉잉대는 벌 떼들의 소리가 내 귀에까지 들려 오고 있었다. 붉은 아름다움.

붉은 알버섯처럼 찬란하고 유독(有毒)하고 호젓하여라.

*

스피노자에게서 우리는 존재하기를 바라는 것, 존재해야 하는 것 이 아니라 실재로 존재하는 것에 대한 존중──흑백 논리와 도덕적

서열에 대한 증오——신성한 빛 속에서 드러나는 선악의 어떤 등가성(等價性)을 보게 된다. "인간들은 혼란보다 질서를 선호한다. 마치 질서가 자연 속에 실재하는 그 무엇과 일치하기라도 한다는 듯이."(부록, 책 1)

그가 납득할 수 없는 것은 신이 완전과 동시에 불완전을 창조했다는 것이 아니라 불완전을 창조하지 않았다는 것이다. 완전에서 불완전에 이르는 모든 단계들을 창조할 역량을 갖추고 있으면서 신이 그렇게 하지 않았을 리 만무한 것이다. 그건 오로지 우리 인간의 관점에서만 난처한 것인데 그 관점은 올바른 관점이 아니다.

그 신, 그 세계는 부동의 것이고 그 이유들은 조화를 이룬다. 모든 것이 변화할 수 없는 것으로 주어져 있다. 원한다면 그 귀결과 원인을 가려내는 것은 우리의 몫이다(기하학적 형태는 거기서 나온다). 그러나 그 세계는 아무것도 지향하지 않으며 그 어떤 것으로부터 오는 것이 아니다. 그것은 이미 완성된 것이고 항상 완성되어 있기 때문이다. 거기에는 역사가 없으므로 비극도 없다. 그것은 더할 수 없이 비인간적이다. 그것은 용기를 자극하는 세계다.

[예술이 없는 세계이기도 하다——우연이 없는 세계이므로(책 1의 부록은 추와 미의 존재를 부인한다).]

니체는 스피노자에게 수학적 형식은 오직 미학적 표현 수단으로서만 정당화된다고 말한다.

《윤리학*Ethica*》책 1 참조. 정리 11은 신의 존재에 대한 네 가지 증명을 제시한다. 정리 14와 창조를 부인하는 듯한 대정리 15.

스피노자의 범신론을 운위하는 사람들의 손을 들어줄 수 있는 것일까? 그렇지만 우리는 거기서 한 가지 가정(《윤리학》 전체에서 스피노자가 피하고 있는 단어), 즉 빈 곳은 존재하지 않는다(사실 앞서의 저작들에서 이미 증명된)는 가정을 만난다.

우리는 정리 17과 정리 24를 서로 대립적으로 생각해볼 수 있다. 전자는 필연성을 증명하고 후자는 우연성을 다시 도입한다. 정리 25는 거리와 양식의 관계를 정립한다. 정리 31에서 마침내 의지가 강요된다. 그 고유한 본질로 인하여 신 역시 그렇다. 정리 33은 이토록 결박된 그 세계를 더욱 조인다. 어쩌면 스피노자에게 있어서 신의 본성은 그 자신도 어쩔 수 없는 것으로 여겨지는 것인지도 모른다——그러나 정리 33에서 그는 (최고선을 지지하는 사람들과는 달리) 신을 운명에 종속시키는 것은 이치에 어긋난다고 못박는다.

그것은 일단 정해지면 불변인 것의 세계, '원래 그런' 세계다——여기서 필연성은 무한정이다——. 독창성과 우연은 여기에 낄 자리가 없다. 여기서는 모든 것이 단조로울 뿐이다.

*

기이한 일. 총명한 역사가들이 어떤 나라의 역사를 서술하면서 어떤 정치를, 가령 그 나라의 가장 위대한 시대를 가져왔다고 여겨지는 현실주의적인 정치를 권고하는 데 온갖 힘을 쏟는다. 그러면서도 그들 스스로 그런 상태는 결코 오래 계속될 수 없었다고 지적한다. 이내 다른 국가 지도자, 혹은 다른 정권이 나타나서 그걸 다 망쳐놓았으니까. 그래도 그 역사가들은, 정치란 송두리째 인간들의 변화에 의하여 이룩되는 것임에도 불구하고 여전히 변화에 저항하여 버티지 못하는 정치를 한사코 옹호한다. 그 까닭은 그들이 오직 자신들의 시대만을 위하여 사고하거나 글을 쓰기 때문이다. 역사가들의 양자 택일 : 회의주의 아니면 인간의 변화에 좌우되지 않는(?) 정치 이론.

*

이 가상한 노력과 천재 사이의 관계는 마치 메뚜기의 단속적인 비상과 제비의 비상과의 관계와도 같은 것.

*

"때때로, 오로지 의지의 명령만을 따르고, 한순간의 방심이나 결함도 허용하지 않고 감정과 세계 같은 것은 안중에도 없는 이 작업이 착착 진행되어가는 이 모든 날들을 겪고 나서, 아! 그냥 자신을 맡긴 채 손을 놓아버리고 싶은 마음 어쩔 수 없어, 안도의 한숨을 내쉬며 나는 그 모든 시간 동안 나를 떠나지 않았던 저 비탄의 심장부로 몸을 던지는 것이었다. 아무것도 건설하지 않는, 오직 무(無)이고 싶은, 내가 다듬어야 하는 이 작품, 너무나도 어려운 이 얼굴을 버리고 싶은 바람과 유혹 걷잡을 길 없었으니. 나는 사랑하고 있었고 아쉬워하고 있었고 욕망하고 있었고, 마침내 사람이었으니…….

……여름의 황량한 하늘, 내가 그토록 사랑했던 바다, 그리고 내
민 저 입술."

*

성생활은 인간에게 주어졌다가 어쩌면 그 진정한 길에서 빗나가
버린 것인지도 모른다. 그것은 인간의 아편이다. 그 속에 모든 것이
잠들어 있다. 성생활을 벗어나면 만사가 살아난다. 동시에, 순결함
은 인간을 멸종시킨다. 그것이 어쩌면 진리일지도 모른다.

*

작가는 자신의 창조에 대해 느끼는 회의를 말해서는 안 된다. 거
기에 대꾸하기는 너무나 쉬운 일이다. "누가 당신에게 창조를 강요
하던가요? 그게 그토록 끊임없는 고통이라면 그걸 왜 견디고 있는
겁니까?" 회의는 우리가 가장 내밀한 곳에 지니고 있는 것이다. 그
회의를 절대로 발설하지 말 것——어떤 종류의 회의든.

*

《폭풍의 언덕Wuthering Heights》은 실패와 반항으로——다시 말해
희망이 불가능한 죽음으로——끝나기 때문에 가장 위대한 연애 소
설 가운데 하나다. 그 주인공은 악마다. 그런 사랑은 죽음이라는 최

종적 실패로밖에는 성립될 수 없다. 그것은 지옥에서밖에는 계속될
수 없다.

*

10월.

붉게 물든 큰 숲이 비를 맞는다. 노란 잎새들로 잔뜩 뒤덮인 초원
들, 마른 버섯 냄새, 모닥불(불덩어리가 된 솔방울들이 지옥의 다이
아몬드처럼 벌겋게 탄다), 집 주위에서 신음 소리를 내는 바람, 이
처럼 관습적인 가을을 어디서 찾을 것인가. 농부들은 이제 몸을 약
간 앞으로 수그리고——바람과 비를 거슬러가며——걷는다.

가을 숲에서 너도밤나무들은 황금빛 나는 노란색 반점들을 찍어
놓거나 숲 가장자리에서 마치 금빛 꿀이 흘러내리는 커다란 새둥지
같은 모습이 되어 외따로 서 있다.

*

10월 23일. 데뷔.

《페스트》는 사회적 의미와 동시에 형이상학적 의미를 가진다. 그
것은 똑같은 것이다. 이런 애매성은《이방인》의 애매성이기도 하다.

*

파리 목숨처럼 우습게 안다는 말이 있다——그런데 그다지 호소력이 없다. 그러나 파리들이 끈끈이 종이——파리 잡는 데 쓰이는 종이——에 달라붙어서 죽는 모습을 자세히 보라. 그러면 이런 표현을 생각해낸 사람이 이 끔찍하고 무의미한 죽음의 광경을 오랫동안 관찰해보았다는 것을 깨달을 수 있다——희미한 부패의 냄새가 나는 듯 마는 듯한 이 느린 죽음을. (판에 박힌 표현을 만드는 사람은 천재다.)

*

착상 : 그는 남들이 제시하는 것은 모두 다, 제공되는 행복은 모두 다 거부한다. 더 심오하고 까다로운 욕구가 있기 때문이다. 그는 자신의 결혼 생활을 망치고 별로 만족스럽지 못한 관계를 맺고 기다리고 기대한다. "그걸 뭐라고 딱히 꼬집어 말할 수는 없지만 느낄 수는 있어요." 인생이 끝나는 날까지 이런 식이다. "아뇨, 절대로 뭐라고 딱히 꼬집어 말할 수는 없어요."

*

성(性)은 아무런 결과가 없다. 성은 부도덕한 것이 아니라 비생산적이다. 아무것도 생산하고 싶지 않을 때는 거기에 몰입할 수 있다. 그러나 오직 순결만이 어떤 개인적인 발전과 관련이 있다.

성이 어떤 승리로 여겨지는 때——성이 도덕적 지상 명령에서 벗

어나 있을 때——가 있다. 그러나 그 다음에 그것은 곧 패배가 된
다——이번에는 성에 대해 단 한 가지 승리를 거두어들일 수 있게
된다. 그것이 바로 순결이다.

*

몰리에르의 〈동 쥐앙Don Juan〉에 붙일 주석을 생각해볼 것.[29]

*

1942년 11월.

가을에 이 풍경은 잎새들의 꽃을 피운다——벚나무는 온통 붉게
물들고 단풍나무는 누렇게 물들고 너도밤나무는 청동빛으로 뒤덮
인다. 고원 전체가 또 한 번 봄의 수많은 불꽃으로 뒤덮인다.

*

젊음에 대한 포기. 사람들과 사물들에 대해 포기하는 쪽은 내가
아니다(나는 그러고 싶어도 그럴 수가 없다). 나에 대해 포기하는
쪽은 사물들과 사람들이다. 젊음이 나를 피한다. 병이 든다는 것은
바로 이런 것이다.

---

29) 우리는 카뮈가 남긴 문헌에서 이런 주석을 쓰려는 계획과 관련된 그 어떤
자료도 찾아내지 못했다.

*

작가가 배워야 할 가장 중요한 것은 자신이 느끼는 바를 남들에게 느끼게 하고 싶은 것으로 옮겨놓는 기술이다. 처음 얼마 동안은 우연 덕분에 그렇게 할 수 있다. 그러나 나중에는 재능이 우연을 대신할 수 있어야 한다. 이처럼 천재의 뿌리에는 행운의 몫이 없지 않다.

*

그는 늘 이런 식으로 말한다. "우리 고장에서는 그걸 뭐라고 하는가 하면……."[30] 그러고는 딱히 어떤 고장의 것이랄 것도 없는 평범한 표현을 갖다 댄다. 예 : 우리 고장에서는 그걸 가리켜 꿈의 시절(혹은 눈부신 출세, 혹은 모범적인 아가씨, 환상적인 조명)이라고 하는데…….

*

11월 11일. 쥐 떼 같은 처지가 되어![31]

*

---

30) 《페스트》에 등장하는 인물 조제프 그랑의 말투(68~69쪽) 참조.
31) 연합군이 북아프리카에 상륙하면서 카뮈는 고향과 가족들로부터 소식이 끊어진 상황에 처하고 만다.

아침에, 만물이 서리에 덮이고 하늘은 때묻지 않은 야외 축제의 꽃 장식과 깃발 들 뒤에서 빛난다. 10시쯤 햇볕이 더워지기 시작하자 온 들판이 대기가 녹으면서 내는 수정 같은 음악으로 가득 찬다. 나무들이 한숨을 내쉬는 듯 나직하게 타닥거리고 마치 하얀 벌레들이 떨어져 쌓이듯 서리가 땅바닥으로 떨어지는가 하면 살얼음의 무게를 못 이겨 철 늦은 낙엽이 끊임없이 떨어지면서 미세한 잔뼈들처럼 땅에 부딪쳐 약간씩 튀어오른다. 주변에서는 골짜기들과 언덕들이 연기 속에 묻힌다. 좀더 오랫동안 눈여겨보면 그 풍경이 모든 색채를 잃어버리고 갑자기 늙어버렸다는 것을 알 수 있다. 그것은 하루 아침에 수천 년의 세월을 거쳐 우리에게 거슬러 올라오고 있는, 지극히 오래된 고장의 모습인 것이다……. 나무들과 고사리들로 뒤덮인 이 뾰족한 산기슭은 뱃머리처럼 두 강줄기가 합류하는 지점으로 들어간다. 첫 햇살을 받아 서리를 떨쳐버린 그 산기슭은 영원처럼 흰 풍경의 한복판에서 유일하게 살아 있는 한 모서리다. 적어도 이 지점에서는 두 여울의 흐릿한 물소리가 합세하여 주변의 가없는 침묵과 맞서고 있다. 그러나 차츰차츰 물소리도 풍경 속에 편입되어 그 일부가 된다. 한 음계도 더 낮아지지 않았으면서 그것은 침묵이 되어버린다. 가끔 연기처럼 흐릿한 색깔의 갈까마귀 두세 마리가 지나가면서 하늘에 다시금 생명의 기척을 남긴다.

뱃머리의 정점에 앉은 채 나는 무심한 고장에서의 이 움직이지 않는 항해를 계속한다. 대자연 전체 못지 않다. 그리고 너무나 뜨거운 가슴들에게 겨울이 가져다주는——쓰디쓴 사랑에 파먹힌 이 가슴을 달래려고——이 하얀 평화. 나는 불길한 죽음의 전조를 부정하면서 팽창하는 빛이 하늘에서 점점 넓게 퍼지는 것을 바라본다. 모든 것이 내게 과거를 말하고 있는데 머리 위에는 마침내 미래의 신호가. 입 다물어라, 허파여! 이 창백하고 싸늘한 대기로 너의 속을 가득히 채워라. 그리고 침묵하라. 내가 너 서서히 썩어가는 소리에 귀 기울지 않아도 되도록——마침내 나 고개 돌려 딴 곳으로…….

*

생테티엔.

노동하는 가난뱅이에게 일요일이 어떤 것인지 나는 안다. 나는 무엇보다 일요일 저녁이 어떤 것인지 안다. 내가 알고 있는 것에 어떤 의미와 형상을 부여할 수만 있다면 가난한 일요일을 인간의 작품으로 만들 수 있을 터인데.

*

나는, 만약 이 세계가 명쾌한 것이라면 예술은 존재하지 않을 것이라고 쓸 것이 아니라, 만약 이 세계에 어떤 의미가 있어 보인다면 나는 글을 쓰지 않을 것이라고 썼어야 옳았으리라. 겸손 때문에 사사로워져야 되는 경우들이 있다. 이 공식 때문에 나는 더 깊이 생각하지 않으면 안 되었을 터이고 결국은 그렇게 쓰지 않았을 것이다. 이것은 빛나는, 그러나 근거 없는 진실이다.

*

　도가 지나친 성은 세상의 의미 없음의 철학으로 인도한다. 순결은 반대로 그것(세계)에 어떤 의미를 부여한다.

　　*

　키르케고르. 결혼의 미학적 가치. 결정적인 견해들, 그러나 너무 많은 객담.
　인격 형성에서 윤리와 미학의 역할 : 훨씬 더 견실하고 감동적.
　일반적인 것의 옹호.
　키르케고르에게 미학적 윤리는 독창성을 목표로 한다──그런데 사실은 일반적인 것에 도달하자는 것이다. 키르케고르는 신비적이지 않다. 그는 신비주의가 세계에서 분리되기 때문에──신비주의가 일반적인 것에 속하지 않기 때문에──비판한다. 키르케고르에게 어떤 비약이 있다면, 그러므로 지성의 차원에서 그렇다. 그것은 순수한 상태의 비약이다. 즉, 윤리적 단계에서 그렇다. 그러나 종교적 단계가 모든 것을 다 변질시켜놓는다.

　　*

　어떤 순간에 삶이 운명으로 바뀌는 것일까? 죽을 때? 그러나 그것은 남들에게, 역사에게, 혹은 자기 가족들에게 운명이다. 의식에 의해서? 그러나 삶의 이미지를 운명으로 상정하는 것은, 일관성이 없는 곳에 일관성을 끌어들이는 것은, 정신이다. 두 가지 경우가 다 환상일 뿐이다. 결론은? 운명은 없다.

*

40년대 문학에서 무절제하게 활용된 에우리디케.[32] 그렇게 많은 연인들이 헤어진 적이 전에는 한 번도 없었기 때문이다.

*

카프카 예술의 핵심[33]은 송두리째 독자들로 하여금 다시 읽지 않을 수 없도록 만든다는 데 있다. 그의 대단원들——혹은 대단원의 부재——은 여러 가지 설명을 암시한다. 그러나 그 설명들은 뚜렷하게 드러나는 것이 아니라 이야기를 새로운 각도에서 다시 읽어야만 수긍이 되는 그런 설명들이다. 때로는 이중 삼중의 해석이 가능하다. 그렇기 때문에 두 번 세 번 되풀이하여 읽을 필요가 있다. 그렇지만 카프카의 세계에서는 시시콜콜 다 해석하기를 바라는 것은 잘못이다. 어떤 상징은 항상 일반적인 것이고 예술가는 그 상징의 대략적인 번역을 제시한다. 그 축자적 번역이란 없다. 전체적인 운

---

32) 《페스트》, 268~269쪽 참조.

33) 1943년 《라르발레트 L'Arbalète》지에 발표한 글로, 《시지프 신화》(190쪽 이하)의 부록으로 재수록되었다.

동만을 살려놓은 것이다. 그 나머지는 우연의 몫이라고 보아야 한다. 어느 창조자에게도 우연의 몫은 큰 것이다.

*

이 고장에서는 겨울이 모든 색깔을 지워버렸고(모든 것이 흰색이므로) 조그만 소리도 없애버렸고(눈이 소리를 억누르므로) 모든 향기를 지워버렸기에(추위가 향기들을 덮어버리므로) 봄 풀의 첫 냄새는 즐거운 부름 같고 감각을 폭발시키는 트럼펫 같을 것이다.

*

병은 나름대로의 규칙과 절제와 침묵과 영감들을 갖춘 수도원 같은 것이다.

*

알제리의 밤 속에서는 개 짖는 소리가 유럽의 공간보다 열 배나 더 큰 공간 속에 메아리친다. 이리하여 그 소리에는 저 협소한 고장들에서는 느낄 수 없는 향수가 담겨 있다. 그 소리는 지금 오직 나 혼자만이 추억 속에서 들을 수 있는 어떤 언어다.

*

부조리의 전개.

1) 근본적인 관심이 통일성의 필요라면.

2) 세계가 (혹은 신이) 그 필요를 충족시키지 못한다면.

세계에 등을 돌린 상태로는 세계 내에서든 통일성을 만들어내는 것은 인간의 몫이다. 장차 자세하게 규정해야 할 어떤 윤리와 금욕이 이리하여 복원된다.

*

자신의 열정들을 가지고 산다는 것은 자신의 고통들——그 열정들의 평형추, 중화물, 균형이며 대가인——을 가지고 산다는 것이기도 하다. 한 인간이 홀로 자신의 고통과 친화하며 지내면서 도피의 욕구, 다른 사람들이 '나누어 가질' 수 있는 환상을 극복하는 법을 배웠다면 그 이상 더 배울 것은 별로 없는 편이다.

*

어떤 사상가가 몇몇 저작들을 발표하고 나서 새로운 책에서 "나는 지금까지 잘못된 방향으로 걸어왔다. 전부 새로 시작할 작정이다. 이제 생각해보니 내가 틀렸던 것이다"라고 선언한다고 가정해보자. 더 이상 아무도 그의 말을 곧이듣지 않을 것이다. 그렇지만 그는 이렇게 하여 사상다운 증거를 보여준 것이 될 것이다.

*

파스칼 : 오류는 배제에서 온다.

*

〈맥베스Macbeth〉에서의 등가 원리 : "Fair is foul and foul is fair", 그러나 그것은 악마적인 기원에서 온 것이다. "And nothing is but what is not." 그런데 또 다른 곳, 즉 2막 3장에서는 "for from this instant there is nothing serious in mortality." 가르니에는 "The night is long that never finds the day"를 "낮이 되지 않을 만큼 긴 밤은 없다(?)"라고 번역하고 있다.

그렇다.[34] ──"it is a tale told by an idiot, full of sound and fury, signifying nothing."

*

신들은 인간에게 위대하고 빛나는 덕목들을 주어서 모든 것을 다 획득할 수 있게 했다. 그러나 신들은 더욱 가혹한 덕목 하나를 동시에 주었으니 그 때문에 인간은 획득될 수 있는 모든 것을 뒤늦게 멸시하게 된다.

---

34) 원고의 글씨를 판독하기가 어렵다. M자로 읽어야 할지 oui(그렇다)라고 읽어야 할지 분간이 되지 않는다.

……언제나 즐기는 것은 불가능하니 결국은 싫증이 찾아오고 만다——좋다. 그렇지만 왜 그런가? 사실 언제나 즐기는 것이 불가능한 것은 모든 것을 다 즐길 수 없기 때문이다. 우리는 이미 맛본 쾌락들을 생각할 때 못지않게 아무리 해도 결코 맛볼 수 없는 쾌락의 수를 생각해볼 때도 따분해진다. 사실상, 현실적으로 모든 것을 다 보듬을 수 있다면 싫증 같은 것을 느끼겠는가?

*

한번 제기해볼 질문 : 당신은 사상을 사랑합니까——열정적으로, 피를 흘릴 만큼? 그 사상 때문에 잠을 못 이룹니까? 그 사상에 목숨을 걸고 있다고 느낍니까? 얼마나 많은 사상가들이 뒤로 물러날 것인가!

*

희곡의 출판을 위하여 : 〈칼리굴라Caligula〉 : 비극——〈추방당한 사람L'Exilé〉 (혹은 〈부데요비체〉) : 희극

*

12월 15일.
시련을 받아들이고 거기서 통일성을 이끌어낼 것. 상대가 거기에

대답하지 않으면 다양성 속에서 죽을 것.

*

아름다움은 행복의 약속이라고 스탕달에 이어 니체가 말했다. 그러나 행복 그 자체가 없다면 아름다움이 무엇을 약속할 수 있을까?

*

……문들과 창문들이 푸른색이라는 것을 내가 알아챈 것은 모든 것이 눈에 뒤덮이고 나서였다.

*

범죄가 한 인간에게서 살아갈 수 있는 모든 자질을 소진시킬 수 있는 것이라면(앞의 기록 참조)[35]……. 그런 점에서 카인의 범죄(거기에 비하면 경미한 것에 불과한 아담의 범죄가 아니라)는 우리의 살아갈 힘과 사랑을 다 소진시켜버렸다고 할 수 있다. 우리가 그의 본성과 저주에 가담하는 한, 우리는 너무 엄청난 유혈과 너무 고된 몸짓들에 뒤따르는 이 기이한 공허와 이 우울한 적응 불능으로 고통스러워할 수밖에 없다. 카인은 우리에게서 실질적인 삶의 가능

---

35) 이 책 34쪽.

성들을 단번에 비워버렸다. 그것이 바로 지옥이다. 그러나 그 지옥
이 지상에 있다는 것을 우리는 잘 알고 있다.

*

《클레브 공작부인 *La Princesse de Clèves*》.[36) 그렇게 간단한 것이 아
니다. 이 작품은 여러 가지 이야기들로 새롭게 전개되고 있다. 끝은
통일성 있게 마무리되지만 시작은 복잡하다.《아돌프》에 비해 이것
은 복잡한 연재 소설이다.

 이 작품의 실제적인 단순성은 사랑을 바라보는 관념에 있다. 드
라파예트 부인에게 사랑은 위험이다. 그것이 그녀의 가설이다. 그
녀는 이 책 전체에서——하기야《몽팡시에 대공비 *La Princesse de
Montpensier*》나《탕드 백작부인 *La Comtesse de Tende*》같은 다른 책에
서도 마찬가지지만——우리가 느낄 수 있는 것은 사랑에 대한 끊임
없는 경계다. (이것은 물론 무관심과는 정반대되는 것이지만.)

 "오직 머리 위에 죽음이 떨어지기만 기다리고 있을 때 사면의 소
식이 왔다. 그러나 어찌나 무시무시한 공포에 사로잡혀 있었는지
그는 의식을 가누지 못했고 그리하여 며칠 뒤 죽었다." (드 라파예
트 부인의 소설에서 죽는 **모든** 인물들은 감정 때문에 죽는다. 감정
이 그에게 미치는 영향이 얼마나 무시무시한 것인지 알 만하다.)

 "나는 그의 비탄이 도를 넘지 않고 일정한 한계를 보이는 한 나 또

---

36)《콩플뤼앙스 *Confluences*》에 실린〈지성과 단두대 L'Intelligence et l'Echafaud〉참조(플
레야드 판, 1887쪽).

한 그 비탄을 이해하고 공감했다고 그에게 말했다. 그러나 그가 억제할 줄 모르는 채 절망에 빠져서 이성을 잃는다면 나는 그를 동정하지 않겠다고 했다." 얼마나 훌륭한가. 우리의 위대한 세기들이 보여준 염치라는 것이 바로 이것이다. 그 염치는 사내답다. 그러나 그것은 감정의 메마름이 아니다. 왜냐하면 그런 말을 한 사람과 절망 때문에 죽게 될 사람이 바로 같은 사람(클레브 공작)이니 말이다.

드 기즈 기사는…… 절대로 드 클레브 공작부인에게 사랑받을 생각을 하지 않기로 굳게 결심했다. 그러나 자기가 보기에 그토록 어렵고도 영광스러운 것으로 여겨졌던 그 계획에서 손을 떼려면 그의 큰 그릇을 사로잡을 만한 어떤 다른 계획이 있어야만 했다. 그는 정신적으로 로드를 거머잡기 시작했다."

"드 클레브 공작부인이 그의 초상에 대해 했던 말 덕분에 그는 그녀가 미워하지 않고 있는 사람이 바로 그 자신이라는 사실을 알게 되어 생기가 되살아났다." 그는 그 말이 하고 싶어 입이 근지럽다.

*

가난은 하나의 상태이고 그 상태의 미덕은 너그러움이다.

*

가난한 어린 시절. 내가 아코 이모부[37] 댁에 갈 때면 느끼곤 했던 근본적인 차이점 : 우리 집에서는 물건들에 이름이 따로 없었다. 그냥 우묵한 접시, 벽난로 위에 있는 항아리 등으로 지칭했다. 이모부 댁에서는 그을린 보주 도기, 켕페르 식기 세트 등의 이름이 있었다——나는 그 선택에 감탄했다.

*

노골적인 육체적 욕망은 손쉬운 것이다. 그러나 부드러운 애정과 동시에 느끼는 욕망은 시간을 요한다. 사랑의 고장 전체를 통과하고 나서야 비로소 욕망의 불꽃을 발견하게 되는 것이다. 처음에는 자기가 사랑하는 것을 욕망하기가 늘 그리도 어려운 것은 그 때문일까?

*

반항에 관한 에세이.[38] '시작'에 대한 향수. 위의 에세이. 상대적인 것——그러나 열정을 내포한 상대적인 것——이라는 주제. 예 : 만족스럽지 못한 세계와 그 세계에 존재하지 않는 신 사이에서 찢어져 있는 존재인 부조리의 정신은 열정적으로 세계 쪽을 택한다. 동일한 에세이 : 상대적인 것과 절대적인 것 사이에서 망설이는 정

---

37) 아코 씨. 〈지드에게 바치는 경의Hommage à Gide〉(*Nouvelle N.R.F.*, 1951년 11월) 참조.

38) 《실존*L'Existence*》(1945)에 실린, 《반항하는 인간*L'Homme révolté*》의 제1장 초고 〈반항에 대한 고찰Remarque sur la Révolte〉 참조.

신은 열광적으로 상대적인 것 쪽으로 건너뛴다.

*

그 대가가 무엇인지 아는 지금 그는 가진 것을 박탈당한다. 소유의 조건은 바로 무지다. 심지어 물리적인 차원에서조차 : 우리는 오직 미지의 것만을 제대로 소유한다.

*

〈부데요비체〉(혹은 〈추방당한 사람〉).

I

어머니.——아냐, 오늘 저녁은 그러지 말자. 그에게 이 시간은, 휴식은 남겨주자. 이 정도의 여유는 줘야지. 이 여유가 어쩌면 우리를 구원해줄지도 몰라.

딸.——구원해준다는 게 뭘 뜻하는 건데요?

어머니.——영원히 용서를 받는다는 뜻이지.

여동생.——그렇다면 난 벌써 구원받은 거네요. 장차 다가올 미래에 있어서 난 이미 나를 앞당겨 용서했으니까요.

II

위의 책. 위의 노트 참조.

여동생.——무엇의 이름으로요?

아내.——사랑의 이름으로요.

여동생.——그 말이 무슨 뜻이죠?

　　　　　　(무대를 가로질러 지나간다.)

아내.——사랑이란 내 과거의 기쁨이고 내 오늘의 고통이지요.

여동생.——정말이지 무슨 말인지 한마디도 못 알아듣겠군요. 사랑, 기쁨, 고통, 그따위 말을 난 한 번도 들어본 적이 없어요.

III

아내.——아! 그이는 죽기 전에 말했어요. 그러니까 이 세계는 나를 위해 만들어진 것이 아니고 이 집은 내 집이 아니구나 하고요.

여동생.——세계는 그 속에서 죽으라고 만들어진 것이고 집들은 그 속에서 잠들라고 만들어진 것이죠.

IV

2막. 호텔 방에 대한 성찰. 그가 초인종을 누른다. 침묵. 발소리. 벙어리 영감이 나타난다. 문 앞에서 잠시 동안 꼼짝도 않고 서서 말이 없다.

아무것도 아니에요. 그냥. 그저 응답하는 사람이 있는지, 초인종이 제대로 작동하는지 보려고 그랬어요.

영감은 잠시 동안 가만히 서 있다가 물러간다. 발소리.

V

여동생.──자신을 돌같이 되게 해달라고 하느님께 빌어요. 그게 진짜 행복이니까요. 그 사람이 자신을 위해 선택한 것도 바로 그거예요.

그는 귀가 멀었다니까요. 돌덩어리처럼 아무것도 못 들어요. 그 사람처럼 되도록 노력해요. 그러면 이 세상 천지에 몸을 적셔주는 물과 따뜻하게 데워주는 태양밖에는 알 바 없어질 테니. (좀더 발전시킬 것.)

*

부조리한 세계는 오직 미적인 정당성을 얻을 수 있을 뿐이다.

*

니체.──결정적인 그 어떤 것도 '그럼에도 불구하고'에 근거했을 때가 아니고는 성립될 수 없다.

*

모리스 블랑쇼의 형이상학적 소설들

《알 수 없는 자 토마*Thomas l'obscur*》. 토마에게 있어서 안의 마음을 끄는 것은 바로 그가 내면에 지니고 있는 죽음이다. 그의 사랑은 형이상학적인 것. 그래서 그녀는 죽는 순간 그에게서 떨어져 나온다. 왜냐하면 그 순간 그녀는 알게 되었으니까. 사랑은 아무것도 모를 때 하는 것이니까. 그러므로 오직 죽음만이 진정한 앎이다. 그러나 죽음은 동시에 앎을 무용하게 만드는 것. 죽음의 발전은 불모의 발전인 것이다.

토마는 자신의 내면에 있는, 자신의 미래를 예견시켜주는 죽음을 발견한다. 책의 핵심은 제14장에 있다. 여기서 그때까지 읽은 것을 다시 읽어야 한다. 그러면 모든 것이 분명하게 밝혀진다——그러나 단명한 수선화들을 적시는 광채 없는 빛으로 밝혀진다. (농가 옆에 이상한 나무 한 그루. 서로 뒤엉킨 두 개의 몸통. 오래전에 죽은 그중 한 쪽은 밑둥이 썩어서 이젠 땅에 닿지도 않는다. 그것은 다른 하나에 달라붙어 있어서 그 두 개의 몸통은 토마를 잘 나타내준다. 그러나 살아 있는 몸통은 가만히 목이 졸리고 있는 것이 아니다. 죽은 몸통 주위를 껍질로 꼭 조여 안았다——그는 주변으로, 머리 위로 가지들을 쭉쭉 뻗었다——그냥 끌려 다니고만 있지 않았다.)

《아미나다브*Aminadab*》는 겉보기와 달리 더 알 수가 없다. 그것은 오르페우스와 에우리디케 신화의 새로운 형태다(특히 이 두 작품에서 인물이 느끼고 있는 듯한, 그와 동시에 인물이 독자에게 주는 피곤의 인상은 **예술적 인상**이라는 점을 주목할 것).

*

《페스트》. 두 번째 버전.

성서 : 〈신명기〉 28장 21절, 32장 24절. 〈레위기〉 26장 25절. 〈아모스〉 4장 10절. 〈출애굽기〉 9장 4절, 9장 15절, 12장 29절. 〈예레미야〉 24장 10절, 14장 12절, 6장 19절, 21장 7절과 9절. 〈에스겔〉 5장 12절, 6상 12절, 7장 15절.

"저마다 자신의 사막을 찾는데, 사막을 발견하면 곧 그게 너무 고되다는 것을 알아차린다. 내가 나의 사막을 견디지 못하리라는 법은 없을 터이다."

*

애초에,[39] 신문 기사, 비망록, 노트, 설교, 논고, 그리고 객관적인 진술 등으로 구성된 처음 세 부는 책의 깊이 있는 부분을 암시하고 흥미를 유발하며 속을 열어 보이도록 되어 있었다. 순전히 사건들로 짜여진 마지막 부가 사건들을 통해서, 오로지 사건들을 통해서만 전반적인 의미를 드러내 보여주도록 되어 있었다.

또한 각 부는 인물들 사이의 관계를 좀더 긴밀하게 조이고 여러 가지 일기들을 점차 하나로 융합시킴으로써 그것을 느낄 수 있도록 하고 제4부의 여러 장면들에서 그 융합을 완성하도록 되어 있었다.

*

---

39) 원고에는 '애초에'라는 말 다음에 '수첩을 볼 것'이라는 표시가 있다. 이후의 한 문단은 《페스트》를 집필하기 위한 노트가 담긴 '수첩'에 있던 부분이다.

두 번째 버전.

홍미를 불러일으키는 묘사적인 《페스트》――짧은 다큐멘터리 몇 토막과 질병에 대한 논술.

스테판[40]――제2장 : 그는 다른 모든 일들을 망쳐놓은 그 사랑을 저주한다.

전체를 간접 화법으로 하고(――설교――일기 등)《페스트》의 묘사를 통한 단조로운 안도감?

아무리 생각해도 그것은 어떤 진술, 어떤 연대기 형식이어야 하겠다. 그러나 얼마나 많은 문제가 제기되는가.

어쩌면 : 사랑의 테마를 삭제하여 스테판 부분을 완전히 다시 쓴다. 스테판은 발전이 없다. 그 뒤에 이어지는 부분은 더 길다.

이별의 테마를 끝까지 밀고 나갈 것.

O에서의 페스트에 대한 일반적인 보고서를 작성케 한다?

벼룩이 된 자신을 발견하는 사람들.

가난에 대한 한 장.

설교 장면을 위하여 : "형제들이여, 〈예레미야〉가 얼마나 단조로운지를 생각해보았습니까?"

부가적인 인물 : 헤어져 있는 사람, 남의 고장에 유배된 사람――그 도시에서 탈출하려고 온갖 짓을 다 하지만 어쩔 수가 없다.

그가 동원하는 여러 가지 수단 : '그는 이 고장 사람이 아니다'라는 구실로 밖으로 나갈 수 있는 통행증을 발급받고자 한다. 그가 죽

---

40)《페스트》의 첫 번째 버전에 등장했던 인물.

는다면 그는 무엇보다도 그가 저쪽에 있는 다른 사람과 다시 만나지 못하는 점과 그렇게도 많은 일들을 중지 상태로 버려둔다는 점을 괴로워한다는 것을 보여줄 필요가 있다. 페스트의 근저에는 바로 그런 것이 있다.

주의 : 천식 환자라면, 여러 번의 의사 왕진이 정당화되지 못한다.

오랑의 분위기를 도입할 것.

'얼굴 찡그려지는' 것은 말고 자연스러운 것을.

시민적 영웅주의.

사회 비판과 반항을 발전시킬 것. 그들에게 부족한 것은 상상력이다. 그들은 피크닉을 가듯이 서사시적 상황에 안주한다. 그들은 엄청난 재앙의 차원에서 생각하지 않는다. 그들이 상상하는 처방들은 겨우 코감기 정도의 수준이다. 그들은 멸망할 것이다(발전시킬 것).

질병에 관한 한 장. "그들은 자신들에게 결코 육체의 병만 따로 주어지는 것이 아니라 항상 정신적 고통들(가족——억눌린 사랑)이 동반되어 거기에 깊이를 부여한다는 사실을 다시 한번 깨닫는다. 이리하여 그들은——흔히들 생각하는 것과는 달리——, 인간 조건의 참혹한 특권 가운데 하나는 혼자서 죽는다는 것이라고 할 수 있겠지만, 인간이 실제로 혼자 죽는 것은 불가능하다는 점 또한 그에 못지않게 참혹하고 그에 못지않게 사실이라는 점을 깨닫게 되는 것이었다."

페스트의 교훈 : 페스트는 아무것에도 그 누구에게도 도움이 되지 않는다. 자신의 내면에, 그리고 가장 가까운 사람들에게 죽음이

찾아든 것을 경험한 사람들만이 뭔가를 배웠다. 그러나 그들이 이렇게 획득한 진리는 오직 그들에게만 적용되는 진리일 뿐. 그 진리는 미래가 없다.

사건들과 연대기는 페스트의 사회적 의미를 부여해야 한다. 인물들은 그것에 더욱더 깊은 의미를 부여한다. 그러나 그런 모든 것을 대체적으로만 기술한다.

사회 비판. 추상적 실체인 행정과 모든 세력들 가운데서 가장 구체적인 세력인 페스트가 만나서 만들어 내놓은 것이라곤 오직 우스꽝스럽고 어처구니없는 결과들뿐이다.

사랑하는 여인과 헤어져 있는 사람은 '그 여인이 늙어가는 것을 기다리고만 있을 수 없기 때문에' 탈출한다.

수용소에 격리된 가족들에 관한 한 장.

제1부의 끝. 페스트가 번져가는 과정은 쥐들이 많이 번성하는 과정과 맞물려 있어야 한다. 발전시킨다. 발전시킨다.

페스트의 재미있는 면?

제1부는 도입부로서 그 전체가 매우 빨리 진행되어야 한다——심지어 신문 기사들에서도.

가능한 테마들 중의 하나 : 의학과 종교 사이의 투쟁 : 상대적인 것(그것도 얼마나 상대적인가!)의 힘과 절대적인 것의 힘이 겨룬다. 이기는 것은, 아니 더 정확하게 말해서 지지 않는 쪽은 상대적인 것이다.

"물론 우리도 페스트에 그 나름의 좋은 점이 있다는 것, 페스트는 눈을 뜨게 해준다는 것, 생각을 하지 않을 수 없게 한다는 것을 알고 있다. 그런 점에서 페스트는 이 세계의 모든 병들, 이 세계 그 자체와 마찬가지다. 하지만 이 세계의 여러 가지 병과 이 세계에 대해 진실인 것은 페스트에 대해서도 진실이다. 각 개인들이 페스트에서 그 어떤 위대함을 발견하든 간에 우리 형제들의 비참한 모습을 보건대 미친 사람이, 범죄자 혹은 비겁자가 아니고서야 페스트에 동조할 수는 없으니 페스트에 맞서서 한 인간이 내세울 수 있는 유일한 행동 지침은 반항이다.”

모두가 평화를 모색한다. 그 점을 표시해둘 것.

? 코타르를 뒤집어서 생각해볼 것 : 그의 행동을 묘사하고, 끝에 가서 그가 체포당할까 봐 두려워했다는 사실을 밝힐 것.

이제 신문들은 페스트 이야기들밖에는 아무것도 보도할 것이 없다. 사람들은 말한다 : 신문에 볼 게 하나도 없군.

의사들을 다른 곳에서 불러온다.

내가 보기에 이 시대를 가장 적절히 특징 지어주는 것은 헤어짐이다. 모든 사람이 세상의 나머지 사람들, 그들이 사랑하는 사람들과 헤어져 있거나 자신의 여러 가지 습관과 멀어져 있다. 이렇게 혼자 떨어져 있으면서 그들 중 그나마 생각하는 것이 가능한 사람들은 깊은 생각에 잠기도록 강요받았고 다른 사람들은 쫓기는 짐승 같은 삶을 살도록 강요받았다. 요컨대 어울려 지낼 환경이란 찾아볼 수 없었다.

타관에 와서 발이 묶인 사람은 마침내 페스트에 감염되자 도시의 높은 곳으로 달려 올라가서 성벽과 들판과 부락들과 강 저 너머를 향해서 목이 터져라 자기 아내를 불러댄다.

? 객관성과 증언에 대한 고찰을 포함한 내레이터의 서문.

페스트가 물러가고 났을 때 모든 주민들은 꼭 망명자 같은 모습이다.

'전염병'의 디테일들을 추가할 것.

타루는 모든 것을 다 이해하는——그리고 그 때문에 괴로워하는 사람. 그는 아무것에 대해서도 판단을 내리지 못한다.

페스트에 사로잡힌 사람의 이상은 무엇일까?——웃을지 모르지만 그것은 정직함이다.

삭제할 것 : "처음에——사실상——실제로——처음 얼마간——대충 같은 시기에 등."

? 작품 전체에 걸쳐서 리외는 탐정과 같은 수단을 갖춘 내레이터임을 보여준다. 처음에 : 담배 냄새.

야만성과 동시에 따뜻한 체온에 대한 그리움. 그 두 가지를 절충시키기 위하여 : 영화관——거기서는 서로 모르는 사람끼리도 몸을 바싹 붙이고 있으니까.

어두운 도시 속에 빛의 섬들, 어둠의 백성들이 빛을 찾아 몰려드는 짚신벌레 떼처럼 그리로 모여든다.

타관에 와서 발이 묶여버린 사람 : 전기를 아끼기 위하여 불 켜는 시간을 최대한 늦추고 있는 카페에서의 저녁. 황혼이 잿빛 물처럼 홀 안을 가득 채우고 저녁놀 불덩어리가 유리창에 흐릿하게 반사된다. 탁자의 대리석 판과 의자의 등이 희미하게 번쩍거린다. 이 시간은 자포자기의 시간.

헤어진 사람들 제2부 : "그들은 자기 자신들에게는 매우 중요하지만 다른 사람들에게는 아무런 존재 가치가 없는 자질구레한 것들이 아주 많다는 것에 놀랐다. 그들은 이렇게 하여 개인적인 삶을 발견하는 것이었다." "그들은 끝장을 내야 한다는 것을, 아니 적어도 끝장 나기를 바라야 한다는 것을 잘 알고 있었다. 그러니까 그들은 끝을 원하고 있었다. 그러나 처음과 같은 열정은 못 느낀 채──다만 그들이 끝을 원해야 하는 매우 분명한 이유들 때문에 끝을 원하는 것이었다. 시작의 그 엄청난 충동으로부터 그들에게 남은 것은 음울한 낙담뿐이었는데 그것은 그들로 하여금 그 같은 경악의 이유 그 자체를 까맣게 잊게 만들었다. 그들은 슬픔과 불행의 자세를 가지고 있었지만 그 신랄한 맛은 남아 있지 않았다. 그전에, 그들은 다만 절망에 사로잡혀 있을 뿐이다. 그리하여 많은 사람들이 신자가 아니었다. 사랑의 고통으로부터 그들이 간직한 것은 오직 사랑의 맛과 필요뿐이었으니까. 그리하여 그들을 태어나게 했던 존재로부터 점차 떨어져 나오면서 그들은 스스로가 더 약해진 것을 느꼈고 결국은 첫 애정의 약속에 지고 말았던 것이다. 그리하여 그들은 사랑으로 인하여 불충한 사람들이 되어 있었다." "먼 거리에서 바라본 그들의 삶은 이제 어떤 전체를 이루고 있는 것 같았다. 그러자 그들은 어떤 새로운 힘으로 거기에 매달렸다. 이처럼 페스트는 그들에게 통일성을 회복시켜주었다. 그러므로 결론적으로 그 사람들은 아무리 해도 자신들의 통일성을 가지고 살 수가 없었던 것이다──아니 오히려 그들은 일단 통일성을 상실하고 나서야 비로소 그 통일성을 살아낼 능력을 갖게 되었다고 하겠다."──"가끔 이제 더 이상 존재하지 않게 된 어떤 친구에게 어떤 것을 보여줄 계획을 세울 때면 그들은 자기들이 그 첫 번째 국면에 머물러 있다는 것을 깨닫는다. 그들은 아직 희망을 가지고 있었다. 오직 페스트에 걸린 사람의 표현으로밖에 생각할 수 없게 되면서부터 실질적으로 두 번째 국면이 시작된 것이었다.”——“그러나 때때로 한밤중에 그들의 상처가 다시 터져 재발하곤 했다. 그리고 갑자기 잠이 깨어 그들은 그 쓰라린 입술을 어루만졌고 자신들의 여전히 생생한 고통, 그리고 그 고통과 더불어 경악에 찬 사랑의 얼굴을 다시 발견하는 것이었다.”

나는 페스트를 통해서 우리 모두가 고통스럽게 경험했던 숨막힘을, 우리가 겪었던 위협과 유적의 분위기를 표현하고자 한다. 그와 동시에 이 해석을 일반적인 생존 개념으로 확대하고자 한다. 페스트는 그 전쟁 속에서 나름대로 반성과 침묵을 강요당했던 사람들의 이미지를——그리고 정신적 고통의 이미지를 제공하게 될 것이다.

*

태양과 먼지 속에서 달리고 난 다음 전신을 휩싸는 목마름과 타는 듯한 메마름의 감각을 여기서는 알지 못한다. 꿀꺽 삼키는 레모네이드의 맛 : 액체가 흘러 넘어가는 것은 전혀 느끼지 못하고 오직 수천 개의 작은 가스 침들이 뜨겁게 콕콕 찌르는 것을 느낄 뿐이다.

*

흩어져 없어지라고 만들어진 것이 아닌.

*

1월 15일.

병은 십자가지만 동시에 어떤 가드레일이기도 하다. 그렇지만 이상적인 것은 병에서 힘을 얻고 약점들은 거부하는 것이리라. 병이 원하는 순간에 힘이 나게 해주는 은둔이 되었으면. 그리하여 고통과 포기라는 화폐로 그 대가를 치러야 한다면 치르기로 하자.

*

하늘이 파랗기 때문에, 강가에서 싸늘한 물 위로 아주 낮게 하얀 가지들을 뻗고 있는 눈 덮인 나무들이 마치 꽃 핀 편도나무들 같다. 이 고장에서는 눈에 보이는 것이 항상 봄과 겨울을 혼동하게 만든다.

이 고장과 나의 관계는 좀 복잡한 편이다. 다시 말해 내게는 이 고장을 사랑해야 할 이유도 있고 싫어해야 할 이유도 있는 것이다. 알제리의 경우는 그와 반대로 걷잡을 수 없는 열광과 사랑의 관능으로의 몰입이다. 의문 : 어떤 고장을 여자처럼 사랑할 수 있는가?

*

《페스트》, 두 번째 버전. 서로 헤어진 사람들.

서로 헤어져 있는 사람들은 사실상, 그 초기에는, 자기들이 무슨 일인가가 일어나주기를, 즉 편지가 오기를, 페스트가 물러가기를, 지금 옆에 없는 사람이 도시 안으로 슬며시 잠입해 들어오기를 끊임없이 기대하고 있었다는 것을 깨닫는다. 두 번째 국면에 접어들어서야 비로소 그들은 더 이상 희망을 갖지 않게 되는 것이다. 그러나 다행스럽게도 그때가 되면 그들은 무기력해진다(혹은 생활 속에서 어떤 새로운 홍밋거리를 찾아낸다). 그들은 죽어버리거나 아니면 배반한다.

위의 책 : 그냥 포기하고서 페스트 속으로 빠져 들어가는, 그리하여 오직 잠 속에서만 희망을 갖는 그런 순간들. 코타르는 말한다 : 감옥 안은 좋을 거야. 그리고 주민들은 말한다 : 어쩌면 페스트가 모든 것에서 해방시켜주는지도 모르지.

*

키르케고르의 마음의 순수함——웬 객담이 그리 많은지. 천재란 그렇게도 느린 것인가!

"절망은 비겁하게 겁먹은 이기주의의 격앙 상태와 거만하게 고집불통인 정신의 무모함이 다같이 무력한 모습으로 서로 만나는 경계 지역이다."

"불순한 정신이 사람의 밖으로 나오면 메마른 장소들을 지나 휴식을 찾아가지만 찾아내지 못한다."(〈마태복음〉 12장 43절)

행동하는 인간과 고통하는 인간에 대한 그의 구별.

위의 책. 카프카를 위하여 : "이 지상의 희망을 죽도록 두들겨 패야 한다. 그때에야 비로소 우리는 진정한 희망에 의해 자기 자신을 구원하게 된다."

K에게 있어서 마음의 순수함은 바로 통일성이다. 그러나 그것은 통일성과 동시에 선(善)이다. 하느님의 밖에는 순수함이란 없다. 결론 : 그렇다면 순수하지 않은 것으로 만족할 것인가? 나는 선과 거리가 멀고 통일성을 갈구한다. 그건 어쩔 수 없는 것이다.

*

반항에 대한 에세이. 철학을 고뇌로부터 출발시키고 난 다음 : 철학을 행복에서 솟아나오게 한다.

위의 책. 부조리한 세계 속에서 사랑을 되살려낸다는 것은 사실상 인간의 감정 가운데서 가장 뜨겁고도 가장 덧없는 감정을 되살려내는 것이다(플라톤 : "만약 우리가 신이었다면 사랑을 알지 못했을 것이다"). 그러나 지속 가능한 사랑(이 지상에서)과 그렇지 못한 사랑을 가를 수 있는 판단 기준은 없다. 충실한 사랑——그 사랑이 빈약한 것으로 변하지 않는다면——은 사람이 자기 자신의 최상의 것을 최대한 지탱하는 하나의 방식이다. 바로 이런 점에서 충실성(변함 없는 사랑)의 가치가 재확인된다. 그러나 그 사랑은 영원의 밖에 있다. 그것은, 그 말 특유의 한계와 열광을 함께 내포한, 가장 인간적인 감정이다. 그렇기에 인간은 사랑 속에서 비로소 실현된다고 할 수 있다. 왜냐하면 인간은 사랑 속에서 가장 전격적인 모습으로 내일 없는 인간 조건을 발견하기 때문이다(이상주의자들이 말하듯 영원의 어떤 모습에 가까이 가기 때문이 아니라). 그 전형 : 히스클 리프. 이 모든 것은 부조리가 지속하는 것과 지속하지 않는 것 사이의 대립 속에서 그 공식을 찾아낸다는 사실을 구체적으로 보여준다. 물론 이것은, 지속하는 방법은 하나밖에 없으니 그것은 곧 영원히 지속하는 것이며 따라서 그 중간은 없다는 전제하에서 그렇다는 말 이다. 우리는 지속하지 않는 세계에 속한다. 그리고 지속하지 않는 모든 것이 ——오직 지속하지 않는 것만——우리의 세계다. 이리하 여 중요한 것은 사랑을 영원에서 되찾아오는 것, 혹은 적어도 사랑 을 영원의 이미지로 변질시키는 사람들에게서 되찾아오는 것이다. 물론, 당신은 한 번도 사랑한 적이 없어서 그런 말을 하는 거라고 반 박하는 사람도 있을 것이다. 그건 그냥 내버려두기로 한다.

*

《페스트》, 두 번째 버전.

서로 헤어져 있다 보면 사람들은 비판적 감각을 상실한다. 그들 가운데 가장 똑똑하다는 사람들이 페스트가 가장 빨리 물러갈 이유 들을 신문이나 라디오 방송에서 찾아내려고 애를 쓰고, 근거도 없 는 희망을 가져보려고 하며, 어떤 기자가 심심해 죽겠다고 하품을 해대면서 그냥 아무렇게나 써 갈긴 글을 읽고는 공연히 두려움에 사로잡히는 것을 종종 보게 된다.

*

　우리가 세계와 관계를——특히 우리를 다른 사람들과 맺어주는 관계를——맺고 있다는 습관적 감정 덕분에 우리에게 세상이 밝아 보이고 견딜 만하게 여겨지는 것이다. 이 세상의 여러 존재들과의 관계는 언제나 우리가 계속 살아가는 데 도움이 된다. 왜냐하면 그 관계들이 언제나 모종의 발전, 어떤 미래를 전제로 하기 때문이다. 그리고 우리가 마치 우리의 유일한 사명이 바로 그 존재들과 관계를 맺는 데 있다는 듯이 살아가고 있기 때문이기도 하다. 그러나 그게 우리의 유일한 사명은 아니라는 사실을 의식하게 될 때면, 특히 오직 우리의 의지만이 그 존재들을 우리에게 묶어놓고 있다는——편지를 쓰거나 말을 거는 것을 중지하고 혼자 떨어져 있어보라, 그러면 당신의 주변에서 존재들이 다 떨어져 나간다는 것을 알 수 있을 것이다——사실을, 실제로 그 대다수는 등을 돌리고 있다는(악의가 있어서가 아니라 무관심해서) 사실을, 그 나머지 사람들도 언제나 우리가 아닌 다른 것에 관심을 쏟게 될 가능성이 있다는 사실을 깨닫게 될 때면, 이리하여 이른바 사랑이니 우정이니 하는 것 속에 끼어드는 우발적이고 우연적인 모든 요소들을 상상해볼 때면, 그제야 비로소 세계는 그 본래의 어둠으로 되돌아가고 우리는 또 우리대로 인간적인 애정이 한동안 썰물처럼 빠져 나가버리는 저 엄청난 추위의 세계로 되돌아가게 되는 것이다.

*

2월 10일.

금욕적이고 고독한 4개월의 생활. 의지와 정신에는 득이 된다. 그러나 마음에는 어떤가?

*

부조리의 문제는 송두리째 가치 판단과 사실 판단의 비판을 중심으로 모아져야 마땅하다.

*

〈창세기〉의 기이한 한 구절(3장 22절) : "그리고 영원한 주께서 말씀하시되 '바야흐로 인간은 (잘못을 범한 다음에) 선과 악을 알게 되어' 우리 가운데 하나"가 되었도다. 그러나 이제 그가 손을 내밀어 생명의 나무를 잡지 않도록, 그 열매를 따먹고 영생하는 일이 없도록 주의해야 할 것이로다."

그때 인간을 에덴에서 쫓아내는 불칼이 "생명 나무의 길을 지키기 위해 이쪽 저쪽으로 돌더라." 여기서 제우스와 프로메테우스의 이야기가 시작된다. 인간은 신과 맞먹는 존재가 될 힘을 가지고 있었으나 그것을 두려워한 신이 그를 예속의 자리에 묶어놓았다. 신의 책임에 대해서도 마찬가지.

*

생각의 실천이나 작품을 쓰는 데 필요한 규율에 있어서 내게 방해가 되는 것이 바로 상상력이다. 나는, 절도가 없고 괴물처럼 고삐가 풀린 상상력의 소유자다. 그것이 내 삶에서 행한 엄청난 역할은 알기 어렵다. 그런데도 나는 서른 살이 되어서야 비로소 그 개인적인 특성을 깨닫게 되었다.

때때로 기차나 버스 안에서 심심해질 때면 아무 의미도 없어 보이는 이미지나 구성의 유희에 넋을 놓고 있는 나 자신을 어쩌지 못한다. 이런 생각의 흐름을 추슬러서 꼭 섭취해야 할 자양분이 있는 쪽으로 유도하는 일이 그만 지겨워진 나머지 그냥 될 대로 되라고 포기해버리는 때가 있다. 그러면 시간은 번개처럼 흘러가고 어느새 목적지에 다 와 있는 것이다.

*

내가 조각에 그토록 마음이 끌리는 것은 아마도 돌에 대한 취향 때문인 것 같다. 돌은 인간적인 형태에다가 무게와 무심함을 부여한다. 무게와 무심함이 없다면 인간적인 형태가 위대해야 할 까닭이 없다.

*

에세이 : '동어반복의 풍요로움'에 관한 한 장을 쓸 것.

*

　지성의 훈련에 어느 정도 숙달된 사람이라면 파스칼처럼 오류의
근원이 배제라는 사실을 잘 안다. 지성의 극한에 이르면 확실히 알
게 되는 것은 바로 모든 이론에는 일말의 진실이 담겨 있다는 사실,
인류의 위대한 경험 가운데 어떤 것도, 그것이 비록 지극히 반대되
는 것들이라 할지라도, 그것이 소크라테스와 엠페도클레스, 파스칼
과 사드 같은 경우라 할지라도, 덮어놓고 무의미하지는 않다는 사
실이다. 그러나 경우에 따라서는 선택을 하지 않을 수 없다. 그래서
니체에게는 강력한 논리로 소크라테스와 기독교를 공격하는 것이
필요하다고 여겨지는 것이다. 그러나 그렇기 때문에 그 반대로 오
늘날 우리는 소크라테스를, 아니 적어도 소크라테스가 대표하는 것
을 옹호할 필요가 있다. 왜냐하면 모든 문화의 부정인 가치들로 그
들을 대체하려고 위협하는 시대의 기미가 느껴지고 니체 자신이 원
치 않는 승리를 거둘 위험이 있기 때문이다.

　그것은 사상의 삶에 어떤 기회주의를 도입하는 것 같은 인상을
줄 것이다. 그러나 그것은 겉보기에만 그럴 뿐이다. 니체도 우리 자
신도 문제의 다른 일면을 똑똑히 의식하고 있으며 그것은 단지 방어
반응에 불과하니까 말이다. 그리고 결국 우리 자신의 경험에 추가
된 니체의 경험은 다윈의 경험에 추가된 파스칼의 경험, 플라톤의
경험에 추가된 칼리클레스의 경험처럼 인간적 영역 전체를 회복시
켜 우리를 마음의 고향으로 돌아가게 해주는 것이다. (그러나 이런
모든 것은 10여 가지의 보완적인 뉘앙스를 추가했을 때 비로소 진

실이 될 수 있다.)

어쨌건 니체(비앙키, 《철학의 기원*Origine de la Philosophie*》, 208쪽) 참조 : "솔직히 고백하거니와, 소크라테스가 내게 어찌나 가깝게 느껴지는지 나는 거의 끊임없을 정도로 그와 싸우고 있다."

*

《페스트》, 두 번째 버전. 서로 헤어져 지내는 사람들은 주중의 날들을 어떻게 보내야 할지 몰라 어려워한다. 물론 일요일도 그렇다. 토요일 오후도 문제. 그런데 예전 같으면 어떤 날들은 어떤 의식적인 일에 바칠 수도 있었다.

위의 책. 테러에 대한 한 장 : "사람들이 저녁에 찾아와서 잡아가는 이들"……

격리 수용소에 관한 한 장 : 부모들은 이미 죽은 사람과 헤어졌다——그런데 위생상의 이유로 사람들은 어린아이들을 부모와 격리시키고 남자들을 여자들과 격리시킨다. 그 결과 마침내 헤어짐이 일반화된다. 모든 사람들이 다 고독으로 돌아간다.

이런 식으로 이별의 주제를 소설의 가장 주요한 주제로 삼는다. "그들은 페스트에 아무것도 요구하지 않았다. 그들은 이해할 수 없는 세계의 한복판에서 애정과 습관만으로 세월을 보내게 되는 어지간히도 인간적인 그들만의 한 세계를 참을성 있게 만들어가고 있었다. 그런데 세계 그 자체와 격리되는 것만으로는 부족하다는 듯 페스트는 그 보잘것없는 일상의 창조에서까지 그들을 격리시켜놓는 것이었다. 페스트는 그들의 정신을 눈멀게 한 다음에 이제는 그들의 가슴을 도려냈다." 결국은 실질적으로 "이 소설에는 오직 고독해진 사람들뿐이다."

*

《페스트》, 두 번째 버전.

　사람들은 평화를 찾다가 다른 이들에게 가면 그들이 평화를 줄까 하는 생각에서 그들을 찾아간다. 그러나 우선 그들이 줄 수 있는 것은 광란과 혼란뿐이다. 그러니 평화는 다른 곳에서 찾을 수밖에 없는데 하늘은 말이 없다. 그때에야, 오직 그때에야 사람들은 다른 사람들에게 돌아온다. 그들이 평화는 주지 못할망정 잠은 잘 수 있게 해주니까…….

*

《페스트》, 두 번째 버전.

　페스트의 저 위에 테라스들이 있다는 것은 좋은 일이다.

　그들은 모두 다 옳다고 리외가 말한다.

　타루(혹은 리외)는 페스트를 용서한다.

*

반항에 관한 에세이. 부조리의 세계는 우선 엄격하게 분석되지 않는다. 그저 환기되거나 상상될 수 있을 뿐이다. 이처럼 그 세계는 보편적인 생각의 산물, 다시 말해 정확한 상상의 산물이다. 그것은 현대의 어떤 원칙을 삶의 처신과 미학에 적용한 것이다. 그것은 분석이 아니다.

그러나 일단 굵은 획으로 이 세계의 윤곽을 그리고 첫 번째 초석(그 초석은 하나뿐이다)을 놓고 나면 철학하는 것이 가능해진다——아니 더 정확하게 말해서, 똑바로 이해했다면——필요해진다. 그러면 분석과 엄격함이 요구되고 다시 도입된다. 승리를 거두는 것은 디테일과 묘사다. '전혀 흥미로울 것이 없는 것'으로부터 '……를 제외하고는 모든 것이 다 흥미로운'을 이끌어낸다——바로 여기서 반항에 대한 정확하고 엄격한——그러나 결론은 없는——연구가 생겨난다.

1) 반항의 운동과 내면적 반항.

2) 반항의 상태.

3) 형이상학적 반항.

반항의 운동 : 당연한 권리——보자보자 하니 너무 오래 그런다는 느낌——상대방이(좋은 예로 그의 아버지가) 그의 권리를 무시한 채 월권을 한다는 느낌. "지금까지는 좋다, 그렇지만 더 이상은 안 된다"——분석을 계속할 것.

《에세이》에서 《기원 철학과 원한의 인간*Origine Philosophie et Homme du ressentiment*》[41] 노트 참고.

*

　반항에 관한 에세이 : 부조리 정신의 여러 방향 가운데 하나는 가난과 헐벗음이다.

　부조리에 '걸려들지' 않는 유일한 방법은 더 이상 부조리로부터 발을 빼지 않는 것이다. 순결함이 없는 성적인 분산은 없다 등.

　위와 같음. 흔들림의 주제 도입.

　위와 같음. 부조리한 목적의 하나로서의 명상. 명상은 어떤 것의 편도 들지 않는다는 의미에서.

*

　"보라, 나는 이것이 진실임을 안다. 그러나 결국 그것의 결과가 내 맘에 들지 않기에 나는 물러선다. 진실은 심지어 그것을 찾아내는 사람에게까지도 받아들여질 수 없는 것이다"라고 말하는 사상가가 있다고 상상해보자. 우리가 생각하는 부조리의 사상가와 그의 영원한 불편함이란 바로 이런 것이다.

*

　항상 숲의 가장자리를 달리는 이 이상한 바람. 인간의 기이한 이

---

41) 막스 셸러의 저작(《반항하는 인간》, 플레야드 판 30~31쪽 참조).

상 : 자연의 한가운데에 자신의 아파트를 만들어 가지는 것.

*

　사유의 대상이 되는 것들 속에서 그 자체로서 자명한 철학과 자신이 더 좋아하는 철학, 그 양자 사이를 구별지어야겠다는 결심을 할 필요가 있다. 다시 말해, 우리는 정신과 마음에 거부감을 자아내기는 하지만 절실히 요구되는 어떤 철학에 도달할 수 있다. 이렇게 볼 때 나의 자명한 철학은 부조리다. 그렇다고 해서 내가 더 좋아하는 철학이 없는 것은(아니, 더 정확하게 말해서 내가 그런 철학을 인식하지 못하는 것은) 아니다. 예를 들어, 정신과 세계 사이의 올바른 균형, 조화, 충만……같은 것. 행복한 사상가는 자신의 경향을 따르는 사람──추방당한 사상가는 자신의 경향을 거부하는 사람──진실 때문에──아쉽지만 단호하게…….

　사상가와 그의 체계를 최대한 분리시켜 생각하는 것은 가능한가? 실제로 그것은 어떤 우회적인 리얼리즘으로 되돌아오는 것이 아닐까 : 인간의 밖에 있는, 구속적인 진실. 그럴지도 모른다. 하지만 그렇다면 그것은 만족을 줄 수 없는 어떤 리얼리즘일 터이다. 선험적인 해답이 아니라.

*

　'현실적으로' 해결해야 할 중대한 문제 : 사람은 행복하면서도 고독할 수 있는 것인가?

*

    무의미의 모음집.[42] 우선 무의미insignifiance란 무엇인가? 여기서 어원에 매달리다 보면 속기 쉽다. 그것은 의미가 없는 것을 가리키는 것이 아니다. 만약 그런 의미라면 이 세계는 무의미하다고 말하지 않으면 안 된다. 무분별한insensé 것과 무의미한insignifiant 것은 동의어가 아니다. 무의미한 인물이 아주 분별 있는 인물일 수 있다. 대단한 행동, 진지하고 거창한 계획이 무의미할 수 있다. 이런 식으로 생각하다 보면 우리는 어떤 진보의 길로 들어서게 된다. 아주 공식적이고 진지한 태도로 그런 행동을 시도하는 사람에게 그 행동은 무의미하지 않게 보이니까. 그러므로 이렇게 덧붙일 필요가 있다. 어떤 사람들에게 이 행동들은 무의미하다든가 어떤 범주에서 어떤 생각은 무의미하다는 식으로 말이다. 다시 말해, 그리고 어느 것에 대해서나 다 그렇듯이, 무의미의 상대성이라는 것이 있는 것이다. 그렇다고 해서 무의미가 상대적인 것이라는 말은 아니다. 무의미는 무의미가 아닌, 의미가 있는, 어떤 중요성이 있는 그 무엇, '무시 못할', 관심을 가질 만한, 그 쪽으로 시선을 기울이고 신경을 쓰고 몰두해볼 가치가 있는 그 무엇, 어떤 당연한 자리를 차지하고 있는, 눈에 띄는 그 무엇과 관계가 있다. 그것은 아직 더 잘 규정되지

---

  42) 이 텍스트를 다소 해학적인 어조로 고쳐쓴 〈무의미에 대하여De l'insignifiance〉 《계절의 노트Cahier des saisons》 플레야드 판, 1894쪽 재수록) 참조.

않은 상태다. 우리가 의미라는 그 미터 원기(原器)에 대해 여러 가지 정의를 내릴 수 있을 때 비로소 무의미는 상대적인 것이 될 것이다. 그렇지 않다면 무의미는, 어떤 것이나 다 그렇듯이 좀더 큰 그무엇과 비교될 수 있고 더 일반적인 의미에서 그 얼마 되지 않는 뜻을 이끌어낼 수 있을 것이다. 이 뜻sens이라는 말에 대해 잠시 생각해보자. 어느 면에서, 많은 주의를 기울이고 여러 가지 뉘앙스에 유의하면서 우리는 어떤 무의미한 것이 반드시 '뜻' 없는 어떤 것이 아니라 그 자체로서 보편적인 '의미signification'를 갖지 못한 어떤 것이라고 말할 수 있을 것이다. 다시 말해, 정상적인 가치 척도에 따라서 생각해보건대, 만약 내가 결혼을 한다면 나는 인류의 범주 속에서 보편적인 의미를 갖고, 사회의 범주 속에서, 종교의 범주 속에서 어떤 다른 의미를 갖고, 어쩌면 형이상학적 범주 속에서 또 다른 의미를 가질 수도 있는 어떤 행동을 한 것이다. 결론 : 결혼은 적어도 널리 인정된 가치들의 범주 속에서는 무의미한 행동이 아니다. 종과 사회 혹은 종교의 의미가 배제된다면——그런 종류의 고려에 아무런 관심이 없는 개인들의 경우가 거기에 해당되겠는데——결혼은 실제로 무의미한 행동이다. 하여간 그 예를 두고 생각해볼 때 우리는 무의미가 그것이 갖지 못한 의미 속에 자리잡고 있다는 것을 알 수 있다.

그와 반대되는 예를 한 가지 들어보자. 만약 내가 문을 열기 위해 손잡이를 왼쪽이 아니라 오른쪽으로 돌린다면 나는 그 행위에다 흔히 인정되고 있는 그 어떤 보편적 의미도 부여할 수 없다. 사회, 종교, 인류 그리고 신 그 자신은 내가 문의 손잡이를 오른쪽으로 돌리든 왼쪽으로 돌리든 전혀 개의치 않는다. 결론 : 나의 행동은 무의미하다. 단, 나에게 있어서 이 습관이 예컨대 나의 힘을 절약하려는 배려와 관련이 있거나 어떤 의지, 어떤 삶의 태도를 반영할 수 있는 효율성에의 취향과 관련이 있는 경우만은 예외에 속한다. 그럴 경우 나에게 문의 손잡이를 어떤 방식으로 돌리는 것은 결혼하는 것보다 훨씬 더 중요할 것이다. 이처럼 무의미는 항상 그 존재를 결정하는 나름대로의 관계성을 갖고 있다. 일반적인 결론은, 무의미의 경우에 불확실성이 있다는 것이다.

그러나 내가 무의미한 행동들의 모음집을 작성할 것을 생각하고 있으므로, 따라서 무의미한 행동이 무엇인지를 내가 알고 있다는 것이 된다. 그럴지도 모른다. 그러나 어떤 행동이 무의미하다는 것을 안다는 것이 곧 무의미가 무엇인지를 안다는 것은 아니다. 따지고 보면 나는 가령 그 문제를 확실히 해두기 위해 그 모음집을 작성해볼 수도 있다. 그렇지만…….

계획.

1. 무의미한 행동들 : 늙은이와 고양이[43]——군인과 처녀(이를 위한 노트. 나는 이 이야기를 모음집에 포함시키는 것을 망설였다. 이 이야기는 어쩌면 커다란 의미를 지녔을지도 모른다. 그렇지만 나는 이것을 내 작업의 극단적인 어려움을 보여주기 위해 여기에 넣기로 한다. 어쨌건 그 이야기 또한 뜻 있는 것들의 모음집——준비 중인——에 넣는 것이 가능할 것이다, 등.

---

43) 《작가수첩 I》과 《페스트》, 44~45쪽 참조.

2. 무의미한 말들. '우리 고장에서 흔히 말하듯이'——'나폴레옹이 말했듯이'——그리고 일반적으로 대부분의 역사적인 말들. 알프레드 자리의 이쑤시개.[44]

3. 무의미한 생각들. 여러 권의 두꺼운 책들을 쓸 수 있다.

*

이런 모음집을 왜? 결국 우리는 무의미가 거의 언제나 사물들이나 존재들의 기계적인 국면과——대부분의 경우 습관과 일치한다는 것을 주목할 수 있다. 이 말은 곧 모든 것이 결국은 습관적이 되고 만다는 뜻이 된다. 가장 거창한 사상들과 가장 대단한 행동들이 결국은 무의미해지고 만다는 사실을 우리는 분명히 알 수 있다. 삶의 정해진 목적은 곧 무의미다. 모음집이 흥미로운 점은 바로 여기에 있다. 그것은 사실상 삶의 가장 괄목할 만한 부분, 즉 자질구레한 생각들, 자잘한 기분들을 묘사해 보일 뿐만 아니라 나아가 우리의 공통된 미래를 말해준다. 그것은 우리 시대에 있어서 지극히 희귀한 이점을 지니고 있으니 그건 바로 진정으로 예언적이라는 점이다.

*

니체는 더할 수 없을 만큼 단조로운 외적인 삶을 살면서, 고독한

---

44) 자리의 이쑤시개 : 〈위뷔 왕Ubu roi〉(Fasquelle)에 붙인 살타의 서문. 카뮈는 이 일화를 이미 《작가수첩 I》, 203쪽에서 언급한 바 있다.

가운데 영위하는 사상은 그 자체만으로도 무시무시한 모험이라는 것을 증명해 보인다.

*

우리는 몰리에르가 죽을 수밖에 없었다는 사실을 참아낸다.

*

3월 9일. 첫 번째로 피어난 협죽도——그런데 일주일 전만 해도 눈이 오고 있었다!

*

니체 역시 노스탤지어를 경험한다. 그러나 그는 하늘에서 아무것도 구하고자 하지 않는다. 그의 해답 : 신에게 요구할 수 없는 것을 사람에게 요구한다 : 그것이 바로 초인이다. 그 같은 야망을 벌충해 보려고 스스로 신을 만들어내지 않았다니 놀라운 일이다. 그것은 어쩌면 인내의 문제일지도 모른다. 붓다는 신 없는 지혜를 설파한다. 그런데 몇 세기가 지나자 사람들은 그를 제단 위에 올려놓는다.

*

용기를 관능으로 만든 유럽인 : 그는 자기 도취에 빠진다. 구역질 난다. 진정한 용기는 수동적이다 : 그것은 죽음에 대한 무심함이다. 이상(理想) : 순수한 인식과 행복.

*

한 인간이 가난 이외에 무엇을 더 바랄 수 있으랴? 나는 현대의 프롤레타리아의 비참함을 말하는 것도 아니고 희망 없는 노동을 말하는 것도 아니다. 그러나 능동적인 여가와 관련된 가난 이상 더 바랄 수 있는 것이 무엇일지 나는 알 수가 없다.

*

가치 판단을 절대적으로 제거할 수는 없다. 그것은 부조리를 부정하는 것이 된다.

*

옛적의 철학자들은 (당연한 일이지만) 책 읽기보다는 스스로 심사숙고하는 일이 훨씬 더 많았다. 그렇기 때문에 그들은 그리도 구체적인 것에 가까이 매달린 것이다. 그런데 인쇄술이 그걸 바꿔놓았다. 깊이 생각하기보다는 책을 더 많이 읽게 된 것이다. 우리는 철학을 가진 것이 아니라 다만 주석을 가진 것이다. 철학에 전념하던 철학자들의 시대가 가고 철학자들에 전념하는 철학 교수들의 시대가 왔다고 지적한 에티엔 질송의 생각이 바로 그것이다. 그런 태도에서는 겸손과 동시에 무력함이 엿보인다. '문제를 처음부터 다시 생각해보자'라는 말로 책을 시작하는 사상가가 있다면 그는 웃음을 살 것이다. 오늘날 아무런 권위, 인용, 주석 등에 기대지 않은 채 나오는 철학 서적이 있다면 그것은 진지하게 여겨지지 않을 지경에 이르고 말았다. 그렇지만…….

*

《페스트》를 위하여 : 인간들에게는 멸시할 것들보다 찬미할 것들이 훨씬 더 많다.

*

'무슨 짓이든 다 해도 좋다'는 확신에도 불구하고 포기를 선택할 때 그래도 뭔가 남는 것이 있다. 왜냐하면 그럴 때는 다른 사람들을 더 이상 판단하지 않게 되기 때문이다.

많은 사람들이 소설에 끌리는 것은 얼른 보기에 그것이 아무런 스타일도 없는 장르로 여겨지기 때문이다. 그런데 실제로 소설은 가장 어려운 스타일을 요구한다. 송두리째 그 대상에 복종하는 스타일이 그것이다. 이리하여 우리는 소설을 쓸 때마다 매번 다른 스타일로 쓰는 작가를 상상해볼 수 있는 것이다.

*

　이제는 내게 친숙해진 죽음의 감각 : 그것은 고통의 도움도 받지 못한다. 고통은 현재에 매달린다. 그것은 투쟁을 요구하는데 투쟁도 '소일거리'가 되어준다. 그러나 아무 노력도 하지 않고 그저 손수건에 피가 가득히 고인 것을 보는 것으로 죽음을 느낀다는 것은 현기증이 날 것만 같은 시간 속으로 푹 빠져드는 것을 의미한다 : 그것은 생성 변화의 공포다.

*

　두꺼운 구름들이 줄어들었다. 해가 조금 나자마자 경작지에서 김이 피어나기 시작했다.

*

　죽음은, 삶에 형태를 부여하는 것과 마찬가지로 사랑에도 그 형태를 부여한다──사랑을 운명으로 바꾸어놓음으로써. 그대가 사랑하는 여자가, 그대가 그녀를 사랑하는 동안에 죽었으니 이제 하나의 사랑이 영원히 고정되었다──그런 종말이 아니었더라면 바스러지고 말았을 사랑이. 그러할진대 죽음 없는 세상이란 무엇이겠는가, 소멸하고 또 소생하는 일련의 형상들이요 고통스러운 도주요 마감할 수도 없는 한 세상이겠지. 그러나 다행스럽게도 여기 죽음이 있는 것이다. 믿음직한 죽음이. 사랑하는 여자의 죽음을 앞에 두고 눈물 흘리는 연인, 폴린 앞에서 우는 르네는 마침내 자신의 운명이 형상을 갖추었다는 것을 인정하는 사람의 순수한 기쁨의——모든 것이 다 소진되었다는 기쁨의——눈물을 흘린다.

*

드 라파예트 부인의 기이한 이론은 결혼이란 고통을 최소화하는 것이라는 이론이다. 정념에 사로잡혀 괴로워하느니보다는 차라리 잘못된 결혼을 하는 쪽이 낫다는 것이다. 여기서 우리는 이른바 질서의 윤리를 알아볼 수 있다.

(프랑스 소설은 형이상학을 경계하므로 심리학적이다. 그 소설은 신중을 기하기 위해 인간적인 것을 끊임없이 참고한다.)《클레브 공작부인》에서 고전적인 소설의 이미지를 이끌어내는 것은 그 소설을 잘못 읽은 결과다. 오히려 그 소설은 구성이 너무 엉성한 편이다.

*

《페스트》. 서로 헤어져 있는 사람들 : 이별의 신문? "이별의 감정이 어찌나 널리 퍼져 있는지 신문에 나는 대화, 속내 이야기, 뉴스들을 읽어보면 그것이 어떤 것인지 감을 잡을 수 있다."

위의 책. 서로 헤어져 있는 사람들. 신자들에게는 자기 반성의 시간일 이런 저녁 시간——감옥에 갇힌 수인에게는 견디기 어려운 시간——그 시간은 좌절당한 사랑의 시간이다.

《페스트》. 위와 같음. 배가 고프면 어떤 사람들은 깊은 생각에 잠기고 또 어떤 사람들은 먹을 것을 구하려고 노력한다. 이리하여 불행을 가져다주는 것이 동시에 이로운 것이 되기도 했다. 그런가 하면 어떤 이들에게 불행이었던 것이 다른 이들에게는 이로운 것이었다. 이리하여 사람들은 더 이상 서로 합치되지 않았다.

? 스테판. 이별의 신문

작품 속에서의 세 가지 층위 :

시시콜콜하게 기록하는 타루.

일반적인 것을 환기하는 스테판.

상대적인 진단이라는 더 높은 차원의 개종으로 타협점을 찾아내는 리외.

*

헤어져 있는 사람들. 위와 같음. 페스트 시절의 그 아득한 끝자락에서 그들은 이제 더 이상 자신들이 누렸던 그 내밀함을, 그들이 매 순간 손을 뻗어 어깨 위에 손을 얹을 수 있었던 한 존재가 어떻게 그들 곁에서 살 수 있었던 것인지를 상상도 할 수 없게 되었다.

*

〈오해Le Malentendu〉를 위한 제사? "태어나는 것은 완전해지지 못하지만 결코 멈추지 않는다." 몽테뉴.

*

불교로 개종한 서구인을 쉽게 상상해볼 수 있다——죽지 않고 사는 것이 보장되기에——그러나 죽지 않고 삶을 연장하는 것을 붓다는 고칠 길 없는 불행이라고 여기는 반면 서구인은 그것을 전심전력으로 원해 마지않는다.

*

생테티엔과 그 변두리 지역. 그 같은 광경은 그것이 생겨나게 만든 문명에 대한 규탄 그 자체다. 존재나 즐거움 혹은 능동적인 여가를 위한 자리가 하나도 없는 세계는 죽어야 할 세계다. 그 어떤 민족도 아름다움에서 소외된 채 살지는 못한다. 한동안 목숨이야 부지할 수 있다. 그뿐이다. 그런데 여기서 가장 한결같은 모습을 보여주고 있는 이 유럽은 끊임없이 아름다움에서 멀어지고 있다. 그렇기 때문에 유럽은 경련을 일으키고 있으며, 만약 유럽인들에게 평화가 아름다움으로의 회귀를 의미하지 않는다면, 만약 유럽이 사랑의 자리로 되돌아가지 않는다면 유럽은 죽음을 면치 못할 것이다.

*

돈을 목적으로 하고 있는 모든 삶은 죽음이다. 부활은 무사무욕 속에 있다.

*

글을 쓴다는 사실 속에는 내게 부족해지기 시작하는 개인적인 확신의 증거가 담겨 있다. 무엇인가 말하고 싶은 것이 있다는 확신, 특히 무엇인가가 말해질 수 있다는 확신——자신이 느끼는 것, 자신의 존재가 모범으로서의 가치가 있다는 확신——자신이 그 무엇과도 바꿀 수 없는 것이라는, 자신이 비겁하지 않다는 확신. 나는 지금 그런 모든 것을 잃어가고 있다. 나는 내가 더 이상 글을 쓰지 않게 될 순간을 상상하기 시작한다.

*

자신이 선호하고 매달릴 것을 선택할 수 있는 힘을 가질 것. 그렇지 못하다면 차라리 죽는 것이 낫다.

*

헤어져 있는 사람들 : "그들은 그들의 사랑을 다시 살려고, 공연한 질투의 시간을 다시 살려고 조바심치며 기다린다."

*

　위의 책. 사람들은 헤어져 지내고 있는 이들의 명단을 알고자 그들에게 등록을 요구한다. 그들은 그 뒤에 더 이상의 소식이 없어서 의아해한다. 그러나 단지 '필요할 경우' 소식을 알려야 할 사람들의 명단을 알아두기 위해서 그런 것뿐이다. "요컨대, 우리는 등록을 한다."

*

　위의 책. 세 번째. "그러나 오랜만에 다시 만나게 되자 그들은 마음속으로 상상했던 사람을 현실의 인물로 대체하는 것이 또 그렇게 힘이 들었다……. 그래서 그들 중 어느 한 사람이 자신의 면전에 있는 여자의 얼굴을 또다시 따분한 기분으로 바라볼 수 있게 되는 날에야 비로소 진정으로 페스트가 사라졌다고 말할 수 있을 것이다."

*

　모든 사유는 그것이 고통으로부터 이끌어낼 수 있는 것에 의해 판단될 수 있다. 나의 혐오에도 불구하고 고통은 하나의 사실이다.

*

나는 아름다움을 벗어나서는 살 수 없다. 그 때문에 나는 어떤 사람들 앞에 서면 약해진다.

*

모든 것이 다 끝나면 물러설 것(신 혹은 여자).

*

인간과 동물을 가장 확실하게 구분시켜주는 것은 바로 상상력이다. 우리의 성이 진정한 의미에서 자연스러운, 다시 말해서 맹목적인 것이 될 수 없는 것은 바로 그 때문이다.

*

부조리는 거울 앞에 선 비극적 인간이다(칼리굴라). 그러므로 그는 혼자가 아니다. 거기에는 어떤 만족이나 자족의 싹이 있다. 이제 그 거울을 없애버려야 한다.

*

시간을 관찰하고 있을 때는 시간이 빨리 가지 않는다. 시간은 감시당하고 있다고 느낀다. 그러나 시간은 우리가 방심한 틈을 이용한다. 어쩌면 시간은 두 가지일 것 같다. 우리가 관찰하는 시간과 우리를 변화시키는 시간.

*

〈오해〉를 위한 제사 : "니오베는 처음에 아들 여섯을 잃고 그 다음에는 그만큼의 딸들을 잃게 되자 그 상실의 슬픔을 이기지 못한 나머지 마침내 바위로 변하고 말았나니……그런 까닭에, 숱한 재난을 견디다 못해 나중에는 웃음을 잃어버린 벙어리, 귀머거리, 바보 천치로 변해버린 우리의 처지를 나타내 보이기 위하여 시인들은 저 가련한 니오베의 모습을 빌려 표현하는 것이다." 몽테뉴.[45]

위의 책. 슬픔에 대하여. "비록 세상 사람들은 슬픔이라는 것을 무슨 고귀한 감정이나 된다는 듯이 유난히도 떠받들지만 나는 그것에 사로잡히지도 않고 그것을 사랑하지도 귀히 여기지도 않노라."

위의 책. (거짓말쟁이들에 대하여). 그러므로 무엇보다도 힘차게 내달리다가도 딱 멈추어 설 수 있는 능력을 보고 좋은 말의 위력을 가늠할 따름이니.

*

---

45) (옮긴이주) 몽테뉴의 《수상록》 제1권 제2장 〈슬픔에 대하여〉에서 인용.

부조리. '너'에 의한 모럴의 회복. 나는 우리가 이승의 삶을 '보고 해야 할' 어떤 다른 세계가 존재한다고 믿지 않는다. 그러나 우리에게는 이미 이 세상에서 보고해야 할 결산 내용이 있다——우리가 사랑하는 모든 사람들에게 말이다.

*

위의 책. 언어에 대하여. (브리스 파랭 : 인간이 언어를 고안해내지는 못했다는 것을 증명하는 논거들은 부정할 수 없는 것이다.) 모든 것이 다 깊이 생각해보면 어떤 형이상학적 문제에 이른다. 이리하여 어느 쪽으로 고개를 돌려보든 인간은 마치 어떤 섬 속에 고립되어 있듯이 현실 속에 고립된 채 가능성과 의문들의 시끄러운 바다에 에워싸여 있다. 여기서 출발하여 우리는 세계가 어떤 의미를 가지고 있다는 결론을 내릴 수 있다. 만약 세계가 불쑥 존재했다면 그 세계에는 의미가 없을 터이니 말이다. 행복한 세계에는 이유가 없다. 그러므로 "형이상학은 가능한가?"라고 말하는 것은 우스꽝스럽다. 형이상학은 존재한다.

*

이 세계의 위안은 계속되는 고통이란 없다는 사실이다. 한 가지 고통이 사라지고 한 가지 기쁨이 되살아난다. 모든 것이 균형을 이룬다. 이 세계에는 보상이 따른다. 만약 우리의 의지가 생성 변화로부터 어떤 각별한 고통을 이끌어내고 우리가 그 고통을 힘의 차원으로 끌어올려서 끊임없이 그것을 시험해본다면 그 선택에는 우리가 그 고통을 하나의 선으로 여긴다는 증거가 숨어 있는 것이며, 이번에는 그 가운데 보상이 담겨 있는 것이다.

*

세 번째 시의 적절하지 못한 고찰.[46] "고통스러운 눈길로 쇼펜하우어는 트라프 드 랑세의 위대한 설립자의 이미지에서 고개를 돌리면서 말하는 것이었다, '이것은 은총을 필요로 하는 일이구나.'"

*

M에 대하여.[47] 나는 '존재Être'를 향해 나아가는 것을 거부하지 않는다. 그러나 나는 존재들êtres에서 벗어나는 길을 원치 않는다. 자신의 정념들 끝에 이르러 신을 찾을 수 있는지 알아볼 것.

*

《페스트》: 대단히 중요. "그들은 당신들에게 식량을 보급해주고

---

46) 니체의 《적절하지 못한 고찰들Considérations Intempestives》(Aubier), 제II권, 53쪽에서 발췌한 인용.
47) 판독하기 어려운 단어.

이별의 고통을 안겨주었기 때문에 아무런 반항 없이 당신들을 손아 귀에 넣은 거요."

*

5월 20일.

처음으로 : 만족과 충만의 기이한 느낌. 무겁고 더운 저녁을 앞에 두고 풀 속에 누워 스스로에게 던진 질문 : "만약에 이 날들이 마지막이라면……." 대답 : 마음속에 고요한 미소. 그렇지만 내가 자랑스러워할 만한 것은 아무것도 없다 : 아무것도 해결되지 않았고 내 행동 자체도 확고하지 못하다. 이것은 하나의 경험을 마감하는 경화 작용, 아니면 저녁의 부드러움, 아니면 그 반대로 아무것도 부정하지 않는 어떤 지혜의 시작인가?

*

6월. 뤽상부르 공원.

바람과 해가 가득한 일요일 아침. 큰 연못 주위에서 바람이 분수의 물을 흩어놓는다. 주름진 물 위의 아주 작은 돛배들과 큰 나무들 주변의 제비 떼. 젊은이 둘이서 토론하는 중이다 : "인간의 존엄성을 믿는 네가."

*

프롤로그 : ——사랑…….

——인식…….

——그것은 같은 말이다.

*

낮 동안에는 새들의 비상이 항상 목적 없는 것처럼 보이지만 저녁이 되면 새들은 항상 어떤 목적지를 다시 찾아내는 것 같다. 그들은 무엇인가를 향해서 난다. 이처럼 삶의 저녁이 오면 어쩌면…….[48]

그런데 삶에 저녁이란 것이 있기나 한 것인가?

*

발랑스의 호텔 방. "난 네가 그러지 않았으면 해. 그 생각을 하면 내가 뭐가 되겠어? 너의 어머니, 자매들 앞에서 내가 뭐가 되겠어, 마리 롤랑드, 그 얘길 너한테 절대로 하지 않을 생각이었어, 너도 알잖아.——제발 부탁이야, 그건 하지 마. 이 이틀 간의 휴식이 내겐 너무나도 필요했어. 넌 그걸 하면 안 돼. 나는 끝까지 가겠어. 필요하다면 너하고 결혼하겠어. 그렇지만 그런 양심에 거리끼는 짓은

---

48) 그 다음 문장은 손으로 쓴 노트에 연필로 추가되어 있다.

하고 싶지 않아——너한테 이런 얘긴 하지 않겠다고 맹세했어——이건 그냥 말일 뿐이야. 내게 중요한 것은 행동이야……——그냥 사고라고들 생각할 거야. 기차가……등. (그 여자가 운다. 소리를 지른다 : 네가 미워. 나한테 그런 짓을 하다니 미워.)——나도 잘 알아, 롤랑드, 나도 잘 알아. 하지만 이 말을 네게 할 생각은 없었어 등.” 그는 약속한다. 시간의 길이 : 한 시간 반. 단조로움. 제자리에서 맴돌기.

*

르낭의 생각에 깊은 인상을 받은 반 고흐 : “자기 자신에 대해 죽는 것, 위대한 일들을 실현하는 것, 고귀함에 도달하는 것, 그리고 거의 모든 인간들의 삶이 영위되고 있는 천박함을 초월하는 것.”

“진정으로 사랑할 가치가 있는 것을 계속하여 진심으로 사랑한다면, 무의미하고 무가치하며 무미한 것들에 사랑을 낭비하지 않는다면, 우리는 차츰차츰 더 많은 빛을 얻을 것이고 더 강해질 것이다.”

“단 한 가지 일에 숙달되어 그것을 제대로 잘 알게 된다면 한 걸음 더 나아가 다른 여러 가지 일들에 대한 이해와 인식에 도달할 수 있을 것이다.”

“나는 나의 불충실에 있어서 일종의 충실한 신도다.”

“내가 여러 가지 풍경을 그린다면 그 속에는 언제나 얼굴의 자취가 있을 것이다.”

그는 도레의 말을 인용한다 : “나는 소 같은 인내심을 지니고 있다.”

즈웰루 여행에 관한 340번 편지 참조.[49]

위대한 예술가들의 몰취미 : 그 점에서 미예와 렘브란트는 막상 막하다.

"나는 점점 더 이 세상을 보고 하느님을 판단해서는 안 된다고 믿게 된다. 그것은 잘못 시작된 하느님 연구다."

"삶에 있어서나 그림에 있어서나 나는 하느님 없이 지낼 수 있다. 그러나 고통당하는 나로서 나보다 더 큰 그 무엇, 나의 삶인 그 무엇, 창조하는 힘 없이는 지낼 수 없다."

자신을 찾기 전, 자신이 화가라는 것을 발견하기 전 스물일곱 살까지 방황하는 반 고흐의 기나긴 탐구.

*

가난, 질병, 그리고 자기 자신의 결점들을 잘 이해하고 잘 인정하며 잘 견디기 위해서 필요한 일을 다 했을 때도 아직 더 해야 할 일이 좀 남아 있는 법이다.

*

《페스트》. 페스트가 끝나갈 때 감상적인 교사[50]는, 지적인 면에

---

49) 반 고흐, 《서한집 Correspondance complète》, 제2권, 254쪽.
50) 앞(이 책 83쪽)에서 이미 언급되었던 인물 스테판을 가리킨다.

서 소일할 수 있는 가장 슬기로운 일은 어떤 책을 골라서 거꾸로 베끼는 일밖에 없다고 결론짓는다(이 텍스트와 그 의미를 좀더 발전시킬 것).

타루는 말없이 숨을 거둔다(눈짓 등).

행정적인 격리 수용소.

끝에 가서 교사와 의사와의 대화 : 그들이 모여 회합을 갖는다. 그러나 그들은 별로 요구하는 것이 없었기 때문에. 나로 말하자면 그러지 못한 것이, 등.

유대인 거리(파리 떼). 체면을 유지하려는 사람들. 사람들을 초대하여 치커리차를 마신다.

헤어져 있는 사람들. 두 번째. 자기 자신들로서도 이미 견디기가 그토록 어려웠던 것(늙음)을 이제는 두 사람 몫으로 견뎌야 했다.

그렇지만 평상적인 일들은 계속 처리된다. 과연 지난날 아는 사람들에게서 호기심을 자아냈었던 어떤 사건의 후일담을 사람들이 알게 되는 것은 바로 이때다. 어떤 젊은 살인범이…… 사면을 받았다든가. 신문은 그가 한 10년만 품행 방정하게 지내면 일상적인 생활을 다시 시작할 수 있을 것이라고 말했다. 정말이지 그럴 필요가 없었다.

*

말에 대한 신뢰, 그것은 고전주의다——그러나 신뢰를 간직하기 위해 고전주의는 말을 아주 조심스럽게 사용한다. 말에 도전하는 초현실주의는 말을 남용한다. 겸손하게 고전주의로 돌아가자.

*

　진실을 사랑하는 사람들은 사랑을 결혼에서 찾아야, 다시 말해 환상을 갖지 않는 사랑을 해야 옳다.

*

　"옥시탕"[51])의 정신은 어떤 점에 있는가?"《카이에 뒤 쉬드Cahiers du Sud》지의 특집. 대체로 르네상스, 18세기, 대혁명 때 우리의 존재는 아무것도 아니었다. 우리는 오직 10세기에서 13세기까지, 그리고 우리를 하나의 민족이라고 말하기 어려워진——문명 전체가 국제적이 되어버린 그런 때에야 겨우 어느 정도 중요성을 가질 수 있다. 이리하여 불행했건 영광스러웠건 간에 수세기에 걸친 역사, 그 세기들이 남긴 무수한 위인들, 전통, 민족의 삶, 그 모두가 송두리째 헛된 것, 무의미한 것이 되어버렸다. 그러니 허무주의자는 바로 우리인 것이다!

---

　51) (옮긴이주) 옥시탕Occitan은 랑그도크, 넓게는 프로방스 지방과 관련된 문화를 총칭한다. 이 문화는 중세에 중요한 역할을 했으나 점차 쇠퇴했는데 오늘날 그 중흥 운동이 계속되고 있다. 이는 흔히 세 가지 언어군으로 나누어지는데 북옥시탕(리무쟁, 오베르냐, 비바로알팽), 중옥시탕(좁은 의미의 랑그도크, 프로방살), 그리고 가스콩 (가론 강 서부)이 그것이다.

＊

휴머니즘이 내게는 따분하지 않다. 그것은 심지어 내게 미소까지 지어 보인다. 그러나 내가 보기에 그건 좀 모자라는 것 같다.

＊

도미니크회 수도사 브뤼크의 말 : "저 기독교 민주주의자들은 재수 없어."
"G는 신부 냄새가 많이 나. 주교님처럼 경건하거든. 진짜 주교들이 그러는 것도 참기 어려운 판인데."

＊

나──"젊었을 적에 나는 신부들은 모두 행복한 줄 알았는데."
브뤼크──"신앙심을 잃게 될까 봐 두려워하다 보니 그들의 감수성이 보잘것없어지고 만 거야. 그건 기껏 부정적인 소명일 뿐이야. 그들은 삶을 정면으로 바라보지 못해." (그의 꿈은 위대한 승리자로서의 성직자, 그렇지만 가난과 대담성이 찬란하게 가득한 성직자가 되는 것.)
천벌을 받은 니체에 대한 대화.

＊

바레스와 지드. 뿌리뽑힘이라는 것은 우리에게 있어서 시효가 지난 문제다. 그리고 열을 올리게 하지 않는 문제들에 대해서 우리는 어리석은 말을 덜 하게 된다. 요컨대 고향을 지킬 필요도 있고 여행을 할 필요도 있는 것이다.

*

오해. 남편이 죽은 다음에 아내가 : "내가 그이를 얼마나 사랑하는데!"

*

아그리파 도비녜[52] : 이 사람은 믿고, 그리고 믿기 때문에 싸우는 사람이군. 요컨대 그는 만족해하는 사람이야. 그가 자기 집, 삶 그리고 직업적 경력에 만족해하는 것을 보면 알 수 있어. 그가 분노를 터뜨리는 것은 잘못된 생각을 가진 ——자기가 보기에——사람들에 대해서야.

*

---

52) 카뮈의 자료집에는 도비녜에 대한 노트가 세 페이지 포함되어 있다.
　(옮긴이주) 아그리파 도비녜(1552~1630)는 프랑스의 시인으로, 열렬한 신교도이자 앙리 4세의 전우였다.

어떤 비극이 만들어지는 것은 서로 대립하는 세력의 양쪽이 마찬가지로 정당하고 마찬가지로 살 권리가 있기 때문이다. 그래서 부당한 세력들을 서로 대립시키면 비극성이 약해지는 것이다. 그래서 강한 비극에서는 모든 것이 다 정당하다.

*

메장쟁크 고원에서는 칼로 거세게 후려치는 듯한 바람이 대기 속에서 윙윙거린다.

*

정념들을 가지고 산다는 것은 그 정념들을 제어했다는 것을 의미한다.

*

영원 회귀는 고통 속에서의 자기 만족을 의미한다.

*

인생에는 온갖 사건들이 복잡하게 얽혀 있어서 우리는 어서 늙어버리기를 바라게 된다.

명심할 것 : 병과 그 병의 쇠퇴. 허송할 시간이 단 한 순간도 없다
——이것은 어쩌면 '서둘러야 한다'는 것의 정반대일 것이다.

＊

　　교훈 : 우리는 어떤 사람들의 저의를 뻔히 알면서 그들과 함께 살
수는 없다.
　　모든 집단적 판단을 한사코 거부할 것. 사회가 갖다 붙이는 '주
석'의 국면 한복판에 순진무구함을 가져올 것.

＊

　　열기는 과일을 익게 하듯이 인간들을 성숙시킨다. 그들은 살아보
기도 전에 성숙해 있다. 그들은 무엇을 배우기도 전에 모든 것을 다
안다.

＊

　　B. B. "어떤 사람들은 오직 정상인이 되기 위해 초인적인 노력을
바친다는 사실을 아무도 알지 못한다."

《페스트》. 타루의 수첩이 그토록 중요한 자리를 차지하는 것은 그가 내레이터에게서 죽어가고 있는 자신을 발견했기 때문이다 (처음에).

——병이 전염되는 것이 사실이고 격리가 필요하다는 것을 확신합니까?

——나는 아무것도 확신하지 않아요. 그러나 나는 시체들을 내다 버리고 매우 협소한 공간에 같이 살고 하는 등의 것이 별로 권할 만한 일이 아니라는 것을 확실히 믿어요. 이론은 변할 수 있는 것이지만 어느 때나 늘 옳은 것이 한 가지 있는데 그게 바로 일관성이에요.

*

정신 없이 투쟁하다 보니 위생반 사람들은 페스트에 대한 뉴스에 별로 관심이 없어져버린다.

페스트는 가치 판단을 없애버린다. 사람들은 의복, 음식 등의 질에 대해 더 이상 판단을 하지 않는다. 모든 것을 그냥 다 받아들인다.

헤어져 있는 사람은 의사에게 밖으로 나갈 수 있는 증명서를 만들어달라고 한다(이렇게 해서 그를 알게 되는 것이다). 그는 자기가 시도해본 여러 가지 경험들을 이야기한다……. 그는 정기적으로 다시 찾아온다.

기차, 정거장, 기다림.

페스트는 이별을 유난히 실감나게 한다. 그러나 헤어지지 않고 같이 있다는 것은 그저 우연의 연장에 불과하다. 페스트가 법이다.

*

1943년 9월 1일.
발발하는 사건들에 절망하는 사람은 비겁자다. 그러나 인간의 조건을 신뢰하는 사람은 미치광이다.

*

9월 15일.
그는 자기의 개인적인 일도 사업상의 편지도 내버려둔 채, 진심을 담아 편지를 써 보내오는 열세 살짜리 여자아이에게 답장을 쓴다.

*

실존이라는 말이 우리의 향수인 그 무엇을 가리키는 것이기 때문에, 그와 동시에 그 말이 어떤 더 높은 현실의 긍정에까지 확대될 수밖에 없기 때문에, 우리는 그 말을 전환된 형태로만 간직할 수 있는 것이다. 우리는 그것을 비실존적 철학이라고 부르고자 한다. 그렇다고 그것이 어떤 부정을 내포하는 것은 아니고 다만 '……을 박탈당한 인간'의 상태를 가리켜 보이려는 것일 뿐이다. 비실존적 철학은 그러니까 유적의 철학이 될 것이다.

*

사드. "사람들은 정념에 대항한다고 나선다. 철학의 횃불에 불을 붙일 수 있는 곳이 바로 그 정념의 불이라는 사실은 생각지도 않은 채."

*

예술에는 수줍음의 기미가 있는 법이다. 그래서 예술은 만사를 직접적으로 말할 수가 없다.

*

혁명 기간 동안에 죽는 쪽은 가장 훌륭한 사람들이다. 희생의 법칙이 그러한 것이어서 결국 비겁한 사람들과 신중한 사람들이 항상 발언권을 갖게 된다. 왜냐하면 다른 사람들은 이미 자신의 가장 고귀한 몫을 바침으로써 발언권을 상실했기 때문이다. 말을 한다는 것은 항상 배신했다는 것을 전제로 한다.

*

세상에 좋은 일을 하는 것은 예술가들뿐이다. 그렇지 않다고 파랭은 말한다.

*

《페스트》. 모두가 투쟁한다——각자 자기 방식으로. 유일한 비겁함은 무릎을 꿇는 것이다……새로운 모럴리스트들이 수없이 등장하는 것을 볼 수 있는데 그들의 결론은 항상 같다 : 무릎을 꿇는 수밖에 없다는 것이다. 그러나 리외는 대답했다. 이러이러한 방식으로 싸워야 한다고.

추방된 사람들은 역에서 여러 시간을 보낸다. 죽은 역을 다시 살리려는 것이다.

리외 : "각각의 투쟁 집단 속에는 죽이는 사람들과 치료하는 사람들이 필요하다. 나는 치료하는 쪽을 택했다. 그러나 나는 내가 싸우고 있다는 것을 알고 있다."

*

《페스트》. 지금 이 시간 먼 곳에는 해질녘이 되어 물이 장밋빛으로 변하는 항구들이 있다.

*

"땅을 박탈당했다고 해서, 고통으로 인해 세계와 격리되었다고 해서 신을 찾아간다는 것은 헛된 일이다. 신은 세상에 집착하는 영혼들을 필요로 한다. 신이 마음에 들어하는 것은 당신의 기쁨이다."

                                        *

이 세계를 있는 그대로 반복하는 것은 어쩌면 세계를 변형시키는 것보다 더 확실하게 배반하는 것이리라. 최고의 사진은 벌써 일종의 배반이다.

합리주의에 반대하여. 만약 순수한 결정론이 어떤 의미가 있는 것이었다면 단 하나의 진정한 확언만으로도 귀결과 귀결을 거쳐 완전한 진실에 이를 수 있었을 것이다. 그러므로 우리는 단 하나의 진정한 확언도, 하다못해 모든 것이 결정되어 있다는 확언도 입 밖에 내놓지 못했거나, 아니면 진실을 말하기는 했지만 무용하게 한 셈이다. 그러므로 결정론은 거짓이다.

                                        *

나의 '신에 반항하는 창조'[53]에 대하여. 어떤 가톨릭 비평가(스타니슬라스 퓌메)는 예술은 그것이 어떤 것이건 간에 항상 신과 경쟁한다는 죄를 짓는다고 말한다. 로제 스크레탱도《카이에 뒤 쉬드》

---

53)《반항하는 인간》중 〈반항과 예술Révolte et Art〉참조.

지의 1943년 8~9월호에서 마찬가지 말. 또 페기는 말한다. "심지어 신의 부재에서 그 광채를 얻고 그 어떤 구원도 기대하지 않는 시, 그 자체, 즉 여러 가지 공간의 빈 곳을 가득 채우려는 인간적 노력, 이 땅에서부터 보상받는 노력 이외에는 그 어떤 것도 믿지 않는 시가 있다."

호교론적인 문학과 경쟁의 문학 사이에 중간은 없다.

*

의무는 다른 것이 아니라 바로 옳고 좋은——'그러는 편이 나은' 일을 행하는 것이다. 그건 쉬운가? 아니다. '그러는 편이 낫다'고 믿는 것도 힘이 든다.

*

부조리. 자살을 하면 부조리가 부정된다. 자살을 하지 않으면 관습상 부조리가 부조리 자체의 부정인 만족의 원칙을 드러낸다. 그렇다고 해서 부조리가 존재하지 않는다는 것은 아니다. 그 말은 즉 부조리가 실제로 논리가 없다는 것을 뜻한다. 그렇기 때문에 우리는 실제로 그 부조리를 살 수는 없다.

*

파리. 1943년 11월.[54]

쉬레나. 4막. 모든 문을 다 지키고 있다. 지금까지는 그렇게도 멋진 어조로 말하던 에우리디케가 입을 다물기 시작하고 자신을 해방시켜줄 말을 표현하지 못한 채 가슴을 쥐어짜기 시작한다. 그녀는 마시막까지 말을 하지 않을 것이다──결국 말을 하지 못해서 죽는다. 그리고 쉬레나의 말.

"아!……나를 짓누르는 고통을

정다움에 이르도록 삼키지는 마오."

고전 극의 멋들어진 도박. 거기서는 연이어 쌍을 이뤄 등장하는 배우들이 결코 사건들을 실제로 살지 않은 채 말하고──그렇지만 고통과 행동이 끊임없이 불어난다.

*

파랭. 그들은 모두 속임수를 썼다. 그들은 한 번도 자기들이 처한 절망을 초월하지 못했다. 그건, 문학 때문이었다. 공산주의자란 그에게는 언어를 포기하고 언어를 사실의 반항으로 대체한 사람을 의미했다. 그는 그리스도가 매우 하기 싫어했던 것, 즉 자신이 지옥에 떨어짐으로써 지옥에 떨어진 사람들을 구원하는 것을 택했다.

*

---

54) 카뮈는 1943년 11월 2월 갈리마르 출판사의 편집위원으로 영입되었다.

모든 고통, 감동, 정념에는 그 고통이나 감동에 인간의 가장 개인적이고 가장 표현하기 어려운 일면에 속하게 되는 단계와 예술에 속하게 되는 단계가 있다. 그러나 그 첫 순간에 있어서 예술은 그러한 고통이나 감동으로 결코 아무것도 만들어내지 못한다. 예술은 시간이 고통에 부여하는 거리다.

그것은 인간이 스스로에 대해 이룩하는 자기 초월이다.

*

사드[55]와 더불어 조직적인 에로티시즘은 부조리 사상의 한 방향이 된다.

*

카프카에게 있어서 죽음은 해방이 아니다. 클로드 에드몽드 마니가 말하는 그의 겸허한 페시미즘.

*

페스트. 그들에게 있어서 사랑은 고집의 모습을 갖게 되었다.

---

55) 《반항하는 인간》 중 〈문학인Un homme de lettres〉 55쪽과 59쪽 참조.

*

〈칼리굴라〉교정쇄에 추가 : "자, 비극은 끝났다, 실패는 완벽하다. 나는 돌아서서 간다. 불가능을 위한 싸움에서 내 몫을 다 했다. 죽음이 아무것도 해방시켜주지 않음을 미리 알고서 죽음을 기다리자."[56]

*

"그리스도가 누군가를 위해서 죽었을지는 모른다. 그러나 나를 위해서는 아니었다."——인간은 유죄다. 그러나 그는 자신에게서 모든 것을 다 이끌어내지 못했다는 점에서 유죄다——그것은 처음부터 줄곧 자라나기 시작한 죄다.

*

〈정의에 대하여〉——죄 없이 실컷 얻어맞은 순간부터 정의를 믿지 않게 된 녀석.

위의 글. 내가 기독교에 대해 불만스러워하는 점은 그것이 불의의 독트린이라는 것이다.

---

56) 카뮈는 이 노트를 실제로 사용하지는 않았다.

*

《페스트》. 꼼짝도 하지 않은 채, 남자들이 생명과 피로써 준 것을 고통스럽게 알리며 상을 치르는 여자에 대한 이야기를 끝낼 것.

*

서른 살.[57]

인간의 으뜸 가는 자질은 망각이다. 그러나 또한 인간은 자신이 한 좋은 일까지도 잊어버린다고 해야 옳다.

*

《페스트》. 이별이 법이고 그 밖의 것은 우연이다.

——그러나 사람들은 항상 다시 만난다.

——일생 동안 계속되는 우연들도 있다.

당국에서 해수욕 금지령을 내린다. 그것이 신호다. 자신의 몸을 즐기는 것을——사물의 진실에 이르는 것을 금지하는 것. 그러나 페스트가 물러가면 사물들의 진실이 존재하게 될 것이다.

헤어져 있는 사람의 일기?

---

57) (옮긴이주) 카뮈는 1943년 11월 7일에 서른이 되었다.

*

    사상의 차원에서 우리가 실현할 수 있는 가장 큰 경제는 세계의 이해 불가를 받아들이는 것——그리하여 인간에게 전념하는 것이다.

*

    늙어서 우리가 어떤 분별에, 어떤 모럴에 도달하게 될 때, 자신이 저지른, 그 모럴과 그 분별에 반대되는 모든 것을 후회하며 느끼는 마음의 혼란. 너무 이르거나 너무 뒤늦은 것이다. 중간이 없다.

*

    나는 X네 사람들이 나보다 나은 기억력을 지녔기 때문에 그들과 사귄다. 우리가 공동으로 경험한 과거를 그들은 더 풍성한 것으로 만들어놓는다. 그 과거에서 나온 모든 것을 기억 속 제자리에 갖다 놓아주는 것이다.

*

    작품이 도전이 되기 위해서는 그 작품이 끝나야 한다(바로 여기서 '내일 없음'의 필요가 생기는 것). 작품은 신의 창조와 반대다. 그것은 끝난 것, 한정된 것, 분명한 것, 인간의 요구로 반죽된 것이다. 통일성은 우리의 손 안에 있다.

*

파렝. 개인은 진실을 위해 죽을 수 있는 순간을 선택할 수 있는 것인가?

이 세상에는 증언하는 사람들이 있고 낭비하는 사람들이 있다. 한 사람이 증언을 하고 죽으면 그의 증언이 말, 선전, 예술 등으로 망쳐지는 것이다.

*

행복이 성숙한 인간을 개선시켜주듯이 성공은 젊은이를 개선시켜준다. 그의 노력이 인정을 받게 되면 그는 거기에다가 기막힌 미덕인 느긋함과 초연함을 보태게 된다.

*

로저 베이컨[58]은 인식의 문제에 있어서 경험이 무엇보다 중요하다는 점을 강조했다고 해서 12년간 감옥살이를 했다.

---

58) (옮긴이주) 13세기 영국의 철학자, 과학자. 과학에 있어서 실험적인 방법에 의존할 것을 주장한 선구자.

*

    젊은이가 갈 길을 잃어버리는 한 순간이 있다. 그때는 바로 사람이 존재들을 상실하는 순간이다. 그 순간을 받아들이지 않으면 안 된다. 그러나 그 순간은 매우 힘들다.

*

    미국 소설에 대해 : 미국 소설은 보편성을 겨냥한다. 고전주의가 그러하듯. 그러나 고전주의가 영원한 보편성을 겨냥하는 데 비해 현대 문학은 상황적 조건으로 인해(여러 경계들의 상호 침투) 역사적 보편성을 겨냥한다. 그것은 시대를 초월한 인간이 아니라 공간을 초월한 인간이다.

*

    《페스트》. "그는 새벽 4시에 깨어 일어나 그때의 그녀를 상상하기를 좋아했다. 그가 그녀를 포착할 수 있는 때가 바로 그때였다. 누구나 새벽 4시에는 아무것도 하지 않는다. 잠을 자는 것이다."[59]
    한 극단이 여전히 계속해서 공연을 한다 : 오르페우스와 에우리디케에 대한 극.

*

---

59)《페스트》의 한 인물 랑베르(154~155쪽) 참조.

헤어져 사는 사람들 : 세상 사람들……. 그러나 내가 무엇이기에 그들을 판단한단 말인가. 그들 모두가 다 옳다. 그러나 빠져나갈 구멍이 없다.

의사와 타루 사이의 우정에 관한 대화 : "나도 그 생각을 해 보았지요. 하지만 그건 불가능해요. 페스트는 시간을 남겨주지 않아요.——돌연 : 지금 이 순간에 우리는 모두 죽음을 위해서 살고 있지요. 깊이 생각해보지 않을 수 없는 일입니다."

위의 책. **침묵**을 선택한 한 사람.

*

——스스로를 좀 방어해보세요, 하고 판사들이 말했다.

——아뇨, 하고 피고가 말했다.

——왜요? 마땅히 그래야 할 텐데.

——아직은 안 돼요. 당신들이 모든 책임을 다 져줬으면 해요.

*

예술에 있어서 자연스러움. 절대적인 자연스러움은 불가능하다. 왜냐하면 현실성이 불가능하니까(악취미, 저속함, 인간의 깊은 요구에 대한 불일치). 바로 그렇기 때문에 이 세계를 바탕으로 하여

인간이 하는 창조는 결국은 이 세계에 반(反)하는 것으로 귀결된
다. 신문 연재 소설들은 대부분 사실이기 때문에(현실이 그 소설과
일치해서건 세계가 관습적인 것이어서건) 저질이다. 세계를 개조
하는 것은 예술과 예술가다. 그러나 언제나 내심 항의하는 태도로
개조한다.

*

　　A가 그린 S의 초상 : "그의 우아함, 감수성, 나른함과 단호함, 조
심스러움과 대담함의 그 혼합, 건전한 의미에서 노련함이 없지도
않은 그 소박함."

*

　　고대 그리스 사람들이 지금 살아 있다면 실존주의를 전혀 이해하
지 못할 것이다——빈축을 사가면서도 기독교에 입문할 수는 있었지
만. 그 이유는 실존주의가 누구를 지도하는 것이 아니기 때문이다.
　　위와 같음. 절대적으로 순수한, 다시 말해 무사무욕한 인식이란
없다. 예술은 묘사를 통한 순수 인식의 한 시도다.

*

　　부조리한 세계에 문제를 제기한다는 것은 곧 "속수무책인 채로

우리는 절망을 받아들일 것인가?"라고 묻는 것이다. 정직한 사람치고 그 누구도 그렇다고 대답하지는 못할 것으로 생각된다.

*

알제리. 내가 내 생각을 제대로 이해시켰는지는 잘 모르겠다. 그러나 나는 알제리로 다시 돌아올 때면 어떤 어린아이의 얼굴을 바라볼 때와 같은 느낌을 갖게 된다. 그렇지만 세상의 모든 것이 다 순수하지는 않다는 것을 나는 알고 있다.

*

나의 작품. 창조된 세계에 대한 책 〈수정된 창조création corrigée〉에 대한 일련의 작업들을 끝낼 것.

*

반항의 산물인 작품이 인간의 열망들 전체를 요약한다면 그것은 필연적으로 이상주의적일 수밖에 없다(?). 그래서 반항적 창조의 가장 순수한 산물은 바로 연애 소설인데 그것은…….

*

우리에게 시를 정신적인 훈련으로, 소설을 개인적인 고행으로 제시하다니 이 얼마나 기막힌 혼란이란 말인가.

*

소설. 행동이나 죽음 앞에서 같은 인간이 보여주는 그 모든 태도들. 그러나 그때마다 마치 이번에야말로 제대로 된 태도라는 듯이.

*

《페스트》. 저녁의 서늘한 공기 속에서 우짖는 새소리를——있는 그대로의 세계를 즐길 수가 없다. 왜냐하면 새소리는 이제 역사의 두꺼운 층에 덮여 있어서 그 언어가 우리에게 와 닿으려면 그 역사의 층을 통과해야 되기 때문이다. 새소리는 그로 인해 변형되어버린다. 그것은 전혀 그 자체로서 느껴지지 못한다. 세계의 매 순간순간에 일련의 죽음과 절망의 이미지들이 달라붙기 때문이다. 이제 더 이상 죽음의 고통이 없는 아침은 없고 감옥이 없는 저녁은 없고 끔찍한 살육이 없는 정오는 없다.

*

어떤 사형 집행인의 회고. "나는 부드러움과 폭력을 번갈아가며 사용한다. 심리적으로 그렇게 하는 것이 좋다."

《페스트》. 보건대에 들어가 일해야 할지 아니면 자신에게 매우 중요한 사랑을 위해 삼가야 할지 결정을 내리지 못하는 사내. 풍요로움이여! 그것은 어디에 있는 것인가?

위의 책. 야간 통행 금지 이후 도시는 돌처럼 굳어져 있다.

위의 책. 그들에게 있어서 난처한 것은 안전하지 못하다는 느낌이었다. 매일, 매시간, 안심하지 못한 채 초조하게 쫓기는 기분인 것이다.

위의 책. 나는 마음의 준비를 갖추고 있으려고 노력한다. 그러나 하루 중 밤이나 낮의 어떤 시간이면 인간의 마음이 약해지는 것이다. 나는 바로 그런 시간이 두렵다.

위의 책. 격리 수용소. "나는 그게 어떤 것인지 알고 있었다. 사람들이 결국 나를 잊어버리고 말 것이 틀림없었다. 나를 모르는 사람들은 딴 생각을 하느라고 나를 잊어버릴 것이고 나를 알고 사랑하는 사람들은 나를 밖으로 꺼내줘야겠다는 일념과 또 그렇게 하려고 시도하다가 그만 기진맥진한 나머지 나를 잊어버릴 것이었다. 어찌 되었건 내 생각을 해줄 사람은 아무도 없을 것이다. 그 어느 누구도 매순간 내가 어떤 상태에 있을지를 상상하지는 않게 될 것이다, 등.

(랑베르로 하여금 방문하게 할 것.)

위의 책. 보건대 혹은 구출하는 사람들. 보건대의 모든 사람들은 슬픈 표정이다.

위의 책. "바로 이 테라스에서 의사 리외는 이 사건에 대한 연대기를 써서 남기겠다는 착상을 한다. 그 연대기에서 이 사람들과 서로 느끼게 되는 연대 의식이 명백하게 드러난다. 그리고 여기에서 마감되는 이 연대기는……등."

위의 책. 페스트 속에서 사람들은 더 이상 몸으로 사는 것이 아니다. 그들은 살을 깎아낸다.

위의 책. 도입부 : 의사 리외는 아내를 역까지 배웅한다. 그러나 그는 도시의 폐쇄를 요청할 수밖에 없다.

*

《존재와 무Être et Néant》(135~136쪽). 우리의 여러 가지 삶에 대한 기이한 오류. 우리는 우리의 여러 가지 삶을 밖으로부터 느끼려고 노력하니까.

*

육체가 영혼에 대해 향수를 느끼는 것이라면 영원 속에서 영혼이 육체와 분리되어 있음을 사무치게 괴로워하지 말라는 법도 없고, 그리하여 지상의 세계로 돌아가고자 열망하지 말라는 법도 없다.

*

사람은 절망의 순간에 글을 쓴다. 그렇지만 절망이란 무엇인가?

*

우리는 사랑을 바탕으로 하여 아무것도 세울 수 없다. 사랑은 흘러가버림이요 고통이며 기막힌 순간들 혹은 유예 없는 추락인 것이다. 그러나 사랑은…….

*

파리 혹은 감성의 무대 장치 그 자체.

*

단편 소설들. 대혁명이 한창일 때 적들의 목숨을 구해주겠다고 약속하는 자. 그리고 나서 자기 편의 법정이 그들에게 사형 선고를 내린다. 그는 그들을 탈옥시킨다.

위의 책. 사제가 고문을 당하고 배반한다.[60]

위의 책. 청산가리. 그는 자신이 끝까지 버틸 수 있는지 보기 위해 청산가리를 사용하지 않는다.

위의 책. 그자가 갑자기 수동적 방어를 하기 시작한다. 그는 이재민들을 돌본다. 그러나 그는 완장을 버리지 않은 채 차고 있었다. 그는 총살당한다.

---

60) 《적지와 왕국L'Exil et le Royaume》에 실린 단편 〈배교자Le Renégat〉에서 우리는 이 주제를 만나게 된다.

위의 책. 비겁자.

*

《페스트》. 페스트가 물러가고 난 뒤 그의 귀에는 처음으로 지상에 내리는 빗소리가 들린다.

위의 책. 그는 죽게 될 것이므로 삶이란 멍청한 것임을 발견하는 일이 급해졌다. 그것이 그때까지 그가 생각해온 것이었다. 아니 적어도 그 생각은 그 힘든 시간에 그에게 도움이 되었다. 그렇지만 모든 유리한 점들을 자기 쪽으로 끌어들여야 하는 바로 그 순간에, 항상 꽉 닫혀만 있었던 얼굴에서 미소를 발견할 수는 없는 노릇이었다.

위의 책. 착오로 병원에 입원하게 된 자. 이건 착오입니다, 하고 그는 여러 번 말한다. 착오는 무슨 착오? 어리석은 소리 말아요, 절대로 착오는 없어요.

위의 책. 의학과 종교 : 그것은 두 가지의 서로 다른 직업으로, 서로 손을 잡을 수 있을 것 같아 보인다. 그러나 모든 것이 명백해진 지금 그 두 가지는 양립할 수 없다는 것을——그래서 상대적인 것과 절대적인 것 둘 중에서 택일하지 않으면 안 된다는 것을 알 수 있다. "신을 믿는다면 나는 인간을 치료할 생각을 하지 않았을 것입니다. 인간의 병을 낫게 하는 것이 가능하다고 생각한다면 나는 신을 믿지 않았을 것입니다."

정의 : 스포츠를 통한 정의의 경험.

*

《페스트》. 다른 사람의 병을 철학적으로 인정하는 사람. 그러나 그의 가장 친한 친구가 병에 걸리자——그는 모든 수단을 다 동원해본다. 그러므로 투쟁의 연대는 헛된 것이다. 개인적인 감정이 우선하는 것이다.

타루의 일기 : 권투 시합——타루는 권투 선수의 친구가 된다. 몰래 조직한 시합——축구——법정.

아침 식사를 맛있게 하고 나서 담배를 피우며 거리를 걸어다니는 이른 아침. 아직도 기분 좋은 순간들이 있긴 있다.

타루 : "이상하군요. 당신의 철학은 슬픈데 얼굴 표정은 행복해 보이니 말입니다."——그렇다면 내 철학이 슬픈 것이 아니라고 결론을 내려야 되겠군요.

중간에, 모든 인물들이 같은 보건대 속에서 서로 만난다. 위대한 만남에 관한 한 개의 장.

이제는 더 이상 뛸 수 없게 된 축구 선수의 일요일, 그를 타루와 결부시킬 것 : 에티엔 빌라플란은 축구 시합이 금지된 이후 일요일만 되면 심심해진다. 그의 과거의 일요일들. 지금의 일요일들 : 그는 거리를 하릴없이 돌아다닌다. 조약돌을 발로 차서 수챗구멍 속으로 골인시켜보려고 애쓴다("일 대 영" 하고 그는 말한다. 그리고 곧 삶이 떡 같다고 덧붙인다). 공을 가지고 노는 아이들 놀이에 끼어든다. 그는 담배 꽁초를 내뱉어 발로 탁 받아 찬다(처음에는 아주 자연스럽게. 나중에는 담배 꽁초를 버리지 않고 간직한다).

리외와 타루.

리외 : 당신처럼 글을 쓰게 되면 인간에게 봉사할 일은 전혀 없을 것 같은데요.

——무슨 말씀, 하고 타루가 대꾸한다. 겉으로만 그렇게 보일 뿐이지요.

*

W. 그녀에게는 그녀가 규정할 수 있는 것이면 무엇이나 다 멸시해야 할 것으로 보인다. 그녀는 이렇게 말한다. "정말이지 구역질 나요. 이건 남성과 여성 간의 투쟁이잖아요." 남성과 여성 간의 투쟁은 존재한다. 우리로서는 어쩔 수 없는 일이다.

*

상대방이 모든 것을 다 하기를 요구하고, 그리하여 상대방이 계속해서 모든 것을 다 바치고 모든 것을 다 해야 한다고 설득하기 위해 자기는 수동적으로 당하고 사는 사람.

*

반항에 관한 에세이 : "모든 반항인들은 마치 역사의 성취를 믿기라도 하는 듯이 행동한다. 모순된 점은……."

위의 책. 자유는 몇몇 사람들의 희망 사항에 불과하다. 정의는 최대 다수의 희망 사항인데 최대 다수는 심지어 정의와 자유를 혼동한다. 그렇지만 질문 : 절대적인 정의는 절대적인 행복과 같은 것일까?——그 결과 자유를 정의에 희생시킬 것인가 아니면 정의를 자유에 희생시킬 것인가 하는 양자택일에 이르게 된다. 예술가에게 어떤 상황에서 이것은 자신의 예술과 인류의 행복 두 가지 중에서 택일하는 문제로 귀결된다.

인간은 저 혼자서 자신의 고유한 가치들을 창조해낼 수 있는 것인가? 이것이 바로 문제의 핵심이다.

당신의 판단이 옳다고? 그러나 나는 한 번도 인간이 분별 있는 존재가 아니라고 말한 적이 없다. 내가 바라는 것은 인간으로 하여금 이성을 터무니없이 연장하지 못하게 함으로써 마침내 그가 분명하고 수미일관해질 수 있도록 하는 것이다.

위의 책. 가치로 인도하는 희생. 그러나 이기적인 자살이기도 하다. 그것은 어떤 가치——자기 자신의 생명보다도 더 중요하다고 여겨지는——를 내세우는 것이다. 그것은 자신이 박탈당했던 저 보람 있고 행복한 삶의 감정이다.

*

영웅주의와 용기를 부차적인 가치로 여긴다는 것——용기를 입증해 보이고 난 다음에.

*

　예정된 자살자의 소설. 1년 후로 정해진 ——죽음에 무심해졌다는 사실로 인한 그의 기막힌 우월감.

　그 소설을 사랑에 대한 소설과 연결시킨다?

*

　희생의 무분별한 특성 : 자기 눈으로 볼 수도 없는 그 무엇을 위해 목숨을 바치는 자.

*

　값으로 따질 수 없을 만큼 귀중하게 여겨지는 것, 즉 쓴맛이 가신 마음을 갖게 되는 데 10년이 걸렸다. 흔히 그렇지만, 쓴맛을 일단 극복하고 나자 나는 그 쓴맛을 한두 권의 책 속에 담아놓을 수 있게 되었다. 그 결과 나는 이제 내겐 아무렇지도 않게 된 그 쓴맛에 의해 항상 평가를 받게 될 것이다. 그러나 그것은 공평한 일이다. 그 것이 바로 내가 지불해야 할 대가인 것이다.

*

　예술가들의 무시무시하고 지칠 줄 모르는 에고이즘.

*

우리는 오로지 사랑과 아무 상관 없는 이유들 때문에 사랑을 간직할 수 있다. 가령, 도덕적인 이유들로.

*

소설. 그녀에게 사랑이란 무엇인가 : 그들이 서로를 알아본 이후부터 그녀의 내면에 생긴 그 빈 곳, 그 조그맣게 파인 홈, 서로의 이름을 소리쳐 불러대는 연인들의 호소.

*

우리는 모든 면에서 다 참여할 수는 없다. 적어도 참여가 가능한 분야에서 삶을 선택할 수는 있다. 자신이 가진 명예로운 것을 사는 것, 오직 그것만을. 어떤 경우에 그것은 (특히) 존재하는 것들에 대한 열정을 지닌 사람에게 존재하는 것들 그 자체를 외면하는 결과를 낳기도 한다.

어쨌든 그것은 내면의 갈등을 자아낸다. 그러나 그래서 어쨌다는 말인가? 그것은 곧, 윤리적인 문제를 진지하게 생각해보는 사람은 결국 극단에 이르지 않을 수 없다는 것을 말한다. 찬성이건(파스칼) 반대건(니체) 진지하게 찬 혹은 반이면 된다. 윤리적인 문제는 오로지 피, 광기, 절규일 뿐임을 알 수 있다.

*

《반항》. 제1장. 윤리란 존재한다. 비윤리적인 것은 기독교다. 지적 합리주의와 신적 비합리주의에 대항하는 어떤 윤리의 규정.
제10장. 윤리적 가치로서의 음모.

*

소설.
방심하여 모든 것을 다 놓치게 만든 여자 : "그렇지만 나는 내 영혼을 다해 그이를 사랑했는데."
——아니, 그걸로는 아직 부족했다니까, 하고 사제가 말했다.

*

1944년 9월 24일 일요일. 편지.
소설 : "고백과 눈물과 키스의 밤들. 눈물과 땀과 사랑으로 젖은 침대. 가슴을 찢는 마음의 갈등이 극에 달한 가운데."

*

소설. 잘생긴 사람. 그래서 그는 모든 것을 용서받는다.

*

모든 여자들을 다 사랑하는 사람들은 추상으로 가는 길에 들어선 사람들이다. 겉으로야 어떻게 보이건 간에 그들은 이 세상을 초월해버린다. 왜냐하면 그들은 개별적인 것, 특수한 경우를 외면하기 때문이다. 일체의 관념, 일체의 추상을 피하는 사람, 진정으로 절망한 사람은 오직 한 여자만을 사랑하는 남자다. 모든 것을 다 만족시킬 수 없는 그 단일한 얼굴을 고집하는 것이다.

*

12월. 눈물과 어둠으로 가득 찬 이 가슴.

*

《페스트》. 서로 헤어져 있는 사람들이 서로에게 편지를 쓴다. 그는 적절한 어조를 찾아내어 자신의 사랑을 간직한다. 언어의 승리, 글 잘 쓰는 것의 승리.

*

예술의 정당화 : 진정한 예술 작품은 솔직함에 도움이 되고 인간들의 단순함을 강화한다. 등…….

*

　　나는 절망한 나머지 하는 행동들을 믿지 않는다. 나는 오직 제대로 된 근거에 입각한 행동들만을 믿는다. 그러나 별것 아닌 것도 행동의 근거가 될 수 있다.

*

　　전체주의적인 태도에 대해 제출할 수 있는 이의가 있다면 그것은 오직 종교적 혹은 윤리적 이의일 뿐이다. 이 세계에 아무런 의미가 없다면 그들이 옳다. 나는 그들이 옳다는 것을 받아들일 수 없다. 그러므로…….

　　신을 창조하는 것은 우리의 몫이다. 창조자는 신이 아니다. 이것이 바로 기독교 역사의 전부다. 왜냐하면 우리가 신을 창조하는 방법은 단 한 가지, 즉 스스로 신이 되는 것뿐이니 말이다.

*

'정의'에 대한 소설.

끝에 가서. 가난하고 병든 어머니 앞에서.

――난 너에 대해선 걱정이 없단다, 장. 너는 똑똑하니까.

――아니에요, 어머니, 그게 아니에요. 전 여러 차례 잘못 생각하곤 했어요. 그리고 언제나 정의로운 사람이진 못했지요. 하지만 한

가지는 말씀드릴 수 있죠…….

——물론이지.

——그 한 가지는 말이죠, 한 번도 어머니를 배반하지 않았다는 거예요. 일생 동안 어머니한테 충실했어요.

——너는 좋은 아들이야, 장. 넌 아주 훌륭한 아들이란 걸 난 알아.

——고마워요, 어머니.

——아니지, 오히려 내가 고마워해야지. 넌 그렇게 계속하면 되는 거야.

*

죽음에 대한 공포감을 극복하지 못하는 한 인간에게 자유란 없다. 그러나 자살을 통해 극복하는 것은 안 된다. 극복하기 위해서는 포기하면 안 된다. 외면하지 않고 똑바로 바라보면서 유감 없이 죽는 것.

*

영웅주의와 성스러움, 부차적인 덕목들. 그러나 용기를 발휘했어야 마땅하다.

*

'정의'에 관한 소설. 무고한 인질들의 목숨을 빼앗게 된다는 것을 알면서 어떤 행위를 저지르는 반란자……. 그러고 나서 그는 자신이 멸시해 마지않는 어떤 작가의 사면을 요청하는 탄원서에 서명한다.

*

명성. 보잘것없는 자들에 의해 당신에게 주어진 명성인데 당신은 그것을 보잘것없는 자들이나 무뢰한들과 나누어 가진다.

*

사면[61]?

우리가 처한 조건이 부당하므로 우리는 정의를 섬겨야 하고 이 세상이 불행하므로 행복과 기쁨을 보태야 한다. 마찬가지로 우리는 사형수로 태어났으므로 남에게 사형 선고를 내려서는 안 된다.

의사는 신의 적 : 의사는 죽음에 대항하여 싸우니까.

*

---

61) (옮긴이주) 프랑스어의 La grâce는 신의 '은총'을 뜻하는 동시에 법적인 '사면', 즉 죽음을 면제받는 것을 뜻한다. 카뮈는 여기서 이 말을 동시에 두 가지 의미로 사용하고 있다고 할 수 있다. 기독교도들은 신의 은총을 말하지만 무신론자인 카뮈는 '반드시 죽어야 하는' 운명 혹은 조건을 가지고 태어난 인간은 결국 사면을 받지 못한 존재라고 보는 것이다.

《페스트》. 리외는 죽음에 대항하여 싸우기 때문에 자신은 신의 적이었다고, 그리고 신의 적이 되는 것이 바로 자신의 직업이었다고 말한다. 그는 또한, 자기가 파늘루 신부를 구하려고 노력함으로써 신부의 생각이 잘못이었음을 동시에 그에게 증명했고 파늘루 신부는 구함을 받기로 함으로써 자기의 생각이 잘못이었을 가능성을 인정했다고 말한다. 파늘루 신부는 자기가 죽게 된다는 것은 의심할 여지가 없으므로 결국 자기의 생각이 옳다고 판명 날 것이라고만 그에게 말하고, 반면에 리외는 순순히 받아들이지 말고 끝까지 싸우는 것이 가장 중요하다고 대답한다.

*

내 작품의 의미 : 너무나도 많은 사람들이 사면을 받지 못하고 있다. 사면을 받지 못한 채 어떻게 살아갈 것인가? 도리 없이 살기 시작하고 기독교가 결코 하지 않았던 일, 즉 저주받은 자들을 돌보는 일을 하지 않으면 안 된다.

*

고전주의란 바로 정념들을 제압하는 것. 위대한 세기에 여러 가지 정념들은 개인적인 것이었다. 그러나 오늘날에 와서 그것은 집단적인 것이 되었다. 집단적인 정념들을 제압할 필요가 있다. 다시 말해 그 정념들에다 형태를 부여하지 않으면 안 되는 것이다. 그러나 우리는 정념들을 느끼는 바로 그 순간에 그 정념들에 의해 파먹혀버린다. 그렇기 때문에 우리 시대의 대다수의 작품들이 예술 작품이 되지 못하고 르포르타주에 머무는 것이다.

대답 : 동시에 모든 것을 다 하지 못한다면 모든 것을 다 포기하는 것이다. 뭐라고 할 것인가? 거기에는 실제로 필요한 정도 이상의 힘과 의지가 있어야 한다. 우리는 결국 그렇게 하고야 말 것이다. 내일의 위대한 고전은 비길 데 없는 승리자다.

*

정의에 관한 소설.

재판을 받은 뒤에, 혹은 의혹을 사고 난 뒤에 혁명가들(공산주의)의 대열에 복귀한 사람(단결이 필요하니까), 그에게 곧 한 가지 사명이 주어진다. 그 사명을 완수하자면 죽어야 한다는 사실을 누구나 다 알고 있다. 그는 그것이 당연한 도리이므로 받아들인다. 그리고 죽는다.

위의 책. 연대 의식을 분명히 하기 위해 솔직함의 윤리를 적용하는 사람. 그가 최후에 맛보는 그 엄청난 고독.

위의 책. 우리는 그들 중에서 가장 뻔뻔스러운 자들을 죽인다. 그들은 우리 중에서 가장 뻔뻔스러운 자들을 죽인다. 관리들과 어리석은 자들만 남는다. 사상을 갖고 있다는 것이 바로 이런 것이다.

*

《페스트》. 피곤에 관한 한 장.

*

반항. 자유란 바로 거짓말하지 않을 권리다. 사회적인 면(작건 크건)에서 그리고 윤리적인 면에서 진실한.

*

수정된 창조.[62] 예정된 자살 이야기.

*

《페스트》. "서로 헤어져 있음이 슬퍼 신음하는 사물들."

*

그 사람(국영 철도 회사의 검사관)은 오직 철도만을 위해 산다.
그 국영 철도 회사 관리는 물질의 표피에서 살고 있다.

*

---

62) 《작가수첩》에서, 특히 뒤쪽에서(공책 제5권, 이 책 249쪽) 이 제목은 빈번히 등장한다. '수정된 창조 혹은 체계.'

M. V.의 사촌. 그는 열기 기구들(사기로 된 것, 파이프로 된 것, 서진 모양으로 된 것, 잉크 병 모양인 것 등)을 수집한다.

*

보편적인 소설. 다족류 벌레처럼 발딱 자빠져서 망가지는 탱크.

*

여름날 초원에서 공격하는 보브. 그의 철모는 향꽃무와 잡초에 뒤덮여 있다.

*

수정된 창조.

다족류 벌레처럼 발딱 자빠져서 망가지는 탱크.

여름날 초원에서 공격하는 보브. 그의 철모는 향꽃무와 잡초에 뒤덮여 있다.

비교. 잔혹 행위에 대한 《타임스*The Times*》지의 영국 위원회 보고서.

쉬지의 스페인 기자(그의 글을 요청할 것) (아이들이 그에게 웃고 있는 시신들을 가리켜 보인다).

한 시간 동안 가슴에 퍼붓는 써늘한 샤워.

하루 종일 사람들은 저녁에 우유를 탄 수프를 먹게 될 것인지를 두고 말이 많다. 왜냐하면 그걸 먹으면 밤에 여러 번 오줌을 누게 되는데 화장실이 참호에서 100미터나 떨어져 있고 날이 춥기 때문이다.

──강제 수용소에 갇혔다가 스위스로 돌아온 여자들이 장례식 광경을 보자 웃음을 터뜨린다.

"여기서는 죽은 사람들을 이렇게 대우하는 모양이네."

──자클린.

──열네 살 때, 부모가 안에 있는 집에 불을 지르도록 강요받는 두 폴란드 청년. 열네 살에서 열일곱 살 사이에는, 부헨발트.

──퐁프 가의 어떤 건물 삼층에 자리잡은 게슈타포의 여자 수위. 그녀는 한창 고문 중인 방을 청소한다. "나는 이 집의 세입자들이 하는 일에 대해서는 일체 상관하지 않아요."

──쾨니스베르크에서 라벤스브루크로 돌아온 자클린.

──걸어서 100킬로미터를. 창틀을 이용해서 넷으로 나누어놓은 큰 텐트 속. 여자들이 너무 많아 땅바닥에 그대로 누워도 차곡차곡 끼어 눕지 않고는 잘 수가 없다. 이질. 100미터나 떨어져 있는 화장실. 그것도 누워 있는 몸들을 뛰어넘거나 밟으며 가야 한다. 그 위에다 실례를 한다.

──정치와 윤리에 대한 대화에 있어서 세계적인 면모. 이 엄청난 힘들의 집적에 대면하여 : 생트.[63]

---

63) '생트Sintes'라는 말 앞에 몇 글자가 있으나 판독 불가.

——강제 수용소로 잡혀 갔다가 피부에 문신이 찍혀 석방된 X.

——모 지구의 나치 친위대 수용소에서 1년간 근무…….

*

증명. 추상화(抽象化)가 악이라는 사실을. 그것은 전쟁, 고문, 폭력 등을 초래한다. 문제 : 육체적인 악에 직면하게 될 때 어떻게 추상적인 관점이 유지되는가——이데올로기의 이름으로 가해지는 고문에 직면한 이데올로기.

*

기독교. 만약 우리가 당신들의 가설을 인정한다면 당신들은 호된 벌을 받을 것이다. 그렇게 되면 우리의 규탄은 가차없을 터이니까.

*

사드. 갈[64]에 의한 해부 : "두개골을 열어본 결과 모든 늙은 사람들의 두개골과 유사했다. 부성애 그리고 아이들에 대한 사랑의 기관들이 두드러진 편."

드 라파예트 부인에 대한 사드의 말 : "그리고 더욱 간결해지면

---

64) (옮긴이주) 갈(1758~1828). 독일의 의사. 골상학(骨相學)의 창시자.

서 그녀는 더욱 흥미로워진다."

'미덕의 승리를 구가한다고 해서 항상 남들의 관심을 끌게 되는 것은 아니라는' 사실을 가르쳐준 루소와 리처드슨에 대한 사드의 열정적인 찬미.

위의 책. 오직 여러 가지 불행과 여행을 통해서만 "인간의 마음에 대한 인식을 얻을 수 있다."

위의 책. 18세기의 인간 : "티탄(거인)들의 모범을 본떠서 그가 감히 하늘까지 그의 대담한 손을 뻗치고, 그의 정념들로 무장한 채, 보통 때 같으면 두려워서 떨었을 선전 포고도 불사할 때."

*

반항. 결국 정치는 소통(공모[65])을 방해하는 여러 가지 정당들에 이르게 된다.

*

——그리고 창조 그 자체. 어찌할 것인가? 공모자들을 멀리할 가능성이 가장 적은 쪽은 바로 반항인이다. 그러나 공모자들은 멀리 물러나고 말 것이다.

---

65) 원고에서는 사실 '공모'라는 말이 '소통'이라는 말 위에 적혀 있다.

*

    모든 사회에 대한 깊은 혐오. 자기 시대의 데카당스를 피하고 싶은 유혹과 받아들이고 싶은 유혹. 고독이 나를 행복하게 한다. 그러나 데카당스는 그것을 받아들이는 순간부터 시작된다는 느낌. 그런데 우리는 도망가지 않고 남는다——인간이 자신의 높이에 남아 있도록. 정확히 말해 인간이 그 높이에서 밑으로 내려가지 않도록 하는 데 힘이 되기 위해. 그렇지만 타자들 속으로 그렇게 분산되어 버리는 것에 대한 토할 것 같은 혐오, 혐오.

*

    소통. 자신이 알고 있는 사람들의 테두리를 벗어날 수 없기에 인간에게는 족쇄. 그것을 넘어서게 되면 인간은 소통을 추상으로 만들어버린다. 인간은 육체의 테두리 안에서 살아야 한다.

*

    늙는 가슴. 사랑했지만 그래도 그 무엇 하나 구원받지 못한!

*

    범용하고 일상적인 소일거리들의 유혹.

*

   C와 P. G. : 진실의 열정. 그들 주위의 모든 사람들이 십자가에 못 박혔다.

*

   우리 프랑스 사람들은 이제 온 문명의 정점에 와 있다. 우리는 더이상 죽는 법을 모르는 것이다.

   신에 대항하여 우리가 증언한다.

*

   1945년 7월.

   1841년 그리스로 떠나는 앙페르[66]에게 샤토브리앙이 하는 말. "내가 벌 떼를 두고 온 히미토스 산에, 내가 귀뚜라미 소리를 들었던 수니온 곳에 내 작별인사를 전해주오……. 나는 이제 머지않아 모든 것을 다 포기해야 될 것이오. 기억 속에서 나는 아직도 온갖 추억들 한가운데서 방황하고 있소. 그러나 그것들도 지워지겠지요. 그대는 내가 아티키 반도에서 보았던 올리브나무 잎사귀들도 포도

---

66) (옮긴이주) 앙페르(1800~1864). 프랑스의 작가, 역사가. 콜레주 드 프랑스의 교수를 지냈으며,《12세기 이전의 프랑스 문학사*Histoire littéraire de la France avant le XIIe siècle*》, 레카미에 부인과 주고받은 흥미로운 서간집을 남겼다.

씨앗 하나도 다시 찾지 못할 것이오. 나는 내 시절의 풀잎 하나까지도 그립소. 나는 히스 한 포기도 살려낼 힘이 없군요."

*

　반항.

　결국 나는 자유를 선택한다. 왜냐하면 정의가 실현되지 않았을지라도 자유는 불의에 항거하는 힘을 간직하고 소통의 가능성을 확보하기 때문이다. 침묵하는 세계 속의 정의, 말없는 사람들의 정의는 공모 관계를 파괴하고 반항을 부정하며 동의를 복원한다. 그러나 이번에는 가장 저급한 형태로 그렇게 한다. 바로 여기서 우리는 자유의 가치가 차츰 획득하는 우위성을 알게 된다. 그러나 어려운 점은 약속된 정의를 자유가 동시에 요구해야 한다는 사실을 결코 잊지 않는 일이다. 이 점을 분명히 하고 나면, 비록 다른 것이긴 하지만 또 한 가지 정의는, 오직 자유를 위해서만 참으로 죽을 수 있는 사람들의 역사에 있어서 유일하게 변함 없는 단 한 가지 가치를 정립하는 일이다.

　자유란, 심지어 내가 지지하는 어떤 정권 혹은 세계 속에서까지도, 내가 생각하지 않는 것을 옹호할 수 있음이다. 그것은 곧 적수를 옳다고 인정할 수 있음을 말한다.

*

"뉘우치는 사람은 대단하다. 그러나 오늘날 남의 눈에 띄지 않는 가운데 뉘우치려는 사람이 어디 있는가?"(《랑세의 생애 *Vie de Rancé* [67]》

*

내가 만약 지난날의 그 어린아이가 아니었더라면 나는 과연 어떤 인간이 되었을 것인가!

*

Ch.[68]의 미발표작.

"나는 완전히 마음을 맡긴 채 어떤 여자의 품에 꼭 껴안겨 본 적이 한 번도 없다. 내가 갈구해 마지않았던, 그 매혹을 위해서라면 일생을 다 바쳐도 좋을 그 이중의 매듭, 그 뜨거운 정열."

"성격이란 것이 별 에너지를 갖지 못해 악덕이 기껏해야 범죄 아닌 부패를 낳을 뿐인 시대들이 있다."

위의 책. "열정이 없다면 미덕도 없다. 그런데 이 세기는 열정도 미덕도 없는 극단적인 비참에 이르렀다. 이 세기는 물질처럼 수동적인 악과 선을 만든다."

"정신이 높고 마음이 낮으면 위대한 글을 쓰고도 그걸 왜소한 것

---

67) (옮긴이주) 1844년에 발표된 샤토브리앙의 작품.
68) (옮긴이주) 샤토브리앙을 말한다.

으로 만들어버린다.”

*

　소설.
　“나는 사람들에게 그들의 몫을 주었다. 다시 말해 나는 그들과 함께 거짓말을 했고 그들과 함께 욕망을 가졌다. 나는 존재에서 존재로 달렸고 필요한 일을 했다. 그런데 이젠 충분하다. 나는 이 풍경에 대해 결판을 내야겠다. 나는 이 풍경과 단둘이 있고 싶다.”

*

　1945년 7월 30일.
　서른 살이 되면 사람은 스스로를 장악하고 자신의 결점과 장점을 정확하게 파악하며 자신의 한계를 알고 자신의 모자란 점——실제 됨됨이를 미리 헤아려야 마땅할 것이다. 특히 그런 것들을 받아들여 인정할 줄 알아야 한다. 우리는 실증적인 것의 세계로 접어든다. 모든 것이 다 해야 할 것이고 모든 것이 다 버려야 할 것이다. 자연스러움 속에 자리를 잡는다. 그러나 가면을 쓴 채. 나는 거의 모든 것을 포기할 수 있을 만큼 충분히 많은 것을 경험했다. 엄청난, 일상적인, 그리고 집요한 노력이 남았다. 희망도 원망도 없는 비밀의 노력. 모든 것이 긍정될 수 있으므로 그 어느 것 하나 부정하지 말 것. 가슴을 찢는 듯한 고통보다 우월한.

공책 제5권
1945년 9월 ~ 1948년 4월

우리 시대의 유일한 문제 : 이성의 절대적인 권능을 믿지 않는 채로 세계를 변화시킬 수 있는 것인가? 합리주의자, 심지어 마르크스주의자들의 온갖 환상들에도 불구하고 세계사는 송두리째 자유의 역사다. 자유의 길이 어찌 결정된 것일 수 있겠는가? 이미 결정된 것은 살아 있기를 그친 것이라고 말한다면 어쩌면 틀린 것일지 모른다. 그러나 이미 다 살아버린 것만이 결정된 것이다. 신이 만약 존재한다면 신 자신도 과거는 변화시키지 못할 것이다. 그러나 미래는 인간보다 신에게 더 속하는 것도 덜 속하는 것도 아니다.

*

정치적 모순. 우리는 피해자가 되느냐 가해자가 되느냐 오직 그 둘 가운데 하나만 선택해야 하는 세계에 살고 있다. 선택은 쉽지 않다. 내 생각에는 늘 사실상 가해자는 없고 오직 피해자만 있는 것 같았다. 물론 결국에는 그렇다는 말이다. 그러나 이건 널리 퍼진 진실이 아니다.

내게는 자유에 대한 매우 강렬한 지향성이 있다. 지성인이라면 누구에게서나 자유는 결국 표현의 자유와 혼동되고 만다. 그러나 대다수 유럽 사람들의 경우, 오직 정의만이 그들이 물질적으로 필요로 하는 최소한의 것을 줄 수 있고 옳건 그르건 간에 그들은 그 기본적인 정의를 위해 기꺼이 자유를 희생할 것이므로 그들에게 자유에 대한 욕구는 으뜸 가는 관심사가 아니라는 것을 나는 충분히 의식하고 있다.

나는 그 점을 오래전부터 알고 있었다. 그런데도 정의와 자유의 화해를 옹호할 필요가 있다고 보았던 것은 서양의 마지막 희망이 바로 거기에 있지 않을까 하는 생각이 들기 때문이다. 그러나 그런 화해가 이루어지려면 반드시 어떤 분위기가 형성되어야 하는데 그런 분위기가 오늘날 내게는 요원한 유토피아로만 보인다. 그 두 가지 가치 중에서 이쪽 혹은 저쪽을 희생시켜야 할 것인가? 그럴 경우 어떻게 생각해야 하는가?

*

정치(계속). 국민을 위해 말하는 일을 맡은 사람들은 현재나 과거에나 자유에 대한 실질적인 배려를 한 번도 해본 일이 없다는 데서 모든 문제가 비롯된다. 솔직한 마음일 때면 그들은 오히려 그 반대되는 의사를 자랑삼아 털어놓는다. 그런데 사실 단순한 배려만

할 줄 알아도 충분할 텐데…….

그러니까 그런 조심성을 갖고 사는 사람들——그런 사람들은 보기 드물다——은 언젠가는 반드시 멸망하게 되어 있다(죽는 방법은 여러 가지다). 그들이 긍지를 지닌 사람들이라면 반드시 싸우고 나서 멸망할 것이다. 그렇지만 그들이 어떻게 자신들의 형제, 그리고 모든 정의와 대항하여 싸울 수 있을 것인가? 그들은 증언할 것이다. 그뿐이다. 2천 년 간격으로 우리는 여러 번 반복되는 소크라테스의 죽음을 목도할 것이다. 당장 내일의 프로그램 : 자유의 증인들의 엄숙하고 의미심장한 처형.

*

반항 : 사람들과 만나기 위하여 창조한다고? 그러나 차츰차츰 창조는 우리를 만인으로부터 갈라놓고 사랑이라고는 그림자도 찾아보기 어려운 먼 곳으로 우리를 던져버린다.

*

사람들은 항상 자살하는 사람을 보면 꼭 한 가지 이유 때문에 죽는 줄로 생각한다. 그렇지만 사람은 두 가지 이유 때문에도 얼마든지 죽을 수 있는 법이다.

*

우리는 자유를 위해 태어난 것은 아니다. 그러나 결정론 역시 하나의 오류다.

*

나에게 있어서 불멸이란 무엇이라고 말할 수 있을까(무엇인가[69])? 최후의 인간이 지상에서 사라질 때까지 산다는 것. 그 이상도 이하도 아니다.

*

X. 그 이상한 인물은 그저 아무 뜻도 없이 말을 한다. 그러나 그것은 경박함과는 전혀 다른 것이다. 그녀는 말을 하고, 그 다음에는 자신의 말을 부정하거나 자신의 말이 틀렸다는 것을 무조건 인정한다. 그렇게 하는 까닭은 그런 것이 전혀 중요하지 않다고 생각하기 때문이다. 그녀는 자신이 실제로 생각하는 바를 말하는 것이 아니다. 그녀는 죽는 날까지 남몰래 간직하게 될 한없이 더 심각한 어떤 상처에 온통 마음이 빼앗겨 있는 것이다.

*

---

69) (옮긴이주) 무엇인가(Qu'est-ce que)라고 원고에 연필로 추가되어 있다.

반항의 미학.[70) 만약 고전주의를 여러 가지 정념들의 억제라고 정의할 수 있다면 고전주의 시대란 따라서 동시대 사람들의 여러 가지 정념들을 형태화하고 공식화하는 예술의 시대라고 하겠다. 집단적인 정념이 개인적인 정념보다 우세해진 오늘날 예술에 의해서 통제해야 할 것은 더 이상 사랑이 아니라 가장 순수한 의미의 정치다. 인간은 자신의 조건에 대한 정념에——그 정념이 희망에 찬 것이든 파괴적인 것이든 간에——사로잡혀버렸다.

그러나 그 사명은 얼마나 어려운 것인가——1) 정념들을 공식으로 만들기 이전에 마땅히 그 정념을 몸소 겪어보아야 하는 것이라면 집단적 정념이 예술가의 시간을 송두리째 다 소모해버릴 테니까. 2) 그러다가 죽게 될 가능성이 가장 크니까——그리고 심지어 그 정념을 위해 죽는 것을 받아들이는 것이야말로 집단적 정념을 진정으로 겪는 유일한 방식이라고 할 수 있으니까. 그러므로 여기서는 가장 큰 진정성의 기회가 동시에 예술에 있어서 가장 큰 실패의 기회이기도 하다. 이렇게 본다면 그 고전주의는 어쩌면 불가능한 것이라고 할 수 있다. 그러나 고전주의가 불가능하다면 그것은 사실상 인간의 반항의 역사가 그런 한계에 닿게 되는 방향으로 나가기 때문이다. 헤겔의 말이 맞을지도 모른다. 역사의 종말은 상상가능한 것인지도 모른다. 그러나 오직 어떤 실패로서 상상 가능한 것이리라. 그러나 우리가 생각하듯이 고전주의가 가능한 것이라면 우리는 적어도 그것이 오직 한 세대——한 사람이 아니라——에

---

70)《샹포르Chamfort》의 서문과《반항하는 인간》의 마지막 장 참조.

의해서만 건설될 수 있다는 것을 알 수 있다. 다시 말해, 내가 말하는 실패의 가능성들은 오직 수의 가능성, 즉 진정한 열 명의 예술가 가운데 한 사람이 살아남아 자신의 삶 속에서 정념의 시간과 창조의 시간을 찾아낼 수 있는 가능성에 의해서만 벌충될 수 있는 것이다. 이제 예술가는 더 이상 고독한 존재가 될 수 없게 되었다. 설혹 고독해질 수 있다 해도 그가 한 세대 전체의 덕으로 얻은 승리 속에서 고독해질 수 있는 것이다.

*

1945년 10월.
반항의 미학.

인간은 완전히 절망할 수 없다. 결론 : 모든 절망의 문학은 어떤 극단적인 사례를 형상화하는 것일 뿐 그것이 가장 의미 있는 사례인 것은 아니다. 인간이 지닌 가장 탁월한 면은 그가 절망한다는 사실이 아니라 절망을 극복하거나 잊어버린다는 사실이다——절망한 문학은 결코 보편적인 것이 될 수 없다——보편적인 문학은 절망에서 멈출 수는 없고(하기야 낙관에서 멈출 일도 아니다——논리를 뒤집어 생각해보기만 해도 알 수 있는 일이다), 다만 절망을 고려에 넣을 필요가 있을 뿐이다. 덧붙이는 말 : 그러니까 문학은 보편성을 지닌다. 그렇지 않으면 문학은 존재하지 않는다.

*

반항의 미학. 위대한 스타일과 아름다운 형식, 이는 가장 드높은 반항의 표현이다.

*

수정된 창조.

"나 같은 사람들은 죽음을 두려워하지 않아. 죽음은 그들의 손을 들어주는 어떤 사고(事故) 같은 거야" 하고 그는 말한다.

*

나는 왜 예술가일 뿐 철학자가 아닐까? 왜냐하면 나는 관념이 아니라 말에 의해서 생각하기 때문이다.

*

반항의 미학.

E. M. 포스터. ──"(예술 작품은) 이 세상에서 어떤 내적인 조화를 가진 유일한 물질적인 객체다──다른 모든 것들은 외적인 압력에 의해 형태를 갖게 된 것이어서 그것들에서 본래의 주형을 빼내게 되면 곧 무너져버린다. 예술 작품은 혼자서 버티고 일어서 있는 데 비해 다른 것들은 모두 그렇게 할 수 없다. 예술 작품은 사회가 흔히 약속한 것을 완성한다. 그러나 그 완성은 언제나 무용한

것이다.

그것(예술)은 인간이라는 우리 무질서한 종(種)이 생산해낸 유일하게 질서 있는 산물이다. 그것은 수천 명의 보초들이 토해내는 고함 소리요 수천 개의 미로들의 메아리요 절대로 가릴 수 없는 등대 불이요 우리가 우리의 존엄성을 보여줄 수 있는 최상의 증언이다."

*

위의 책. 셸리 : "시인들은 이 세상의 인정받지 못한 입법자들이다."

*

비극.

C와 L——나는 사정 때문에 너에게 왔다. 그래서 나는 너를 치명적인 위험의 자리로 보낸다.

——그들 모두가 다 옳다, 하고 한 인물이 소리친다.

C——거의 확실한 그 죽음으로 너를 보낸다. 그렇지만 나는 네가 나를 이해하기 바란다.

——나는 비인간적인 것을 이해할 수가 없다.

——그러므로 나는 내가 사랑하는 사람들에게 이해받는 것 또한 포기하겠다.

C——나는 자유를 믿지 않아. 그것이 인간으로서의 나의 고통이야. 오늘날 자유는 나에게 방해가 돼.

L——왜?

——자유는 내가 정의를 세우지 못하도록 만드니까.

——확신하는데, 그 두 가지는 서로 조화될 수 있어.

——역사가 보여주는 바에 따르건대 너의 확신은 잘못된 거야. 나는 그 두 가지가 서로 조화될 수 없다고 생각해. 바로 그런 것이 나의 인간으로서의 지혜야.

——무엇 때문에 저것 말고 이것을 택한단 말인가?

——왜냐하면 나는 최대 다수가 행복하기를 원하기 때문이지. 그리고 자유는 오직 몇몇 사람들만의 관심사, 최대의 관심사에 불과하기 때문이지.

——그런데 만약 너의 정의란 것이 없다면.

——그렇다면 나는 지옥으로 가겠어. 오늘까지도 너는 상상할 수 없는 지옥으로.

——어떤 일이 일어날지 말해주지(그림).

——사람은 저마다 자기가 진실이라고 믿는 것을 위해 도박을 하는 거지 뭐…….

다시 한번 자유가 내게 방해가 된다——우리는 자유의 증인들을 없애버려야 해.

C——L, 너의 평가는?

L——그게 너하고 무슨 상관이야?

C——맞아. 그건 아무 의미도 없는 약점이야.

L——그렇지만 내가 너를 존중하도록 만드는 것은 바로 그 약점인걸. 안녕, C……. 나 같은 사람들은 언제나 혼자서 죽는 것 같아. 나도 바로 그렇게 하려는 거야. 그러나 사실 나는 사람들이 혼자가 되지 않도록 필요한 일을 했으면 했어.

L——세상을 개조하는 것은 무의미한 책무야.

C——개조해야 할 것은 세상이 아니라 인간이야.

C——바보들은 도처에 있어. 그러나 또 다른 도처에는 바보들과 비겁자들이 있어. 우리 가운데서는 단 한 사람의 비겁자도 발견하지 못할 거야.

L——영웅주의는 부차적인 덕목이야.

C——너야 그런 말을 할 자격이 있지. 증거를 보였으니까. 그렇지만 대체 으뜸가는 덕목은 뭐지?

L——(그를 쳐다보며)——우정이지.

L——세상이 비극인 것은, 우리가 가슴을 찢는 듯한 고통 속에서 사는 것은 폭군들 때문이 아니야. 폭군에 대한 투쟁 속에 자유가, 정의가, 서로가 나누어 누리는 심원한 기쁨이 존재한다는 것을 너도 알고 나도 알아. 악이 지배할 때는 아무 문제가 없어. 상대가 잘못일 때, 그에 대항해 싸우는 사람들은 자유롭고 서로 화합하는 거야. 그러나 동시에 인간의 선을 원하는 사람들이 그 선을 당장에 원하기 때문에, 혹은 그 선이 3대에 걸친 확고한 것이 되기를 바라기

때문에, 그것이 그들을 영원히 갈라놓기에 충분하기 때문에 가슴을 찢는 고통이 오는 거야. 쌍방이 다 같이 옳을 때, 바로 그때 우리는 비극 속으로 접어드는 거야. 그런데 비극의 끝에 무엇이 있는지 알아?

C——그래, 죽음이 있지.

L——그래, 죽음이 있지. 그렇지만 나는 절대로 너를 죽이는 것에 동의하지 않을 거야.

C——나는 필요하다면 동의하겠어. 그게 나의 윤리야. 그리고 내겐 그것이 네가 진리 속에 있지 않다는 신호인 것 같아.

L——내겐 그것이 네가 진리 속에 있지 않다는 신호인 것 같아.

C——나는 살아 있기 때문에 의기양양해 보인다. 그렇지만 나도 그대들과 마찬가지로 어둠 속에 파묻혀 있다. 믿을 데라고는 오직 나의 인간적 반항뿐이다.

끝 장면. 사람들이 L의 시신을 수습해 온다. 한 대원이 그 시신을 아무렇게나 다룬다. 침묵. C의 말 : "이 사람은 우리의 대의를 위해 영웅으로 죽었다. 우리는 그를 존중해야 하고 그의 복수를 해야 한다."[71]

C——바라보라.[72] 이 밤을 바라보라. 밤은 광막하다. 인간들의

---

71) 이 마지막 단어는 단지 추정일 뿐이다. 원고에서 이 부분은 매우 판독하기 어렵게 되어 있다.

72) 판독 불가능한 세 단어.

끔찍한 투쟁 저 위에 그 말없는 별빛을 펼쳐놓고 있지 않은가. 수천 년 동안 그대들은 이 하늘을 찬미했다. 그럼에도 오직 침묵을 지키고 있을 뿐인 이 하늘을. 그대들의 한심한 사랑, 욕망, 그리고 두려움들이 이 신성한 하늘 앞에서는 아무것도 아니라는 것을 그대들은 인정했다. 그대들은 스스로의 고독을 믿었다. 그런데 오늘 마찬가지의 희생을, 그러나 이번에는 인간에게 봉사하기 위해 요구하는 것인데 그대들은 거절할 것인가?

C——내가 아주 맹목적인 영혼의 소유자라고 생각지 마시라.

L이 부상당해 돌아온다.

C——그래도 건너가야 했어.

L——불가능했어.

C——돌아올 수 있는 것을 보면 건너갈 수도 있었어.

L——불가능했어.

C——왜?

L——이제 난 죽을 거니까.

X——거기 갈 사람은 당신이 아니오.

C——여기 대장은 나요. 내가 결정하는 거요.

X——바로 그러니까 우린 당신이 필요한 겁니다. 여기서 우리가 할 일은 멋진 모습을 보여주는 것이 아니라 효율적이 되는 것입니다. 훌륭한 대장은 효율성의 조건입니다.

C——좋소, X. 하지만 결과적으로 나는 내가 덕을 보게 되는 진실

을 별로 좋아하지 않아요. 그러니 내가 가겠소.

여자 F——그럼 누가 옳은 것이죠?
중위——죽지 않고 살아남는 자가.
한 남자가 들어온다.
——그 역시 죽었소.[73]

아! 안 되지, 안 돼! 나는 누구의 말이 옳았는지 알아. 그래 그 사람이야, 회의를 하자고 했던 그 사람이 옳았어.

*

반항.
집단적인 정념들이 개인적인 정념들보다 우선이다. 사람들은 이제 더 이상 사랑할 줄을 모르게 되었다. 오늘날 그들이 관심을 갖는 것은 인간의 조건이지 더 이상 개인적인 운명이 아니다.

*

자유는 개인적 정념들 중에서 마지막 정념이다. 그렇기 때문에 자유는 오늘날 비윤리적이다. 사회에서, 엄밀하게 말해서 자유는

---

73) 이 네 행은 원고에 연필로 추가되어 있다.

비윤리적이다.

*

철학은 후안무치의 우리 시대적 형식이다.

*

서른 살 때 나는 순식간에 명성을 얻었다. 나는 그것을 유감스럽게 생각하지는 않는다. 나는 나중에 그것을 악몽으로 만들 수도 있었을 것이다. 이제 나는 그게 무엇인지 잘 안다. 그건 정말이지 별것 아니다.

*

30개의 기사들.[74] 칭찬의 이유들은 비판의 이유들 못지않게 그릇된 것들이다. 진정성이 깃든, 혹은 감동한 겨우 한둘의 목소리. 명성! 기껏해야 오해에 불과. 그러나 명성을 우습게 여기는 거만한 표정은 짓지 않겠다. 명성 역시 무관심, 우정, 혐오 이상도 이하도 아닌, 인간들의 의사 표시인 것이다. 따지고 보면 그 모든 것이 내게 무엇이란 말인가? 어떻게 생각하느냐에 따라 이 오해는 하나의

---

74) 희곡 〈칼리굴라〉의 상연 직후.

해방이다. 내게 만약 어떤 야심이 있다면 그것은 전혀 다른 성질의 것이다.

*

11월——32세.

인간의 가장 자연스러운 경향은 바로 파산하는 것이다. 모든 사람들과 함께. 단지 정상적이 되기 위해서 얼마나 엄청난 노력이 필요한가! 자신과 정신을 통제하기 위해서는 또 얼마나 큰 노력이 필요한가. 인간은 그 자체로서는 아무것도 아니다. 인간은 무한한 기회에 불과하다. 그러나 인간은 그 기회에 대해 무한 책임을 진다. 그 자체로서 인간은 그저 용해되려는 성질을 가졌을 뿐이다. 그러나 그의 의지, 그의 의식, 그의 모험 정신이 우세하게 되면 성장할 수 있는 기회가 시작된다. 아무도 그가 인간의 한계에 이르렀다고 말할 수 없다. 우리가 이제 막 겪은 5년의 세월이 그것을 내게 가르쳐주었다. 짐승에서 순교자에 이르기까지, 악의 정신에서 희망 없는 희생에 이르기까지 그 어느 증언도 내게 감동을 불러일으키지 않은 것이 없다. 자신의 내부에서 결정적인 덕목인 가장 위대한 인간적 기회를 발굴해내는 것은 우리 각자의 몫이다. 인간의 한계가 어떤 의미를 갖게 되는 날, 그때에야 비로소 신의 문제가 제기될 것이다. 그러나 그 이전에는, 가능성이 끝까지 남김없이 체험되기 전에는 절대로 그런 문제는 제기되지 않을 것이다. 위대한 행동의 가능한 목표는 오직 하나뿐이다. 그것은 인간적 풍요다. 그러나 그러기에 앞서 자기 자신의 주인이 되도록 해야 한다.

*

　비극은 해결책이 아니다.

*

　브리스 파랭. 신은 자신을 스스로 창조한 것이 아니다. 신은 인간의 오만의 아들이다.
　이해한다는 것은 곧 창조한다는 것이다.

*

　반항. 만약 인간이 정의와 자유를 서로 화해시키는 데 실패한다면 그는 모든 것에 다 실패하는 것이다──그렇게 되면 옳은 것은 종교일까? 인간이 근사치를 받아들인다면 그렇지 않다.

*

　인간 조건이 눈에 보이지 않을 정도로 약간 수정되기 위해서는 덤프차 여러 대 분의 피와 여러 세기에 걸친 역사가 필요하다. 그런 것이 법이다. 여러 해에 걸쳐 수많은 머리들이 우박처럼 베어져 떨어지고 공포 시대가 지배하고 사람들이 혁명을 부르짖는다. 그리하여 겨우 세습 군주제를 입헌 군주제로 대체하는 데 성공한다.

*

나는 젊은 시절 동안 줄곧 나는 무죄라는 생각을 가지고, 다시 말해 아무 생각도 하지 않은 채 살아왔다. 그런데 오늘에 와서는 …….

*

나는 적수의 죽음을 바랄 능력도 받아들일 능력도 없으니 정치와는 아무 상관이 없는 위인이다.

*

나는 끊임없는 노력을 통해서만 겨우 창조할 수 있다. 나의 타고난 천성은 부동(不動)으로 쏠리는 쪽이다. 나의 가장 뿌리 깊고 확실한 성향은 침묵과 일상적인 행동이다. 파스칼적인 위희(慰戱)에서, 기계적인 것의 매혹에서 벗어나기 위해 내게는 여러 해 동안에 걸친 고집이 필요했다. 그러나 나는 내가 바로 그 노력에 의해 쓰러지지 않고 버틴다는 것을, 그래서 만약 단 한 순간이라도 그 사실을 굳게 믿지 않게 되면 벼랑으로 굴러 떨어지고 만다는 것을 잘 알고 있다. 이렇게 해서 나는 병으로부터, 포기로부터 벗어나 전력을 다해 머리를 쳐들고 숨을 쉬며 극복한다. 그것이 내 나름대로 절망하는 방식이며 내 나름대로 그 절망을 치유하는 방식이다.

*

우리가 해야 할 일 : 보편성, 혹은 적어도 보편적 가치들을 창조하는 것. 인간에게 그의 보편성을 획득해주는 것.

*

역사적 유물론, 절대적 결정론, 일체의 자유에 대한 부정, 용기와 침묵의 이 끔찍한 세계, 그것은 신 없는 철학의 가장 당연한 귀결들이다. 파랭의 말이 옳다고 생각되는 곳은 바로 여기다. 만약 신이 존재하지 않는다면 그 어느 것도 허락될 수 없다. 이 점에서 오직 기독교만이 강하다. 기독교는 언제나 역사의 신격화에 대해 역사의 창조를, 실존주의적 상황에 대해 역사의 창조를 대립시킬 것이고 실존주의적 상황에 대해서는 그 기원을 요구할 것이니 말이다. 그러나 기독교 특유의 해답들은 추론에 있지 않고 믿음을 요구하는 신화 속에 있다.

그 두 가지 사이에서 어떻게 하면 좋을까? 내 속에 있는 무엇인가가 말하고 있다. 그것은 나를 설득시킨다. 비겁자가 되지 않는 한, 노예가 되기로 작정하지 않는 한, 나의 어머니와 나의 진실을 부정하지 않는 한, 나는 우리 시대와 떨어져 있을 수 없는 것이라고. 나는 오직 기독교도로서만 그럴 수 있다, 아니 솔직한 동시에 상대적인 참여를 받아들일 수 있다. 그런데 기독교도가 아닌 나는 궁극에까지 가지 않을 수 없다. 그러나 궁극에까지라는 것은 절대적으로 역사를, 그것과 함께 살인을——역사를 위해서 인간을 살해할 필요가 있다면——택하는 것을 의미한다. 그렇지 않으면 나는 증인에 불과하다. 문제는 이렇다. 나는 단지 증인이 될 수 있는가? 다시 말해, 나는 단지 증인만이 될 권리가 있는가? 나는 그렇게 생각할 수 없다. 나는 만약 선택하지 않는다면 침묵해야 하고 노예가 되는 것을 받아들여야 한다. 만약 신과 동시에 역사에 대항하는 쪽을 선택한다면 나는 순수한 자유의 증인이다. 그런데 역사 속에서 그 순수한 자유는 처형당하도록 운명 지어져 있다.[75] 지금 돌아가는 사정으로 보아 나의 상황은 침묵 아니면 죽음 속에 있는 것이다. 만약 내가 애써 자제하고서 역사를 믿는 쪽을 선택한다면 나의 상황은 거짓과 살인이 될 것이다. 그것을 벗어나면 종교뿐. 나는 사람들이 이 광기와 이 끔찍한(그렇다, 실제로 끔찍하다) 고통에서 벗어나기 위해 맹목적으로 종교에 뛰어드는 것을 이해한다. 그러나 나는 그럴 수 없다.

귀결 : 여전히 자유에 애착을 가진 예술가로서 나는 그런 태도에 관련 있는 돈과 명예상의 이점을 받아들일 권리가 있는가? 나로서 대답은 간단할 것 같다. 나의 죄의식——만약 그런 것이 존재한다

---

75) (카뮈의 주) 아니면, 총애받는 예술가의 상황으로부터 물질적 이익을 얻으면서 속임수를 쓰게 되든가.

면——이 적어도 수치스러운 것이 되지 않고 떳떳한 것이 될 수 있기 위해 필요한 조건들을 내가 발견해낸 곳은, 그리고 앞으로도 발견하게 될 곳은 다름 아닌 가난이다. 그렇지만 나는 나의 아이들마저 그 가난 속으로 몰아넣어야 하는 것일까? 내가 그들에게 마련해주고 있는 아주 보잘것없는 안락마저 거부해야 하는 것일까? 극단적으로 말해서, 신을 믿지 않으면서 우리는 과연 아이들을 갖고 인간 조건을 부담할 권리가 있는 것일까[76] (중간적인 추론들을 추가할 것).

이 세계가 나에게 불러일으키는 이 두려움과 혐오에 굴한다면, 인간의 할 일은 행복을 창조하는 것이라고 믿을 수만 있다면 만사가 얼마나 쉬워질 것인가! 하다못해 침묵, 침묵, 침묵할 것. 내게 권리가 있다고 느껴질 때까지는…….

*

수정된 창조.

독일군 점령 당시 : 말똥 줍는 사람들. 변두리의 공원들.

생테티엔 뒤니에르 : 독일 병사들과 같은 칸에 탄 노동자들. 소총 한 자루가 없어졌다. 병사들이 노동자들을 생테티엔에 도착할 때까지 하차하지 못하도록 붙잡아둔다. 피르미니에서 내려야 했던 키

---

76) (카뮈의 주) 사실 나는 인간 조건을 진정으로 부담했던가. 사실 나는 그 조건을 부담하는 것을 그토록 싫어했고 그토록 어려워했다. 변함 없는 충실성을 갖기가 이토록 어려운 마음은 그런 모순과 잘 어울리지 않는가?

큰 사내. 너무나 화가 나서 눈물이 고인다. 얼굴에 나타난 피로 위에 모멸로 인한 더욱 잔혹한 피로.

*

우리는 신과 역사 둘 중에서 하나를 선택할 것을 강요받는다. 그렇기 때문에, 인간은 모두 다 역사와 부합하지 않는다는 사실을 완전히 확신하지 못한다 하더라도, 이 땅과 세계와 나무들을 택하고 싶은 이 견딜 수 없는 욕구가 솟구치는 것이리라.

*

모든 철학은 자기 정당화이다. 유일하게 독창적인 철학은 다른 사람을 정당화하는 철학이 아닐까.

*

참여 문학에 반대하여. 인간은 **오로지** 사회적인 존재인 것만은 아니다. 적어도 그의 죽음은 그 자신의 것이다. 우리는 다른 사람들에 대한 대자(對自)로서 살도록 만들어져 있다. 그러나 오직 자기 자신(즉자)만을 위해 진정으로 죽는다.

*

반항의 미학. 발자크에 대해 티보데가 한 말 : 《인간 희극*La Co-médie Humaine*》은 아버지 하느님의 모방이다." 발자크에게 있어서의 반항과 무법자의 테마.

*

감옥살이 뒤에 귀환한 사람들의 80퍼센트가 이혼. 인간 사랑의 80퍼센트는 단 5년간의 이별을 참아내지 못한다.

*

토마──에 또, 내가 무슨 말을 했더라? 하여튼 잠시 뒤면 생각이 나겠지⋯⋯. 어찌 되었건 루프가 나한테 이랬어 : 난 드디어 어떤 권투 선수의 매니저가 된 거야. 난 또 어떤 화가도 한 사람 돌봐주고 싶어. 그러니까 자네도 생각이 있으면⋯⋯. 그런데 나는 그러고 싶지 않아. 나는 내 자유가 좋으니까. 그런데 루프가 나를 파리에 데려다주겠다는 거야. 당연히 난 좋다고 그랬지. 식사는 그의 집에서 해. 그는 또 내게 호텔 방도 하나 잡아줬어. 돈은 그가 내고. 이제는 날보고 일을 하라고 다그치는 거야.

*

X : 겸손하고 자비로운 악마주의.

*

    악의 문제에 대한 비극 작품. 인간들 중에서 최상의 인물이 오직 인간에게만 봉사한다면 저주받아 마땅하다.

*

    "우리가 사람들을 사랑하는 것은 그들이 우리에게 베풀어준 선 때문이라기보다는 우리가 그들에게 베풀어준 선 때문이다." 아니다, 최악의 경우 우리는 그들을 똑같이 사랑한다. 그리고 그건 불행한 일이 아니다. 우리가 적어도 한 번은 더 나은 인간이 될 수 있도록 해준 사람에게 감사하는 것은 당연한 일이다. 우리가 이렇게 존중하고 높이 기리는 것은 바로 인간에 대한 더 나은 관점이다.

*

    공산주의자나 기독교인이(현대 사상 중에 존중할 만한 형태들만을 예로 들어 말하건대) 대체 무슨 권리로 나를 비관주의자라고 비난할 수 있겠는가? 피조물의 비참이나 신의 저주라는 끔찍한 공식을 만들어낸 것은 내가 아니다. 인간은 스스로 자신을 구원할 능력이 없다고, 굴욕의 바닥에 떨어진 인간에게 결정적인 희망이란 신의 은총뿐이라고 말한 것은 내가 아니다. 한편 소위 마르크스주의적인 낙관주의라는 것으로 말하자면, 내게 코웃음 치는 것을 허락

해주기 바란다. 자신의 동류들에 대한 불신을 이토록 심하게 조장한 사람들은 별로 많지 않다. 마르크스주의자들은 설복도 대화도 믿지 않는다. 부르주아를 노동자로 만들 수는 없다. 경제적 조건이 그들의 세계에서는 신의 변덕보다 더 끔찍한 숙명인 것이다.

한편 에리오 씨와《아날Annales》지의 고객들이란!

공산주의자들과 기독교도들은 그들의 낙관주의가 더 멀리까지 영향력을 미친다고, 그것이 다른 모든 것보다 낫다고, 그리고 경우에 따라 신 혹은 역사는 그들의 변증법의 만족스러운 귀결이라고 내게 말할 것이다. 나는 마찬가지의 추론을 해 보일 수 있다. 기독교가 인간에 관한 한 비관론이라면 인간의 운명에 관한 한 낙관론이다. 마르크스주의는 운명에 관한 한 비관론이고 인간의 본성에 관한 한 비관론이고 역사의 진행(그리고 역사의 모순!)에 관한 한 낙관론이다. 그런데 나는, 인간 조건에 관한 한 비관론적이지만 인간에 대해서는 낙관론적이라고 말하고 싶다.

인간에 대한 믿음의 절규가 이토록 강하게 터져나온 적이 없었다는 것을 그들은 왜 모르는 것인가? 나는 대화를 믿고 솔직함을 믿는다. 나는 그런 것이 비길 데 없는 심리적 혁명의 길이라고 믿는다, 등…….

*

헤겔. "오직 현대 도시만이 인간 정신에 자기 스스로를 의식할 수 있는 기틀을 부여한다." 의미 심장한 표현이다. 지금은 대도시들의 시대다. 인간은 이 세계에서 그 진실을, 그것의 항구성과 균형을 이루어주는 것을 절단해버렸다. 다시 말해 자연, 바다 같은 것을 제거해버린 것이다. 의식은 오직 도시의 길바닥에만 있는 것이다!

(사르트르 참조. 현대의 모든 역사 철학들 등.)

*

반항. 자유를 위한 인간의 노력과 그것의 흔히 볼 수 있는 모순 : 규율과 자유는 저 자신의 손에 의해 죽는다. 혁명은 그것에 고유한 폭력을 인정하든지 아니면 혁명 자체가 부정되는지 둘 중 하나다. 그러므로 혁명은 순수한 가운데서가 아니라 피와 계산 속에서 이루어질 수밖에 없다. 나의 노력 : 반항의 논리는 피와 계산을 거부한다는 것을 증명하는 일. 그리고 부조리에 이를 정도로 밀어붙인 대화는 어떤 순수의 기회를 제공한다는——동정(함께 고통을 겪는 것)에 의해?——것을.

*

《페스트》. "과장할 것 없어요. 페스트가 창궐하고 있어요. 거기에 맞서서 스스로를 방어해야 되니까 지금 그렇게 하고 있는 거예요. 정말이지 그건 별로 대단한 일이 못 되죠. 하여간 그건 아무런 증거도 되지 못해요" 하고 타루가 말한다.

공항이 도시에서 너무 멀어 규칙적으로 오가는 서비스는 불가능해요. 다만 소포 뭉치들을 공중 투하하곤 하는 것뿐이죠.

타루가 죽은 뒤 리외 부인이 사망했다는 전보를 받는다.

페스트는 1년 사철의 길을 밟는다. 페스트에도 봄이 있어서 병이 싹터 뿜어져나오고 여름이 오고 가을이 오고 등…….

*

기유에게 : "인간들의 불행은 모두 다 그들이 아주 단순한 말로 표현하지 않는 데서 온다. 〈오해〉의 주인공이 만약 '보세요, 저예요, 제가 당신의 아들이에요'라고 말했더라면 극중에서와 같은 돌출 행동이 아니라 대화가 가능했을 것이다. 그리고 비극도 없었을 것이다. 모든 비극의 절정은 주인공들의 귀가 막혀 있어서 생기는 것이니까. 그런 관점에서 보면 예수와 니체가 아니라 소크라테스가 옳다. 진보와 진정한 위대함은 인간의 높이에 맞는 대화에 있는 것이지 고독한 산정에서 독백처럼 내려보내는 복음서에 있는 것이 아니다. 부조리를 보완하여 평형을 맞추어주는 것은 그것에 맞서 싸우는 인간 공통체다. 그런데 우리가 그 공동체에 봉사하는 쪽을 선택한다면 우리는 모든 거짓과 침묵의 정치에 맞서서 부조리에 이를 정도까지 대화를 위해 힘쓰는 쪽을 선택하는 것이다."

*

한계. 그리하여 나는 우리가 마땅히 열거하고 깊이 생각해보아야 할 신비들이 존재한다고 말하겠다. 그 이상도 이하도 아니다.

*

생 쥐스트 : "그러므로 나는 우리가 열광적이 되어야 한다고 생각한다. 그것은 양식이나 지혜를 배제하지 않는다."

*

어떤 생각이 세상을 바꿔놓기 위해서는 우선 그 생각이 그것을 품은 사람의 삶을 바꿔놓아야 한다. 그 삶이 하나의 모범으로 변해야 한다.

*

열두 살에 그녀는 어떤 마차꾼에게 폭행을 당했다. 딱 한 번. 열일곱 살이 될 때까지 그녀는 더럽혀졌다는 생각을 버리지 못하게 된다.

*

수정된 창조. 독일군 점령 당시 베르들로의 두 유대인. 체포당한다는 저 무시무시한 강박관념. 그 때문에 여자는 미쳐버려서 그 남자를 고발한다. 그리고 나서 남자에게 돌아와 그 사실을 알린다. 사람들이 와보니 그들은 둘 다 목매어 죽어 있었다. 가장 진부한 연재소설에서처럼 개가 밤새도록 짖는다.

*

수정된 창조 : "언제든 탈옥할 수 있는 기회가 생기면 즉시 결행해야 한다고 늘 들어왔다. 모든 위험 부담이 그 뒤에 일어나게 될 일보다는 차라리 나은 것이다. 그러나 탈옥하는 것보다는 그냥 감옥에 갇힌 채 끔찍한 일이 일어날 때까지 방심하고 있는 것이 더 쉽다. 탈옥의 경우는 자기가 솔선해서 앞장서야 하니까. 그냥 가만히 있는 경우, 앞장서는 것은 다른 사람들이다."

*

위의 책. "솔직히 말해서 나는 게슈타포라는 것이 있다고 한 번도 믿어본 적이 없다. 왜냐하면 그들이 직접 눈에 보이지는 않기 때문이다. 물론 나도 주의하긴 했다. 그러나 이를테면 추상적으로 그랬을 뿐이었다. 가끔 친구 하나가 자취를 감추곤 했다. 또 한 번은 생제르맹데프레 교회 앞에서 덩치 큰 두 사내가 어떤 사람의 면상을 주먹으로 때려서 택시 안으로 처넣는 광경을 보았다. 그러는데도 뭐라 말하는 사람은 아무도 없었다. 카페의 급사가 내게 말했다. '아무 말 말아요. 그들이에요.' 그걸 보고서 비로소 나는 그들이 실제로 있긴 있구나, 그러니 어느 날……하는 식의 느낌을 갖게 되었다. 그러나 느낌뿐이었다. 사실 나 자신이 발길로 배를 한 번 걸어차여보지 않고서는 게슈타포가 존재한다는 것을 믿을 수가 없을 것 같기 때문이다. 나는 그런 위인이다. 그렇기 때문에 당신은 내가 이른바 레지스탕스라는 것에 가담하고 있다고 해서 나의 용기에 대해 크게 기대하지는 말아야 하는 것이다. 아니다. 나는 그럴 자격이 없다. 나는 상상력이 부족하니까."

*

반항의 정치학. "이리하여 비관주의적 혁명은 행복의 혁명이 되는 것이다."

*

비극. C. L. C. "내가 옳다. 그래서 나는 그를 죽일 권리가 있는 것이다. 나는 이런 디테일에 마음을 쏟고 있을 수가 없다. 나는 세계와 역사에 따라 생각한다."
L──디테일이 인간의 삶인 경우 내겐 그것이 곧 세계 전체고 역사 전체다.

*

현대적 광기의 기원. 인간을 세계로부터 딴 곳으로 유괴한 것은 기독교다. 기독교는 인간을 그 자신과 그의 역사로 축소시켜놓았다. 공산주의는 기독교의 논리적인 연장이다. 그것은 기독교도들의 역사다.

위의 책. 2천 년 동안 기독교가 계속된 끝에 육체의 반항. 육체를 다시금 바닷가의 모래밭에 벌거벗겨 노출시킬 수 있을 때까지 2천 년이 걸렸다. 과도함은 거기서 연유한다. 그리하여 육체는 관습 속에서 제자리를 되찾았다. 이제 철학과 형이상학에서 육체에 제자리를 돌려주는 일이 남았다. 그것이 현대적 몸부림의 의미들 중 하나다.

*

고대 그리스 사람들은 신성함을 고려에 넣었다. 그러나 신성함이 전부는 아니었다.

*

부조리에 대한 앨버트 와일드의 올바른 비판 : "불안의 감정은 자유의 감정과 타협할 수 없는 것이다."

*

"너희는 그저 '예' 할 것은 '예' 하고 '아니오' 할 것은 '아니오' 하여라. 그 이상의 말은 악에서 나오는 것이다." 〈마태복음〉5장 37절.

*

아서 쾨슬러. 극단적 독트린 : "독재에 대항하는 사람은 누구나 수단으로서의 내전을 받아들여야 한다. 내전에서 뒷걸음 치는 사람은 누구나 대항을 포기하고 독재를 받아들여야 한다." 그것은 전형적인 '역사적' 추론 방식이다.

*

위의 책. "당은 개인의 자유 의지를 부정했다——그와 동시에 개인에게는 자발적인 자기 희생을 요구했다. 당은 그가 두 가지 해결책 중에서 선택을 할 수 있음을 부정했고 동시에 끊임없이 옳은 해결책을 선택할 것을 요구했다. 당은 그가 선과 악을 구별할 수 있는 자질을 가지고 있음을 부정했고 그와 동시에 비장한 어조로 죄의식과 배신을 이야기했다. 개인——영원하도록 태엽을 감아놓은 시계의 한 톱니바퀴——은 경제적인 숙명의 영향하에 놓여 있었고 당은 그 톱니바퀴가 시계에 맞서 반항하여 그것을 운동으로 변화시키기를 요구했다."
'역사적' 모순의 유형.

*

위의 책. "우리 같은 인간들에게 가장 거센 유혹은 폭력을 포기하고 뉘우쳐서 자기 자신과 화해하고 싶어지는 것이다. 인간에게는 신의 유혹이 언제나 악마의 유혹보다 더 위험한 것이다."

*

사랑의 소설 : 제시카.

*

어느 늙은 배우의 죽음.

눈과 진흙탕으로 가득한 파리에서 어느 날 아침. 도시의 가장 오래되고 가장 슬픈 거리, 상테 감옥과 생탄과 코생 병원을 배치해놓은 그 거리. 시커멓고 얼어붙은 길들을 따라 광인들, 병자들, 가난뱅이들과 저주받은 자들. 코생으로 말하자면 : 가난과 질병의 병영, 그리고 그 담벼락에서는 불행의 진물인 더러운 습기가 배어나오고 있다.

그가 죽은 곳은 바로 거기다. 만년에도 그는 여전히 단역을 맡고 있어서 검은색이 누렇게 변색되고 올이 나달나달해진 단벌 정장을 벗고 조역에게도 어쩔 수 없이 지급되는 번쩍번쩍하는 가장복으로 갈아입곤 했다. 그런데 일을 중단하지 않으면 안 되었다. 그는 우유밖에 마실 수가 없었는데 게다가 우유마저 떨어지고 없었다. 사람들이 그를 코생 병원으로 실어갔다. 그는 동료들에게 수술만 받고 나면 간단히 끝난다고 했다(그가 맡은 역의 대사 한마디가 기억난다. "내가 어렸을 때." 그리고 뭐라고 지시를 받으면 그는 "아! 그런 느낌이 아닌데" 하고 말하는 것이었다). 병원 측은 그를 수술하지 않고 그냥 다 나았다면서 내보냈다. 심지어 그는 아주 그로테스크한 단역을 맡아가지고 그 순간에도 연기를 했다. 그러나 몸이 많이 말랐다. 내가 늘 놀라워하는 바지만, 수척해지는 정도가 어느 수준에 이르러 광대뼈가 튀어나오고 잇몸이 말라들어가면 모든 것이 끝장이라는 명백한 예고가 된다. 오직 몸이 수척해진 사람 자신만 '알아차리지' 못하고 있는 눈치다. 아니면 '알아차린다' 하더라도 어쩌면 언뜻 알아차리는 것이어서 나로서는 알 길이 없는 것이다. 내가 알 수 있는 것은 오직 내 눈에 보이는 것뿐인데 내 눈에 보이는 명백한 것은 바로 리에스가 죽어간다는 것이었다.

과연 그는 죽었다. 그는 일을 그만두었다. 그는 다시 코생으로 돌아갔다. 여전히 그는 수술을 받지 못했고 그냥 죽었다──어느 날 저녁 슬며시. 그런데 아침이 되어 평소와 마찬가지로 그의 아내가 찾아왔다. 아무도 소식을 몰랐기 때문에 아무도 그의 아내에게 소식을 알리지 않았다. 죽은 사람의 이웃 사람들이 그의 아내에게 소식을 알렸다. "저기 말이죠, 지난밤에 그만 일이 나고 말았어요" 하고 그들이 말했다.

그리하여 오늘 아침 그는 상테 거리와 면한 작은 영안실에 있다. 그의 늙은 동료 두셋이 미망인 그리고 고인의 딸이 아닌 미망인의 딸과 함께 거기 와 있다. 내가 도착했을 때 진행자가(그는 왜 시장처럼 삼색기 어깨띠를 두르고 있는 것일까?) 내게 아직 고인을 볼 수 있다고 말했다. 나는 그러고 싶은 기분이 아니었고, 그 곰팡내 나는 아침 나절이 집요하게 위에 얹혀 도무지 삼켜지지 않았다. 그 래도 나는 그를 보러갔다. 머리밖에 보이지 않았다. 수의로 사용된 헝겊이 턱에까지 덮여 있었다. 그는 더 말라 보였다——나는 그를 보며 사람이 그 이상 더 마를 수는 없으리라고 생각하고 있었다. 그 러나 그는 실제로 더 말랐고 그래서 뼈의 크기를 가늠할 수 있었다. 그 큼직한 머리가 무거운 살의 무게를 지탱할 수 있게 만들어졌다 는 것을 알 수 있었다. 살이 없으니 이가 튀어나와 끔찍한 모습을 드러냈다……. 그런데 내가 왜 이런 것을 시시콜콜 묘사하고 있는 것일까. 죽은 사람은 죽은 사람이다. 그걸 모르는 사람은 없다. 그 들은 함께 땅 속에 파묻혀 있어야 한다. 그렇지만 얼마나 가엾은가, 얼마나 끔찍하도록 가엾은가!

관 가장자리에 손을 얹은 채 그의 머리맡에 서 있어서 방문객들 에게 그를 소개하는 듯 보이던 사내들이 일을 시작했다. 시작한다 는 것은 말일 뿐이다. 엉성한 옷차림으로 인해 어색하고 서투른 허 수아비 같아 보이던 그들이 갑자기 수의, 관 뚜껑, 나사돌리개로 허 둥지둥 달려들었다. 눈 깜짝할 사이에 널빤지가 덮이고, 두 사람이 팔목을 거칠게 움직이면서 무서운 힘을 가해 나사를 눌러가며 꼭 꼭 조였다. 그들이 "아! 밖으로 나오면 절대로 안 돼!"라고 말하고 있는 것 같았다. 살아 있는 저 사람들은 마음 편히 지내고 싶어 하 고 있음이 눈에 환히 보이는 듯했다. 관이 차에 실렸다. 우리는 그 뒤를 따랐다. 미망인과 딸이 시신과 함께 영구차에 탔다. 우리는 그 뒤를 따르는 다른 차에 빼곡이 올라탔다. 꽃 한 송이가 없었다. 오직 검은색뿐이었다.

우리는 티에 공동 묘지로 갔다. 미망인은 묘지가 너무 멀다고 했지만 행정 당국이 그곳으로 정해버린 것이었다. 우리는 이탈리아 시문을 지나 도시를 벗어났다. 파리 교외의 하늘이 유난히 낮게 내려앉은 것 같아 보였다. 부서진 오두막집들의 잔해, 건물 기초 공사용 받침대, 시커멓게 드문드문 돋은 잡초 따위가 눈과 진창의 무더기 속에 삐죽삐죽 나와 있었다. 그런 풍경 속으로 6킬로미터를 가니 세상에서 가장 추악하게 생긴 기막힌 문 하나가 나타났다. 얼굴이 벌건 수위가 문 앞으로 나와서 행렬을 가로막더니 출입증을 보자고 했다. 일단 필요한 서류를 받자 그는 "가시오" 하고 말했다. 우리는 진창과 눈더미 속을 10분은 족히 되도록 더듬어갔다. 이윽고 우리는 또 다른 하나의 행렬 뒤에 가서 멈췄다. 눈 덮인 비탈이 우리와 사자들의 영역을 갈라놓고 있었다. 눈 속에 십자가 두 개가 비스듬히 꽂혀 있었다. 씌어 있는 글씨를 읽어보니 하나는 리에스의 것이었고 다른 하나는 열한 살 먹은 소녀의 것이었다. 우리 앞에 있던 행렬이 그 소녀의 것이었던 모양이다. 그러나 그 가족들은 벌써 영구차에 다시 오르는 중이었다. 그 차는 다시 떠났고 우리는 몇 미터를 더 갈 수 있었다. 우리는 차에서 내렸다. 하수도 청소부용 장화를 신은 작업복 차림의 키 큰 남자들이 그 광경을 바라보면서 손에 들고 있던 삽들을 내려놓았다. 그들이 앞으로 나서더니 관을 영구차에서 끌어당겨 내리기 시작했다. 그 순간 푸른색과 붉은색의 옷차림에 찌그러진 제모를 쓴 일종의 우체부 같은 사람이 카본지가 사이에 끼인 영수증 명세서를 들고 불쑥 나타났다. 그러자 하수도 청소부 차림의 사람들이 큰 소리로 관 위에 새겨진 번호를 읽었다. 3237C번. 우체부는 연필 끝으로 명세서에 적힌 여러 줄의 글씨들을 짚어가다가 문제의 번호를 꼭 찍으면서 "좋아요" 하고 말했다. 그 순간 사람들이 관을 들어 옮겼다. 우리는 들로 들어섰다. 물렁물렁하고 미끈거리는 진흙에 발이 쑥쑥 빠졌다. 구덩이가 하나 파져 있고 그 주위를 네 개의 다른 구덩이들이 에워싸고 있었다. 하수도 청소부들은 매우 신속하게 관을 미끄러뜨렸다. 그러나 우리는 구덩이에서 너무 멀리 떨어져 있었다. 왜냐하면 무덤돌들이 가로막고 있는데다 좁은 통로에는 연장들과 흙이 쌓여 있었기 때문이다. 관이 밑바닥으로 내려지자 잠시 침묵이 흘렀다. 모두들 서로를 쳐다보았다. 신부도 꽃도 없었고 안식이나 회한의 말 한마디 흘러나오지 않았다. 그래서 모두가 다 이 순간이 더 엄숙했더라면——이 순간을 아주 각별하게 느낄 수 있게 만들었더라면 하는 느낌을 받았다. 그러나 어떻게 하면 그렇게 될 수 있을지는 정작 아무도 알지 못했다. 그러자 한 하수도 청소부가 말했다. "혹시 여러분 중에서 흙을 한 줌 뿌리고 싶은 분이 계시면……." 미망인이 그리고 싶다는 표시를 했다. 그 사내는 흙을 한 삽 뜨더니 주머니에서 흙 긁는 도구를 꺼내 거기에 흙을 조금 담았다. 미망인이 손을 흙더미 위로 내밀었다. 그리고 흙 긁는 도구를 받아 구덩이 쪽을 향해 어림잡아 흙을 뿌렸다. 흙이 관에 닿아 울리는 속 빈 소리가 났다. 그러나 딸이 던진 흙은 빗나갔다. 흙이 구덩이 위로 날았다. 그녀는 '할 수 없지' 하는 뜻의 몸짓을 했다.

우체부가 말했다. "엄청난 비용을 지불하고 이 진흙땅에다 묻었어요."

아시는지 모르지겠만, 여긴 말이죠, 사형수들을 매장하는 묘지
예요.

라발이 얼마 멀지 않은 곳에 묻혀 있죠.[77]

*

소설. 저녁 수프가 늦게 나올 때가 있는데 그것은 그 다음날에 사
형 집행이 있기 때문이었다.

*

V. 오캄포가 버킹엄 궁전에 간다. 입구에 있던 위병이 그녀에게
어디 가느냐고 묻는다. "여왕을 보러 가요."――"들어가시오." 호
위병(?). 위와 같음. "들어가시오." 왕비의 아파트. "엘리베이터를
타세요." 등. 그 여자는 별다른 형식을 밟지 않고 접견을 허락받는
다.

*

뉘른베르크. 부서진 잔해 밑에 6만 구의 시체. 물 마시는 것 금

---

77) 여기서부터 별도로 발표하게 될 '북아메리카 기행'이 이어진다.

지. 그러나 거기서는 수영도 하고 싶은 생각이 없다. 그건 시체실의 물이다. 그 부패한 시신들 저 위에서는 재판.

인간의 살 껍질로 만든 전등갓 위에는 두 개의 젖꼭지 사이에 문신을 한 아주 옛날의 무희가 보인다.

*

반항. 시작 : "참으로 진지한 단 한 가지의 윤리적 문제는 살인이다. 나머지는 그 다음 문제다. 그러나 내가 지금 내 앞에 있는 저 타자를 죽일 수 있는지, 혹은 그가 죽게 되는 것에 동의할 수 있는지 안다는 것, 내가 죽음을 줄 수가 있는지 알기 전에는 나는 아무것도 알지 못한다는 것을 안다는 것, 바로 이것이 알아내야 할 것이다."

*

사람들은 우리를 **그들의** 귀결점으로 밀고 가려고 한다. 그들이 우리를 판단할 때는 언제나 그들의 원칙이라는 저의를 가지고 그렇게 한다. 그러나 나는 그들이 이런 생각을 하든 저런 생각을 하든 아무래도 좋다. 나한테 중요한 것은 내가 죽일 수 있는지 어떤지를 아는 일이다. 일체의 사유가 장애를 만나 비트적거리게 되는 한계점에 이르렀기 때문에 그들은 그만 두 손을 슬슬 비비며 쳐다보고 있는 것이다. "자, 이제 저 친구는 어떻게 할 것인가?" 그러고는 언제나 준비되어 있는 자기들의 진실을 거머쥐는 것이다. 그렇지만 내가 모순에 처해 있다는 것은 아무래도 좋다. 나는 무슨 철학적인 천재가 되고 싶지 않다. 아니, 그 무슨 천재도 되고 싶지 않다. 그냥 인간이 되는 것도 이미 이리 힘드니 말이다. 나는 어떤 합치점을 찾고 싶다. 내가 자살할 수 없다는 것을 아는 터이니 내가 남을 죽이거나 죽도록 버려둘 수 있는지 알고 싶고, 그걸 알게 되면 비록 그 때문에 내가 모순에 처하게 될지라도 거기서 모든 귀결들을 이끌어내고 싶다.

*

말을 들어보니 내게는 어떤 휴머니즘을 모색하는 일이 남아 있다고 한다. 물론 나는 휴머니즘에 전혀 반대할 것이 없다. 다만 내겐 그게 좀 군색해 보일 뿐이다. 그런데 예를 들어 그리스 사상은 휴머니즘과는 많이 다른 것이었다. 그것은 모든 것의 몫을 골고루 인정하는 사상이었다.

*

공포 정치! 그런데 그들은 그걸 벌써 잊었다.

*

[78]소설, 정의.

1) 가난한 어린 시절——불의는 당연한 것이다.
   최초의 폭력(무방비 상태의 사람을
   마구 때리는 것)을 보고 불의와 반항적인
   청소년 시절.
2) 원주민 정책. 당(등).   사랑
3) 일반적인 혁명. 원칙은 생각하지 말라.
4) 숙청. 정의는 폭력과 어울릴 수 없다.
5) 진실은 진정한 삶 없이는 이루어질 수 없다는 것.
6) 어머니에게 돌아가기. 사제는? "그럴 필요 없어." 어머니는 아
   니라고 말한 것이 아니라 그럴 필요 없다고 말했다. 사제는 그
   녀가 자신을 위해 누구에게 폐를 끼칠 필요가 있다고는 한 번
   도 생각해보지 않았다는 것을 알고 있었다…….

                              *

반항과 혁명.
신화로서의 혁명은 결정적인 혁명이다.
위의 책. 역사성은 아름다움의 현상, 즉 세계와의 관계(자연에 대
한 감정), 그리고 개인으로서의 존재들(사랑)에 대해서는 아무런
설명이 없이 남겨두고 있다. 절대적이라고 자처하는 어떤 설명을
어떻게 생각할 것인가…….

---

78) 편집자가 복원한 페이지.

*

　위의 책. 독일 사상의 모든 노력은 인간 본성이라는 개념을 인간
적 상황이라는 개념으로 대치하고 그리하여 신을 역사로, 고대의
균형을 현대의 비극으로 대치하는 데 바쳐졌다. 현대의 실존주의는
이 노력을 더욱 심화시키고, 상황의 사유 속에 자연의 사유 속에서
와 마찬가지의 불확실성을 도입한다. 남은 것은 오직 움직이는 것
뿐이다. 그러나 그리스 사람들처럼 나는 자연을 믿는다.

*

　《페스트》. 내 온 생애를 통해서 그 같은 실패의 감정은 한 번도
맛보지 못했다. 나는 끝까지 갈 수 있을지 확신하지 못하겠다. 그렇
지만 어떤 시간이면…….

*

　모든 것을 다 엎어버린다. 반항에 풍자적 소논문의 형태를 부여
한다. 혁명과 결코 살인하지 않을 사람들. 반항하는 자의 선전. 단
한 가지 양보도 않는다.

*

"어떤 저자가——전혀 생각할 수 없는 상황에서——그의 독자들에게 솔직해진다는 것은 얼마나 분별 없고 불가능한 일인가." 멜빌.

*

어떤 새로운 고전주의의 시각에서 볼 때 《페스트》는 집단적 정념을 형태화하려는 첫 시도여야 마땅할 것이다.

*

《페스트》를 위하여. 《로빈슨 크루소*Robinson Crusoe*》 제3권에 붙인 디포의 서문 참조 : 로빈슨 크루소의 삶과 그 놀라운 모험들에 대한 심각한 성찰 : "한 가지의 감옥살이를 다른 한 가지의 감옥살이에 의해 대신 표현해보는 것은, 어느 것이건 실제로 존재하는 그 무엇을 존재하지 않는 그 무엇에 의해 표현해보는 것이나 마찬가지로 합당한 것이다. 내가 한 인간의 사적인 역사를 쓰는 평범한 방식을 채택했더라면……내가 말했을 모든 것은 당신들에게 아무런 기분 전환이 되지 못했을 것이다……."[79]

*

---

79) (옮긴이주) 이 인용은 실제로 소설 《페스트》의 앞에 제사로 사용되고 있다.

《페스트》는 일종의 풍자적인 글이다.

*

사막에서 죽는 방법을 어떻게 배울 것인가!

*

루르마랭.[80] 그 많은 세월이 지난 뒤 첫 번째 저녁. 뤼베롱 산 저
위에 뜬 첫 별. 엄청난 침묵, 사이프러스 나무의 우듬지가 내 피로의
저 깊숙한 곳에서 떨고 있다. 엄숙하고 엄격한 고장——마음을 흔
드는 그 아름다움에도 불구하고.

*

강제 수용소에 갇혀 있다가 돌아온 사람이 루르마랭에서 독일 포
로들을 만나게 된 이야기. "그가 처음 정말 놀란 것은 그의 심문 때

---

80) 카뮈는 앙리 보스코의 초대를 받아 몇몇 친구들, 작가들과 함께 루르마랭에 갔었
다.
　(옮긴이주) 이로부터 여러 해가 지나 노벨 문학상을 받고 난 뒤 그는 시인 르네 샤르
가 사는 소르그 지역에서 그리 멀지 않은 이 프로방스 마을에 시골집을 한 채 구입했다.
그곳에서 유고가 된 《최초의 인간Le Premier Homme》을 집필하던 중 파리로 가다가 불의
의 자동차 사고로 사망한 그는 지금 그의 아내와 함께 이 마을의 작은 묘지에 묻혀 있다.
이 마을의 고성에는 알베르 카뮈 연구 센터가 오래전부터 마련되어 있다.

였다. 그러나 예외적인 경우이니 어느 면에서는 당연한 일. 그가 수용소에 있을 때, 사역 중에 대단치 않은 잘못 때문에 따귀를 두 대나 호되게 맞게 되면서 모든 일이 시작되었다. 그때 그는 자기를 때린 자의 눈빛을 보고 그에게 이런 일은 정상적이고 당연한 다반사에 지나지 않는다는 것을 깨달았으니 말이다." 그는 독일 포로에게 그 점에 대한 생각을 이해시키기 위해 설명을 하려 애쓴다. 그러나 상대는 포로인 것이다. 그에게 그걸 이야기할 수는 없는 노릇이다. 결국 상대는 자취를 감추었고 그는 그 사람에게 끝내 말을 하지 못하고 말았다. 깊이 생각해보면 그 어느 인간도 결코 그걸 분명히 할 수 있을 만큼 충분히 자유롭지는 못하다는 것이 그의 느낌이다. 그들은 모두가 포로인 것이다.

또 한 번은 수용소에서 독일인들이 재미 삼아 그들에게 자신들의 무덤 구덩이를 파도록 시키고 실제로는 그들을 처형하지는 않았던 일이 있었다. 두 시간 동안 그들은 시커먼 흙을 파헤치면서 나무 뿌리 등을 아주 새로운 시각에서 보았다.

*

"꼭 조이는 불행의 어두운 뱃속에서
이렇게 흔들리는 것은
죽음 없이 죽어 조금도 앞으로 나아가지 못함이니."
——아그리파 도비네.

*

반항. 제1장. 사형에 대하여.

위의 책. 끝. 이렇게 부조리에서 출발했으니 어느 정도건 어떤 사랑의 경험(그것이 어떤 것일지는 장차 규정해야겠지만)에 이르지 않은 채 반항을 살아가는 것은 불가능하다.

*

소설. 가난한 어린 시절. "나는 가난과 나의 가족이 수치스러웠어. (하지만 그건 괴물들이야!) 그런데 내가 그것에 대한 이야기를 소박하게 할 수 있게 된 것은 이제 더 이상 그 수치심을 수치스럽게 느끼지 않고, 그런 것을 느꼈다는 것 때문에 나 자신을 더 이상 멸시하지 않기 때문이야. 나는 중학교에 들어가서야 비로소 그 수치감을 처음으로 맛보았어. 그 전에는 모든 사람이 다 나와 마찬가지였고 내 눈에 가난이란 것은 이 세상의 모습 그 자체였어. 중학교에 들어가자 나는 비교를 할 수 있게 되었어.

한 아이는 그 자체로서는 아무것도 아냐. 그의 부모가 그를 대표하지. 어른이 되어서 그 못난 감정을 갖지 않게 되는 것은 그리 자랑스러워할 것이 못 돼. 그때는 실제 자신의 됨됨이가 평가되거든. 그래서 심지어 우리가 어떤 사람이 되어 있는지를 보고 우리 아이들을 평가하는 일까지 있거든. 이제 나는 알아. 내가 살고 있는 집 앞에 왔을 때 나보다 잘사는 어떤 친구의 얼굴에서 놀라움을 감추지 못하는 표정을 읽었던 그 시절에 대해 괴로움을 느끼지 않기 위해서는 영웅적이고 예외적인 순수함이 필요했을 거라는 것을 말야.

그래, 나는 마음이 상했어. 다른 사람들과 똑같았지. 그리고 스물다섯 살이 될 때까지 그 상한 마음을 기억할 적이면 화가 나고 부끄러웠어. 나는 다른 사람들과 똑같고 싶지 않았으니까. 이젠 내가 그렇다는 것을 알고 그런 것이 좋게도 나쁘게도 느껴지지 않으니까 다른 것에 관심을 가질 수 있게 되고…….

나는 어머니를 절망적인 기분으로 사랑했어. 언제나 절망적으로 사랑했지.

*

형이상학적인 의미에서 레지스탕스의 사상.

*

세상이 내게 가한 나쁜 짓을 다루어볼 것. 세상은 나를 잘 헐뜯는 자로 만든다. 실제로 나는 그렇지 않은데……이 일종의 의식 분리 상태…….

*

마차도.[81] "관이 흙 속에서 내는 소리는 매우 심각한 그 무엇이다."

"하느님, 어머니와 나의 가슴, 우리는 외롭습니다."

"나의 마지막 여행의 날이 되어
다시 돌아오지 않는 큰 범선이 떠나면
그대는 내가 바다의 아들들처럼
거의 벌거벗은 모습으로
보잘것없는 보따리를 들고 배에 탄 것을 보리니."

*

《후안 데 마이레나*Juan de Mairena*》[82]를 번역할 것.
아프리카의 서사시집?

*

악의 문제를 정면으로 바라보았던 유일하고 위대한 기독교 정신
의 소유자는 바로 성 아우구스티누스다. 그는 거기서 무시무시한
'네모 보누스Nemo Bonus'[83]를 얻어냈다. 이후 기독교는 문제에

---

81) (옮긴이주) 마차도(1875~1939). 98세대를 대표하는 스페인 시인. 자신의 시가
일체의 장식을 지워버린 정신의 심원한 전율이기를 바랐다.
82) 안토니오 마차도의 산문 작품.

잠정적인 해결책들만 제시하는 데 급급했다.

그 결과는 지금 우리가 보는 그대로다. 그것이 바로 결과니까. 인간들은 거기에 시간을 바쳤지만 오늘 그들은 2천 년이나 지속된 중독증에 걸려 있다. 그들은 그 병에 지칠 대로 지쳐 있다. 아니면 포기 상태다. 그게 그거지만. 적어도 인간들은 이제 더 이상 그 문제에 대한 거짓은 참지 못하게 되었다.

*

1861년 2월 19일. 러시아에서 농노 폐지법. 첫 번째 총성(카라카조프의)은 1866년 4월 4일.

헤르첸의 소설 《누구의 잘못인가? *Kto vinovat?*》를 볼 것.

그리고 역시 헤르첸의 《러시아에 있어서 혁명적 사상의 발전》[84]을 볼 것.

*

나는 참여 문학보다는 참여하는 사람들을 더 좋아한다. 그의 삶

---

83) (옮긴이 주) '아무도 선하지 않다'는 뜻의 라틴어. 이는 성 아우구스티누스의 말이지만 이 말은 〈누가복음〉 제18장 18~19절 유다의 지도자 한 사람이 "선하신 선생님, 제가 무엇을 해야 영원한 생명을 얻겠습니까?" 하고 예수께 물었다. 예수께서는 이렇게 말씀하셨다. "왜 나를 선하다고 하느냐? 아무도 선하지 아니하다. 선하신 분은 하느님 한 분뿐이시다"를 인용한 것이다.

84) 《반항하는 인간》을 위한 독서.

속에서의 용기와 작품들 속에서의 재능, 그것만 해도 상당한 것이다. 그러고 나서 작가가 원할 때 참여한다. 그의 장점은 그의 행동이다. 그런데 그것이 어떤 법이 되고 직업이나 테러가 된다면 그 장점은 어떻게 되는 것인가?

말을 들어보면 오늘날 봄에 대하여 한 편의 시를 쓰면 그건 자본주의에 봉사하는 것이란다. 나는 시인이 아니지만 만약 그 시가 아름답기만 하다면 그 같은 시에 대해 아무런 저의를 갖지 않고 그냥 좋아하겠다. 인간 전체에게 봉사하든가 안 하든가 둘 중의 하나다. 그리고 인간이 빵과 정의를 필요로 한다면 그 같은 필요를 충족시키기 위해 해야 할 일을 해야 하겠지만, 인간은 마음의 빵인 아름다움과 순수함 또한 필요로 하는 것이다. 그 밖의 것은 심각한 것이 아니다.

그렇다, 나는 그들이 그들의 작품 속에서보다는 그들의 매일매일의 삶에 좀더 많이 참여하기를 바라고 싶다.

*

실존주의는 헤겔주의에서 근원적인 오류를 그대로 이어받아 간직했다. 그것은 인간을 역사로 축소시키는 오류다. 그러나 실존주의는 그 귀결, 즉 인간에게 사실상 자유를 거부하는 것은 물려받지 않았다.

*

1946년 10월. 한 달 뒤면 서른셋.

1년 전부터 기억이 자꾸 흐려진다. 들은 이야기를 기억할 수가——생생하게 살아 있는 것인 과거의 한 부분을 통째로 다 상기할 수가 없다. 그 상태가 개선될 때까지(만약 개선될 수 있는 것이라면) 나는 분명 여기에 점점 더 많은 것을, 심지어 사사로운 일까지도——하는 수 없이——기록해두지 않을 수 없다. 결국 내게서는 모든 것이 약간 흐릿한 같은 차원에 놓이므로, 망각은 마음까지도 침범한다. 기억이 야기하는 그 기나긴 울림이 사라진 채 오직 순간적인 짧은 감동뿐이다. 개의 감성이 그러한 것이다.

*

《페스트》······. "그런데 내가 페스트 이야기를 읽을 때면 그때마다 자체의 반항과 다른 사람들의 폭력에 의해 중독된 가슴 저 밑바닥에서, 그렇지만 인간들 속에는 멸시할 것들보다 찬미할 것들이 훨씬 더 많다고 말하는 분명한 외침이 솟구쳐 오르는 것이었어요."

······"그리고 사람은 제각기 자신 속에 페스트를 지니고 있다는 것입니다. 왜냐하면 세상에서 그 누구도 그 피해를 입지 않은 사람은 없기 때문이라고.[85] 그리고 방심하는 한순간 어떤 다른 사람의 얼굴에 숨을 내뿜어 그를 감염시키는 일이 없도록 끊임없이 자신을 경계하지 않으면 안 된다고. 자연스러운 것은 바로 병균이죠. 그 밖

---

85) 소설 속에서 타루가 하는 말(《페스트》, 338쪽) 참조.

의 것들, 가령 건강, 청렴, 순수 같은 것은 의지의 결과, 결코 중지하면 안 되는 의지의 결과인 겁니다. 정직한 사람, 다른 사람을 감염시키지 않는 사람은 방심하는 일이 가장 적은 바로 그 사람입니다.

그래요, 더러운 놈이 되는 것은 피곤합니다. 그러나 더러운 놈이 되지 않으려고 하는 것은 그보다 더 피곤합니다. 그렇기 때문에 모든 사람이 다 피곤해져 있지요. 모든 사람이 다 조금씩은 더러운 놈이니까요. 그러나 바로 그렇기 때문에 몇몇 사람들은 극도로 피곤한데 죽음 이외에는 어떤 것도 그들을 그 피곤에서 풀어주지 못할 겁니다.”

*

물론, 나의 관심사는 더 나은 사람이 되는 것이 아니라 받아들여지는 것이다. 아무도 다른 누구를 받아들여주지 않는다. 그녀는 나를 받아들인 것일까? 아니다, 그건 분명하다.

*

병원 대기실에서 기다리는 사람들이 짓는 한심한 짐승 같은 표정.

*

자크 리고.[86] "모범은 저 높은 곳에서 온다. 신은 스스로의 모습을 본떠 인간을 창조했다. 인간에게 있어 그 모습과 일치되고 싶은 유혹은 얼마나 대단한가."

"해결책, 해답, 열쇠, 진실, 그것은 바로 사형 선고다."

"오만한지라, 무(無)가 무엇을 두려워하랴."

"나의 무사무욕함이 크면 클수록 나의 관심은 더욱 진정한 것이다."

"둘 중의 하나다. 말을 하지 않거나 침묵하지 않거나. 자살."

"쾌락의 취미를 극복하지 못하는 한 내가 자살의 현기증에 민감하게 될 것임을 나는 안다."

*

쾨슬러와의 대화. 상호간 그 크기의 차원에서 합당하다고 판단될 때만 목적이 수단을 정당화할 수 있다. 예 : 나는 한 연대 병력을 구하기 위해 생텍쥐페리를 치명적인 출격에 내보낼 수 있다. 그러나 양적으로 동일한 결과를 얻기 위해 몇 백만 명의 사람들을 강제 수용소로 보내 일체의 자유를 박탈하고, 이미 희생된 서너 세대를 위해 그만큼의 피해를 추산할 수는 없다.

──천재, 그런 것은 없다.

---

86) (옮긴이주) 자크 리고(1898~1929). 프랑스의 작가. 다다 운동에 가담했다. 서른 살에 권총으로 자살했다. 사후에 그의 글들을 모은 《문집 *Ecrits*》(1970)이 갈리마르에서 출간되었다.

──창조자의 커다란 비참이 시작되는 것은 재능이 있다고 남들에게 인정받을 때이다(나는 내 책을 출판할 용기가 나지 않는다).

*

모순을 더 오랫동안 견딜 수 없을 것만 같은 시간들이 있다. 하늘이 싸늘하고 자연 속의 그 어느 것도 우리를 지탱해주지 않을 때…….

아! 어쩌면 죽는 것이 차라리 나을 것 같다.

*

앞의 것에서 계속. 《전투 *Combat*》지를 위한 그 기사들[87]을 써야 한다는 생각 때문에 느끼는 통렬한 아픔.

*

자연에 대한 감정──그리고 쾌락에 관한 에세이.

*

---

87) 아마도 1946년 11월에 발표된 〈피해자도 가해자도 아닌 Ni victimes ni Bour-reaux〉을 말하는 것으로 보인다.

예술과 반항. 브르통의 말이 맞다. 나 역시 세계와 인간 사이의 분열을 믿지 않는다. 있는 그대로의 자연과 합일의 순간들이 있는 것이다. 그러나 자연은 절대로 있는 그대로가 아니다. 그러나 풍경들이 점점 흐릿해지고 잊혀진다. 그래서 화가들이 있는 것이다. 예를 들어 초현실주의 회화는 그 운동을 통해서 천지 창조에 대한 인간의 이 같은 반항의 표현이 되는 것이다. 그러나 그 회화의 오류는 오직 자연의 기적적인 몫만을 보존하거나 모방하기를 바라는 점이라고 하겠다. 진정한 반항적 예술가는 기적을 부정하는 것이 아니라 그것을 길들인다.

*

파랭. 현대 문학의 본질은 태도의 표변이라는 것. 초현실주의자들은 마르크스주의자가 되었다. 랭보는 신앙 쪽으로 돌고 사르트르는 윤리 쪽으로 돌았다. 시대의 큰 문제는 갈등이다. 인간의 조건. 인간의 본성.

——그럼 만약 인간의 본성이라는 것이 있다면 그것은 어디서 오는 것일까?

*

내가 무지한 존재인 한 일체의 창조적인 활동을 멈춰야 한다는 것은 부정할 수 없다. 내 저서가 성공을 거두게 해준 것은 바로 내가 볼 때 그 저서들의 거짓이라고 여겨지는 부분이다. 사실 나는 평균적인 인간 + 까다로운 직업적 요구다. 오늘 내가 옹호하고 구체화해야 할 가치들은 평균적인 가치들이다. 거기에는 지극히 허식 없는 재능이 요구되는데 내가 과연 그런 재능을 가졌는지 의심스럽다.

*

반항의 끝은 인간들의 화해다. 모든 반항은 인간의 한계──그리고 모든 인간들(그들이 누구든)의 한계 내의 공동체에 대한 긍정 속에 마무리되고 연장된다. 겸허함과 천재.

*

10월 29일. 쾨슬러──사르트르──말로──스페르버 그리고 나. 피에로 델라 프란체스카와 뒤비페.

K──최소한의 정치 윤리를 규정할 필요. 그러니까 우선 몇 가지 거짓 거리낌들(그의 표현대로 'fallacies')로부터 벗어날 필요. a) 남들이 말하는 것은 아무짝에도 쓸모가 없는 대의에 쓸모가 있다는 것. b) 양심의 검증. 불의들의 범주. "인터뷰하는 사람이 나보고 러시아를 증오하느냐고 물었을 때 여기 내 속에서 뭔가가 딱 서버리는 거야. 그래 좀 힘을 냈지. 나는 히틀러 체제만큼이나 스탈린 체제를 같은 이유로 증오한다고 말했어. 그런데 뭔가 걸려 있던 것이 벗겨지는 느낌이었어." "그렇게 여러 해 동안 투쟁했는데. 난 그

들을 위해서 거짓말을 했어……. 그런데 지금은 내 방 벽에다 머리를 짓찧고 피투성이가 된 얼굴로 나를 쳐다보며 '더 이상 희망이 없어, 더 이상 희망이 없어' 하고 말하는 그 친구와 같아."——행동의 수단들, 등.

M——프롤레타리아의 마음을 움직이는 것은 잠정적으로 불가능해. 프롤레타리아는 가장 드높은 역사적 가치일까?

C——유토피아야. 그들에게 있어서 오늘날 유토피아는 전쟁보다는 비용이 덜 들어. 유토피아의 반대는 전쟁이야. 한편으로는 그래. 다른 한편으로는 : "우리는 모두 가치 부재에 대해 책임이 있다고 생각지 않는가? 만약 니체 사상, 허무주의 혹은 역사적 리얼리즘에서 온 우리가 공공연하게 우리 생각이 잘못되었다, 윤리적 가치들이 있는 것이다, 우리는 이제부터 그 윤리적 가치들의 기초를 마련하고[88] 그것을 구체적으로 보여주기 위해 필요한 일을 하겠다고 말한다면 그건 어떤 희망의 시작이 될 거라고 생각지 않는가?"

S——"나는 나의 윤리적 가치를 오로지 소련에 대항하는 쪽으로만 설정할 수는 없어. 수백만의 인간들을 잡아다가 강제 수용소에 가두는 것이 한 사람의 검둥이를 린치하는 것보다 더 심각한 것은 사실이야. 그러나 한 사람의 검둥이에 대한 린치는 백년도 넘는 과거부터 계속되고 있는 어떤 상황, 결국 강제 수용소에 갇힌 수백만의 체르케스인들만큼이나 많은 수백만의 검둥이들의 오랜 세월에 걸친 불행을 대표하는 상황의 결과야."

---

88) 원고를 판독하기가 쉽지 않다. '기초를 마련하다fonder' 대신에 '간직하다garder'라고 읽을 수도 있다.

K——만약 우리가 고발해야 할 것을 고발하지 않는다면 작가로서 우리는 역사 앞에서 자신을 배반하는 것이라고 봐야 해. 침묵의 음모, 그게 바로 우리 뒤에 올 사람들의 눈에 비칠 우리의 죄목이야.

S——그래. 등.

그런데 그동안 줄곧 각자가 하는 말 속에 깃들어 있는 두려움이나 진실의 몫을 규정하기가 불가능하다.

*

우리가 윤리적 가치를 믿는다면 우리는 성적 윤리까지를 포함한 모든 윤리를 믿는 것이다. 개혁은 전반적인 것이다.

*

오언[89]을 읽을 것.

*

오로지 어떤 풍경만을 오랫동안 관조함으로써 자신의 정신적 아픔을 치유한 현대인의 이야기를 쓸 것.

---

89) (옮긴이주) 오언은 1910년에 출생한 벨기에의 법률가, 기자, 문학 비평가, 소설가인 제랄드 베르토트의 필명. 환상 소설을 많이 썼다.

*

　로베르, 공산주의 성향, 1933년 양심상의 이유로 병역 기피. 3년 간 감옥살이. 그가 출옥했을 때 공산주의자들은 전쟁을 지지하고 평화주의자들은 히틀러를 지지. 이렇게 미쳐 돌아가는 이 세상을 도무지 이해할 수가 없다. 그는 스페인 공화파 쪽에 참여. 그는 전쟁을 한다. 마드리드 전선에서 전사.

*

　유명한 사람이란 무엇인가? 성만 알려지고 이름은 중요하지 않아진 사람. 한편 다른 사람들의 경우 이름이 그의 고유한 의미를 지닌다.

*

　사람은 왜 술을 마시는가? 술 속에서는 모든 것이 어떤 중요성을 지니고, 모든 것이 어떤 최고의 열에 따라 정돈되기 때문이다. 결론 : 사람은 무력해서 그리고 선고를 받아서 술을 마신다.

*

　보편적 질서는 위에서부터, 다시 말해 어떤 관념에 의해 이루어지는 것이 아니라 밑에서부터, 다시 말해 공동의 바탕에 의해 이루어지는 것인데 그 바탕은……

*

브라지야크[90])를 중심으로 한 정치적 텍스트들로 구성된 책을 준비할 것.

*

기유. 유일한 참조 사항은 고통. 죄인들 중에서 가장 위대한 자는 인간적인 것과 관계를 유지한다고.

*

대화에 관한 발표가 끝나고 타르(Tar.)를 만나다. 그는 속마음을 감추고 있는 눈치지만 내가 그를 《전투》 그룹에 들어오게 만들었을 때와 다름없는 우정 어린 눈빛을 간직하고 있다.
──당신은 이제 마르크스주의자가 되었군요.
──네.
──그럼 살인자가 되겠군요.

---

90) (옮긴이주) 브라지야크(1909~1945). 프랑스의 기자, 소설가. 독일군 점령 시대에 소신에 따라 적과 협력한 혐의로 사형 선고를 받았고, 모리악, 클로델, 카뮈, 루이 바로 등의 탄원에도 불구하고 처형되었다.

──벌써 되었는걸요.

──나도 그래요. 하지만 더 이상 그러고 싶지 않아요.

──그런데 당신은 옛날에 내 대부였죠.

사실이었다.

──이봐요, 타르. 진짜 문제는 이래요 : 무슨 일이 있든 난 언제나 처형자의 총에 맞서서 당신을 방어할 거예요. 그런데 당신은 내가 총살당하는 것에 동의하지 않을 수 없을 테지요. 그 점 잘 생각해보세요.

──깊이 생각해보지요.

*

견딜 수 없는 고독──그건 내가 믿을 수도 없고 포기한 채 받아들일 수도 없는 것.

*

한 인간이 고독하다고 느끼게 만드는 것은 다른 사람들의 비열함이다. 그 비열함 또한 이해하려고 노력해야 할 것인가? 그러나 그건 내 힘을 초월한다. 그리고 다른 한편, 나는 멸시하는 사람이 될 수 없다.

*

만약 모든 것이 다 인간으로, 그리고 역사로 환원되는 것이라면 묻거니와 자연——사랑——음악——예술의 자리는 어디란 말인가.

*

반항. 우리는 아무 영웅이나 다 원하는 것이 아니다. 영웅주의의 이유가 영웅주의 그 자체보다 더 중요하다. 그러므로 결과의 가치가 영웅주의의 가치보다 먼저다. 니체적인 자유는 일종의 열광이다.

*

수정된 창조. 테러리스트의 인물(라브넬).

*

부조리와 반항의 관계.[91] 최후의 결정이 자살을 거부하고 똑바로 바라보며 버티는 것이라면 그것은 삶을 사실상의 유일한 가치, 즉 똑바로 바라볼 수 있게 해주는 가치로서 암암리에 인정하는 것이 된다. 그 결과 이 절대적인 가치를 따르기 위해 자살을 거부하는 사람은 동시에 살인도 거부하게 되는 것이다. 우리의 시대는 허무주의를 극단적인 결말에까지 밀고 간 결과 자살을 용인한 시대다. 그

---

91) 《반항하는 인간》의 제1장 초고에 이대로 씌어 있다.

것은 이 시대가 쉽사리 살인을 용인하거나 혹은 살인이 정당화되는 것을 용인하는 것을 보면 알 수 있다. 자기 자신의 목숨을 끊는 사람은 그래도 한 가지 가치, 즉 다른 사람들의 생명이라는 가치는 보존한다. 죽기로 작정한 결심이 그에게 부여하는 자유와 그 끔찍한 힘을 그가 다른 사람들 위에 군림하는 데는 절대로 사용하지 않는 것이 그 증거다 : 자살은 어떤 경우나 다 어딘가 비논리적인 것이다. 그러나 테러를 저지르는 사람들은 자살의 가치를 정당한 살인, 즉 집단적 자살이라는 극단적인 귀결에까지 밀어붙였다. 그 예 : 1945년 나치의 점령이라는 미증유의 사건.

*

브리앙송. 1947년 1월.

싸늘한 저 산맥 위에 흐르는 저녁이 마침내 가슴을 얼음같이 차갑게 하고 만다. 나는 프로방스나 혹은 지중해변 바닷가에서밖에는 이런 저녁 시간을 견딜 수가 없었다.

*

조지 오웰. 미얀마 시절. "많은 사람들이 외국에 가서 살 때 그곳의 주민들을 멸시하지 않고는 마음이 편치 않다."

"……기진맥진한 피로와 성공에서 오는 엄청난 행복감. 삶에 있어서 그 어떤 것도——그 어떤 육체적, 정신적 기쁨도——거기에 비길 수는 없다."

*

게오르크 지멜(《쇼펜하우어와 니체》) 읽기. 버너리(아나키스트들의 숙청 때 스페인에서 공산주의자들에 의하여 처형된)가 영어로 번역한 니체에 대한 주석. 니체에 있어서 신의 욕망이라는 문제를 발전시킨다. "그것은 우리에게는 환상적이고 과도한 것으로 보일지 모르지만, 다른 형태로는 내면 생활의 기독교적 개념과 그다지 거리가 멀지 않은 어떤 느낌을 극단적인 인격주의의 형태로 드러내는 것이다. 기독교 정신에는 신 앞에서 우리가 느끼는 엄청난 거리와 왜소함과 동시에 신과 동등해진다는 생각이 깃들어 있다. 각 시대와 각 종교의 신비론은 신과 하나가 되려는 열망 혹은 더 대담하게 신이 되려는 열망을 불러일으킨다. 스콜라 철학자들은 신격화를 말하고, 또 마이스터 에카르트가 볼 때 인간은 그의 고유하고 독창적인 본성에 의해 그렇게 되듯이 인간적인 형태를 벗어버리고 다시 신이 될 수 있다. 안겔루스 질레지우스는 이렇게 말했다.

나는 내 최후의 끝과 나의 시작을 찾아야 한다
나는 내 속에서 신을 그리고 신에게서 나를 찾아야 한다
그리고 신의 됨됨이가 되어야 하나니…….

이와 똑같은 열정이 스피노자와 니체에게서도 느껴진다. 그들은

신이 되지 않는 것을 받아들일 수 없었다."92)

니체는 말한다. "신은 존재할 수 없다. 왜냐하면 만약 신이 있다면 내가 신이 되지 못하는 것을 받아들일 수 없을 것이기 때문이다."

*

자유는 한 가지뿐이다. 즉 죽음과의 관계를 정리하는 자유뿐이다. 그리고 난 다음에 모든 것이 가능해진다. 나는 너에게 신을 믿으라고 강요할 수 없다. 신을 믿는다는 것은 죽음을 받아들이는 것이다. 네가 죽음을 받아들이고 난 다음에야 비로소 신의 문제가 해결될 것이다——그 반대는 불가능하다.

*

바펜 나치 친위대에 가담한 친독 의용대원 라디치에게는 상테 감옥의 수인 28명을 총살시킨 혐의로 체포령이 내려져 있었는데(그는 네 무리의 처형에 입회했다) 한편 그는 동물보호협회 회원이었다.

*

르바테와 모르강. 좌파와 우파——혹은 파시즘의 보편적 정의 :

---

92) (옮긴이주) 이 인용문은 모두 영어로 되어 있다.

성격이라곤 없었기에 그들은 독트린을 만들어 가졌다.

*

나중에 붙일 제목 : 체계(1,500페이지)

*

세계가 졸음에 빠져 있는 광대한 공간들을 인간의 손에 의해 만들어진 결과물들이 차츰차츰 뒤덮어버리고, 사막에 사람이 북적대고, 해변의 모래밭이 분양되고, 하늘마저 비행기들이 이리저리 줄을 그으며 누비고 다님으로써 인간이 살 수 없는 지역들만이 훼손되지 않고 남게 되면서, 인적 미답의 자연이라는 개념 자체가 오늘날에 와서 에덴 동산의 신화 같은 느낌을 주게 될 정도가(이제 섬은 더 이상 존재하지 않게 되었다) 됨에 따라, 그와 마찬가지로, 그와 동시에(그리고 그 때문에) 역사의 감정이 인간들의 마음속에서 차츰차츰 자연의 감정을 뒤덮어버리고 창조자에게서 지금까지 그의 당연한 몫이었던 것을 빼앗아 피조물에게 주어버린다. 그런 모든 것을 밀어붙이는 움직임이 너무나 강력하고 저항할 길 없는 것이어서 언젠가는 말없고 자연스러운 창조가 송두리째 추악하고 급격하며, 혁명적이고 전투적인 소음으로 쩡쩡 울리며, 공장들과 기차 소리로 떠들썩하며, 역사의 행진에 있어서 결정적이고 의기양양한 인간적 창조로 대체될 것——인간적인 창조가 수천 년 동안 할 수 있었던 거창하고 깜짝 놀랄 만한 모든 것이 들장미의 지나가는 향기, 올리브 나무 골짜기, 사랑스러운 개만도 못한 것이었음을 증명하는 일인 이 지상에서의 임무를 다했기에──이라고 생각해야 할 정도다.

*

1947년.
모든 약한 사람들이 그렇듯이 그의 결정들은 갑작스럽고 터무니없이 확고하다.

*

반항의 미학. 회화는 어떤 선택을 한다. 그림은 '격리시킨다.' 즉 그것은 나름대로의 통일시키는 방법이다. 풍경은 본래 전체의 조망 속에 녹아 들어가 있는 것을 공간 속에 격리시킨다. 위대한 화가들은 마치 영사기가 이제 막 그 장면에서 딱 멈추었다는 듯, 고정시키는 행위가 이제 막 이루어졌다는 느낌을 주는 사람들이다(피에로 델라 프란체스카).[93]

*

---

93) (옮긴이주) 《결혼 · 여름》, 55쪽 참조.

여성 정부에 대한 희곡. 남성들은 자기들이 실패했다는 것을 인정하고 여성들에게 정부를 넘기기로 결정한다.

1막——나의 소크라테스가 와서 권력 이양을 결정한다.

2막——여성들도 남성들처럼 하고자 한다——실패.

3막——소크라테스의 탁월한 자문을 받자 그들은 여성들로서 통치한다.

4막——음모.

5막——남성들에게 되돌려준다.

선전포고를 하는 체한다. "남아 있는 사람들에게 그것이 무엇을 의미하는지 당신들은 깨달았나요——그리고 우리가 이 세상에서 가장 사랑하는 모든 사람들이 푸줏간으로 가는 것을 보는 마음이 어떤 것인지를요?"

우리는 이제 떠날 수 있어요. 우리는 인간의 어리석음과 맞서서 이 세상에서 할 수 있는 것은 뭐든 다 했어요.——그런데 어쩌라고요?——좀더 교육이 필요하다는 거지요.

"우리 못지않게 어리석지만 그래도 좀 덜 악질이군."

1년 동안의 경험.

모든 일이 잘 되어가면 정권을 연장한다.

모든 일이 잘 되어가는데 정권을 연장하지 않는다. 그들에게는 증오심이 결여된 것이다.

또 시작되겠군, 하고 소크라테스가 말한다. 그들은 모든 것을 준비한다. 역사에 대한 거창한 생각들과 관점들. 10년 뒤에는 시체 더미가 쌓일 것이다.

가만 들어보세요 :

누군가 소리친다.

제1조——이제 더 이상 부자도 없고 가난한 사람도 없다.

제2조

——또 외출해?

——응, 회의가 있어서.

——나도 바람 좀 쏘여야겠어——집안 정리 잘 해놓도록…….

*

1947년.

Vae mihi qui cogitare ausus sum.

오호라, 감히 알고자 한 나에게.

*

일주일간의 고독 끝에, 가장 치열한 야심을 가지고 시작했던 작품을 쓰기에는 내가 너무 부족하다는 느낌이 또다시 강하게 일어난다. 그걸 그만 포기해버리고 싶은 유혹. 내 힘에 버거운 어떤 진실과의 그 오랜 씨름은 좀더 군더더기 없는 마음, 더욱 넓고 더욱 강한 지성을 요한다. 그러니 어떻게 할 것인가? 그것 없으면 나는 죽는데.

*

반항. 죽음에 대한 자유. 살인의 자유에 맞설 때 스스로 죽는 자유, 다시 말해 죽음의 두려움을 없애는 것과 죽음이라는 그 돌발사를 자연스러운 사물의 질서 속으로 되돌려놓는 것 이외에 다른 가능한 자유는 더 이상 없다.

*

몽테뉴. 제1권 20장에서 어조의 변화. 죽음 앞에서 느끼는 두려움에 대해 그가 말하는 놀라운 사실들.

*

소설.——트윙클[94] : "역에 도착했을 때 나는 걱정과 피로 때문에 기진맥진한 상태였다. 나는, 어쩌면 그녀가 이미 거기 나와 있을지도 모르긴 하지만, 만약 그렇지 않다면 그녀가 몇 시에 올지 알아볼 생각으로 게시판을 살펴보았다. 밤 11시였다. 서쪽에서 오는 마지막 기차는 2시에 도착할 예정이었다. 나는 마지막으로 내렸다. 그녀는 두셋의 사람들 가운데 섞여, 거두어들인 이리 비슷한 개 한 마리를 데리고 혼자 출구에서 나를 기다리고 있었다. 그녀가 나에

---

94) Twinkle인지 Zwinkle인지 분명하지 않다.

게 다가왔다. 나는 그녀에게 서투른 키스를 했지만 마음속으로는
아주 반가웠다. 우리는 밖으로 나왔다. 프로방스의 하늘에는 성벽
저 위로 별들이 빛나고 있었다. 그녀는 오후 5시부터 거기 와 있었
다. 이미 7시 기차부터 기다리기 시작했지만 나는 보이지 않았다.
내가 안 오는 것은 아닐까 싶어 걱정이 되었다고 한다. 호텔에서 내
이름을 말했지만 그녀의 신분증과 일치하지 않았던 것이다. 호텔에
서 그녀를 받아주지 않았으므로 더 이상 그리로 갈 엄두가 나지 않
았다. 성벽 있는 곳에 이르자 그녀는 왔다갔다하는 많은 사람들 속
에서 몸을 던져 내 품에 안기면서 격렬하게 나를 껴안았다. 그 행동
은 안도감의 표현이었고 사랑이 아니라 사랑의 희망을 나타내는 것
이었다. 나는 몸에 열이 나는 것을 느꼈다. 강하고 멋진 모습이고 싶
었는데. 호텔에서 나는 사실을 밝힐 수 있었고 모든 것이 순조롭게
되었다. 그러나 나는 방으로 올라가기 전에 고급 브랜디를 한잔 마
시고 싶었다. 그리하여 거기 아주 따뜻한 바에서 그녀는 자꾸만 내
게 술을 마시게 했고 나는 자신감을 회복했다. 마침내 푸근하게 내
맡긴 마음의 물결이 내 전신을 가득 채웠다."

*

　그의 윗입술은 세로로 쭉 찢어져 있었다. 치아는 잇몸까지 튀어
나와 있었다. 그 때문에 그는 언제나 웃고 있는 것 같았다. 그러나
두 눈은 심각했다.

*

인간은 얼마나 가치가 있는가? 인간은 무엇인가? 그런 것을 눈으로 보았으니 이제부터 일생 동안 내게는 인간에 대한 불신과 근본적인 불안이 지워지지 않고 남아 있게 될 것이다.

*

《독일 연구》에서의 마르크 클라인 참조. "나치 집단 수용소에 대한 관찰과 성찰."

*

수정된 창조로서의 소설. "그는 그가 땅에 넘어지자마자 그의 목에 삽을 갖다 댔다. 그리고 마치 차진 흙덩어리를 부수듯이 삽에 발을 얹었다."

*

네메시스——절도(節度)의 여신. 절도를 벗어난 모든 자들은 가차없이 멸할 것이다.

*

이소크라테스 : 이 세상에서 아름다움보다 더 거룩하고 더 엄숙하고 더 고귀한 것은 아무것도 없다.

아이스킬로스, 헬레네에 대하여[95] : "고요한 바다처럼 고즈넉한 영혼이여, 가장 풍성한 의상을 장식하는 아름다움이여, 화살처럼 뚫어보는 부드러운 두 눈이여, 가슴에 치명적인 사랑의 꽃이여."

헬레네는 죄인이 아니라 신들의 희생자다. 참혹한 일들을 겪고 난 뒤 그녀는 평상적인 삶을 되찾는다.

*

라 파텔리에르. 계절이 빛을 발하고——그림의 사방에서 신비스러운 손들이 꽃을 쳐들어 보이는 그 순간(마지막 그림들). 태연한 비극.

*

테러리즘.

칼리아예프 스타일의 테러리스트의 대단한 순수성은 바로 그에게 있어서 살인은 자살과 일치한다는 사실이다(사빈코프의 《테러리스트의 추억》 참조). 하나의 생명을 다른 생명으로 갚는다. 이런 식의 논리는 틀린 것이지만(빼앗기는 생명과 자발적으로 바치는 생명은 같은 값이 아닌 것이다) 존중할 만한 것이다. 그런데 오늘

---

95) 산문집 《결혼 · 여름》에 실린 〈헬레네의 추방L'Exil d'Hélène〉 참조.

날에는 제 목숨을 바치지도 않은 채 남을 시켜 살인한다. 아무도 대가를 지불하지 않는다.

1905년 칼리아예프 : 육체의 희생. 1930년 : 정신의 희생.

*

파늘리에, 1947년 6월 17일.

기막히게 멋진 하루. 커다란 너도밤나무들 저 위에, 그리고 그 주위에 번쩍이는 다사로운 거품 같은 빛. 빛이 모든 가지들에서 배어나오는 것만 같다. 잎사귀의 다발들은 진종일 저 푸르른 황금빛 속에서 천천히 흔들린다. 마치 금빛 나는 그 달콤한 공기의 즙을 뱉어내는, 입술이 여러 개인 수천 개의 입들인 양——혹은 푸르게 빛나는 물을 하늘에 끊임없이 순환시키는, 청동빛 물을 머금은 수천 개의 작은 입들인 양——또는 마치……그러나 이걸로 충분하다.

*

그 누구에 대해서든 절대적으로 유죄라고 말하는 것은 불가능하다는 것, 따라서 총체적인 벌을 가하는 것은 불가능하다는 것.

*

효율성의 개념 비판——한 개의 장.

*

    독일 철학은 이성과 세계에 관련된 것들 속에 운동을 도입했다 ——반면에 고대인들은 거기에 부동의 고정성을 도입했다. 우리는 고정된 것과 동적인 것(그리고 고정된 것인지 동적인 것인지 알 수 없는 것)을 규정함으로써만 비로소 독일 철학을 넘어설 수 ——인간을 구원할 수 ——있을 것이다.

*

    부조리, 반항 등의 운동의 목적, 따라서 우리 동시대 세계의 목적은 본래적인 의미의 동정, 다시 말해 결국 사랑과 시다. 그러나 그것은 내가 지니지 못한 순정함을 요구한다. 내가 할 수 있는 모든 것은 그것으로 인도하는 길을 정확하게 알아차리고 순정함의 시대가 오도록 하는 것이다. 적어도 죽기 전에 그 시대를 보는 것.

*

    자연에 대립하는 헤겔. 《대논리학》, 36~40 참조. 왜 자연은 추상적인가 ——옳은 것은 정신이다.
    그것은 곧 지성의 대모험이다 ——결국은 모든 것을 다 죽이고 마는 모험이다.

*

《페스트》의 자료에 넣을 것.

1) 가족들을 고발하는 익명의 투서. 관료주의적인 심문의 유형.

2) 법령들의 유형.[96]

*

내일 없는 세계.

제1계열. 부조리 :《이방인》——《시지프 신화》——《칼리굴라》, 《오해》

제2계열. 반항 :《페스트》(그리고 그에 부속된 글들)——《반항하는 인간》——칼리아예프.

제3계열. 재판——최초의 인간.

제4계열. 찢어진 사랑 : 화장대(火葬臺)——사랑에 대하여——유혹적인 것.

제5계열. 수정된 창조 혹은 체계[97]——위대한 소설 + 위대한 명상 + 무대에 올릴 수 없는 희곡.

*

---

96) 카뮈의 문헌들 속에도 그 자신이 《카이에 드 라 플레야드Cahiers de la Pléiade》에 발표한 《페스트》관련 자료〉에도 이러한 것은 전혀 들어 있지 않다.

97) 앞의 239~240쪽 참조.

1947년 6월 25일.

작품의 성공[98]에 따르는 슬픔. 반대는 필요하다. 전과 마찬가지로 모든 것이 내게 더욱 어렵기는 하겠지만 나는 내가 하는 말을 할 더 많은 권리를 갖게 될 것이다. 그동안에——내가 많은 사람들을 도울 수 있다는 것은 수확이다.

*

형식적인 덕목에 대한 경계——이것이 바로 이 세계의 설명이다. 자기 자신에 대해 이러한 경계심을 느끼고 그것을 다른 모든 사람들에게도 확대한 사람들은 겉으로 표명된 일체의 덕목에 대해 끊임없이 예민한 반응을 보인다. 그런 태도와 실천적 덕목을 의심하는 것 사이에는 근소한 차이밖에 없다. 그러니까 그들은 자신들이 바라는 사회의 도래에 도움이 되는 것을 덕목이라고 부른다고 할 수 있다. 그 깊은 동기(경계심)는 고귀한 것이다. 논리가 과연 합당한 것인가, 그것이 문제다.

나 역시 그런 생각과 맞붙어 한판 승부를 치를 필요가 있다. 내가 지금까지 생각하고 글로 쓴 모든 것은 이 경계심과 관련된 것이다 (그것이 《이방인》의 주제다). 헤겔이 말하는 '도덕 의식'의 무조건적이고 순수한 부정(허무주의 혹은 역사적 유물론)을 용납하지 못하는 한 나는 어떤 중간적인 수단을 찾아내지 않으면 안 된다. 역사

---

98) 카뮈는 《페스트》로 비평가 상(Prix des Critiques)을 수상했다.

를 초월하는 가치들을 참조하면서 역사 속에 존재한다는 것은 가능하고 정당한가? 무지의 가치는 그 자체가 편리한 은신처가 아닌가? 그 어느 것도 순수하지 않고 그 어느 것도 순수하지 않다, 이것이 곧 우리 세기를 괴롭히는 절규다.

부정하고 행동하는 사람들 쪽으로 넘어가버리고 싶은 유혹! 종교에 귀의하듯 거짓에 귀의하는 사람들이 있다. 다같이 그럴듯한 충동에 의해 움직이는 것이니 그것은 확실한 것이다. 그러나 그것은 과연 한갓 충동에 불과한 것인가? 우리는 무엇을 잣대로 누구를 왜 재판할 것인가?

역사가 진정으로 이렇게 나아가는 것이라면, 해방은 없고 오직 통일이 있을 뿐이라면, 나는 역사에 제동을 거는 축에 속하는 것이 아닐까? 통일이 없이는 해방도 없다고 그들은 말한다. 만약 사실이 그렇다면 우리는 뒤처져 있는 것이다. 그러나 앞장서기 위해서는 거의 가능성이 희박한 가설을, 둘 혹은 세 세대에 걸쳐 불행, 살인, 유형이라는 저 구체적 현실에서 무시무시한 역사적 반박을 이미 받은 가설을 선호하지 않으면 안 된다. 이처럼 선택은 하나의 가설에 의존한다. 해방이 우선 통일을 요구한다는 것은 증명된 바 없다. 해방은 없어도 된다는 것 역시 증명된 바 없다. 그러나 통일이 폭력에 의해 이루어져야 한다는 법도 없다——폭력은 대개 통합의 겉모양 속에 격렬한 아픔을 가져온다. 통일, 해방이 필요할 수는 있고 그 통일이 인식과 선전에 의해 이루어질 가능성은 있다. 그렇게 될 경우 말은 곧 행동이 될 것이다. 적어도 송두리째 다 그 과업 속에 몸담아야 할지도 모른다.

아! 그것은 의혹의 시간들이다. 그 누가 한 세계 전체의 의혹을 혼자서 짊어질 수 있겠는가.

*

나는 자신을 너무 잘 알기에 아주 순수한 덕목을 믿지 못한다.

*

희곡. 테러. 어떤 허무주의자. 도처에 폭력. 도처에 거짓.

*

파괴. 파괴.
어떤 리얼리스트. 오크라나에 들어가야 한다.
그 둘 사이에 칼리아예프.——아냐, 보리스, 그게 아니야.

——나는 그들을 사랑해.
——왜 그처럼 끔찍한 말투로 그 말을 하는 거야?
——나의 사랑이 끔찍한 것이니까.

위와 같음. 야네크와 도라.
야네크. 정답게.——그럼 사랑은?

도라——사랑이라고, 야네크? 사랑 같은 건 없어.

야네크——오! 도라, 어떻게 그런 말을 해, 네가, 내가 네 마음을 잘 아는데?

——너무나 많은 피가 흘렀어, 그거야, 너무나 많은 폭력이 있는 거야. 정의를 너무 사랑하는 사람들은 사랑할 권리가 없어. 그들은 나처럼 꼿꼿이 서서 머리를 쳐들고 눈을 고정시켜. 이 떳떳한 가슴 속에 사랑이 무슨 상관이야? 사랑은 부드럽게 머리를 숙이게 해, 야네크, 그런데 우리는 목을 자르는 거야.

——그렇지만 우리는 우리 인민을 사랑해, 도라.

——그래, 우리는 불행한 큰 사랑으로 그들을 사랑하지. 그러나 인민은 우리를 사랑해? 우리가 자기들을 사랑하고 있다는 걸 알기나 해? 인민은 말이 없어. 이 무슨 침묵이람, 이 침묵…….

——하지만 그런 것이 사랑이야, 도라. 모든 것을 다 주고 모든 것을 다 희생하면서도 대가를 바라지 않는 것.

——그럴지도 모르지, 야네크. 그건 순수하고 영원한 사랑이야. 사실 내가 뜨겁게 바라는 것도 그거야. 그러나 어떤 때는 사랑이란 그게 아닌 딴것이 아닐까, 사랑이 더 이상 독백이 아닐 수도 있을까, 가끔 응답을 주기도 하는 것은 아닐까 하고 생각해보는 거야. 나는 그런 상상을 해본단 말야. 머리는 부드럽게 숙여지고 가슴은 거만함을 버리고 두 눈은 감기고 두 팔이 좀 벌어지는 것을 말야. 이 세계의 끔찍한 비참을 잊고, 야네크, 마침내 잠시라도, 이기적이 될 수 있는, 아주 잠시라도 마음을 터놓는 것을.

——그래, 도라, 그런 게 바로 애정이지.

——바로 그거야, 그런 게 바로 애정이지. 그렇지만 너는 애정을 가지고 정의를 사랑하고 있어?

야네크는 말이 없다.

——너는 인민을 애정을 가지고 사랑하는 거야 아니면 복수심과 반항심에 불타서 사랑하는 거야, 야네크?

야네크는 말이 없다.

——그것 봐. 그럼 너는 나를 애정을 가지고 사랑하는 거야, 야네크?

——난 너를 이 세상 무엇보다도 더 사랑해.

——정의보다도 더?

——난 너를 조직이나 정의와 구별해서 생각하지 않아.

——알아. 하지만 대답해봐. 대답해보라고, 제발 야네크, 대답해봐. 너는 나를 고독 속에서 애정을 가지고, 이기적으로 사랑해?

——오! 도라, 그렇다고 대답하고 싶어 죽겠어.

——그럼 그렇게 말해, 정말 그렇게 생각한다면, 그게 정말이라면 그렇게 말해. 조직과 정의와 세상의 비참과 사슬에 묶인 인민 앞에서 그렇게 말해! 죽어가는 아이들, 끝없는 감옥들 앞에서, 교수형에 처해지는 사람들, 죽도록 매를 맞는 사람들에도 불구하고 그렇게 말해.

야네크의 얼굴이 창백해진다.

——입 다물어, 도라. 입 다물어.

——오! 야네크, 아직도 너는 그 말을 안 했어.

침묵.

——난 그렇게 말할 수 없어. 하지만 내 마음속에는 네가 가득하

게 들어 있어.

그녀는 마치 울 듯이 웃는다.

──하지만, 됐어. 분별 있는 짓이 아니었으니까. 나도 그렇게 말하지는 못했을 거야. 나도 마찬가지로 정의와 감옥들 속에서 좀 뻣뻣하게 너를 사랑하고 있어. 우린 이 세상 사람들이 아냐. 우리의 몫은 피와 써늘한 밧줄이야.

*

반항은 미친 개가 짖는 소리다(안토니우스와 클레오파트라).

*

나는 지금 쓰고 있는 이 모든 작가수첩들을 다시 읽어보았다──첫 권부터. 내 눈에 분명하게 드러나는 것 : 풍경들이 차츰 사라져가고 있다는 사실. 현대의 암이 나 역시 갉아먹고 있는 것이다.

*

우리 시대의 정신에 제기되고 있는 가장 진지한 문제 : 순응주의.

*

노자(老子)가 볼 때 : 덜 움직이면 더 많이 지배할 수 있다.

*

G는 생브리외에서 장의용 물건들을 파는 상인인 그의 할머니와 함께 살고 있었다. 그는 무덤 돌 위에서 숙제를 했다.

*

참조. 크라푸요 : 무정부주의. 타야드 : 예심 판사의 기억들. 슈티르너 :《유일자와 그의 소유*Der Einzige und sein Eigentum*》.

*

G. 아이러니가 반드시 심술궂은 마음씨에서 오는 것은 아니야.

M. 물론 그렇지. 그러나 그것이 착한 마음씨에서 오는 것은 아니지.

G. 아니지. 하지만 그건 어쩌면 고통에서 생기는 것일지도 몰라. 사람들은 다른 사람들에게 있어서의 고통은 통 생각하지 않거든.

*

백계 러시아 군대의 위협을 받고 있는 모스크바에서 보통법 위반

죄수들을 동원하기로 결정한 레닌에게.

　——안 돼요, 그런 사람들과 더불어 하는 것은 안 돼요.

　——그런 사람들을 위해서지, 하고 레닌이 대답했다.

*

　칼리아예프 희곡 : 피와 살로 된 인간을 죽일 수는 없어. 우리는 독재 군주를 죽이는 거지. 아침에 면도를 한 그 사람을 죽이는 것은 아냐, 등.

*

　장면 : 도발자를 처형한다.

*

　삶의 가장 큰 문제는 바로 어떻게 인간들 사이로 지나가느냐 하는 것이다.[99]

*

---

99) 원고에는 이 문장이 괄호 속에 들어 있다.

X. "나는 적어도 본래적으로는, 아무것도 믿지 않고 아무도 사랑하지 않는 사람이오. 내 속에는 어떤 공허가, 어떤 무시무시한 사막이 있어요."

*

사형 선고를 받고 로스 감옥에서 지내는 마르크. 자신의 구세주와 조금이라도 더 닮기 위해서 그는 성주일 동안 자신의 사슬을 풀지 못하게 했다. 전에 그는 길거리에서 십자가에 권총으로 사격을 하곤 했다.

*

행복한 기독교도들. 그들은 은총을 자기들 몫으로 가지고 우리에게는 자비를 남겨주었다.

*

그르니에. 《자유의 선용에 대하여 Du bon usage de la liberté》. "현대인은 복종할 신(헤브루의 신과 기독교의 신)의 존재를 믿지 않게 되었고 존중할 사회(힌두 사회와 중국 사회)와 따를 자연(그리스의 자연과 로마의 자연)의 존재를 믿지 않게 되었다."

위의 책. "어떤 가치를 열렬히 사랑하는 사람은 바로 그 때문에 자유의 적이다. 그 어느 것보다도 더 자유를 사랑하는 사람은 가치를 부정하거나 아니면 오직 잠정적으로만 가치를 중시한다(제반 가치의 쇠퇴에서 오는 관용).”

“우리가 (부정의 길 위에서) 발걸음을 멈추는 것은 남들을 아껴서가 아니라 우리 스스로를 아껴서이다.”(자기에 대해서는 부정, 남들에 대해서는 긍정!)

*

희곡.

도라――슬픈 일은 말이야, 야네크, 바로 그 모든 것 때문에 우리가 늙는다는 사실이야. 우린 다시는, 다시는 어린아이가 되지 못할 거야. 이제 우리는 죽을 수 있어. 우리는 인간으로서의 모든 것을 다 해본 거야. (살인이 그 한계지.)

――아니야, 야네크, 만약 유일한 해결책이 죽음이라면 우리가 지향하는 길은 잘못된 거야. 올바른 길은 삶으로 인도하는 길이니까.

――우리는 세상의 불행을 떠맡은 거야. 이건 교만이므로 장차 그 벌을 받겠지.

――우리는 어린애 같은 사랑에서 죽음이라는 처음이자 마지막인 정부(情婦)에게로 옮아간 거야. 우린 너무 빨리 갔어. 우리는 인간이 아니야.

*

이 세기의 비참. 그리 오래지 않은 과거에만 해도 정당성을 얻고자 하는 것은 잘못된 행동이었는데 지금은 그것이 옳은 행동이 되었다.

*

소설. "내가 그녀를 사랑한다면 나는 그녀가 과거의 내가 어떤 사람이었는지를 알기를 바라. 왜냐하면 그녀는 믿고 있으니까, 그 기막힌 호의가…… 아니지, 그녀는 예외적인 여자야."

*

반동? 만약 그것이 역사를 후퇴시키는 것이라면 나는 결코 그들만큼——파라오에 이를 정도로까지——극단적이 되지는 않겠다.

*

디포. "나는 나를 파괴하기 위해 태어났다."

위의 책. "나는 몇몇 가까운 사람들의 참을 수 없는 대화에 대해 지독한 혐오감을 느꼈기 때문에……어느 날 갑자기 더 이상 말을 하지 않기로 결심한 사람 이야기를 들었다……. (희곡.)

디포에 대해 마리옹이 한 말(139쪽). 29년 동안의 침묵. 그의 아내가 미쳐버린다. 아이들은 집을 떠난다. 딸은 남는다. 열과 광란. 그는 말을 한다. 나중에는 자주 말을 한다. 그러나 딸과는 적게, "그리고 또 다른 사람과는 아주 드물게" 말을 한다.

*

추기. XCI : "주님은 나의 은신처요 나의 성채다. 주님은 새잡이의 덫과 살인적인 페스트에서 나를 보호해주시니까⋯⋯. 너는 밤의 공포도 낮에 날아다니는 화살도 어둠 속에서 돌아다니는 페스트도 대낮에 휩쓸고 다니는 전염병도 두려워하지 않게 될 것이다."

*

완전한 고독. 새벽 1시 큰 역의 화장실.[100]

*

(십계명을 가까이하지 않고 함께 살아온 여자와 결혼하지 않았기에) 일생 동안 죄 속에서 살아온 한 남자(프랑스 사람?), 이 성스러운 남자는 단 한 사람만이 저주받는다는 생각을 견딜 수가 없어서

---

100) 이 표현은 첫 번째 타자본에 육필로 추가한 것이다.

자기 자신도 저주받기를 원했다.

"그것이야말로 그 무엇보다 위대한 바로 그 사랑이었다. 한 친구를 위해 자기의 영혼을 바치는 사람의 사랑."

*

메를로 퐁티.[101] 글 읽는 법을 배운다는 것. 그는 남들이 자기의 글을 잘못 읽고 잘못 이해했다고 불평이다. 전 같았더라면 나는 이런 종류의 불평 쪽으로 기울었을 것이다. 이제 나는 그런 불평이 부당하다는 것을 안다. 오독(誤讀)은 없다.

원칙들에 있어서 도덕적인 교활한 자들. 진실하다. 그러나 나로서는 사실상, 그리고 지금으로서는, 만인을 죽이는 청교도보다는 아무도 죽이지 않는 방탕아 쪽이 더 낫다. 그 무엇보다도 내가 절대로 참아줄 수 없는 것은 만인을 다 죽이려 드는 방탕이다.

메를로 퐁티. 혹은 현대인의 타입 : 방관하며 중립의 입장을 취하는 자. 그는 설명하기를, 그 어느 누구도 옳은 사람일 수는 없으며 그게 그리 간단한 것이 아니라고 한다(그가 그토록 수고스럽게 해보이려고 하는 증명이 나를 위한 것이 아니기를 바라지만). 그러나 잠시 뒤에는 그는 히틀러는 범죄자이므로 그에 대항하는 레지스탕스는 언제나 옳다고 외친다. 만약 그 누구도 옳은 사람일 수 없다

---

101) 그는 이제 막 《휴머니즘과 테러 *Humanisme et Terreur*》라는 저서를 발표했다. 메를로 퐁티와 카뮈는 그 책이 나온 다음에 절교했다(사르트르의 《살아 있는 메를로 퐁티 *Merleau-Ponty vivant*》, 313쪽 참조.

면 판단을 내리지 말아야 할 텐데. 오늘에는 히틀러에 반대해야 하니까. 전에는 방관하며 중립을 지켰다. 그러니 계속 그러는 것이다.

*

이제부터 우리에게 행동은 한정된 목표들에 대해서만 정당하게 보인다. 우리 시대의 인간은 이렇게 말한다. 모순은 없다.

*

드윙거.[102] (시베리아 수용소에서). "우리가 만약 짐승이었다면 이미 오래전에 만사가 끝났을 것이다. 그러나 우리는 사람이다."

위의 책. 자신의 예술을 위해 사는 피아니스트인 중위. 그는 상자를 뜯어서 마련한 판자때기들로 소리 안 나는 피아노를 만든다. 그는 하루에 여섯 시간 내지 여덟 시간 동안 연주한다. 그는 음 하나하나를 귀로 듣는다. 어떤 소절에서는 그의 얼굴이 환하게 밝아진다.

그것은 **극단적인 경우** 우리 모두가 다 하게 될 일이다.

위의 책. 백색 전쟁 동안. 후방의 어느 기차 안. D와 그의 동료가 어떤 칸으로 들어가니 뜨거운 눈초리의 키 큰 대위가 한 사람 타고 있다. 그의 앞에는 외투를 덮은 형체만 보이는 누군가가 좌석에 누워 있다. 밤이 된다. 달이 차 칸을 비춘다. "눈을 뜨시오, 형제들. 당

---

102) 드윙거.《나의 시베리아 일기 Mon Journal de Sibérie》와《적과 백 사이 Entre les Rouges et les Blancs》참조(Payot, 1931).

신들은 이제 뭔가를 보게 됩니다. 당신들이 싸워 얻은 것이니까요." 그는 천천히 외투를 벗긴다. 너무나 아름다운 전라의 젊은 여자……. 장교가 말한다. "잘 보시오. 당신들은 새로운 힘을 얻을 것이오. 그리하여 우리가 왜 싸우는지를 알게 될 것이오. 우리가 싸우는 것은 아름다움을 위해서이기도 하니까요. 다만 아무도 그 말을 하지 않을 뿐이죠."

*

바타유가《페스트》에 대하여. 사드 역시 합법의 살인인 사형 제도의 폐지를 요구했었다. 이유 : 살인자는 자연스러운 정념들에 있어서 제시할 변명이 있으니까. 그런데 법에는 그런 것이 없다.

*

G[103]에 대한 연구 : 말로와 반대되는 정신으로서의 G. 그런데 두 사람 다 상대가 염두에 두고 있는 유혹을 의식하고 있다. 오늘의 세계는 M과 G 사이의 대화다.

*

---

103) 아마도 장 그르니에를 뜻하는 듯하다.

희곡. 야네크가 저격수인 다른 사람에게.

야네크——그럴지도 모르지. 하지만 그렇게 되면 우리는 사랑을 잃게 될 거야.

저격수——누가 그래?

야네크——도라가.

저격수——도라는 여자야. 여자들은 사랑이 뭔지 몰라⋯⋯. 나 스스로 가루가 되고 말 이 끔찍한 폭발은 사랑의 파열인 거야.

*

우리의 죽음의 날들.[104] 72——125——190.

U. C. 15——66.

*

폭력에서 그것의 단절의 성격, 범죄의 성격을 지우지 말고 간직할 것——다시 말해 폭력은 오직 어떤 개인적 책임과 관련된 상태에 서만 인정할 것. 그렇지 않을 경우 그것은 명령에 의한 것, 사리에 맞는 것——법이거나 형이상학인 것이다. 그것은 더 이상 단절이 아니다. 그것은 모순을 배제한다. 그것은 역설적으로 편안함 속으로의 비약을 나타낸다. 폭력을 편안한 것으로 만들어버린 셈이다.

---

104) 다비드 루세의 《우리의 죽음의 날들 Les Jours de notre mort》. 여기서 U. C.는 아마도 같은 저자의 《강제 수용소의 세계 L'Univers concentrationnaire》를 가리키는 듯하다.

M. D.의 친구, 그는 단골로 다니는 도핀 가의 어떤 작은 카페에 거의 매일 가서 늘 똑같은 탁자에 앉아 늘 똑같이 블로트 게임을 하는 사람들을 구경한다. 그가 뒷전에 앉아서 보니 노름꾼은 손에 가진 것이 다이아몬드뿐이다. M. D.의 친구는 말한다. "유감이네, 으뜸패가 없는 것도 아니니." 그러고는 갑작스레 죽는다.

위의 책. 전쟁에서 아들을 잃은 늙은 강신술사 : "어디를 가든 늘 아들놈이 뒤에 따라오고 있다니까."

위의 책. 언제나 말뚝처럼 뻣뻣하게 서서 남들이 자기를 총독님이라고 불러주기를 바라는 전직 식민지 총독. 그는 그레고리오력과의 일치에 대한 연구에 몰두한다. 그는 어떤 한 가지 주제에 대해서만 열을 올리는데 그것은 바로 그의 나이다. "나이가 80이죠! 난 아페리티프도 한 잔 안 마셔요. 그러니 이걸 보세요!" 그러고는 그는 제자리에서 여러 번 펄쩍펄쩍 뛰면서 제 엉덩이를 발뒤꿈치로 툭툭 친다.

*

팔랑트(S. I.).[105] "휴머니즘은 감정의 영역으로 사제적인 정신이

---

105) 팔랑트는 루이 기유와 장 그르니에가 알고 지냈던 철학자다. S. I.는 팔랑트의 저서인 《개인주의적 감성 *La Sensibilité individualiste*》(éditions Alcan, 1909)을 가리키는데 이 인용은 그 책의 41쪽에 나온다.

침범한 결과다…… 그것은 성령이 지배하는 얼음 같은 차가움의
세계다.”

*

사람들은 우리가 추상적인 인간들을 만들어낸다고 비판한다. 그
러나 그것은 우리의 모델로 사용되는 인간이 추상적이기 때문이다.
우리더러 사랑을 모른다고 하지만 그것은 (우리의 모델로 사용되
는 인간이) 사랑을 할 줄 모르기 때문이다, 등.

*

로트레아몽 : 바다의 물을 다 써도 지성의 핏자국을 다 씻어내지
못할 것이다.

*

단편 혹은 장편 소설, 정의. 닷새 동안 마시지도 먹지도 못하고 몸
을 기대는 것마저 금지당한 채 서서 고문받다. 그를 탈옥시키기 위
해 사람이 찾아온다. 그는 거절한다. 그럴 힘이 없다는 것이다. 거
절하는 것이 힘이 덜 든다. 그는 다시 고문당하여 목숨을 잃을 것
이다.

*

일쉬르소르그. 가을을 향하여 열린 큰 방. 뒤틀린 나무 모양의 가구들과, 고사리 무늬의 커튼이 달린 창문 밑에서 부는 바람에 방 안으로 날아드는 플라타너스 낙엽들로 인해 방 자체가 가을이다.

*

R. C.가 1944년 5월에 북아프리카 군대에 합류하기 위해 유격대를 떠날 때 비행기가 바스잘프 지방을 이륙하여 밤에 뒤랑스 강 위를 난다. 그때 그는 자신의 부하들이 마지막으로 그에게 인사하기 위해 산맥 전체를 따라 켜놓은 불들을 알아본다.

그는 칼비에서 잔다(온갖 꿈들). 아침에 잠이 깨자 그는 테라스에 긴 미국 담배 꽁초들이 잔뜩 떨어져 있는 것을 본다. 4년 동안 이를 악물고 투쟁하고 난 다음 그는 그 꽁초들을 바라보면서 한 시간 동안이나 눈물을 펑펑 쏟으며 운다.

*

눈앞에 벌어지는 광경에 도무지 익숙치 않은 늙은 공산당 투사 : "내 마음을 치유할 길이 없군."

*

벨 : 혜성에 대한 여러 가지 생각들.

"한 인간의 삶은 그가 믿는 것으로도, 그가 책 속에 발표한 것으로도 판단해서는 안 된다."

*

자신의 상태를 밝히는 밀고자. 여러 가지 잉크. 지운 획들. 동그랗게 쓴 이름들.

*

한 가난한 어린아이가 수치심은 느끼지만 부러워하지는 않는다는 사실을 어떻게 설명하면 좋을까.

*

늙은 거지가 엘리노어 클라크에게 : "나쁜 사람이기 때문이 아니라 빛을 잃어서 그렇답니다."

*

사르트르 혹은 보편적인 목가에의 향수.

*

라바숄(심문) : "진실, 자명함, 인류의 행복을 가져오는 사람들 앞에서는 모든 장애물들이 사라져야 마땅하고, 만약 그 뒤 이 땅 위에 오직 몇몇 사람만이 남게 된다면 적어도 그 사람들만은 행복할 것이다."

위의 책. (중죄 재판소에서의 진술) "내가 해를 끼친 죄 없는 희생자들과 관련해서는 진심으로 후회한다. 내 삶이 온갖 쓰라림으로 가득 차 있기에 그만큼 더 후회스럽다."

한 증인의 진술(쇼마르탱) : "그는 여자를 좋아하지 않았고 약간의 레몬을 탄 물밖에 마시지 않았습니다."

*

비니(서간집) : "사회 질서란 항상 나쁜 것이다. 가끔 가다가 견딜 만해지는 것이 고작이다. 나쁜 것에서 견딜 만한 것까지의 논란은 피 한 방울의 가치도 없다."──그렇지 않다. 견딜 만한 것을 위해 피를 흘리지는 않더라도 적어도 일생 동안 노력해볼 가치는 있다.

집단 속의 염세가인 개인주의자는 개인에게 후하다.

*

생트 뵈브 : "나는 늘 우리가 단 1분이라도 자기가 생각하는 바를

말하기 시작한다면 사회는 무너져버릴 것이라고 생각해왔다."

*

B. 콩스탕(예언자!) : "편안하게 살려면 거의 세상 전체를 통치하는 데 필요한 정도의 수고를 바쳐야 한다."

*

인류를 위해 몸을 바친다는 것 : 생트 뵈브에 따르건대, 사람은 끝까지 박수를 받는 역할을 맡고자 한다.

*

스탕달 : "어떤 영혼 속에서의 불편함을 고통스럽게 느끼는 데 익숙해지지 않는 한 나는 나의 개인적인 행복을 위해서 전혀 아무것도 한 것이 없는 셈이다."

*

과연 팔랑트는, 단 하나의 보편적 진실이 존재하지 않는다면 자유는 존재 이유가 없다고 말한다.

*

1947년 10월 14일. 시간이 바쁘다. 건조한 공기 속에서 혼자, 모든 힘을 팽팽하게 긴장시킨 채.

*

10월 17일. 시작.

*

마치 인간에게는 타락과 벌 사이의 절대적 선택이 남아 있을 뿐이라는 듯이.

*

아동 병원에서. 천장이 낮고 문을 꽁꽁 닫아놓아 너무 더운 작은 홀——뻑뻑한 수프와 구급약 냄새…… 졸도.

*

세상에는 메시아적 행동들과 생각 깊은 행동들이 있다.

*

모든 것을 다 쓸 것——되는 대로.

*

우리는 무엇이든 최선을 다하는 쪽으로 할 수 있고 모든 것을 다 이해할 수 있고 그리하여 모든 것을 다 억제할 수 있다. 그러나 영원히 빼앗기고 만 이 사랑의 힘을 찾아내거나 만들어낼 수는 없을 것이다.

*

사형. 나는 어떤 것이든 간에 일체의 폭력을 반대한다고 말한 것으로 되어 있다.[106] 그렇다면 그것은 바람이 항상 한쪽 방향으로만 부는 것에 반대하는 것만큼이나 영리한 행동일 터이다.

*

그러나 그 누구도 절대적으로 유죄는 아니므로 따라서 그 누구도 절대적으로 규탄해서는 안 된다. 그 누구도 1) 사회의 눈이나 2) 개

---

106) 에마뉘엘 다스티에 드 라 비제리에게 한 대담.《시사평론*Actuelles*》, 184쪽 참조.

인의 눈에 절대적으로 유죄는 아니다. 그의 내면의 무엇인가는 고통에 기인한다.

죽음은 과연 절대적인 벌일까? 기독교 신자에게는 그렇지 않다. 그러나 이 세상은 기독교의 세상이 아니다. 강제 노동이 그보다 더 지독한 것이 아닐까? (폴랑) 나로서는 알 수 없는 일이다. 그러나 감옥은 죽음을 선택할 수 있는 기회를 제공한다(귀찮아서 차라리 자기 아닌 다른 사람들이 그 일을 처리하도록 미루는 경우라면 몰라도). 반면에 죽음은 절대로 감옥을 선택할 기회를 주지 않는 법. 끝으로 로슈포르의 말 : "사형 제도의 폐지를 요구하자면 유혈을 좋아하는 폭군이어야 한다."

*

늙은이들의 세대. "겉은 부유하지만 속은 가난한 채로 세상에 내던져진 한 젊은이는 외적인 것으로 내적인 부를 대체하려고 헛되이 노력한다. 그는 젊은 여자의 숨결 속에서 새로운 힘을 얻어내고자 하는 늙은이처럼 모든 것을 외적인 것에서 얻으려 한다." (삶의 지혜에 대한 아포리즘.)

발에 걸어채인 소크라테스. "만약 내가 당나귀에게 걸어채었다면 가서 고소하겠는가?" (디오게네스 라에르케, II, 21.)

*

하이네(1848) : "세계가 지금 추구하고 바라는 것이 내 마음과는 완전히 무관한 것이 되고 말았다."

*

쇼펜하우어에 따르면 용기란 "소위에게나 어울리는 정도의 단순한 덕목이다."

*

《에밀*Émile*》의 제4권에서 루소는 명예로운 이유들로 살인을 권한다(21번째 노트). "모욕과 부인을 당하고 견디게 되면 그 어떤 현자도 예방할 수 없는 세속적 결과를 초래하게 되고, 그 어떤 법정도 그 피해자의 앙갚음을 해줄 수 없다. 법의 미비는 이 점에서 그 피해자에게 독립성을 부여한다. 이때 그는 유일한 법관이 되고 가해자와 그 자신 사이에서 유일한 판관이 된다. 그는 자연법의 유일한 해석자요 집행자가 된다. 그는 정의의 의무를 지고 홀로 정의를 부여받는다…… 그가 가서 싸워야 한다는 말은 아니다. 그건 터무니없는 일이 될 터이다. 내 말은 그가 법의 집행자요 유일한 법의 분배자라는 것이다. 결투에 대한 그 수많은 무용한 칙령들이 없는 상태에서 내가 만약 군주라면 나는 나의 나라에서 모욕도 부인도 없을 것이라고 대답하는 바이다. 그것도 법정이 관여하지 않는 매우 간단한 수단을 통해서 그러할 것이다. 어찌 되었건 에밀은 그럴 경우 자기 스스로에게 의무로 부여할 정의가 무엇인지 알고 있으며 명예로운 사람들의 안전에 대해 보여줄 모범이 무엇인지 알고 있다. 그를 모욕하지 못하도록 하는 것이 가장 확고한 사람에게 달린 것이 아니라 그를 모욕했다고 오랫동안 자랑하지 못하도록 하는 일이 그에게 달린 것이다."

*

쇼펜하우어 : 사물들의 객관적인 실존, 그것들의 '재현'은 언제나 기분 좋은 것인 반면 주관적인 실존, 그것을 바라는 것은 고통이다.
"모든 것은 보기에 아름답고 그것들의 존재 그 자체로서는 끔찍하다. 때문에 다른 사람들의 삶의 외면적인 통일성이라는 환상은 흔히 있는 것인데 내게는 언제나 놀랍게만 보인다."

*

쇼펜하우어. "명예와 젊음을 한꺼번에 갖는다는 것은 유한한 생명을 가진 존재에겐 과도한 것이다."
위의 책. "이 세상에서 배움을 얻는 것은 가능하지만 행복을 얻는 것은 불가능하다." 그러므로 "자기 스스로를 제한하면 행복해진다."

*

다윗은 아들이 병들어 앓으니 여호아에게 그 병을 낫게 해 달라고 애원한다. 그러나 아들이 죽자 손가락을 뚝뚝 꺾어 소리 내고는 더 이상 그 생각을 하지 않는다.

*

볼테르 : "이 세상에서는 오직 무력에 호소함으로써만 성공하고 사람은 손에 무기를 들고 죽는다."

*

19세기 러시아 이민으로서 외국에 나가서 수도승이 된 페체린은 소리친다. "자기의 조국을 증오하여 그 나라가 멸망하기를 열렬히 바란다는 것은 얼마나 신나는 일인가."

인텔리겐차와, 세계에 대한 **전체주의적 해석.**

페트라셰프스키의 음모자들[107] : 목가적. (혁명적인 행동을 하지 않은 채 농노들을 해방시키다——조르주 상드의 영향.) 가까운 것이 아니라 먼 것에 대한 사랑. "남자들 속에서도, 여자들 속에서도 애착을 가질 만한 것을 전혀 발견할 수 없는지라 나는 인류에 대한 봉사에 전념한다."(페트라셰프스키)(스타브로긴의 모델인 스프레크녀는 예외.)

---

107) 《정의의 사람들Les Justes》과 《섬세한 살인자들Les Meurtriers délicats》을 위한 독서.

비엘린스키의 개인주의적 사회주의. 헤겔에 반대하여 인간 개인을 지지하다. 보트킨에게 보낸 편지 참조 : "인물, 개인, 페르소나가 세계 전체의 운명보다, 중국 황제의 건강보다, 다시 말해 헤겔적인 알게마인하이트의 건강보다 더 중요하다."

위의 책. "귀하의 철학자 모자(帽子)에 인사드립니다(헤겔에게). 그러나 귀하의 철학적 몰취미에 대한 모든 존경에도 불구하고 저는 감히 말씀드리거니와, 제가 만약 발전상의 최고 단계에 도달하게 된다면 삶과 역사의 제조건들로 인하여 필립 2세 등의 우연, 미신, 종교 재판의 순교자와 희생자를 낸 모든 존재들을 보고토록 요구할 것입니다. 그러지 못한다면 저는 그 높은 자리에서 곤두박질쳐서 떨어져버릴 것입니다. 저는 먼저 제 형제들 각자에 대해 피를 통해서, 내 뼈의 뼈, 내 살의 살을 통해서 안심을 하지 못하고서는 제게 허락된 행복을 원하지 않습니다……."

"부조화가 조화의 조건이라고 합니다. 이것이야말로 음악 애호가에게는 매우 유익하고 기분 좋은 말일 수 있겠습니다. 그러나 부조화의 역할을 나누어 가지게 된 사람에게는 훨씬 덜 기분 좋은 일입니다."

페트라셰프스키와 목가적인 것들.
비엘린스키와 개인주의적 사회주의.

도브롤류보프——금욕적이고 신비주의적이고 세심하다.

그는 악을 보고 신앙을 잃는다(마르시온).

체르니셰프스키 : "어찌할 것인가."

피사레프. "셰익스피어보다는 한 켤레의 구두가 더 귀하다."

게르첸——바쿠닌——톨스토이——도스토예프스키.

인민과 분리된 지식인들에게서 볼 수 있는 죄의식의 인상. "회개하는 신사"(사회적 죄를).

*

네차예프와 혁명의 교리 문답(중앙 집권적인 당은 볼셰비즘을 예고한다).

"혁명가는 낙인 찍힌 개인이다. 그에게는 개인적인 이해도 사업도 감정도 관계도 없다. 그만의 고유한 것이라곤 아무것도 없다. 심지어 이름도 없다. 그에게 있어서는 모든 것이 다 혁명이라는 단 한 가지 배타적인 이해 관계, 단 한 가지 생각, 단 한 가지 정열을 위해 물려 있는 것이다."

혁명에 유용한 것은 모두 다 도덕적이다.

체카의 창시자인 제르진스키와의 닮음.

바쿠닌 : "파괴의 열정은 창조적이다."

위의 책. 인간 발전의 세 가지 원칙.

동물적 인간.

사고.

반항.

*

1870년대. 개인적 사회주의자 미하일로프스키.

"만약 혁명적 인민이 내 방으로 쳐들어와서 비엘린스키의 반신상을 부수고 내 서가를 파괴하려고 든다면 나는 내 마지막 피 한 방울이 다할 때까지 그와 맞서 싸우리라."

*

변화의 문제. 러시아는 역사의 논리가 그러하듯 부르주아적이고 자본주의적인 혁명의 단계를 거쳐야 했을까? 이 점에 있어서 트카체프(네차예프와 바쿠닌과 더불어)만이 레닌의 선배다. 마르크스와 엥겔스는 멘셰비키들이다. 그들은 오직 다가오는 부르주아 혁명을 예측했을 뿐이다.

러시아에 있어서 자본주의 발전의 필연성에 대한 초기 마르크스주의자들의 끊임없는 토론과 그 발전을 받아들이려는 태도. '인민의 의지' 당의 옛 당원이었던 티코미로프는 "초기 자본주의화의 챔피언들"이라고 그들을 비판한다.

*

레르몬토프의 예언.

그러나 이미 엄청난 살육이 시작된다.

페스트가 음산한 촐림에 찾아든다.

베르댜예프, 107쪽 참조.

*

도스토예프스키의 정신적 공산주의는 바로 만인의 도덕적 책임이라는 것이다.

*

베르댜예프 : "물질의 변증법이란 없다. 변증법은 로고스와 사유를 전제로 한다. 변증법은 사상과 정신에 대해서만 가능하다. 마르크스는 정신의 속성들을 물질의 세계로 옮겨놓았다."

결국 세계를 바꾸는 것은 프롤레타리아의 의지다. 그러므로 마르크스주의에는 **정말로** 객관화의 거짓을 고발하고 인간적 활동을 긍정하는 실존적 철학이 담겨 있는 것이다.

*

러시아 말로 볼리아volia는 의지와 동시에 자유를 의미한다.

*

마르크스주의에 던지는 질문.

"마르크스주의의 이데올로기는 다른 모든 이데올로기와 마찬가지로 경제 활동의 반영인가 아니면 경제와 경제적 관심들의 역사적 형태들과는 별도로 절대적인 진리를 발견하겠다고 자처하는 것인가." 다시 말해 그것은 실용주의인가 아니면 절대적 리얼리즘인가?

레닌은 경제에 대한 정치의 우위를 주장한다(마르크스주의에도 불구하고).

루카치 : 혁명적 센스는 전체의 센스다. 이론과 실제가 같다고 보는 전체적 세계 개념.

베르댜예프의 종교적 센스.

*

러시아에 존재하는 것은 개인적인 자유가 아니라 '전체적'인 집단적 자유다. 그러나 전체적 자유란 대체 무엇인가? 사람은 어떤 것으로부터——어떤 것과의 관계하에서 자유롭다. 분명 한계는 신과 관련한 자유다. 이때 우리는 자유가 인간의 종속을 의미한다는 것을 분명히 알 수 있다.

*

베르댜예프는 포비에도노체프(러시아 제국을 이념적으로 지도했던 생 시노드의 검사)와 레닌을 비판한다. 둘 다 니힐리스트.

*

베라 피그네르 : "행동과 말을 일치시키는 것, 타인에게 행동과 말을 일치시키라고 요구하는 것……그것이 내 삶의 좌우명이어야 했다."

위의 책. "이미 비밀스러운 것인 한 사회 안에 비밀의 협회를 만드는 것은 용납할 수 없다고 생각되었다."

하층 계급들에 의해 80~90퍼센트 비율로 공급되는 러시아 황제의 예산.

*

'인민의 의지'의 각 당원은 혁명에 전력 투구할 것을 엄숙히 맹세했고 혁명을 위해 혈연, 개인적인 친화, 사랑, 우정…… 등을 잊어버리기로 맹세했다.

*

희곡 〈도라〉 : 당신이 아무것도 사랑하지 않는다면 그것은 좋게 끝날 수 없어.

＊

‘인민의 의지’의 당원은 얼마나 되었을까? 5백 명. 러시아 제국은? 1억 명 이상.

＊

소피아 페로프스카야는 전투 동지들과 함께 교수대로 걸어 올라가며 그중 세 사람(젤리아보프, 킬바치슈, 미하일로프)과 키스하지만 네 번째 동지인 리사코프와는 키스하지 않는다. 리사코프는 열심히 투쟁했지만 목숨을 부지하기 위해 어떤 주소를 알려주는 바람에 다른 동지 세 명이 죽었다. 리사코프는 혼자서 고독하게 죽는다.

알렉산드르 2세에게 폭탄을 던진 것은 리사코프다. 폭탄이 빗나가서 목숨을 구한 황제가 말한다. “신의 가호로 만사가 잘 되었다.” “어디 만사가 잘 되는가 두고 보자”라고 리사코프가 응수한다. 그리하여 두 번째 폭탄, 그린비츠키가 던진 폭탄이 황제를 쓰러뜨린다.

＊

고발에 대해 베라 피그네르 190쪽 참조.

위의 책. 마리아 콜루그나이아. 석방되자 배신자라는 비판을 받는다. 죄를 씻기 위해 그녀는 경찰 간부를 저격한다. 감옥형. 그녀는 제3의 동지에게 가해진 체형에 대해 다른 두 동지와 함께 항의하기 위해 카라에서 자살한다(239쪽).

*

　기독교인들에게 상기시킬 것. '기독교의 박애.' '그리스도의 성스러운 가르침을 높이 받드는 모든 사람들'에게 호소. "정부가 존재하므로, 거짓, 억압, 그리고 자유로운 진리 탐구의 금지에 바탕을 둔 모든 법은 신의 의지와 기독교 정신에 반하는 불법적인 것으로 간주되어야 마땅했다."

*

　베라 피그네르 : "나는 살아야 했다. 재판받기 위해 살아야 했다. 재판은 혁명가의 활동에 대한 최후의 왕관이니까."

*

　사형수 : "그토록 짧은 것이긴 하지만 내 일생 동안 내가 본 것은 악과 고통뿐이었다. 이런 조건 속에서 이런 생을 살면서 무엇을, 비록 착한 것이라 하더라도, 사랑할 수 있겠는가?"

*

1880년대에 하사관 한 사람을 죽인 병사가 처형되었다. 죽기 전에, 지시대로 돌아서며 그는 소리친다. "북쪽이여 안녕, 남쪽이여 안녕…… 동쪽이여, 서쪽이여."

*

올바른 길을 통해 세계를 정복할 수 있다고 그 어느 누구도 나만큼 확신하지는 못했다. 그런데 지금……. 어디에 틈이 있었던가, 갑자기 무엇이 기우뚱했던가, 무엇이 그 나머지를 다 결정해버렸던가…….

*

사소한 사실 : 사람들은 흔히 '나를 만난 적이 있다'고 생각한다.

*

파리-알제. 현대의 부정과 추상화의 한 요소로서의 비행기. 더 이상 자연이 없다. 깊은 협곡, 진정한 요철, 건너갈 수 없는 시내, 그 모든 것이 사라져버렸다. **도표**——지도만 남았다.

요컨대 인간이 신의 시선으로 보게 된다. 그리하여 신이 추상적인 시각을 가질 수밖에 없다는 것을 깨닫는다. 그건 잘된 일이 아니다.

*

논쟁——추상화의 요소로서. 한 인간을 적으로 간주할 때마다 우리는 그를 추상화한다. 우리는 그에게서 멀어진다. 그가 너털웃음을 웃곤 하는 사람임을 알고 싶어 하지 않는다. 그는 한갓 실루엣이 되고 만다.

등…….

*

만약 니힐리즘을 초월하기 위해 기독교로 되돌아온다면 그 운동을 계속 따라가서 헬레니즘 속에서 기독교를 초월할 수도 있다.

*

알제 항구에서의 빛나는 아침. 풍경, 군청색의 푸르름이 창유리들을 뚫고 들어와 방 안 곳곳에 퍼진다.

*

소크라테스. "나는 당신에게 호감을 느낄 수가 없소."——수용소에서 돌아오다.

2막 끝. 그가 흉터를 보여준다.

"이게 뭐지?

——낙인들이야.

——무슨 낙인들?

——인간들에 대한 사랑의 낙인들."[108]

*

내 책들이 정치적 국면을 뚜렷하게 부각시키지 않는다는 비판. 해석하면 : 그들은 내가 정당들을 무대에 올리기를 바란다. 그러나 나는 국가라는 기계에 맞서는 개인들을 무대에 올릴 뿐이다. 나는 내가 무슨 말을 하는지 알고 말한다.

*

세계는 더욱더 순정해지면서 더욱 정의로워질 것이다. (조르주 소렐.)

*

연극에서 : 다양성을 위해 통사적 구조를 복잡하게 할 필요.

*

---

108) 《정의의 사람들》 제3막, 80쪽.

희곡. 도라 혹은 다른 여자. "선고받은 사람들. 영웅이 되고 성자가 되도록 선고받은 사람들. 강요된 영웅. 이런 것에 관심이 없으니까, 아시겠어요, 끈끈이처럼 몸에 달라붙는 이 중독되고 어리석은 세계의 더러운 일 따위엔 관심이 없으니까.——솔직히 말해봐요, 솔직히, 당신이 관심 있는 것은 사람들, 그리고 그들의 얼굴들이라고……. 진리를 찾는다고 내세우긴 하지만 결국 당신이 기대하는 것은 오직 사랑이라고……."

*

"울지 말아요. 오늘은 정당성을 얻는 날이니까요. 이 시간, 뭔가가 솟아오르고 있어요, 우리 반항아들의 증언이 말이에요."

*

소설. 귀찮아서 여권을 챙기지 않은 탓에 정치 경찰에 붙잡힌 남자. 그는 그렇게 될 줄 알고 있었다. 그는 그걸 하지 않았다, 등…….

*

루세. 나는 아무 말도 할 수가 없다. 나는 강제 수용소에 끌려가지 않았으니까. 하지만 나는, 이 말을 하면서 내가 마음속에 어떤 절규를 억눌렀는지 안다.

*

볼셰비키를 설명하는 것이 기독교다. 살인자가 되지 않기 위해 균형을 유지하도록 하자.

*

우리 시대의 문학. 설득시키는 것보다는 충격을 주는 것이 더 쉽다.

*

R. C. 독일 점령 시기의 기차에서 날이 밝는다. 독일 군인들. 한 여자가 금화 한 닢을 떨어뜨린다. C가 그걸 발로 밟아 덮었다가 그녀에게 돌려준다. 여자 : 고맙습니다. 여자가 담배 한 대를 준다. 그가 받는다. 그녀가 독일 군인들에게도 담배를 준다. R. C. : "잘 생각해보니, 부인, 담배를 돌려드리는 게 좋겠어요." 한 독일 군인이 그를 쳐다본다. 터널. 어떤 손이 그의 손을 꼭 잡으며 귓속말을 한다. "나는 폴란드 사람이에요." 터널을 빠져나오자 R. C.가 독일 군인을 쳐다본다. 그의 눈에 눈물이 가득하다. 역에서 독일인이 나오다 말고 그를 향해 고개를 돌리며 눈을 끔벅해 보인다. C는 응답

하고 미소를 짓는다. "개새끼들." 이 장면을 본 어떤 프랑스 사람이 그들에게 말한다.

*

형태와 반항. 형태가 없는 것에 형태를 부여하는 것, 그것이 바로 작품의 목표다. 창조만이 있는 것이 아니고 수정(앞의 노트를 볼 것)도 있다. 그렇기 때문에 형태가 중요한 것이다. 그렇기 때문에 각각의 주제마다 어떤 한 가지 스타일이 필요한 것이다. 저자의 언어는 저자의 것이므로 완전히 다른 스타일은 아니다. 그러나 그 언어는 어떤 특정한 책의 통일성이 아니라 작품 전체의 **통일성**을 파열시킨다.

*

정의는 없다. 여러 가지 한계가 있을 뿐이다.

*

독일 점령 시대의 톨스토이적 아나키스트. 그는 자기 집 대문에 이렇게 써 붙여놓았다. "당신이 어디서 온 사람이건 상관없이 환영합니다." 그런데 민병대원들이 들어온다.

*

사전. 인류Umanité : 일반적으로 h자로 시작해서 쓰고 실행된다. 그러나 여기서는 그것에 반대한다……. 파생적 의미 : 구실prétexte. 동의어 : 매트Paillasse —— 발판Marchepied —— 가글액Garga-risme ——종점Terminus.

개영시Palinodie[109] : 깃발에 침을 뱉었다가 다시 그 깃발을 높이 쳐들어 올리거나 난잡한 섹스의 길을 거쳐 도덕으로 되돌아오거나 옛 해적이 집안에서 편안히 지내도록 해주는 고등한 문학 연습. 깡패로 시작해서 레지옹 도뇌르로 끝난다. 역사 : 20세기의 작가들 중 80퍼센트는 자기 이름을 밝혀서 서명만 하지 않을 수 있다면 신의 이름을 쓰고 떠받들어 모실 것이다.

*

비극. 사람들은 그가 배신했다고 의심한다. 그 의심만으로도 그가 자살하도록 만들기에 충분하다. 그것이 유일하게 가능한 증명이다.

*

레쟁.[110] 골짜기에는 산정까지 눈과 구름. 요지부동의 이 솜 같은

---

109) (옮긴이주) 먼저 썼던 시를 취소하는 시.
110) (옮긴이주) 스위스 알프스 고산 지대의 휴양지.

바다 저 위에 검은 갈매기 떼 같은 갈까마귀들이 날개에 눈 안개를 받으며 함께 날고 있다.

*

톨스토이 : "거센 서풍에 길과 들의 먼지가 기둥처럼 솟아오르고 정원의 키 큰 보리수와 자작나무 우듬지들이 옆으로 휘고 멀리서 누런 낙엽들이 날아온다." (《어린 시절Detstvo》).

위의 책. "내 삶의 괴로운 시간에 그런 미소(그의 어머니의)를 받을 수만 있다면 나는 괴로움을 느끼지 않을 텐데."

*

내가 세상으로부터 물러나 지낸 것은 거기에 적들이 있어서가 아니라 친구들이 있어서였다. 그들이 여느 때와 같이 나를 험담하기 때문이 아니라 나를 실제보다 더 나은 위인으로 생각하기 때문이었다. 그것은 나로서 참을 수 없는 거짓인 것이다.

*

극단적 도덕성은 그의 정념들을 말살하는 것이다. 더 심오한 도덕성은 그 정념들에 균형을 부여하는 것이다.

*

　오늘날 우리 시대의 정신 속에서 가치 있는 모든 것은 비합리성 속에 자리잡고 있다. 그렇지만 정치에 있어서 지배적인 모든 것은 이성의 이름으로 말하고 죽이고 통제한다.

*

　평화란 말없이 사랑하는 것일 터이다. 그러나 의식이 있고 사람이 있다. 말을 해야 한다. 사랑한다는 것은 지옥이 되고 만다.

*

　배우 P. B.는 게으르고 신을 믿는 신자라서 침대에서 라디오로 미사의 강론에 귀를 기울인다. 그는 자리에서 일어날 필요가 없다. 따라서 격식에 어긋나지 않는다.

*

　뤼드밀라 피퇴프[111] : "관객은 오히려 귀찮아. 관객이 없으면 아주 완벽해져." G. P.에 대해 말하면서 : "그이는 계속 나를 놀라게

---

111) (옮긴이주) 뤼드밀라 피퇴프는 20세기 중엽의 프랑스 연극인.

해."

*

이집트 사람들에 따르면, 정의로운 사람은 죽은 뒤에 이렇게 말할 수 있어야 한다. "나는 아무에게도 고통을 준 일이 없습니다." 그렇지 못하면 벌을 받아야 하니까.

*

결론인즉, 역사는 오직 정신적 승리의 타도라는 수단을 통해서만 그 목표를 찾을 수 있다. 우리는 그럴 수밖에 없는지라…….

*

기독교도들에게 있어서 계시는 역사의 시작이다. 마르크스주의자들에게 있어서 계시는 끝에 온다. 두 가지 종교.

*

트네스에 이르기 전, 산줄기 발치에 작은 해안. 완벽한 반원. 해지는 저녁, 고요한 물 위에는 불안한 충일감이 서려 있다. 그때, 고대 그리스인들이 절망과 비극에 대해 어떤 생각을 품게 된 것은 항상 아름다움과 그 아름다움이 지니고 있는, 마음을 짓누르는 그 무엇을 통해서였다는 사실을 깨닫는다. 그것은 절정에 이르는 어떤 비극이다. 현대의 정신이 추악함과 하찮음에서 그 절망을 생성하는 것과는 전혀 다르다.

아마도 르네 샤르가 말하고자 하는 그것. 고대 그리스인들에게 있어서의 아름다움은 출발점에 있다. 오늘의 유럽인들에게 있어서 아름다움은 아주 드물게 달성되는 하나의 목표다. 그런 점에서 나는 현대인이 아니다.

*

금세기의 진실 : 엄청난 경험을 하며 살아가다 보니 그만 거짓말쟁이가 된다. 그 나머지 것들과는 끝장을 내버리고 내 속 깊은 곳에 있는 것을 말할 것.

공책 제6권
1948년 4월~1951년 3월

19세기 말, 프랑스 페리괴의 공증인이었던 앙투안 오를리는 갑자기 자기가 살던 도시를 떠나 남아메리카의 파타고니아로 가서 자리를 잡았다. 그는 그 고장의 인디언들에게 호감을 사게 되고, 오로지 그 호감에 힘입어 몇 년 뒤에는 아라우카니아의 황제로 임명되었다. 그는 화폐를 찍게 하고 우표를 발행하는 한편 마침내 합법적인 최고권자의 대권을 행사했다. 그 결과 이 멀고 외딴 고장을 관할하는 칠레 정부가 그를 법정에 세워 사형을 언도했다. 그의 벌은 10년형으로 감형되었다.

10년 뒤 석방된 그는 파타고니아로 돌아왔다. 그의 신하들은 다시 그를 황제로 받아들이고 그는 또 그 직책을 수락한다. 그러나 그는 늙었으므로 후계자를 생각하게 되고 그의 아들 오를리 루이에게 아라우카니아 황제의 자리를 물려준다. 오를리는 이리하여 루이 1세라는 이름으로 황제가 될 판이었다. 그러나 오를리 루이는 황제 자리를 물려받기를 거절한다. 그래서 앙투안은 페리괴에 사는 조카

아실 오를리에게 양위하고 신하들의 존경을 받으며 죽는다. 그러나 아실 1세는 그의 신하들 곁으로 갈 생각이 없다. 그는 파리로 가서 사교계에 진을 치고 황제로서 사람들을 맞으며 화려한 생활을 한다. 재원은 돈을 받고 아라우카니아 영사 직책들을 나누어줌으로써 충당한다. 씀씀이가 늘어나자 그는 또한 교회와 대성당을 많이 지어 기독교의 교세를 확장하기 위한 모금에 나선다. 이렇게 하여 그가 많은 돈을 손에 넣게 되자 그 결과 예수회가 문제를 삼아 교황에게까지 호소하기에 이른다. 그제야 사람들은 파타고니아에 실제로 짓고 있는 교회가 하나도 없음을 확인하게 되고, 아실 1세는 법정에서 유죄 판결을 받는다. 파산한 황제는 라나발로 여왕이 그를 만나러 찾아오곤 한다는 소문이 있는 바로 그 카바레를 드나들면서 파리의 몽파르나스에서 일생을 마친다.

*

모든 희생은 혁명적 메시아 사상과 관련이 있다. 희생이 심사숙고한(다시 말해, 비메시아적인) 사상의 높이에서 상상할 수 있는 것임을 증명할 것. 균형의 비극.

*

현대 예술. 그들은 자연을 모르기 때문에 오브제를 재발견한다. 그들은 자연을 다시 만든다. 그들은 자연을 잊었으므로 그럴 수밖에 없는 것이다. 이 작업을 다시 하게 될 때 위대한 시절이 시작될 것이다.

*

"언론의 무한 자유 없이는, 집회와 결사의 절대적 자유 없이는 광범위한 인민 대중의 지배는 생각할 수 없다." (로자 룩셈부르크, 《러시아 혁명*Die russische Revolution*》.)

*

살바도르 데 마다리아가 : "혁명이라는 말이 금지가 아니라 수치를 떠올리게 만들 때야 비로소 유럽은 다시 제정신을 차리게 될 것이다. 자신의 영광스러운 혁명을 자랑하는 나라는 자신의 영광스러운 맹장염을 자랑하는 사람 못지 않게 헛되고 부조리한 것이다." 어떤 의미에서는 헛되다. 그러나 따져봐야 할 일이다.

*

스탕달(디 피오레에게 보내는 편지, 34) : "나의 영혼은 타오르지 않으면 괴로워하는 불이다."
위의 책. "소설가는 누구나 불타는 정열을 믿게 만들도록 노력해야 하지만 절대로 그것을 말로 명명해서는 안 된다. 그것은 염치를 거스르는 일이다." (고티에 부인에게 보내는 편지, 34.)

위의 책. 괴테에 반대하여. "괴테는 파우스트 박사에게 악마를 친구로 삼아주었는데 파우스트는 그토록 강력한 보조자와 함께 겨우 우리 모두가 스무 살 때 했던 것을 했다. 즉 그는 여성복 만드는 재봉사 여자를 유혹한 것이다."

*

런던. 나는 런던을 아침이면 새들이 내 잠을 깨우던 공원 도시로 기억한다. 런던은 그 반대다. 그런데도 나의 기억은 옳다. 거리에는 꽃을 실은 차들. 도크들, 대단하다.

내셔널 갤러리. 멋진 피에로 델라 프란체스카와 벨라스케스의 그림.

옥스퍼드. 잘 다듬어놓은 종마 사육장. 옥스퍼드의 고요함. 사교계가 여기 와서 무슨 할 일이 있겠는가?

*

스코틀랜드 해안의 새벽. 에든버러 : 운하에 노니는 백조들. 가짜 아크로폴리스 주변의 도시, 신비스럽고 안개 자욱한. 북국의 아테네에는 북쪽이 없다. 프린세스 스트리트에 중국인과 말레이시아인. 이곳은 항구다.

*

    시몬 베유에 따르건대 루소, 상드, 톨스토이, 마르크스, 프루동에게 산재하는 노동의 정신성 혹은 그 예감과 관련된 사상들은 우리 시대의 유일하게 독창적인 사상들이며 우리가 고대 그리스로부터 빌려온 것이 아닌 유일한 사상이다.

*

    독일 : 너무 깊숙이 깨물어버린 불행은 자신과 타인을 그리로 몰아붙이도록 강요하는 불행의 소질을 낳는다.

*

    리슐리외에 따르건대, 사실 모든 것이 다 그렇지만, 반역자들은 항상 공식적인 체제의 옹호자들에 비해 반쯤 덜 센 법이다. 양심의 가책 때문에.

*

    투아레그족 속으로 들어간 그리스도의 증인인 푸코 신부는 투아레그족의 정신 상태에 대한 정보를 프랑스 정보국에 제공하는 것이 당연하다고 생각했다.

시몬 베유. 과학과 휴머니즘 사이의 모순. 그게 아니라 이른바 현대적이라는 과학 정신과 휴머니즘 사이의 모순이다.──결정론과 힘은 인간을 부정하니까.

"정의가 인간의 마음에서는 무엇이라 말할 수 없는 것이라 해도 이 세계에서는 하나의 현실이다. 그렇다면 틀린 쪽은 과학이다."

시몬 베유 : 금욕주의를 타락시킨 것은 로마인들이다. 금욕주의에서 씩씩한 사랑을 오만으로 대체함으로써.

G. 그린 : "행복한 삶에 있어서 인간의 본성이 우리에게 맛보게 해주는 최종적인 실망은 곧 죽음이다. 오늘날, 사람들은 그 실망을 이미 맛보았으므로 계속 살아나가기 위해서는 일생 동안 재주껏 노력하지 않으면 안 된다."……"이것은 성인이 되기 전에 너무 많은 것을 알아버리는 시대다."

위의 책. 헌신……"그 같은 좋은 자질들이 상실되는 세상이니!"

위의 책. "그(첩보원)는 마치 폭력의 세계에서는 말을 하고 있는 이 순간 이후의 일이라면 뭐든 닥치는 대로 약속해도 된다는 듯이 무모한 약속을 한다."

위의 책. "신을 믿지 않는 사람은, 만약 사람들이 그들의 장점에 걸맞은 대접을 받지 못한다면 세상이 혼돈에 불과하다고 생각하고 불행에 빠질 수밖에 없다."

*

이해를 하도록 운명지어진 것이 작가다. 그는 살인자가 될 수 없다.

*

투쟁하는 사람들은 감옥에 맛을 들이는 경향이 있다. 그들의 일편단심으로부터 해방되기 위하여.

*

〈화형대Bûcher〉[112]에 붙일 제사(題詞). "깊은 슬픔을 당한 사람들은 행복해질 때 자신의 본 모습을 드러낸다. 즉 그들은 마치 시기심을 이기지 못해 그 행복을 꼭 껴안아 질식시켜버리려는 듯이 행복을 붙잡으려 든다……."

---

112) 뒤에 자주 나타나게 될, 단편 소설의 구상.

*

1948년 7월——코모.

"우리의 사랑이 없는 하늘을 무엇에 쓰겠는가. 우리는 우리의 진정한 날들의 참혹함 앞에 홀로 남으리라."

*

희곡. 오만. 오만은 땅들의 한가운데서 태어난다.

*

음산한 프로방스.

*

역사에 대한 책임은 인간들에 대한 책임을 면제해준다. 거기에 역사의 편리함이 있다.

*

별들은 매미들이 울어대는 것과 같은 리듬으로 반짝인다. 우주의 음악.

*

    C의 친구. "우리는 우리가 스무 살 때 자기 가슴에 쏜 총알을 맞고 마흔 살에 죽을 것이다."

*

    우리는 너무 오래 산다.

*

    《크리톤》에서 법과 소크라테스 사이의 대화는 모스크바 재판과 비교해볼 만하다.

*

    바위 색의 나비들.
    협곡에서 부는 바람은 신선하고 소란스러운 물소리를 낸다. 꽃이 핀 관목들로 치장한 소르그 강.

*

    금세기를 뒤흔드는 덕의 광란. 어느 면 겸손이기도 한 회의주의를 외면한 채 인류는 하나의 진실을 찾으려고 온통 긴장해 있다. 사회가 견딜 만한 어떤 오류를 발견하게 될 때면 그 긴장이 풀릴 것이다.

*

희곡 제목. 카딕스의 종교 재판.[113] 제사 : "종교 재판과 사교계는 진실의 두 가지 재앙이다." 파스칼.

*

정의에 봉사하는 줄로만 알고 정작 불의를 증가시켰다는 아픔. 적어도 그 사실을 인정하고 그리하여 더 큰 아픔을 발견하는 것 : 전반적인 정의는 존재하지 않는다는 사실을 인정하는 것. 가장 엄청난 반항의 끝에 이르러 자신이 아무것도 아니라는 것을 알아차리는 것, 이것이야말로 괴로운 일이다.

*

내 인생의 행운은 바로 지극히 예외적인 존재들을 만나 사랑했다는(실망했다는) 것. 나는 덕과 존엄과 자연스러움과 고귀함을 다른 사람들에게서 알게 되었다. 멋들어진 광경——그리고 고통스러운.

---

113)《계엄령 L'État de siège》의 첫 제목.

*

고비노. 우리는 원숭이에게서 진화한 것이 아니라 원숭이가 되려고 전속력으로 달려가고 있다.

*

분산시키고 집중을 없애고 위대함을 향한 충동을 멈추게 하는 것이 삶의 기쁨이다. 그러나 삶의 기쁨이 없으면……. 아니다, 해결책은 없다. 엄청난 사랑을 뿌리로 삼아 분산의 벌을 받지 않은 채 거기서 삶의 원천을 발견하는 것이 해결책이라면 모르겠지만.

*

1948년 9월 1일.

"나는 내가 10년 전에 쓰겠다고 마음 먹었던 일련의 저작들을 거의 다 완성했다. 그 덕분에 나는 내 직업이 어떤 것인지 알 수 있을 만큼 되었다. 내 손이 떨리지 않으리라는 것을 알게 된 지금 나는 나의 광기를 풀어놓을 생각이다." 자기가 무슨 일을 하는지 알게 된 사람은 이렇게 말했다. 결국은 화형대.

*

양심적인 사람이 조금이라도 자신을 존중할 수 있을까? 도스토
예프스키는 말한다.

*

D : "그리고 만약에 인간의 장점이 때로는 이익이 아니라 손해를
바라는 것일 수 있을 뿐만 아니라 그런 것이어야만 하는 경우가 생
긴다면."

*

"우리는 우리 생애의 겨우 몇 시간만을 진정으로 살 뿐이니…."

*

보클뤼즈 산정에서의 밤. 은하수가 골짜기의 빛 둥지들 속으로
내려온다. 모든 것이 혼동되어 분간이 되지 않는다. 하늘에 마을들
이 있고 산 속에 별들이 총총하다.

*

도덕을 만나기 전에 먼저 사랑을 만나야 한다. 그렇지 않으면 가
슴을 찢는 아픔을 먼저.

　　　　　　　　　　　　　*

　　다른 존재를 부정하는 어떤 존재를 위해 우리가 할 수 있는 (진정
으로 할 수 있는) 일이란 없다. 존재들을 부정하는 것을 감수할 수
없을 때 그것은 영원한 불모를 가져오는 하나의 법칙이다. 극단적
으로 말해 한 존재를 사랑한다는 것은 다른 모든 존재들을 죽이는
것이다.

　　　　　　　　　　　　　*

　　나는 범죄에서 벗어나기 위해 창조를 선택했다. 그리고 그들의
존중을! 거기에 오해가 있다.

　　　　　　　　　　　　　*

　　X──저녁에 커피를 마시나요?
　　──대개는 안 마셔요.

　　──매일 술파제 10함유량.
　　──10이라고요? 많은 것 아닌가요?
　　──먹든가 안 먹든가 둘 중 하나죠.

　　　　　　　　　　　　　*

앙드레 B.와 그에게 너무 무겁고 너무 색깔이 요란한 목도리를 선물한 아주머니. 아침마다 그가 외출할 때 그 목도리를 두르고 가는지를 그녀가 확인하기 때문에 그는 우선 속셔츠 바람으로 그녀에게 가서 인사를 한 다음 재빨리 현관에서 웃옷과 외투를 입고는 외출한다.

*

처음에는 고독한 가운데 창작을 하고 그것이 어렵다고 생각한다. 그러나 나중에는 남들과 어울려서 글을 쓰고 창작을 한다. 그때에야 이 일이 장난이 아니라는 것을, 그리하여 처음이 행복한 시절이었음을 알게 된다.

……………………………………………………………………

*

소설의 끝.——"인간은 종교적인 동물이야" 하고 그가 말한다. 그리고 잔혹한 땅에는 용서 없는 비가 쏟아졌다.

*

수정된 창조 : 그는 인간의 역사만큼 오래된 그 종교의 유일한 대표자다. 그렇지만 그는 도처에서 쫓기는 몸이다.

＊

　나는 내 약점을 알기에 도덕적인 인간이 되려고 전력을 다했다. 도덕은 살인적이다.

＊

　지옥은 지옥을 많이 요구했던 사람들에게 마련된 특혜다.

＊

　벨에 따르면, 한 인간을 그가 한 말이나 그가 쓴 글로 판단해서는 안 된다. 나는 그가 한 행동으로 판단해서는 안 된다고 덧붙이고 싶다.

＊

　나쁜 평판은 좋은 평판보다 견디기가 더 쉽다. 왜냐하면 좋은 평판은 끌고 다니기가 너무 무겁기 때문이다. 거기에 어울리는 모습을 보여주어야 하고 일체의 과실은 큰 죄로 간주된다. 나쁜 평판을 받고 있을 때 과실은 용서할 만한 것으로 여겨진다.[114]

＊

114) 처음 타자로 옮길 때 누락되었다가 나중에 원고 대조 과정에서 복원된 대목.

지드 댁에서 식사. 젊은 작가들이 계속할 필요가 있는지를 묻는 편지를 보내다. 지드가 대답한다. "뭐라고요? 당신들은 글을 쓰고 싶은데 참을 수 있다고요? 그래서 망설인다고요?"

*

처음에는 아무도 사랑하지 않는다. 그 다음에는 인간들 모두를 전체적으로 사랑한다. 그 다음에는 오직 몇몇 사람들만을 사랑하다가 그 뒤에는 단 한 사람의 여자를, 그리고 단 한 사람의 남자를 사랑한다.

*

10년 뒤에 찾은 알제. 멈칫멈칫하다가 한참 만에 알아보게 되는 얼굴들, 늙었다. 게르망트 공작부인 댁의 야회[115] 같은 것이다. 그러나 나를 어리둥절하게 만드는 한 도시의 차원으로 옮겨진, 나 자신으로의 귀환 같은 것은 없다. 나는 어떤 구멍을 향해 쉬지 않고 걸어가는 거대한 군중과 함께 있다. 등뒤의 새로운 군중에 떠밀려 차례차례로 빠져 들어가는 그 구멍을 향해. 그 뒤의 군중은 또 그 뒤의 군중에 떠밀리며…….

---

115) (옮긴이주) 마르셀 프루스트의 소설 《잃어버린 시간을 찾아서》의 마지막 권 《되찾은 시간》에 나오는 장면의 암시.

*

한밤의 비행기에서 내려다본, 바다에 꽃처럼 피어난 발레아레스 제도의 불빛들.

*

M. "내가 행복한 표정이 되면 그들은 실망했다. 그들은 내게 질문을 던지고 내가 그건 거짓이라고 실토하기를 바랐으며 나를 자기들 쪽으로 끌어들이고 자기들 세계로 되돌아오도록 만들고자 했다. 그들은 배신당한 느낌인 것이다."

*

산다는 것은 확인한다는 것이다.

*

그르니에. 행동하지 않음은 미래를 받아들임이다──그러나 과거에 대한 비탄의 심정으로. 그것은 죽음의 철학이다.

*

《동 쥐앙》혹은《파름 승원》에 대한 담론. 개인적 정신의 탄력과 저항을 유지하는 것이 본질인 프랑스 문학의 끊임없는 요청.

*

알렉상드르 블록.

"오 어린아이들이여 그대들이 안다면
다가오는 날들의 암흑과 추위를."

그리고 또.

"인간들 속에 묻혀서 걸어간다는 것은 얼마나 힘이 드는가
여전히 존재하는 척한다는 것은."

그리고 또 :
"우리는 모두가 다 불행하다. 우리의 조국은 우리에게 분노와 분쟁을 위한 땅을 마련해놓았다. 우리는 저마다 서로를 멸시하면서 만리장성 같은 성벽 뒤에 숨어 살고 있다. 우리의 진정하고 유일한 적은 얼굴을 가린 채 우리를 서로 흥분하여 싸우도록 만드는 그리스 정교의 사제들, 보드카, 왕관, 헌병들이다. 나는 증오를 품은 기계가 아니라 인간이 되기 위해 이 모든 수렁을 잊으려고 애쓰리라……."

내가 사랑하는 것은 예술과 아이들과 죽음뿐이다."

위의 책. 가난한 사람들의 무지와 쇠약함 앞에서.
"내 피가 수치와 절망으로 인해 싸늘하게 식는다. 모든 것이 다 공허, 악의, 맹목, 비참일 뿐. 오직 전반적인 연민만이 어떤 변화를 가져올 수 있다……. 내가 이렇게 반응하는 것은 내 양심이 편치 않기 때문이다……. 나는 내가 무엇을 해야 하는지 안다. 내가 가진 모든 돈을 주고 모든 사람들에게 용서를 구하고 내 전 재산과 옷가지들을 나누어주는 것……그러나 나는 그럴 수 없다……그러고 싶지 않은 것이다…….."
"오 다정한 여인이여 상스러운 내 사랑이여!"

"예술의 궁극에 있는 것은 사랑받을 수 없다." 그렇지만 "우리는 모두 다 죽는다, 그러나 예술은 남는다."

*

프로코슈.《일곱 도망자Sept fugitifs》. "모든 사람이 다 그를 미워했지만 모두가 다 그의 빛나는 미소를 부러워했다. 그래서 그는 대다수 사람들의 눈에 가장 귀중한 재화, 즉 그들이 마음속 깊은 곳에서 가장 열렬하게 원하는 것, 그것은 바로 아름다움의 접근할 수 없는 순간적인 광채가 아닐까 하는 강한 의혹을 품게 되었다."

"감시자들 : 바위 덩어리들, 밑에 있는 엄청난 고원, 그리고 머리 위에 있는 별들. 오직 강한 것들뿐. 이 영원한 감시자들, 그들이 이 장소에서 인정하기를 거부하는 것, 그것은 약한 것, 다시 말해 정신이라는 불순한 것, 연약한 것이다."

"……저기 유년 시절과 청년 시절의 열정 속 어디선가 사랑할 수 있는 모든 능력을 상실해버린 사람들."

감탄할 만한 것 106쪽.

"……그의 어머니——그가, 사랑이라고 할 수는 없어도 일종의 마음의 충실성이라고 불러도 좋을 그 무엇을 느낄 수 있었던 유일한 존재."

"세상이란! 그들은 전쟁과 돈과 기근과 불의와 그 밖의 것들에 대해 이야기한다. 그러나 현실은 그보다 훨씬 더 크고 깊고 끔찍한 것이다. 훨씬 더! 그게 뭔지 알고 싶은가? 바로 이것이다. 죽음의 사랑."

"나는 큰 불을 예언한다……. 모든 것이 다 타버릴 것이다. 모든 것이다. 정화되어 정신의 불을 통해 영원을 획득하게 될 사람들만이 예외다. 사랑에 의해서 말이다.
——어떤 종류의 사랑에 의해서?

——파괴하는 사랑에 의해서. 위안도 끝도 없는 사랑."

*

노란 안개가 낀 어느 날을 배경으로 하는 단편 소설.

*

이 세계가 살 만한 것은 이 세계의 어떤 부분에 대한 거부에 의해서다? 운명에 대한 사랑을 거슬러. 인간은 현재의 자신이기를 거부하는 유일한 동물이다.

*

"아! 죽음 그 자체도 휴식이 아님을, 무덤 속에서도 끔찍한 불안이 우리를 기다리고 있음을 내가 몰랐다면 나는 기꺼이 자살하겠는데."116)

*

검사가 수형자의 감옥으로 들어온다. 수형자는 젊다. 그가 미소

---

116) 원고에서는 이 문장이 따옴표로 묶여 있다. 첫 번째 타자된 원고에서는 따옴표가 지워져 있다. 아마 실수로 잊은 것 같다.

를 짓는다. 글을 쓰고 싶으냐고 그에게 묻는다. 그렇다고 그가 말한다. 그는 '승리의 날!'이라고 쓴다. 그는 여전히 미소짓는다. 검사가 그에게 아무것도 원하는 것이 없느냐고 묻는다. 네, 하고 젊은이가 말한다. 그리고 그는 따귀를 호되게 올려붙인다. 사람들이 달려든다. 검사가 멈칫거린다. 까마득한 과거 이래 쌓인 증오심이 뿜어져나온다. 그러나 그는 가만히 있는다. 한 가지 생각이 그의 내부에서 천천히 솟아오른다. 그를 어떻게도 할 수가 없다. 상대방이 미소를 지으며 그를 바라본다. 아냐, 하고 그가 명랑한 목소리로 말한다. 어떻게도 할 수가 없어. 집에 돌아온 검사. 아내가 말한다. 어떻게 했어요. 혹시…….

——혹시 뭐?

——정말 그래요. 어떻게도 할 수가 없어요.

재판에 재판을 거듭하는 동안 검사는 증오심을 품은 채 노선에 봉사한다. 그는 피의자들이 모두 굽힐 것을 기대한다. 그러나 전혀 아니다. 그들은 좋다는 것이다.

이윽고 그는 너무나 큰 증오심을 가지고 판단한다. 그가 빗나간다. 이단이 된 것이다. 그가 고발당한다. 그러자 물결이 다시 일어난다. 이것은 자유다. 그는 검사의 뺨을 때릴 것이다. 같은 장면. 그러나 그는 미소짓지 않는다. 상대의 얼굴이 그의 앞에 있다. "혹시 원하시는 것이……."

그가 검사를 바라본다. "아뇨, 가시죠." 그가 말한다.

*

반항적 논리의 한계 : 일반적인 살인과의 결탁을 거부하기 위해 스스로를 죽이기로 한다.

*

우정의 의무는 사교계의 즐거움들을 견디는 데 도움이 된다.

*

화형대. "이 두 번째 시기에 있어서 내게 깊은 인상을 주는 것은 첫 번째 시기에 있어서 그 시기가 내게 얼마나 미지의 것으로 남아 있었는가 하는 점이다. 그 시기가 내 삶을 영원히 가득 채우고 윤색했음에도 불구하고 말이다."

*

위의 책. "나는 그것을 상상해보곤 했다. 전날 만났던 존재와 첫 감격 속에서 우리가 맛보았던 다소 흐릿한 감미로움들의 이미지가 갑자기 분명해지고 그 전날의 다소 혼란스러운 도취감이 햇빛처럼 밝은 기쁨, 가장 순수한 승리의 기쁨으로 변하는 그런 아침들을 나는 알고 있었다."

*

르네 샤르. 어떤 알 수 없는 재난이 있어 이 세상으로 추락한 고요의 덩어리.

*

　내가 지닌 두세 가지의 열정은 남들이 죄스러운 것이라고 여길 수도 있는 것들이고, 나 역시 그렇게 여기는 터이다. 그래서 나는 의지의 훈련을 통해 그것을 치유하고자 애쓴다. 그리하여 나는 가끔 성공할 때도 있다.

*

　막스 자코브 : "우리는 강력한 기억력으로 조숙한 경험을 만들어낸다." 만사 제쳐놓고 자신의 기억력을 배양할 것.
　——짧고 모진 것은 나태의 결과다.
　——(나에게) 보잘것없어 보이는 사람도 위대해 보이는 사람도 멸시하지 말 것.

*

　소설. 수용소에서 돌아오다. 돌아와서 그는 다소 건강을 회복했는데 숨이 가쁘다. 그렇지만 표현은 정확하다. "여러분이 궁금해하는 것을 한꺼번에 다 말해줄 생각이오. 하지만 그러고 난 뒤에는 더 이상 아무런 질문도 하지 않기를 바라오." 그리고 냉정한 설명이 뒤따른다.

예. 나는 거기서 나왔죠.

말들이 모질게, 특별히 강조하는 법도 없이 입에서 흘러나왔다.

담배를 좀 피워야겠어요.

첫 모금. 그는 고개를 돌리고 씩 웃는다.

미안해요, 하고 그는 태연하고도 무심한 표정으로 말한다.

그러고 나서 다시는 아무 말도 하지 않는다. 그는 가장 평범하게 살아간다. 단 한 가지 : 그는 더 이상 아내의 몸에 손을 대지 않는다. 그러다가 벌컥 화를 내면서 설명 : "인간적인 것이라면 무엇이건 다 지긋지긋해."

*

2월~6월 계획.

1) 밧줄.[117]

2) 반항적 인간.

세 권의 에세이를 마무리할 것.

1) 문학적 에세이. 서문——미노타우로스 + 명부의 프로메테우스 + 헬레네의 추방 + 알제리의 도시들 + ……

---

117) 《정의의 사람들》에 붙인 첫 번째 제목.

2) 비평적 에세이. 서문──샹포르 + 지성과 단두대 + 아그리파 도비녜 + 이탈리아 연대기에 붙이는 서문 +《동 쥐앙》에 대한 주석 + 장 그르니에.

3) 정치적 에세이. 서문──10편의 사설 + 지성과 용기 + 가해자도 피해자도 아닌 + 다스티에에게 답한 것 + 왜 스페인인가 + 예술가와 자유.

2월 18~28일 :《밧줄》첫 번째 버전 완료.

3월~4월 :《반항하는 인간》완료. 첫 번째 버전.

5월 : 에세이.

6월 :《밧줄》과《반항하는 인간》버전 재검토.

정오 이전에는 담배를 피우지 말 것.

일은 집요하게. 집요함이 쇠약함을 이긴다.

*

초상들. 베일 속에서 그 여자는 그 아름다운 눈을 똑바로 뜨고 바라본다. 태연한, 약간 우윳빛이 도는 아름다움. 그녀가 갑자기 말을 하자 입이 평행사변형으로 수축된다. 그녀는 추하다. 사교계 여인.

*

누가 그에게 말을 한다. 그가 말을 한다. 갑자기, 그는 말을 계속하지만 눈은 딴 곳을, 아직은 어쩔 수 없이 당신에게 머물러 있지만 벌써 허공을 헤매고 있다. 여자만 좋아하는 남자.

*

힘러의 옛 주치의 카를 게르하르트(다카우에 대해 잘 알고 있는)가 마지막 남긴 말.
"여전히 이 세상에 불의가 남아 있다는 것은 유감이다."

*

자기를 바친다는 말은 자기를 소유하고 있어야만 의미가 있는 말이 된다──혹은, 사람은 자신의 비참에서 벗어나기 위해 자기를 바친다. 사람은 자신이 가진 것만을 줄 수 있을 뿐이다. 무기를 버리고 항복하기 전에 우선 자기 자신의 주인이 되어야 한다.

*

X : "그건 내가 복막염을 앓던 해였다."
"그건 바로 내 위에 천공이 생긴 직후였다……." 등. 내장의 달력.

*

재판.──지극히 관대한 마음씨를 경험하는 것이 그 무엇과도 바꿀 수 없는 귀중한 것임을 생각할 때, 그런 경험이 얼마나 큰 지혜를 전제로 하는 것이며 또한 자기 자신, 그리고 모진 하늘과의 얼마나 엄청난 싸움 끝에 얻을 수 있는 것인가 하는 마음이 들지만, 그런데도 법정에 고용된 두셋 정도의 심부름꾼들만으로도…….

*

원죄를 믿지 않는 세상에서는 예술가가 포교의 임무를 맡는다. 그러나 사제의 말이 효력을 발휘한 것은 그 말이 솔선수범하는 행동에 의해 뒷받침되어 있었기 때문이다. 그러므로 예술가는 모범을 보임으로써 자신의 역량을 시험한다. 그렇기 때문에 어처구니없게도 예술가가 총살을 당하거나 수용소로 끌려간다. 그런데 덕목이란 기관총 사격처럼 빨리 습득되는 것이 아니다. 이건 불공평한 싸움이다.

*

알렉산드르 2세가 살해된 뒤 알렉산드르 3세에게 보낸 행정위원회의 봉답문(奉答文).

"우리는 파괴 행위로 인한 그토록 막대한 재능과 정력의 손실이 얼마나 애석한 것인가를 그 누구보다도 이해하는 입장이므로……."

"우리가 유감스러운 필요성 때문에 하는 수 없이 사용하는 폭력은 귀하의 신하들보다도 우선 우리에게 혐오의 대상인바 평화적인 사상 투쟁이 폭력을 대신하게 될 것이기에……."

——목숨을 부지하기 위해서라면 밀고자 노릇도 마다하지 않으려는 리사코프의 기이한 증언을 참조할 것. 그러나 그는 혼자서 그 이유를 궁리한다(《러시아의 유명한 재판들 *Procès célèbres de la Russie*》, 137쪽).

*

슈미트 중위. "나의 죽음은 모든 것을 마감하게 될 것이다. 가혹한 형벌을 통해 영광을 입은 나의 대의는 나무랄 데 없는 완벽한 것이 되리라."

*

G. 쾌락의 더러운 침식으로 인해 때를 벗은 저 입.

*

반항. 나타내 보임(자신에게 그리고 타인들에게)에 대한 장. 수많은 행동들의(심지어 혁명적인 행동까지도) 동기인 댄디즘.

*

인간은 욕망을 억제하지 못하는 한 아무것도 억제하지 못한다.

그런데 인간이 욕망을 억제할 수 있는 경우는 거의 없다.

*

비나베르.[118] 작가는 결국 그가 사회에 행하는 것에 대해 책임을 진다. 그러나 그는 자신의 책임을 미리 알지 못함을, 그가 글을 쓰는 한 자신의 참여의 조건을 알지 못함을——위험을 부담한다는 사실을 받아들이지 않으면 안 된다(그리고 바로 이 점에서 그는 매우 겸손한 태도를, 매우 까다롭지 않은 태도를 취해야 하는 것이다).

*

에세이. 서론. 우리가 기독교도도 마르크스주의자도 아니라면 무엇 때문에 밀고, 경찰 등을 거부한단 말인가. 우리는 그럴 만큼 여러 가지 가치들을 지니고 있지 못하다. 그런 가치들의 근거를 찾아내지 못하는 한 우리는 필연적으로 정당화할 수 없는 방식으로 선을 선택할 수밖에(우리가 선을 선택할 경우) 없다. 그런 근거가 생길 때까지 덕은 한 번도 정당성을 얻지 못할 것이다.

*

---

118) 비나베르는 《라톰*Lataume*》(1950)과 《반대자*L'objecteur*》(1951)의 작가.

제1기. 내 초기의 저서들(《결혼Noces》)에서부터 《밧줄》과 《반항하는 인간》에 이르기까지 나의 모든 노력은 사실상 나를 비개인화하는 데 바쳐진 것이다(매번 다른 톤으로). 그런 다음에야 나는 내 이름으로 말할 수 있게 될 것이다.

*

위대한 영혼의 소유자들에 대해——오직 그것에만——나는 관심이 있다. 그러나 나는 위대한 영혼의 소유자가 아니다.

*

기사 모음집에 붙일 서문.[119] "내가 후회하는 것들 중 하나는 객관성을 위해 너무 많은 것을 희생했다는 점이다. 객관성은 때로 일종의 자기 만족일 수 있다. 오늘에 와서 만사가 명백해졌다. 집단 수용소는 집단 수용소라고 불러야 마땅하다. 그것이 비록 사회주의라 할지라도. 어떤 면에서 나는 이제 다시는 더 이상 예의 바르게 굴지 않겠다."

나는 나의 천성을 거슬러가며 객관적이 되려고 애를 썼다. 나는 자유를 경계하기 때문이다.

---

119) 《시사평론》에 붙일 서문 구상.

*

젤리아보프. 알렉산드르 2세의 살해를 계획했다가 거사 48시간 전에 체포되자, 실제로 폭탄을 던진 리사코프와 동시에 자신을 처형해줄 것을 요구한다.

"교수대를 둘이 아니라 하나만 세운다면 그것은 정부가 비겁하기 때문이라고밖에 달리 설명할 수 없을 것이다."

*

타의 추종을 불허하는 오크라나의 암호 전문 해독자인 지빈느는 게페우G. P. U의 자기 자리에 그대로 유임된다. 위와 같음. 오크라나를 위한 유대인 박해 조직책인 코미사로프는 체카로 옮긴다. "지하로 내려가다"(비합법).

"테러 행위는 세심하게 조직되어야 한다. 당이 그 도덕적 책임을 질 것이다. 그리하여 영웅적 투사들은 필요 불가결한 정신적 안정을 얻을 것이다."

아제프——베를린 교외의 공동 묘지 10 466호 분묘.

플레브에 대한 테러 행위 며칠 전에 그는 '대개' 오크라나의 로푸킨에게 미리 알리고 급료 인상을 요구한다. 그는 페테르부르크의 테러리스트들이 자유롭게 행동할 수 있도록 남부의 테러리스트들을 고발한다. 플레브가 살해된다. 아제프가 한 말. "그쪽(게르쿰)은 염려할 필요가 없습니다."

*

　　주바토프 위원장. 거짓 조사위원회에서 피고를 변호했다. 그리고 그는 피고를 밀고자로 만들었다.
　　열 번 중 아홉 번은 혁명가가 자신의 밀고자 직책에 열을 올리는 것이었다.

　　*

　　1905년의 혁명은 모스크바의 한 인쇄소 파업으로 시작되었다. 그때 노동자들은 마침표와 쉼표도 채자(採字) 수량을 계산할 때 한 개의 활자로 간주해줄 것을 요구했다.
　　상트 페테르부르크의 소비에트는 1905년 '사형제도 타도'라는 구호하에 파업을 사주했다.

　　*

　　모스크바 코뮌 동안 트루브나이아 광장에서는 포격으로 파괴된 어떤 건물 앞에 사람의 살덩어리를 담은 접시 하나가 전시되어 있었는데 그 앞에 세워진 팻말에 이렇게 씌어 있었다. "희생자들을 위해 헌금합시다."

　　*

도발. 말리노프스키의 경우. 라포르트의 책, 175~176쪽 참조.

인터뷰. 부르체프——프랑크푸르트, 아제프——선고 이후. 라포르트의 책, 221쪽 참조.

*

스톨리핀을 살해한 디미트리 보그로프에게 연미복 차림으로 교수형에 처해지는 은혜가 베풀어지다.

*

6월 1일에 끝낼 것. 그러고 나서 여행. 내면 일기. 삶의 힘. 절대로 정체되지 말 것.

*

알리바이에 대한 에세이.

*

러시아 테러리즘의 전 역사는 침묵하는 인민을 앞에 두고 지식인들과 절대 권력이 싸우는 역사라고 할 수 있다.

*

　소설. 수용소의 끝없이 비참한 생활 속에서 형언할 수 없는 행복의 한 순간.

*

　요컨대 사람들이 실천에 옮기기가 불가능하다고 생각하는 복음서는 현실주의적이다. 복음서는 인간이 순수할 수 없다는 것을 알고 있다. 그러나 인간의 불순함을 인정하는 노력을, 다시 말해 용서하는 노력을 할 수 있다. 범죄자들은 언제나 재판관들이다……. 절대적으로 무죄인 사람들만이 절대적으로 선고를 내릴 수 있는 것이다……. 그렇기 때문에 신은 절대적으로 순수해야 한다.

*

　한 존재에게 죽음을 부과한다는 것은 그의 완전해질 수 있는 기회를 박탈하는 것이다.

*

　절망할 수 있는 몇 가지 훌륭한 이유 없이 어떻게 산단 말인가!

*

    서문.——혁명가로 자처하면서 한편으로는 사형[120](톨스토이 서문을 인용할 것——내가 존경심을 느끼며 읽을 나이가 된 톨스토이의 이 서문은 충분히 알려지지 못했다), 자유의 제한, 그리고 전쟁을 거부하는 것, 그것은 아무 말도 하지 않는 것이다. 그러므로 자신이 혁명가가 아니라——좀더 겸손하게 개혁주의자라고 선언해야 마땅하다. 타협을 모르는 개혁주의. 결국, 그리고 이모저모 따져 볼 때, 우리는 반항적 인간이라고 자처할 만하다.

*

    (신용을 잃게 될 텐데요, 하고 사람들은 내게 말한다.
    ——그게 그런 식이라면 차라리 그러길 바라요.[121])

*

    차이코프스키는 심심풀이로 종이를(예컨대 심지어 법무부에서 상당한 분량의) 먹는 습관이 있었다.
    "그의 내면에서 창조의 욕구가 격렬하게 솟구쳐 오르곤 했다. 그

---

120)《시사평론》, 235쪽 참조.
121) 이 언급은 원고에서 앞의 텍스트에 바로 붙어 있는 것으로 보아 그 텍스트에 대한 주석인 것 같다.

격렬함은 그의 엄청난 작업 능력만이 만족시킬 수 있는 것이었다."(N. 베르베로바)

"만약 사람들이 영감이라고 부르는 예술가의 그런 감동이 끊이지 않고 계속된다면 우리는 살 수가 없을 것이다."(차이코프스키)

"아무것도 하지 않는 한가한 순간들이면 나는 결코 완벽함에 도달할 수 없을 것 같다는 불안감, 불만족의 느낌, 나 자신에 대한 증오에 사로잡히고 만다. 나는 아무짝에도 쓸모가 없는 인간이라는 생각, 오직 치열한 활동만이 내 결점들을 일시적이나마 완화시켜 나를 인간의 자리로 끌어올려줄 수 있다는 생각이 나를 쥐어뜯으며 괴롭힌다. 나를 구해주는 것은 일이다."(차이코프스키)

그렇지만 그의 음악은 많은 경우 보잘것없는 것이다.

*

모집. 실패한 대다수의 문학인들은 공산당으로 간다. 그것이 그들에게 예술가들을 위에서 내려다보며 비판할 수 있게 해주는 유일한 자리인 것이다. 그런 관점에서 볼 때 그것은 소명을 저지당한 사람들의 당이라고 할 수 있겠다. 대대적인 당원 모집임은 의심할 여지가 없다.

*

1949년 5월. 그럼 이제 : 그들 말대로 '인간적인 것'을 포기.

*

　말을 하도록 나 자신에게 강요하기 위한 구실로 나는 여러 가지 주제들을 스스로에게 부과하는 것이었다.

*

　정치적 에세이 서문. 그런 관점에서 마지막 에세이는 내가 생각하는 바를, 즉 현대인은 정치에 관여할 수밖에 없다는 점을 잘 표현하고 있다. 나는 어쩔 수 없이 정치에 관여한다. 왜냐하면 나는 내장점들보다는 약점들 때문에 내가 마주치는 여러 가지 의무들을 한번도 거부할 수가 없었기 때문이다.

*

　우리는 심리학 때문에 선의, 도덕, 무사무욕을 믿을 수가 없다. 그러나 우리는 역사 때문에 악, 등을 믿을 수 없다.

*

　[122)]소설. 돌이 된 연인들. 그리하여 이제 그는, 그토록 오래 사랑

---

122) 편집자들이 복원한 대목.

하는 동안 줄곧 그를 괴롭혔던 그것, 오직 바로 그 순간에야……
하늘에서 불어오는 어떤 바람이 그들을 사랑의 충동에 휩쓸린 바로
그 모습대로 돌로 만들어버림으로써 이제 그들이 이 잔혹한 땅에서
마침내 해방되어 주변의 광란하는 욕망들과 무관하게, 서로의 모자
람을 채워주는 사랑의 저 찬란한 얼굴을 향하듯 서로 얼굴을 마주
한 채 영원히 굳어져 움직이지 않게 되는 순간에야 비로소 해소될
수 있는 그것이 무엇인지 알게 되었다.

*

우리는 우리가 아는 것의 4분의 1도 다 말하지 않는다. 그렇게 하
지 않았다가는 모든 것이 다 무너져버릴 것이다. 말한 것이 얼마 되
지도 않는데 그들은 고래고래 고함을 치고 있지 않은가.

*

사랑하는 사람의 얼굴에 행복이 찬란하게 빛나는 것을 단 한 번
이라도 본 적이 있다면 한 인간에게 있어서 자신의 주위에 있는 얼
굴들에 그런 빛이 피어나도록 만드는 것 이외에 다른 사명이란 있
을 수 없다는 것을 알게 되는데…… 우리는 오직 살아간다는 일 한
가지만으로도 우리가 마주치는 사람들의 가슴속에 불행과 어둠을
던져주는 일로 서로를 쥐어뜯고만 있다.

*

　　북녘의 야만인들이 정다운 프로방스 왕국을 파괴하고서 우리를
프랑스 사람들로 만들어놓았을 때…….

*

　　무니에는《에스프리*Esprit*》지에서 나에게, 정치 같은 것과는 맞지
않는 기질이니(과연 그 점은 분명하다) 정치에 대한 관심은 아예
버리고 나에게 잘 어울리면서도 아주 고상한 경고자의 역할로 만족
하라고 충고한다. 한데 대체 정치적 기질이란 무엇일까?《에스프
리》지는 아무리 읽어봐도 그 답을 가르쳐주지 않는다. 한편, '고상
한' 경고자의 역할로 말하자면, 한 점 흠도 없는 깨끗한 양심이 필
요할 것 같다. 그런데 내가 느끼는 유일한 사명은 바로 양심들을 향
해 그들이 한 점 흠도 없는 것이 아니라는 것을, 이성들에게 뭔가
모자라는 데가 있다는 것을 말해주는 것이다.

*

1949년 7월.
1949년 6월에서 8월까지, 남아메리카 여행 일기를 볼 것.

*

1949년 9월.

끝으로, 살인을 재평가하여 익명의 냉정하고 추상적인 파괴와 대립시켜 생각해볼 것. 인간 대 인간의 살인을 변호하는 것은 반항의 길로 가는 하나의 단계다.

*

내 생애에서 유일하게 노력한 것(그 밖의 것들은 나에게, 그것도 풍성하게, 주어진 것이므로——나로서는 별로 관심이 없는 재산은 예외지만) : 정상적인 인간의 삶을 사는 것. 나는 캄캄한 심연 속에 빠져 허우적거리는 인간이고 싶지 않았다. 그 엄청난 노력은 아무 소용이 없었다. 나의 기획이 점점 더 성공을 거두기는커녕 심연이 차츰차츰 내게 가까이 다가오는 것이 보인다.

*

그리스도에 대한 유죄 판결(그리고 형벌)이 두 명의 도둑에 대한 유죄 판결과 한데 뒤섞였다는 사실을 지적한 게오르규의 지적은 옳다. 2천 년 전에 벌써 잡탕 수법이 동원되고 있었던 것이다.

G에 따르건대 단 한 가지 발전한 것이 있다면, 오늘날에는 만 명의 죄 없는 사람들이 단 두 명의 유죄인 사람들에게 포위당해 있다는 점.

*

예카테리나 대제가 그녀의 왕국을 방문하여 지나가는 길들을 따라 포툠킨이 세운 마을들의 건물 정면.

*

찹스키(비인간적인 땅)는 어떤 식으로 러시아의 아이들이 눈 속에서 발견한 독일군 병사의 시신들에 물을 뿌려놓았다가 아침이 되면 그 얼어붙은 시신들을 썰매로 사용했는지를 이야기한다.

*

삶의 의미를 사랑하기 전에 우선 삶 그 자체를 사랑해야 한다고 도스토예프스키는 말한다. 그렇다. 삶에 대한 사랑이 사라져버리면 그 어떤 의미도 그 사라짐의 슬픔을 위로해주지 못한다.

*

위대한 이만 알리 : "세계는 썩은 고기다. 누구든 이 세계의 한 조각을 원하는 자는 개들과 함께 살게 될 것이다."

*

스탕달. "독일 사람들과 그 밖의 국민들의 다른 점 : 그들은 명상에 의해 마음의 진정을 얻는 것이 아니라 오히려 흥분한다. 두 번째 미세한 차이 : 그들은 정신력을 갖고 싶어 죽도록 안달이다."

*

스페르버. "신은, 교회로 가는 것이 아니라 어떤 혁명적인 당으로 가서 그 당을 교회로 만들어버리는 신자들을 벌한다."

——회의론적인 광신으로서의 공산주의.

——어떤 스승(그르니에?)에 대해 말하면서 : "그 사람을 만나는 것은 크나큰 행복이었다. 그의 말을 따랐다면 그것은 좋지 못한 일이었을 것이고, 그를 절대로 버리지 않는 것은 좋은 일일 것이다."

*

위의 책. 로자 룩셈부르크의 죽음 : "다른 사람들에게 그녀는 12년 전에 죽은 사람이었다. 그들에게 그녀는 12년 전부터 죽고 있는 중이었다."

*

"따로따로 분리된 희생이란 없다. 스스로를 희생하는 각 개인의 뒤에는 그가 의견을 물어보지도 않고 희생시키는 다른 사람들이 버티고 있는 것이다."

그들은 인민의 행복을 원하지만 인민을 사랑하지 않는다. 그들은 아무도 사랑하지 않는다. 자기 자신들까지도.

*

1949년 10월.

소설. "그의 영혼의 머나먼 곳 어딘가에서 그는 그들을 사랑하고 있었다. 그들은 실제로 사랑을 받았다. 그러나 어찌나 먼 곳에서 사랑을 받았는지 사랑이란 말이 새로운 의미를 지니는 것이었다."

"그는 두 가지를 원했다. 그중 첫 번째는 절대적인 소유였다. 두 번째는 그가 그녀에게 남기고 싶은 절대적인 추억이었다. 사람들은 사랑이 죽어 없어질 수밖에 없는 것임을 너무나도 잘 알기에 사랑을 하는 동안 줄곧 그 사랑의 추억을 위해 애써 노력한다. 그는 자기들의 사랑이 결정적으로 대단한 것이 되도록 하기 위해 그녀의 마음속에 자신에 대한 대단한 생각을 남기고자 했다. 그러나 이제 그는 자기가 대단하지 않다는 것을, 언젠가는 그녀도 그 사실을 알게 되리라는 것을, 그래서 그것이 절대적인 추억은 아니지만 적어도 절대적인 죽음은 되리라는 것을 안다. 승리는, 유일한 승리는 사랑하는 사람은 대단하지 않다 해도 사랑은 대단한 것임을 인정하는 것이리라. 그러나 그는 아직 그 끔찍한 겸손의 준비가 되어 있지 않았다."

"그는 고통으로 일그러진 그의 얼굴에 대한 기억을 벌겋게 달군 쇠붙이로 지져 새긴 것처럼 마음속에 간직하고 있었다……. 그가 자신을 줄곧 떠받쳐주고 있었던 자기 존중의 감정을 잃어버리게 된 것은 대강 그 무렵이었다…… 사랑보다 열등한 그녀가 옳았다."

"사람은 사슬에 묶여서도, 돌로 몇 미터씩 두껍게 쌓은 벽을 사이에 두고서도……사랑을 할 수 있다. 그러나 마음의 아주 작은 한 부분이 의무에 종속될 경우 진정한 사랑은 불가능해진다."

"그는 고독하고 고통스러운 미래를 상상하고 있었다. 그리하여 그는 그런 상상들에서 힘든 쾌감을 느꼈다. 그러나 그것은 그가 고상하고 조화된 고통을 전제로 하여 상상했기 때문이다. 사실상 그는 이런 식으로 고통이 없는 미래를 상상하고 있었던 것이다. 고통이 실제로 존재하는 순간, 반대로 거기에는 더 이상 삶이란 없는 것이었다."

"그는 인간들의 사랑이란 그런 것이라고, 은총이 아니라 의지라고, 그래서 그는 자기 자신을 극복하지 않으면 안 된다고 그녀에게 말하곤 했다. 그녀는 그에게, 그건 사랑이 아니라고 잘라 말했다."
"그는 모든 것을 다 잃었다. 심지어 고독까지도."

"이건 그에게는 죽음이라고 그가 그녀에게 소리쳤는데 그녀는 영향을 받지 않았다. 그녀는 자신의 요구가 절정에 이르렀을 때, 그가 실수했기 때문에 죽는 것이 당연하다고 생각했으니까.”

“모든 것이 다 용서해야 마땅한 것이다. 우선 생존한다는 것부터가 그렇다. 결국 생존은 항상 좋지 못한 행위가 되고 마는 것이다.”

“그가 그녀를 잃은 것은 바로 그날이었다. 겉으로 드러나는 불행은 뒤늦게서야 비로소 오는 것. 그러나 그는 그게 그날이었다는 것을 알고 있었다. 그녀를 잃지 않으려면 절대로 실수를 하지 말았어야 했다. 그녀의 요구가 요구였던 만큼 그는 단 한 가지 오류도 범해서는 안 되었고 단 한 가지 약점도 보여서는 안 되었다. 다른 사람이었다면 그녀는 그걸 용납했을 것이다. 용납했고 나중에도 용납할 것이다. 그런데 그에게는 그렇지 않았다. 그것이 바로 사랑의 특권이다.”

“사랑에는 어떤 명예로움이 있다. 그것을 잃으면 사랑은 아무것도 아니다.”

*

“사랑하기 전에 나는 보잘것없는 존재였다. 그 까닭은 바로 가끔 나를 위대한 존재로 보고 싶은 유혹을 느꼈기 때문이다.”(스탕달, 《사랑에 대하여De l'Amour》)

　　　　　　　　　　　　　　　*

　섬세한 정신과 하찮은 마음. 달리 표현하면, 그의 덕은 마음에 있
지 않고 정신에 있었다. 그녀에게서 그의 마음에 드는 것은 외면적
인 삶, 로마네스크한 면, 유희, 코미디 같은 것이었다.

　　　　　　　　　　　　　　　*

　절망이란, 반드시 투쟁할 필요가 있는데 자신이 투쟁해야 할 이
유를 알지 못하는 것이다.
　파리의 거리를 걷고 있는데 이런 추억 : 브라질 들판의 타는 불들
과 커피, 향신료의 향긋한 냄새. 그때 그 광막한 땅 위로 내리는 잔
혹하고 슬픈 저녁.

　　　　　　　　　　　　　　　*

　반항. 부조리는 선택의 부재를 전제로 한다. 산다는 것은 선택한
다는 것이다. 선택한다는 것은 죽인다는 것이다. 부조리에 대한 이
의(異議)는 살인이다.

　　　　　　　　　　　　　　　*

　기유. 예술가의 딱한 점은 그가 온전한 수도승도 아니고 온전한

세속인도 아니라는 사실——그리고 그가 두 종류의 유혹을 동시에 느끼고 있다는 사실이다.

*

이 순간의 진정한 문제 : 징벌.

*

창조자에 반대하며 피조물의 편을 든 인간, 자신과 타인들이 무죄하다는 생각은 할 엄두도 못 내면서 피조물을 단죄하고 창조자 못지않게 죄 많은 자신을 단죄하는 인간의 고뇌가 어떠한가를 누가 말할 수 있으랴.

*

모느로. "여러 가지 사상들을 생산해내는 사람의 풍요로움은 (그는 헤겔에 대하여 말하는 중이다) 가능한 **번역**(해석)들이 얼마나 여러 가지인가에 의해 증명된다."
당연히 그렇지 않다. 그것은 예술가의 경우에는 진실이지만 사상가의 경우에는 절대로 거짓이다.

*

소설. 사형수. 그러나 누군가 그에게 청산가리를 건네주었는데……. 그러자 그는 고독한 감방에 들어앉아서 웃음을 터뜨린다. 말할 수 없을 정도로 편안한 기분에 빠져든다. 그가 맞서서 걸어가는 상대가 이제는 벽이 아니었다. 그의 앞에는 긴 밤이 통째로 남아 있었다. 그는 이제 선택할 수 있는 것이었다……. "자, 해보자" 하고 말하다가 이윽고 "아니지, 조금만 더 있다가" 하면서 그 순간을 음미하는 것……. 얼마나 통쾌한 설욕이며 반박인가!

*

사랑이 없다면 하다못해 명예라도 가지려고 노력할 수 있다. 슬픈 명예.

*

F : 그 어느 것도 사랑을 바탕으로 하지 않는 광기, 사랑 때문에 꺾이는 일은 절대 없는 광기.

*

신은 우리의 고통에 질투가 나서 십자가에 와서 못 박혔다. 아직 그의 것이 아닌 그 이상한 눈길…….

1949년 10월 말, 병의 재발.

병자는 자신을 잊게 하고 용서받기 위해서는 청결해야 한다. 아니 그걸로는 부족하다. 심지어 그의 청결함까지도 튀는 것이다. 그건 수상하다——사기꾼의 양복 단춧구멍에 꽂힌 과도하게 큰 장미꽃들처럼.

*

병이 다 나았다고 굳게 믿고 있다가 이렇게 재발하니 낙담해야 마땅하다. 과연 그 때문에 나는 낙담해 있다. 그러나 끊임없는 낙담의 연속이다 보니 웃음이 난다. 결국 나는 마침내 해방된 것이다. 광기도 해방이다.

*

"자신의 손으로 고통을 만질 수도 있었을 정도의 감각으로"(애니 로웰의 키츠 론).

*

다시 키츠. "자신이 위대한 작가라고 믿는 죄보다 더 큰 죄는 없다. 사실 그런 죄를 지으면 무거운 벌을 받게 마련이다."

*

"수녀원으로 가라, 오필리아여!" 그렇고 말고. 아무도 그녀를 소유할 수 없게 만드는 것 이외에 달리 그녀를 소유할 방법은 없으니까. 신 이외에는 말이다. 신이 지닌 장점들은 참기가 쉽다. 그 장점들은 인간의 육체에는 손대지 않는 것이다.

*

영혼이라는 것이 존재한다 해도 그것이 통째로 만들어져서 우리에게 주어지는 것이라고 생각한다면 오산이다. 영혼은 일생에 걸쳐서 이승에서 창조되는 것이다. 그리하여 산다는 것은 그 길고도 고통스럽기 짝이 없는 출산의 과정에 불과하다. 우리 자신과 고통에 의해 창조된 영혼이 드디어 준비되면 바야흐로 찾아오는 것이 죽음이다.

＊

"나는 이 땅 위에 무덤이라는 것이 존재하니 다행이라고 생각한다"(키츠).

＊

체스터턴. 정의는 환상이 아니라 신비다.

＊

브라우닝에 대하여 : 평균적 인간——내가 늘 관심을 갖는 그러한.

＊

자신의 원고를 두 번 불사르는 클라이스트……. 만년에 장님이 된 피에로 델라 프란체스카……. 끝에 가서 기억을 상실하여 알파벳을 다시 배우는 입센……. 용기를 내라! 용기를 내라!

＊

살아가는 데 도움이 되는 아름다움은 죽는 데도 도움이 된다.

　　　　　　　　　　　*

　수천 년 동안 세계는 르네상스 시대의 저 이탈리아 회화들과 유사
했었다. 그 그림들에서는 싸늘한 포석들 위에서 한편에서는 사람들
이 고문당하고 있고 다른 한편에서는 다른 사람들이 더할 수 없이
무심한 표정으로 딴 데를 바라보고 있다. '무심한 사람들'의 수가
관심을 가진 사람들의 수에 비해 어지러울 정도로 더 많았다. 역사
를 특징지어주는 것은 다른 사람들의 불행에 관심이 없는 사람들의
수였다. 때때로 그 무심한 사람들 차례가 오곤 했다. 그러나 그때도
또 전반적인 딴전 피우기 가운데서 일이 벌어졌다. 이것이 저것을
갚아주는 것이었다. 오늘날은 모두가 다 관심을 갖는 척한다. 법정
안에서는 증인들이 매질 당하고 있는 사람을 문득 돌아본다.

　　　　　　　　　　　*

　페르 귄트가 그와 같은 도시에 사는 사람들에게 들려준 이야기.
악마가 군중들에게 돼지가 꿀꿀대는 소리를 기막히게 흉내내어 보
이겠다고 약속했다. 그가 나타나 약속한 바를 실연해 보인다. 그러
나 실연이 끝나자 비평가들이 평을 했다. 어떤 사람들은 목소리가
너무 가냘프다고 했다. 또 어떤 사람들은 목소리가 억지로 꾸민 느
낌을 준다고 했다. 모두가 다 그 효과가 너무 과장되었다고 비판했
다. 그렇지만 사람들이 들은 그 비명은 악마가 망토 속에 숨겨가지
고 꼬집어댄 실제 돼지 새끼의 소리였다.

돈 조반니의 마지막 : 그때까지 침묵하던 저주의 목소리들이 갑자기 세계 전체의 무대를 가득 채운다. 그 목소리들은 살아 있는 사람들 수보다 더 많은 은밀한 무리가 되어 거기에 있었던 것이다.

*

　라지크 재판 : 인간을 두 가지 모습으로 쪼개어 갈라놓는 데 성공한 객관적 범죄자라는 아이디어는 흔한 소송 절차의 아이디어지만 과장된 것이다.

*

　마르크스주의는 법 해석은 없이 소송 절차에만 정통한 철학이다.

*

　지적해둘 점 : 재판이 진행되는 동안 줄곧 라지크는 고개를 오른쪽으로 기울이고 있었다. 전에 없던 일이었다.

*

위와 같음. 실제로는 형이 집행되지 않은 채 시베리아나 딴 곳에서 전혀 다른 삶을 살아가고 있는 사형수(소설의 주인공).

*

사형 반대. 피히테. '자연법 체계.'

*

소설(끝). 유명 인사들의 전기를 정신 없이 읽고 여러 페이지를 마구 넘기면서 그들이 죽는 순간으로 달려가던 그때를 그는 상기했다. 그때 그가 알고 싶었던 것은 천재, 위대함, 감성 같은 것이 죽음과 맞설 수 있는가 하는 점이었다. 그러나 이제 그는 안다. 그런 미칠 듯한 궁금증이 헛된 것임을. 위대한 삶은 그에게 필요한 교훈을 담고 있지 않음을. 천재는 죽을 줄 모른다. 가난한 여인은 그것을 안다.

*

위대함이란 위대해지려고 노력하는 것이다. 그 밖에 다른 것은 없다. (그렇기 때문에 M은 위대한 것이다.)

*

노예들을 가지고 싶어 하는 곳에서는 어디나 가능한 한 많은 음악이 필요하다. 그것이 적어도 톨스토이가 소개하는바, 어떤 독일 대공의 생각이다.

　위와 같음. "공연장 홀에 들어가본 지 10년이 넘는다."

*

　복종하라고, 프로이센의 프리드리히는 말했다. 그러나 죽어가면서 그는 말했다. "노예들을 지배하는 데 지쳤다."

*

　소설. "그의 자유 때문에 죽지 않는 방법을 나는 찾고 있었다. 내가 그 방법을 찾았더라면 그를 자유롭게 해주었을 것이다."

*

　고리키는 톨스토이에 대해 이렇게 말했다. "그는 신을 찾고 있는 사람이다. 자기 자신을 위해서가 아니라 다른 사람들을 위하여, 인간인 그가 선택한 사막에서 편히 지내도록 신이 그를 내버려두도록 하기 위하여."

　위와 같음. "이 사람이 존재하는 한 나는 이 땅 위의 고아가 아니다."

*

　장 위스를 화형에 처할 때 어떤 정다운 노파 하나가 장작을 한 단 가지고 와서 화형대의 불에 보태 넣는다.

*

　육체적인 고통에 대하여 그렇게 하듯이 정신적 고통에 자신을 맡기는 그런 순간들. 꼼짝도 않고 드러누워서, 의지도 미래도 없이, 그저 고통이 오래오래 퍼지는 소리에 귀를 기울이면서.

*

　극복한다고? 아니, 고통이란 바로 그런 것, 우리가 결코 이길 수 없는 그것.

*

　소설. "그녀가 여기 있어서 우리가 서로를 갈기갈기 찢을 때 나의 눈물은 어떤 의미를 지니고 있었다. 그녀는 내 눈물을 볼 수 있었다. 그녀가 떠나자 그 고통은 헛되고 미래가 없는 것이 되어버렸다. 그런데 진정한 고통은 헛된 고통이다. 그녀의 곁에서 괴로워한다는 것은 달콤한 행복이었다. 그러나 남이 알아주지도 않는 외로운 고통, 그것이야말로 우리에게 끊임없이 권해주는 술잔, 한사코 고개를 돌려도 죽음의 그날보다 더 끔찍한 어느 날 기어코 마시지 않으면 안 되는 술잔인 것이다.

*

고통의 밤들을 지내고 나면 숙취한 몰골이 된다——다른 밤들이 그렇듯.

*

소설. "마지막 한 마디. 문제는 사라지고 없는 어떤 멋진 영상과 달고도 쓴 대화를 나누는 것이 아니다. 문제는 내 마음 깊은 곳에서 그 영상은 철저히, 가차없이 부숴버리고 그 얼굴을 구겨버림으로써 내 가슴이 그 기억으로 인하여 절망적으로 경련하는 일이 없도록 하는 것이다…….""이 사랑을 죽여야지, 오 나의 사랑아."

*

바다에 대한 에세이.[123]
절망한 사람에게는 조국이 없다. 그런데 나는 바다가 존재한다는

---

123) 《여름》 중 〈가장 가까운 바다La Mer au plus près〉 참조.

것을 알고 있었고, 그렇기 때문에 이 죽음의 시대 한가운데서 살았다.

이리하여 서로 사랑하면서도 헤어져 있는 사람들은 고통 속에서도 살아갈 수 있다. 그러나 누가 뭐라 하든 그들은 절망 속에서 살고 있는 것이 아니다. 그들은 사랑이 존재한다는 것을 알고 있나니.

*

사람들은 한편으로는 한사코 결혼과 사랑을 혼동하고 다른 한편으로는 행복과 사랑을 혼동한다. 그러나 거기에는 공통점이 하나도 없다. 그렇기 때문에 사랑의 부재가 사랑보다 더 빈번한 상황에서 결혼이 행복할 수 있는 것이다.

*

본의 아닌 참여.

*

육체적인 질투는 대부분 자기 자신에 대해 내리는 판단 행위다. 자기가 생각할 수 있는 것이 무엇인지를 알고 있기에 상대방이 그렇게 생각한다고 상상하는 것이다.

*

바다에서 보내는 날들, 스티븐슨에 따르건대 "망각을 거역하고 추억을 거역하는" 그 삶.

*

랑베르.[124] "이제 나는 나의 모든 연민을 나 자신만을 위해 간직한다."

*

기유. "결국 사람은 말을 하기 위해서가 아니라 말하지 않기 위해서 글을 쓴다."

*

소설. "고통으로 기진맥진한 끝에 나는 아무도 사랑하지 않는 나의 그 뭍으로 되돌아가서 피난처를 구했다. 거기서도 나는 조금 괴로워했다. 그러고 나서 나는 고개를 푹 숙이고 가시덤불 숲으로 되돌아가는 것이었다."

*

---

124) 랑베르는 장 그르니에의 친구. 그르니에는 그에게 루이 기유를 소개해주었다.

오늘날 덕은 찬양할 만한 것이다. 대대적인 희생은 지지를 받지 못한다. 순교자들은 잊혀졌다. 그들이 일어선다. 사람들이 그들을 쳐다본다. 일단 넘어지고 나면 신문들이 계속한다.

*

공갈 전문 기자 메를은 X에게서 아무것도 얻지 못하자 1년 내내 자기 신문에다가 그를 험담하는 기사를 쓴다. 메를이 수법을 바꿔 그의 희생자를 무제한으로 칭찬하자 그는 곧 대가를 지불했다.

*

치부닌 사건과 관련하여 톨스토이는 자기 대장을 때린 그 가엾은 사람을 위해 법정에 나가서 변호하고——사형 선고가 내려지자 그를 위해 상고하고——자신의 아주머니에게 편지를 써서 국방부 장관에게 그를 위해 손을 써줄 것을 부탁한다. 다만 국방부 장관은 톨스토이가 문제의 연대가 있는 곳의 주소를 알려주지 않아 개입할 수가 없었다. 그 누락된 정보를 마저 알려달라는 편지를 톨스토이가 받은 그 다음날 치부닌은 **톨스토이의 잘못으로 인해** 그만 처형되고 말았다.

*

톨스토이의 마지막 작품이 그의 작업 테이블 위에 미완인 채 남아 있었다. "세상에 죄 있는 사람은 없다."

*

그는 1828년에 태어났다. 그는 1863년에서 1869년 사이에 《전쟁과 평화 *Voyna i mir*》를 썼다. 35세에서 41세 사이였다.

*

그린의 말에 따르면 인생은 너무 길다. "우리는 일곱 살에 첫 번째 치명적인 죄를 범하고 열 살에 사랑이나 증오로 인한 파멸에 이르고 열다섯 살에 죽음의 침상에 누워서 속죄와 구원을 얻고자 발버둥칠 수는 없는 것일까."

*

간부(姦夫) 스코비. "마치 죄가 유혹하듯이 덕과 순수한 삶이 어둠 속에서 그를 유혹하곤 했다."

위의 책. "인간의 사랑은 승리라고 할 만한 것이라고는 아무것도 겪어보지 못한다. 기껏해야 죽음 혹은 무관심이라고 하는 최후의 재난을 만나기 전에 몇 가지 보잘것없는 전략적 성공을 거두는 것이 고작이다."

위의 책. "사랑은 이해가 아니다. 그것은 이해하고자 하는 욕망으로 이루어져 있는데, 번번이 실패한 끝에 그 욕망은 죽어버리고 사랑은……."

*

마리 도르발이 비니에게 : "당신은 나를 몰라! 당신은 나를 몰라!" 그토록 오랫동안 자리를 비웠다가 그만 정신을 차리지 못하고. "관능을 이기지 못해 내가 소리를 지를 수 있었다니 그게 정말인가!"

툴루즈에서 발급받은 그의 여권 : "쇠약한 몸, 성긴 머리칼, 자랑스러운 풍채."

"나는 드 비니 씨와 헤어진 것이 아니라 억지로 떼어놓인 것이다!"

*

이제 그리스도는 궁전에서 고통스럽게 죽어가고 있다. 손에는 태형용 채찍을 들고──그는 은행 창구에 군림한다.

*

스트렙토──1949년 11월 6일에서 12월 5일까지 40그램

P. A. S. 1949년 11월 6일에서 12월 5일까지 360그램
+ 11월 13일부터 1월 2일까지 스트렙토 20그램.

*

소설. "그의 사랑에 대해 너무 자주 물어대고, 특히 그녀가 그 물음에 너무나 불안하게 신경을 쓴 결과 남자는 온갖 의혹들이 생겨나는 느낌을 받았다. 그 의혹들이 커가면서 사랑하고자 하는 그의 의지가 점점 더 굳어졌다. 그리하여, 그녀가 그의 마음속에 사랑을 호소하면 할수록 그의 사랑은 점점 더 추상적이 되어가는 것이었다."

*

살인이 정당성을 얻자면 그것이 반드시 사랑과 균형을 이루는 것이 되어야 한다. 테러리스트들에게 단두대는 사랑의 명백한 증거였다.

*

영국인들이 강제로 넘겨받았던 하와이를 1843년에 미국인들이 해방시킨다. 멜빌이 거기 있었다. 왕은 그의 신민들에게 "열흘 동안 일체의 도덕적, 법적, 종교적 제약에서 벗어나 그들의 자유를 누리도록 했다. 그 기간 중에 그는 영토 내의 모든 법을 정지시킨 가운데 그 사실을 엄숙하게 선포했다."

*

오류들은 즐겁고 진리는 지긋지긋하다.

*

멜빌이 말하는 그 성스러운 불안, 그것은 사람들과 나라들을 항상 미결 상태로 있게 한다.

*

셀리의 《에세이》의 여백에 멜빌이 적어놓은 것 : "밀턴의 사탄은 정신적으로 그의 신보다 훨씬 더 고단수다. 적의와 고문에도 불구하고 참고 버티는 사람이 승리가 확보된 싸늘한 안전 속에서 적에게 가장 끔찍한 복수를 자행하는 자보다 고단수듯이."

*

죽음의 물은 쓰디쓴 것……

*

서른다섯의 멜빌 : 나는 무로 돌아가는 것에 동의했다.

*

호손에 대해 멜빌이 말한다. "그는 믿지 않았고, 믿지 않는 것에 만족할 수 없었다."

*

L. G.——매우 아름답지만 스탕달의 말처럼 생각에 있어서는 좀 부족한 점이 있는 여자다.

*

아내와 헤어지던 날 그는 초콜릿이 몹시 먹고 싶었고, 결국은 참지 못해 먹고 말았다.

*

드 보캉데 씨의 할아버지 이야기. 고등학교에 다닐 때 그는 어떤 야비한 짓을 저지른 혐의를 받았다. 그는 부인했다. 사흘 동안 감방에 갇혔다. 그는 부인했다. "내가 저지르지 않은 짓을 했다고 할 수는 없습니다." 아버지에게 통지가 갔다. 그는 사흘간의 여유를 주고 아들에게 솔직히 털어놓으라고 했다. 그러지 않으면 소년 선원으로 만들어버리겠다고 했다(그의 집은 부자다). 사흘 동안 감방에 갇혔다 나온다. "내가 저지르지 않은 짓을 했다고 할 수는 없습니다." 아버지도 굽히지 않고 그를 소년 수부로 만들어 배에 태운다. 소년은 성장하여 일생 동안 배를 타다가 선장이 된다. 아버지가 죽는다. 그도 늙는다. 그리하여 임종하는 자리에서. "내가 그러지 않았어."

*

파리 봉기 때 총알이 쌩쌩 날아다닌다. 아! 아! 하고 가스통 갈리마르는 소리친다. 로베르 갈리마르가 깜짝 놀라 그에게 급히 달려간다. 그러나 가스통 갈리마르는 재채기를 하느라고 그러는 것이다.

*

그 여자는 그에게 허영의 쾌락을 주었다. 그렇기 때문에 그는 그녀에게 일편단심으로 충실했던 것이다.

*

F : "나는 비뚤어진 위인이오. 나는 내 고통의 능력을 통해서만 비로소 내 사랑의 능력을 알 수 있소. 고통을 겪어보기 전에는 알 수가 없소."

*

《안과 겉 *L'Envers et l'Endroit*》의 서문.

다른 사람들의 마음속에 도덕적이거나 종교적인 저항이 있는 것과 마찬가지로 나의 마음속에는 예술적 저항이 있다. 자유스러운 천성을 타고난 아이로서의 나와는 인연이 없는 금기, 즉 '그러는 게 아니다'라는 생각이 어떤 준엄한 예술적 전통의 노예(찬미해 마지않는 노예)로서의 나에게는 없어지지 않고 남아 있다. (나는 그 터부를 오직 《계엄령 *L'État de siège*》에서만 극복할 수 있었다. 일반적으로 별로 거들떠보지 않는 그 작품에 내가 애정을 갖고 있는 까닭이 바로 거기에 있다.)

······ 아마도 그런 경계심은 내 마음 깊은 곳에 숨어 있는 나의 무정부 상태를 겨냥하는 것이고, 그런 면에서 유용한 것이다. 나는 내 마음속의 무질서한 면과 어떤 격렬한 본능들, 자칫 내가 빠져들 수도 있는 그리 아름답지 못한 무절제를 익히 잘 알고 있다. 예술 작품이 이루어지려면(나는 미래형으로 말한다) 우선 인간의 그런 무한한 힘들을 이용해야 한다. 그러나 그 힘들을 유도하는 울타리를 치는 것도 잊어서는 안 된다. 아직까지도 나의 울타리는 너무 높다. 그러나 울타리들이 막아야 하는 대상 역시 너무 높았다. 둘 사이의 균형이 이루어지는 그날이 되면 나는 내가 꿈꾸는 작품을 쓰려고 노력하리라. 그 작품은 《안과 겉》을 닮은 것이 되리라. 다시 말해 어떤 형태의 사랑이 거기서 나의 버팀대가 되리라.

나는 그렇게 할 수 있을 것도 같다. 내 경험의 폭, 내 직업에 대한 이해, 나의 치열함, 그리고 나의 복종……. 나는 여기서처럼 한 어머니의 저 탄복할 만한 침묵을, 그 침묵을 닮은 어떤 사랑을 되찾기 위한 한 인간의 모색을 그 중심에 놓으리라. 그 침묵을 찾았다가 다시 잃어버리고, 전쟁, 정의의 광기, 고통을 거쳐 죽음이 그 행복한 침묵이 되는 고독하고 고요한 세계로 되돌아오는 한 인간. 내가 그 중심에 놓으려는 것은…….[125]

*

마리탱. 반항의 무신론(절대적 무신론)은 신의 자리에 역사를 갖다놓고 반항을 절대적 복종으로 대체한다. "의무와 덕은 그들에게 있어서 변화 생성의 성스러운 탐욕에 대한 어떤 완전한 종속과 완전한 자기 희생에 불과하다."

"성스러움 또한 하나의 반항이다. 그것은 있는 그대로의 사물들을 거부하는 것이기 때문이다. 그것은 세계의 불행을 스스로 떠맡는 것이다."

*

《정의의 사람들》책에 두르는 띠 : 테러와 정의.

---

125) (옮긴이 주) 《안과 겉》에 붙인 서문의 초안. 《안과 겉》, 29, 30, 32쪽 참조.

*

　소설. "그녀에게는 속삭이는 듯한 빠른 목소리로 다소 쫓기며 소신을 피력하듯 '사랑해' 하고 세 번 되풀이하는 독특한 방식이 있다."

*

　"겉보기와는 달리 내가 주로 몰두하는 것은 항상 사랑(그 오랜 쾌락과 결국 맛보게 되는 가장 쓰라린 격정)이었다. 나는 낭만적 영혼의 소유자였고 그 영혼이 다른 것에 관심을 쏟도록 하기가 늘 너무나 어려웠다."

*

　모든 것을 다 끝내고 나서 봄에는 내가 느끼는 모든 것을 쓸 것. 우연적인 작은 것들.

*

　소설. "대부분의 여자들 곁에서 그는 자신만만하게 속마음을 위장할 수 있었다. 그녀의 곁에서는 결코 그럴 수 없었다. 어떤 천재적인 직관 같은 것이 그의 마음속에 일어나는 것을 그대로 집어내게 했고 꿰뚫어보게 했다."

*

《정의의 사람들》에 대한 비평 : "사랑에 대해 전혀 아는 것이 없다." 만약 내가 불행하게도 사랑에 대해 아는 것이 없고 그래서 사랑에 대해 배우겠다는 우스꽝스러운 생각을 하게 된다 해도 내가 그 수업을 받으러 갈 곳은 파리나 소문 퍼뜨리는 것이 일인 싸구려 잡지 따위는 아닐 터이다."

*

써늘한 날의 끝, 어둠과 얼음의 황혼⋯⋯내가 견딜 수 있는 한계를 넘어선.

*

정치적 에세이에 붙이는 서문. "나폴레옹의 실각 후, 정치적 증오 속에서 젊은 날을 보낸 것에는 기만적인 면이 있었다고 본 다음과 같은 글의 저자는 세상을 이리저리 돌아다니기 시작한다." 스탕달 : 《로시니의 생애 *Vie de Rossini*》.

*

위의 책. 스탕달(《사랑에 대하여》) : "인간에게는 다른 가능한 모든 행동들보다 더 즐거운 일을 하지 않을 자유가 없다."

위의 책. "몹시 아름다운 여자들은 그 다음날에 보면 덜 놀랍다. 그 점은 매우 불행한 일이다…… 등."

폴리카스트로 공작은 "어떤 질투심 많은 남자가 단단히 붙들어두고 있는 사랑하는 정부 레카를 15분간 만나기 위해 6개월마다 한 번씩 백 리 길을 여행하곤 했다."
《도나 디아나의 이야기》참조. 연극의 끝 장면(108쪽, 가르니에 판).

*

모든 것을 끝내고 나면 : 이것저것 뒤섞은 잡문집을 쓸 것. 내 머릿속으로 지나가는 모든 것을.

*

반항 : 신 없는 반항의 끝은 박애주의. 박애주의의 끝은 여러 가지 재판들. 박애주의자들에 관한 장.

*

흠잡을 데 없는 남편이었을 때는 무신론자였던 그가 간통을 하고 나서는 개종을 한다.

*

부자이면서 예속당하는 것보다는 차라리 가난하고 자유롭기를. 물론 사람들은 부유하면서도 자유스럽기를 바란다. 그러다 보니 때로는 가난한 노예가 되어버리기도 한다.

*

들라크루아. "나의 내면에 있는 가장 현실적인 것은 내가 나의 그림으로 창조하는 환상들이다. 그 나머지는 발이 푹푹 빠지는 유사(流砂)에 불과하다."

*

모가도르.[126]

*

---

126) 원고에는 '모가도르'가 크게 강조되도록 굵은 글자로 적혀 있다. (옮긴이주) 대서양에 면한 모로코의 어항 에사우이라의 옛 이름.

들라크루아. "천재적인 인간을 만드는 것은……새로운 생각이 아니라 그를 사로잡고 놓지 않는 생각, 즉 지금까지 말해진 것이 아직 충분히 만족스러운 방식으로 말해지지 않았다는 생각이다."

위의 책. "이 고장(모로코)의 모습은 사라지지 않고 영원히 내 눈 속에 남아 있을 것이다. 이 강력한 종족의 사람들은 내가 살아 있는 한 내 기억 속에서 항상 살아 움직일 것이다. 내가 고대의 아름다움을 진정으로 재발견한 것은 바로 그들에게서이다."

위의 책. "…… 그들은 의복, 신발의 모양 등 그들의 수많은 방식들로 자연과 가장 가깝게 살고 있다. 그리하여 아름다움은 그들이 하는 모든 일과 하나가 된다. 그런데 코르셋, 옹색한 신발, 우스꽝스러운 거들 같은 것 속에 갇혀 있는 우리는 보기에도 딱하다. 우아함이 우리의 과학에 복수를 한다."

212~213쪽(플롱 판), 제1권. 재능에 관한 기막힌 몇 페이지.

그는 괴테를 (그의 판단을 근거로) "쩨쩨하고 애정으로 더럽혀진 정신의 소유자들" 속에 분류한다.
"항상 자기가 하는 일만 보고 있는 그 사람……."

*

1950년 1월 10일.

따지고 보면 나는 나의 내면을 똑똑히 알지 못했다. 그러나 나는 항상 본능적으로 눈에 보이지 않는 어떤 별을 따라서 행동했다.

나의 내면에는 어떤 무정부 상태, 어떤 무시무시한 무질서가 있다. 내게 있어서 창조한다는 것은 수많은 죽음으로 대가를 지불하는 일이다. 왜냐하면 창조는 어떤 질서의 문제인데 나의 전 존재는 질서를 거부하기 때문이다. 그러나 질서가 없다면 나는 분산된 모습으로 죽고 말 것이다.

*

오후, 해와 빛이 내 방 안으로 넘쳐 들어오고 푸른 하늘에 구름이 조금, 어린아이들 떠드는 소리가 마을에서 울려오고 정원에서는 분수의 물 떨어지는 소리……그리하여 내게 되돌아오는 알제의 시간들. 20년 전에…….

*

L.이 엄마에 대하여 : "빵이다, 어떤 빵이냐!"

*

베스팔로프. "반항에서 반항을 거듭하며, 혁명에서 혁명을 거듭하며, 자유를 증대시키는 줄 알았는데 결국 제국에 이른 것이다."

*

반항. 파트로클레스가 죽자 아킬레우스는 신의 창조에 대항한다.

*

또 다른 니체주의자들인 우리에 관한 장.

*

헨리 밀러 : "나는 세계의 엄청난 붕괴에 눈이 부시다." 그러나 그런 붕괴에도 눈이 부시지 않는 종류의 정신들이 있다. 거창하기 보다는 오히려 치사스러운 붕괴.

*

작품을 지배할 것, 그러나 대담성을 잊지 말 것. 창조할 것.

*

쿠브뢰. 도착하자 자기로서는 언제 들어도 늘 재미있는 BBC의

라디오 뉴스 프로그램을 찾아서 좀 틀어주었으면 좋겠다고 부탁하고는 자리에 앉아 잠이 든다.

*

가족. "그렇게 애쓰실 것 없어요."
"거북하신 모양이네요."
"그는 안에서 왔어요."

*

테마. 프로방스 호텔. 사람들의 매력.

*

바다. 기후의 불공평. 생테티엔의 꽃핀 나무들. 더욱 끔찍한. 결국 나는 오히려 아주 어두운 얼굴을 바라고 싶은 심정. 북부 지방 사람들은 이렇다…….

*

1950년 2월.
4월까지 규율을 지키며 작업. 그 다음에는 불꽃 속에서의 작업.

침묵할 것, 귀를 기울일 것. 넘쳐나게 할 것.

*

지성인(그리고 현실)이라는 개념은 18세기에 생겼다.

*

내가 진실이라고 생각하는 것(원하지 않는 것을 하기, 하지 않는 것을 원하기)에 대해 고려도 유보도 없는 에세이를 나중에 쓸 것.

*

근원적인 밤.

*

나는 라셸[127]의 생애를 읽는다. 역사 앞에서 느끼는 늘 똑같은 실망. 가령 사적인 자리에서 그녀가 한 그 모든 말들, 수없이 많이 잃어버린 말들의 무리에 합쳐져서 아무도 알지 못한 채 버리게 될 그 말들. 그 말들의 무리에 비하면 역사가 우리에게 전해주는 것은 바

---

127) (옮긴이주) 19세기 코메디 프랑세즈에서 활동했던 유명한 비극 배우.

다에 뿌린 물 한 방울에 불과하다.

*

들라크루아의 일기에 나오는, 자기도 슬며시 작품을 창조해보겠다고 덤비는 비평가들에 대한 한마디. "등자끈도 잡고 동시에 그 뒤에 올라타기도 하고, 이렇게 두 가지 다 할 수는 없는 법."

*

들라크루아——런던에서 거리(距離)에 대하여.
"이수(里數)로 계산을 해야 한다. 그 사람들이 몸담아 살고 있는 장소의 엄청난 넓이와 인체 비율의 타고난 협소함 사이의 그 같은 불균형 때문에 나는 그들이 진정한 문명의 적이라고 선언한다. 진정한 문명은 인간을 저 아테네 문명과 비교해보게 만든다. 아테네 문명은 파르테논 신전을 사람이 사는 집만하게 만들었고 광대한 국가들 속에서 그렇게도 협소하게 들어앉은 우리의 야만성을 비웃듯이 그 비좁은 국경 사이의 땅에다가 그토록 대단한 지성과 삶과 힘과 위대함을 담아놓은 것이다."

*

들라크루아. "아마도 다른 모든 예술에서와 마찬가지로 음악에서도 스타일, 성격, 한마디로 말해서 진지함이 뚜렷이 드러나게 되면 나머지는 사라져버린다."

위의 책. 모뉴먼트와 예술 작품들에서 온갖 혁명들이 없애버린 것 ——그 디테일들은 끔찍할 정도라고 들라크루아는 말한다.

진보에 반대하다. 첫째 권. 428쪽 : "우리의 얼마 안 되는 가치 있는 것은 고대인들 덕분에 생겨난 것이다."

*

들라크루아.

위대한 예술가는 시도해서는 안 되는 것을 피하는 방법을 배워야 한다. "불가능을 위해서 고민하는 것은 미친 사람들과 무능한 사람들뿐이다. 그러나 예술가는 매우 대담해야 한다."

위의 책. "자기 자신이 되기 위해서는 지극히 대담해야 한다."

위의 책. "일을 하는 것은 단지 작품들을 생산하기 위해서가 아니다. 시간에 값을 부여하기 위해서다."

위의 책. "일을 하여 자신의 하루를 제대로 사용한 사람의 만족감은 엄청난 것이다. 나는 그런 상태에 있을 때면 아주 작은 휴식도 달콤한 맛으로 즐기게 된다. 심지어 나는 아무런 후회도 없이 가장 따분한 사람들과 한데 어울려 지낼 수도 있는 것이다."

위의 책. "……바람에 불과한 것들을 추구하느라 애쓰지 말고 일

자체를 즐기고 그 뒤에 따르는 달콤한 시간을 맛볼 것……."

위의 책. "전에 사람들이 흔히 생각했던 것처럼(열정들) 행복할 것을 강요당하지 않으니 나는 얼마나 행복한가."

"고지식함이 최고의 지식과 한데 합쳐진" 이탈리아의 위대한 학파들.

위의 책. 밀레에 대하여. "재산의 평등처럼 재능의 평등이 이루어질 것으로 생각하고 1948년 혁명에 가담하고 박수를 친 수염 난 예술가 무리가 꽤 있다."

위의 책. 발전에 반대하여. 200쪽 전체. "…… 철학자들에 의해 살이 찐 인간 가축 떼라니 최상의 세기에 얼마나 고귀한 장관인가."

341쪽. "…… 불완전한 천지 창조……."

독창적인 재능은 "처음에는 소심하고 건조함, 끝에는 넉넉하고 디테일상 소홀함."

*

참석한 모든 사람들이 눈물을 흘릴 정도로 감동적인 기도가 계속되는 가운데서 무심하게 앉아 있는 농부. 냉담하다고 비난하는 사람들에게 자기는 이 교구 소속이 아니라고 대답한다.

*

1950년 2월.

점점 더 흐릿해지는 기억력. 일기를 쓸 결심을 해야 할 것 같다. 들라크루아의 말이 맞다. 기록해놓지 않은 그 모든 날들은 존재하지 않았던 날들이나 마찬가지다. 어쩌면 4월쯤, 좀 자유를 되찾게 될 때.

*

한 권의 책 : 예술의 문제——나의 미학을 요약하게 될 책.

*

문학회. 사람들은 무슨 컴컴한 음모, 야심 가득한 무슨 엄청난 계산이 있는 줄로 상상한다. 기껏해야 얼마 안 되는 대가를 지불하면 얻을 수 있는 몇 가지 허영이 있을 뿐인데.

*

약간의 오만은 자신의 거리를 유지하는 데 도움이 된다. 그럼에도 불구하고를 잊지 말 것.

*

감사로 끝나는 즐거움 : 세월의 꽃부리들. 그러나 다른 극단에는 : 쓰디쓴 즐거움.

*

미스트랄 바람이 거세게 하늘을 긁어대니 바다처럼 푸르고 빛나는 새살이 드러난다. 사방에서 새들의 노랫소리가 힘과 환희와 즐거운 불협화음, 그리고 무한한 황홀감과 함께 폭발한다. 대낮이 넘쳐나며 빛을 발한다.

*

도덕이 아니라 성취. 성취가 있다면 오직 사랑의 성취, 다시 말해 자기 자신의 단념과 세계로의 죽음의 성취가 있을 뿐. 궁극까지 갈 것. 사라질 것. 사랑 속에 용해될 것. 그때에는 창조하는 주체는 내가 아니라 사랑의 힘일 것이다. 침몰할 것. 해체될 것. 성취와 진실에 대한 열정 속으로 무화될 것.

*

제사 : "겸허하고 무지하고 집요한 삶과 바꿀 만큼 가치 있는 것은 아무것도 없다."(《교환*L'Échange*》)

*

위와 같음. "당신을 사랑하는 한 가지 방식이 있었는데 나는 그 방식으로 당신을 사랑하지 않았다."

*

《아돌프》. 다시 읽다. 여전히 그 타는 듯한 메마름의 느낌.
"사람들은 그녀(E)를 사나운 폭풍 같은 관심과 호기심을 가지고 뜯어보고 있었다."
"세상의 모든 이해 관계들과 무관한 그 가슴(A)."

*

"그의 얼굴에 고통의 표정이 어리는 것을 보자마자 그의 의지는 곧 나의 것이 되는 것이었다. 나는 그녀가 나에게 만족을 느낄 때만 비로소 마음이 편안해졌다."

*

"이 세상에서 단 둘이서만 서로를 알고 단 둘이서만 서로를 인정하고 서로를 이해하고 서로를 위안할 수 있는 사이였던 그 불행한 두 존재가 서로를 찢어발기려고 기를 쓰며, 화해할 수 없는 적과 같이 되어 있는 것이다."

*

바그너, 노예들의 음악.

*

소설. "그는 그녀가 고통받기를 바랐다. 그러나 그에게서 먼 곳에서. 그는 비겁했다."

*

콩스탕. "인간들의 비참을 연구하는 것이 필요하다. 그러나 그 비참을 물리치기 위한 수단에 대한 그들의 생각들 또한 그 비참에 포함시켜 생각해야 한다."

*

위와 같음. "무서운 위험 : 미국 문제에 대한 정책과 지식인들의 일관성 없는 문명이 한데 합쳐지는 것."

*

태양의 에세이 제목[128] : 《여름. 정오. 축제.》

*

1950년 2월.

억제 : 말을 하지 말 것.

기록 : 경험은 기억이다. 그러나 그 반대도 진실이다.

이제 디테일로 돌아올 것. 그 무엇보다 앞서 진실을 선호할 것.

*

니체 : 나는 그 거짓 겸손이 부끄럽다.

*

로즈메리가 꽃을 피웠다. 올리브 나무들 아래 바이올렛 왕관들.

*

1950년 3월.

박애주의적인 신교도들은 이성이 아닌 것은 모두 부정한다. 왜냐

---

128) 원고에서는 '지중해 에세이'라고 표현되어 있다. 저자가 첫 번째 타자본에서
수정해놓은 것이다.

하면 그들이 느끼기에 이성은 그들을 모든 것——심지어 천성까지
도——의 주인으로 만들어주기 때문이다. 그러나 아름다움은 예
외. 아름다움은 그 계산에서 벗어난다. 그렇기 때문에 예술가는 예
술가로서 반항적일 뿐이지만 혁명가가 되기 어렵다. 그렇기 때문에
그는 살인자가 되지 못한다.

*

기다릴 것, 내 앞에 그 빛나는 꽃 장식이 보이는 날들이 하나하나
꺼져가기를 기다릴 것. 마침내 마지막 날이 꺼지고 완전한 어둠.

*

3월 1일.
완전한 억제의 한 달——모든 면에서. 그 다음에 새로 시작할 것
——[그렇지만 그 앞서의 경험들의 진실과 현실을 잃어버리지 않은
채, 그리고 모든 결과들을 받아들여 그 결과들을 극복하고 창조자
의 궁극적(그러나 조심스러운) 태도 속에서 그 결과들을 변형시키
려는 각오로. 그 어느 것도 거부하지 말 것].

*

(어려웠다, 라고 말할 수 있을 것. 나는 단번에 그것에 성공하지

는 못했다. 나는 기진맥진할 때까지 싸웠다. 그러나 결국 나는 이겼다. 그 모진 피로는 성공을 더욱 눈밝고 더욱 겸허하지만 더욱 결의에 찬 것으로 만든다.)

*

반항. 집필을 끝내고 나서 이렇게 정돈된 문헌들과 생각들을 바탕으로 하여 그 모든 것을 다시 생각해볼 것.

*

예술에 있어서 절대적인 현실주의자는 절대적인 신일 것이다. 그렇기 때문에 인간의 신격화 기도들은 리얼리즘에 완벽을 기하려고 하는 것이다.

*

바다 : 나는 거기서 나를 잃어버리는 것이 아니라 나를 되찾는 것이었다.

*

담배를 끊었던 비베의 친구는 수소 폭탄이 이제 막 발명되었다는 소식을 듣자 다시 담배를 피우기 시작한다.

*

가족.
알제리를 만든 것은 마차꾼들이다.
미셸. 여든 살. 꼿꼿하고 힘차다.
그의 딸 X. '살아보려고' 열여덟 살 때 그들을 떠난다. 스물한 살에 돈을 많이 벌어가지고 돌아와 자기의 보석을 팔아서, 전염병으로 죽은 자기 아버지의 외양간을 전부 수리한다.

*

구르디예프의 '영악한 사람.' 집중. 자기 환기(다른 사람의 눈을 통해서 자신을 본다).

*

빌뉴스의 유대인 구역의 독재자 야코프 켄스는 피해를 줄이기 위해 그 경찰 자리를 맡는다. 차츰차츰 이 구역의 4분의 3(4만 8천 명)이 처형된다. 결국은 자신도 총살당한다. 무용하게 총살당한다 ──무용하게 명예를 더럽힌다.

*

제목 : 약삭빠른 천재.

*

그 여자는 죽어야 했다. 그때에야 참혹한 행복이 시작될 것이다.
그러나 고통은 바로 그런 것이다. '그들'은 적당한 때에 죽지 않는
것이다.

*

중국인들의 말을 들어보면 종말에 이르는 제국들은 매우 많은 법
을 가지고 있다고 한다.

*

찬란한 빛. 나는 마치 10년 동안의 잠에서 깨어 일어나는 느낌이
다──여전히 불행과 거짓 도덕의 끈에 꽉 매인 채──그러나 다
시 벌거벗은 몸으로 태양을 향해 내뻗으며. 빛나고 절도 있는 힘
──그리고 소박하고 날카로운 지성. 나는 몸으로서도 다시 태어
난다…….

*

코미디. 지금까지 본능적으로 실천해온 덕에 대해 공적으로 보상 받은 남자. 그때부터 그는 덕을 의식적으로 실천한다. 큰일났다.

*

니체가 말하는 17세기 스타일 : 청결하고 정확하고 자유로운.
현대 예술 : 압제의 예술.

*

일정한 나이가 되면서부터 인간들 사이의 드라마는 시각을 다투는 경주로 인해 더욱 심각해진다. 이렇게 되면 해결 방법이 없다.

*

마치 사랑의 첫 번째 햇빛을 받아 그동안 그녀의 속에 쌓여 있던 눈이 차츰 녹아, 저 거역할 길 없이 뿜어져 나오는 기쁨의 물줄기의 거침없는 흐름으로 변하듯.

*

1950년 3월 4일.
하여 나는 공개적으로 내 가슴을 심각하고 고통스러운 땅에 바쳤고, 죽는 날까지 두려움 없이 그 땅의 무거운 숙명의 짐과 더불어 그 땅을 사랑할 것을, 그리고 그 속에 담긴 어떤 수수께끼도 업신여기지 않을 것을 성스러운 밤에 몇 번이나 맹세했다. 이리하여 나는 치명적인 매듭으로 그 땅에 맺어졌다. (횔덜린, 《엠페도클레스의 죽음*Der Tod des Empedokles*》.)

*

사람은 자신이 아는 것에 대한 용기를 뒤늦게야 갖게 된다.

*

예술가들과 태양이 없는 사상들.

*

니체는 말한다. "애정에 대한 오해. 굴복하여 품위를 떨어뜨리는, 이상화하여 속는 예속적인 애정 ——그러나 멸시하고 사랑하는, 자기가 사랑하는 것을 변화시키고 높이 받들어 올리는 애정."

*

내가 가장 편하게 느끼는 세계 : 그리스 신화.

      *

마음이 전부는 아니다. 마음은 존재해야 한다. 마음이 없다면…….
그러나 마음은 억제되고 변형되어야 한다.

      *

나의 모든 작품은 다 아이러니컬하다.

      *

가장 지속적인 나의 유혹, 내가 지치도록 끊임없이 싸워온 유혹 :
시니시즘.

      *

나에게는 이교도, 남들에게는 기독교, 이것은 모든 존재의 본능
적인 욕구다.

      *

존재의 어려움이 아니라 존재의 불가능성.

*

사랑은 불공평하다. 그러나 공평함으로 충분한 것은 아니다.

*

인간에게는 언제나 사랑을 거부하는 어떤 한 부분이 있는 법. 죽음을 원하는 것이 바로 그 부분이다. 용서받기를 요구하는 것이 바로 그 부분이다.

*

《화형대》를 위한 제목 : 데이아네이라.[129]

*

데이아네이라. "검은 스커트 차림에 그을린 두 팔이 드러나게 흰 블라우스를 걷어 올리고 머리를 풀어 흩뜨린 채 단정한 발, 똑바로 쳐든 얼굴로 그녀가 내게 오던 그 시절 그날의 모습으로 그녀를 고

---

129) (옮긴이주) 그리스 신화에 나오는 여전사로 헤라클레스에게 몸을 바친다. 반인 반수 네소스가 그녀를 안고 강을 건너다가 겁탈하려 하자 헤라클레스가 그를 독화살로 죽인다. 네소스는 죽으며 그녀에게 피 묻은 옷을 주고, 만약 남편이 정조를 지키지 않으면 이 옷이 남편의 심장을 파내다줄 것이라고 말한다. 그리고 과연 그 말대로 되었다.

정시켰으면 싶었다."

*

"오래전부터 내가 그녀에게 요구할 생각을 해온 것, 그 지극한 저녁에 나는 그녀에게 그것을 요구했다. 그 어떤 다른 남자에게도 예속되지 않겠다는 맹세를. 종교가 초래하고 허락할 수 있는 것을 인간의 사랑이 하지 못한다면 나는 살고 싶지 않았다. 그때 그녀는 나의 서약을 요구하지 않은 채 그 약속을 했다. 그러나 끔찍한 기쁨과 내 사랑의 긍지 속에서 나는 기꺼이 그녀에게 그것을 약속했다. 그것은 어느 면으로 보면 그녀를 죽이는 것이고 나를 죽이는 것이었다."

*

사랑이 사치인 곳에서 자유인들 어찌 사치가 아닐 수 있으랴? 그렇다면 정말이지, 사랑과 자유를 이중으로 한심하게 만드는 사람들에게 절대로 양보하지 말아야 할 또 하나의 이유가 생긴 것 아닌가.

*

볼테르는 거의 모든 것을 다 의심했다. 그가 이루어놓은 것은 아주 조금밖에 없다. 그러나 제대로 된 것이다.

*

소설. 남자 인물들 : 피에르 G., 모리스 아드레, 니콜라 라자레비치, 로베르 샤테, M. D. b., 장 그르니에, 파스칼 피아, 라바넬, 에랑, 외틀리.

여자 인물들 : 르네 오디베르, 시몬 C., 쉬잔 O., 크리스티안 갈랭도, 블랑슈 발랭, 뤼세트, 마르셀 루숑, 시몬 M. B., 이본, 카르망, 마르셀, 샤를로트, 로르, 마들렌 블랑슈, 자닌, 자클린, 빅토리아, 비올랑트, 프랑수아즈 1과 2, 보클랭, 레보비츠.

미셸, 앙드레 클레망, 로레트, 파트리시아 블레이크, M. 테레즈, 지젤 라자르, 르네 토마세, 에블린, 마멘, 오딜, 반다, 니콜 알강, 오테트 캉파나, 이베트 프티장, 쉬잔 아눌리, 비베트, 나탈리, 비르지니, 카트린, 메트, 안.

*

"바다와 하늘이 대리석 테라스마다 수많은 젊은이들과 억센 장미들을 끌어들인다." A. 랭보.

*

어려운 글을 쓰는 사람들은 운도 좋다. 그들에게는 작품에 주석을 붙이는 사람들이 있을 테니 말이다. 다른 사람들에겐 기껏 독자들뿐인데. 말을 들어보니 그건 한심한 일이란다.

*

지드는 즐거운 일을 생각했기 때문에 소련에 간다.

*

지드 : 무신론만이 오늘의 세계를 평화롭게 할 수 있다(!).

*

레닌과 강제 수용소에 수용된 사람 사이의 대화.

*

파리는 우선 한 작품을 떠받들어 사람들 눈앞에 드러내놓는다. 그러나 일단 그 작품이 자리를 잡으면 그때 비로소 신나는 일이 시작된다. 다름이 아니라 그 작품을 때려눕히는 일이다. 이리하여 파리에서는 브라질의 어떤 강에서처럼 수천 마리의 작은 물고기들이 일을 해치우는 것이다.[130] 이 물고기들은 아주 조그만 놈들로 수가

---

130) 이와 똑같은 이미지가《전락La Chute》17쪽에 나온다.

엄청나게 많다. 이를테면 이놈들의 대가리는 온통 이빨뿐이라고 해도 좋다. 이놈들은 사람의 살을 완전히 뜯어먹고 5분도 안 되어 하얀 뼈만 남겨놓는다. 그리고는 사라져서 잠시 잠을 자고, 이어서 또 시작한다.

*

보쉬에에 대하여 : "대부분의 사람들이 가질 수 있는 유일한 성격이 있다면 남들이 그 성격을 거부할 경우 반항한다는 것이다." 그런데 그는 그 성격마저 상실했다.

*

지난날 생기와 떠들썩한 소리들이 가득했던 큰 집에서 한 층만 쓰다가, 다음에는 방 하나만 쓰다가, 그 다음에는 삶에 필요한 모든 몸짓들을 한데 모아놓은 가장 좁은 방을 쓰다가, 이제 그보다 더 좁은 한 구석을 쓰게 되는 날을 기다리고 있는 저 노인들처럼.

*

1950년 4월. 다시 카브리[131]에서.

---

131) 남프랑스 그라스 부근의 마을.

요컨대 그곳에 오게 된다. 어렵지만 결국은 오게 된다. 아! 그들은 보기에 좋지 않다. 그러나 용서해준다. 한편 내가 좋아하는 두셋은 나보다 낫다. 그걸 어떻게 받아들이지? 자, 이 정도로 해두자.

*

안개 낀 더운 밤. 멀리 해안의 불빛들. 골짜기에서는 두꺼비들의 엄청난 합창, 처음에는 구성지게 들리던 그 소리가 쉰 목소리로 변하는 듯. 빛나는 저 마을들과 집들……. "당신은 시인이지만 나는 죽음의 편이지요."

*

A.의 자살. 충격. 물론 내가 그를 많이 좋아했기 때문이지만 동시에 나 역시 그처럼 하고 싶었다는 것을 문득 깨달았기 때문이기도 하다.

*

그 여자들에게는 적어도 우리처럼 위대해져야 한다는 의무가 없다. 남자들에게 있어서는 심지어 믿음, 심지어 겸허함까지도 위대함의 한 증거다. 피곤하기 짝이 없는 일.

＊

　사람들이 서로 싸우고 서로를 찢기는 짓을 그만두고 마침내 있는 그대로 서로를 사랑하게 되는 때가 항상 찾아오게 된다. 그것이 바로 하늘의 왕국이다.

＊

　죄의식도──회개도 이걸로 충분하다.

＊

　클로델. 율법의 판으로 달려가서 온갖 명예를 게걸스레 얻어 가지려는 그 탐욕스러운 늙은이……. 비참하도다!

＊

　단편. 좋은 하루. 혼자 도착하는 성숙한 부인. 칸.

＊

　위대한 소설 속에. 라자레비치. 아드레. 샤테(그리고 우연히 만난 인물들과 벌이는 그의 코미디).

                       *

늙는다는 것은 열정passion에서 연민compassion으로 옮겨가는 것이다.

                       *

인산석회를 복용하는 부인. 식탁에서. "그 가엾은 개(환상적인 스패니얼 종)는 인도차이나에서 혁혁한 공로를 세웠으니 훈장을 받을 것 같죠? 아니죠. 우리나라에서는 개한테 훈장을 주지 않는대요. 하기야 영국에서는 개도 전쟁에서 훌륭한 공을 세우면 훈장을 받는답디다. 하지만 우리나라에선! 이 녀석은 그 중국인 복병들이 숨은 곳을 다 알려주었는데도 없어요, 아무것도 없어요. 가엾은 것!"

                       *

바의 아가씨, "우편물이요, 아이고! 맙소사. 난 골치 아픈 건 싫다고요."

                       *

19세기는 반항의 세기다. 왜? 왜냐하면 그 세기는 오직 신의 원칙만이 치명타를 입은 실패한 혁명에서 태어난 세기이기 때문이다.

*

1950년 5월 27일.

고독한. 사랑의 불이 온 세상을 벌겋게 달군다. 그것만으로도 태어나서 성장하는 고통의 값어치가 된다. 그러나 그 다음에 살아갈 필요가 있을까? 그렇다면 삶은 어느 것이나 다 정당성을 얻게 된다. 그러나 죽지 않고 계속 살아남는 것도 그럴까?

*

《반항하는 인간》 다음에는 자유로운 창조.

*

한 사람의 일생에는 우리가 더 이상 존재하지 않게 되는, 얼마나 많은 밤들이 있는가!

*

이 처음 두 주기 동안의 내 작품 : 거짓이 없는, 따라서 현실성이 없는 존재들. 그것들은 이 세상에 속해 있지 않다. 아마도 그런 이유 때문에, 지금까지는, 내가 흔히들 말하는 의미의 소설가가 아닌 것이다. 그보다는 오히려 자신의 열정과 불안에 맞는 신화들을 창조하는 예술가라고 해야 옳을 것이다. 그런 이유 때문에 이 세상에서 나를 열광케 한 존재들 또한 항상 그런 신화들의 힘과 예외성을 지닌 사람들이다.

*

사랑에 있어서 무분별한 점은 사람들이 기다림의 날들을 빨리 재촉하여 잃어버리게 만든다는 것이다. 이렇게 하여 사람들은 종말에 가까워지고 싶어 한다. 그래서 사랑은 그 어떤 모습으로 인하여 죽음과 일치한다.

*

수용소. 문맹인 경비원이 어떤 지식인을 악착같이 물고늘어진다. "책 여기 있다! 그래, 말을 들어보니 먹물이라지……" 등. 마침내 지식인은 사과한다.

*

사람들은 그들의 지식으로 인해 힘든 얼굴을 지닌다(간혹 마주치게 되는 그 얼굴들, 뭔가 아는 것이 있는 얼굴들). 그러나 때로는 상처 저 뒤로 청소년의 얼굴이 나타나기도 한다. 삶에 은총을 부여하는 그런.

*

그들 곁에서 내가 느낀 것은 가난도 헐벗음도 굴욕도 아니다. 말하지 못할 것도 없다. 나는 나의 고상함을 느꼈고 지금도 느낀다. 나의 어머니 앞에서 나는 내가 고상한 족속임을, 아무것도 부러워하지 않는 고상한 족속임을 느낀다.

*

나는 무제한의 아름다움을 체험했다. 영원한 빵.

*

대다수의 인간들에게 전쟁은 고독의 끝이다. 내게 있어서 전쟁은 결정적인 고독이다.

*

번개처럼 빠른, 단 한 번의 전격적인 칼의 일격. 투우의 돌출은 순결하다. 그것은 신의 돌출. 쾌락이 아니라 불 지짐, 신성한 소멸.

*

보주.[132] 붉은 사암 덕분에 교회들과 십자가상이 마른 피 색깔이다. 이 승리와 위력의 모든 피가 이 고장에 넘쳐흘렀고 이 성전에서 말랐다.

*

무용한 도덕 : 삶은 도덕이다. 모든 것을 다 주지 않는 자는 모든 것을 얻지는 못한다.

*

지성의 세계 속에 사는 행운을 가졌는데 무슨 미친 마음으로 절규와 정념의 끔찍한 집 안으로 들어가기를 바라는 것인가?

*

나는 모든 것을 다 사랑하거나 아무것도 사랑하지 않는다. 그러니까 나는 아무것도 사랑하지 않는다.

*

---

132) 카뮈는 회복 기간 동안 요양을 위해 보주 지방으로 갔었다.

데이아네이라의 끝. 그는 그녀를 열심히, 조금씩 죽인다(그녀는 그의 앞에서 차츰차츰 사라져갔고, 그는 그녀의 모습이 말라가는 것을 무시무시한 희망과 사무치는 듯한 사랑의 흐느낌으로 바라보고 있었다). 그녀가 죽는다. 그는 다시 젊어지고 아름다워진 다른 사람을 되찾는다. 감미로운 사랑이 그의 가슴속에서 다시 솟아오른다. "사랑해" 하고 그가 그녀에게 말한다.

*

성 이그나시오의 심령 수업——기도하는 가운데 졸음이 오는 것을 예방하기 위해.

*

오늘날 과학의 모든 힘은 국가의 힘을 강화하는 것을 목표로 삼고 있다. 단 한 사람의 과학자도 개인의 옹호 쪽으로 연구 방향을 잡아볼 생각을 하지 않았다. 그렇지만 바로 이런 데서 과학자들 사이의 어떤 프리메이슨단 같은 것이 의미를 갖게 되는 것인지도 모른다.

*

시대가 그저 비극적일 뿐이라면! 그러나 시대는 추잡하다. 그렇기 때문에 시대는 비난받아야──그리고 용서받아야 마땅하다.

*

I. 시지프 신화 (부조리)──II. 프로메테우스 신화 (반항)──
III. 네메시스 신화.

*

J. 드 메스트르 : "나는 망나니의 영혼이 어떤 것인지는 알지 못
하나 신사의 영혼이 어떤 것인지는 아는데 그것은 전율을 자아내
는 영혼이다."

*

감옥의 문을 열어라. 아니면 그대의 덕을 증명하라.

*

메스트르 : "세상의 시대들을 향해 말하는 세대들은 화 있으라."
어떤 사람에게 불행이 닥치기를 바라는 마음에서 그가 '재미있는'
시대를 살아가기를 비는 저 중국의 현자처럼.

*

보들레르. 세상은 정신적인 인간에 대한 멸시에 어떤 열정의 격렬함[133]을 부여하는 저속함의 두께를 획득했다.

*

운터린덴 : "일생 동안 줄곧 나는 수도원의 평화를 꿈꾸었다." (그런데 나는 아마도 거기서 한 달 이상 버티기 어려웠을 것이다.)

*

소매 상인 같은 유럽——절망적.

*

참여. 나는 예술에 대해 가장 드높은, 가장 열정적인 생각을 가진 사람이다. 너무나도 드높아서 예술을 그 어떤 것에도 예속시킬 수가 없다. 너무나도 열정적이어서 예술을 그 어떤 것과도 분리시켜 생각할 수가 없다.

---

133) 원고만으로는 'violence(격렬함)'과 'noblesse(고상함)' 중 어느 쪽으로 판독해야 할지 확실한 판단을 내리기 어렵다.

                  *

"그에게 사랑은 불가능한 것이었다. 그가 할 수 있는 것은 기껏 거짓과 간통뿐이었다."

                  *

클로델. 천박한 정신.

                  *

사부아. 1950년 9월.

M처럼 영원한 이민이어서 항상 어떤 조국을 찾고 있는 사람들은 결국 그 조국을 찾고 말지만, 그것은 다만 고통 속에서 찾아지는 것이다.

                  *

고통과 때로는 더러운 그 얼굴. 그러나 대가를 치르려면 그 고통 속에 머물러 살아야 한다. 감히 타자들을 파괴할 생각이라면 그 고통 속에서 스스로를 파괴해야 한다.

                  *

소설. "어느 날, 그의 마음속에서 지긋지긋한 미래의 예감이 점점 더 강하게 일고 있을 때 아주 끔찍한 언쟁 중에 그녀가 그에게, 자기는 오직 그만의 것이 되겠다고, 그가 사라지고 없다 해도 그녀에게는 그 어떤 사람도 존재하지 않을 것이라고 속으로 굳게 맹세했다고 말했던 일을 그는 기억했다. 그런데 그녀가 그에게 가장 높고 가장 돌이킬 수 없는 그들의 사랑을 실토하고 있다고 여기던 그 순간, 또 실제로 그러한 실토를 하던 그 순간, 자기 내면에서 그를 묶어놓고 녹여버릴 생각을 하고 있는 바로 그 순간에, 오히려 그의 머릿속에서는 이제 드디어 나는 해방되었구나, 그녀의 절대적인 일편단심과 불모성을 굳게 믿을 수 있으니 지금이 바로 그녀를 버려두고 달아나야 할 때다, 하는 생각이 떠오르는 것이었다. 그러나 그날 그는 떠나지 않고 남았다──다른 사람들처럼."

*

파리. 1950년 9월.

내가 해야 할 말이 나의 지금의 됨됨이보다 더 중요하다. 자기를 지울 것──그리고 나 이외의 것을 지울 것.

*

발전 : 사랑하는 존재에게 그가 우리에게 가져다주는 고통을 말하기를 포기하는 것.

*

괴로움을 당하는 두려움.

*

포크너. 젊은 세대 작가들에 대해 어떻게 생각하느냐는 질문에
그는 대답한다 : 그 세대는 쓸 만한 것은 아무것도 남기지 못할 것
이다. 더 이상 아무 할 말이 없는 것이다. 글을 쓰기 위해서는 자신
의 내면에 커다란 근원적인 진실들을 깊이 뿌리 박아놓고 자신의
작품을 그중 하나 혹은 그 모두를 향해 이끌고 갔어야 한다. 긍지,
명예, 고통에 대해 말할 줄 모르는 사람들은 보잘것없는 작가들이
어서 그들의 작품은 그들과 함께 혹은 그들보다 먼저 죽어 없어질
것이다. 괴테와 셰익스피어는 인간의 마음을 믿었기 때문에 모든
것에 저항하며 살아남을 수 있었다. 발자크와 플로베르도 마찬가지
다. 그들은 영원하다.
　　──문학을 점령한 이 니힐리즘의 이유를 무엇이라고 생각하는
가?
　　──두려움이다. 인간들이 두려워하기를 그치는 날, 그때에야 그
들은 걸작들을, 다시 말해 없어지지 않고 남을 작품들을 쓰기 시작
할 것이다.

*

소렐 : "제자들은 그들의 스승에게 어서 의혹의 시대를 마감하고 결정적인 해답을 제시해야 한다고 재촉한다."

*

어느 도덕에나 일말의 시니시즘이 담겨 있을 수밖에 없다는 것은 명백하다. 그 한계가 어디까지인가?

*

파스칼 : "나는 오랜 시간 살아오는 동안 정의가 존재한다고 믿었다. 그런데 그 점에서는, 내 생각이 틀리지 않았다. 신께서 우리에게 계시하는 만큼의 정의가 존재하니까 말이다. 그러나 나는 그런 식으로 생각한 것이 아니었으니 그 점에서 내 생각은 틀린 것이었다. 왜냐하면 나는 우리의 정의가 본질적으로 올바르며, 그 정의를 알고 판단할 수 있는 방법이 있다고 생각했으니 말이다."

*

N. (헬라스 사람들). "고상한 종족의 대담함, 광적이고 부조리하고 자연 발생적인 대담함……. 육체의 안전, 생명, 안녕에 대한 그들의 무심과 멸시."

*

소설. "사랑은 실현되거나 아니면 해를 끼친다. 사랑이 끝에 가서 남기게 되는 손상은 사랑이 실패한 것일수록 더욱 크다. 사랑이 창조적인 것이 아니라면 그것은 일체의 진정한 창조를 방해한다. 사랑은 폭군, 그것도 보잘것없는 폭군이다. 그래서 P.는 사랑에 모든 것을 다 주지 못한 채 사랑하는 경우에 놓인 것을 괴로워했다. 그 분별 없는 시간과 영혼의 낭비 속에서 그는 일종의 정의 같은 것을 분간할 수 있었다. 따지고 보면 그 정의야말로 그가 이 땅 위에서 참으로 만난 유일한 정의였다. 그러나 그 정의를 인정하는 것은 동시에 어떤 의무를 인정하는 것이다. 그 사랑과 그들 자신들을 범용함을 초월하여 저 위로 끌어올릴 의무, 가장 끔찍한, 그러나 가장 솔직한 고통, 전에는 늘 가슴을 떨면서 비겁한 마음에 사로잡혀 뒷걸음 치게 했던 그 고통을 받아들일 의무를 말이다. 그는 더 이상 할 수도 없었고 달리 무엇이 될 수도 없었다. 모든 것을 다 구원할 수 있는 유일한 사랑은 그가 있는 그대로의 존재로 받아들여지는 그런 사랑이었다. 그러나 사랑은 존재하는 것을 받아들이지 못한다. 사랑이 온 세상에 대고 소리치는 것은 그걸 위해서가 아니다. 사랑은 선의, 연민, 지성 등 타협으로 인도하는 모든 것을 거부하기 위해 소리친다. 사랑은 불가능, 절대, 불타는 하늘, 무궁한 봄, 죽음을 넘는 삶, 그리고 영원한 삶 속에서 그 자체의 모습이 달라진 죽음을 향해 소리친다. 그가, 어떤 면에서 한낱 비참에 불과한, 그 비참의 의식에 불과한 그가 어떻게 사랑 속에서 받아들여질 수 있겠는가. 오직 그 자신만이 그 자신을 받아들일 수 있었다——사랑을 잃어버리는 고통, 또 자신의 잘못으로 사랑을 잃어버렸다는 것을 아는 그 길고 끝없고 참혹한 고통을 받아들이면서. 그것이 그의 자유였다. 끔찍한 피가 철철 흐르는 자유인 것이 사실이지만. 그러나 그것이 그의 한계 속에서 그 스스로의 비참과 모든 삶의 비참의 인정 속에서, 그러나 또한 유일하게 그를 정당화시켜주는 위대함을 향한 노력 속에서, 적어도 그 무엇인가가 창조되기 위한 조건이기도 했다.

그 고문과도 같은 고통 저 안쪽에서 일체의 허약함은 사랑에 그 유치하고 어리석은 얼굴을 되돌려주고, 그리하여 다소 까다로운 마음을 지닌 사람이면 결국 거역하고 마는 그 구속을 헛되고 사나운 것으로 만들어놓는다. 그렇다, 말해야 할 것은 이것이다. '당신을 사랑해——하지만 나는 아무것도 아니야, 별것 아니야. 당신의 모든 사랑에도 불구하고 당신은 실제로 나를 받아들일 수 없어. 당신은 마음속 깊은 곳에서, 당신의 저 깊은 뿌리에서 모든 것을 요구하고 있어. 그런데 나는 모든 것을 가지지 않았고 모든 것이 아니야. 내가 사랑보다 더 적은 영혼을, 욕망보다 더 적은 행운을 가진 것을, 내가 도달할 수 있는 이상으로 사랑하는 것을 용서해줘. 나를 용서해주고 더 이상 나를 모욕하지 말아줘. 나에 대한 당신의 사랑이 불가능해지면 당신은 정의를 얻을 수 있을 거야. 그때 당신은 나의 지옥이 어떤 것인지 헤아릴 수 있을 것이고, 또 그때면 당신은 우리를 초월하여, 나에게도 충분하지는 않을 테지만 그래도 삶의 일부로 치부하여 고통 속에서 다시 한번 받아들이게 될 그런 사랑

으로 나를 사랑하게 될 거야.' 그렇다, 바로 그것이었다. 그러나 그
때 가장 어려운 것이 시작되었다. 그녀가 부재하면서 낮은 절규했
고 매일 밤은 하나씩의 상처였다."

*

20세기의 가장 강한 정열 : 예속.

*

브루에 있는 마르그리트 도트리슈와 필리베르 드 사부아의 무덤 조
각상은 하늘을 바라보는 것이 아니라 영원히 서로를 바라보고 있다.

*

존재들과 세계의 절대적인 순결을 요구해보지 않은 사람들, 자신
의 불가능성 앞에서 향수와 무력함으로 절규해보지 않은 사람들,
사랑을 창조하지는 못한 채 사랑을 반복하기만 하는 한 얼굴을 어
중간한 높이에서 사랑하려고 애쓰다가 스스로를 망쳐보지 않은 사
람들, 그들은 반항의 현실과 미칠 듯한 파괴에의 욕구를 이해하지
못한다.[134]

---

134) 《반항적 인간》, 플레야드 판 323쪽 참조.

*

악시옹 프랑세즈. 역사로부터 따돌림받는 사람들의 정신 상태 : 워한. 정치적 고립 지역(게토)의 인종차별주의.

*

나는 다른 사람들의 비밀을 좋아하지 않는다. 그러나 나는 그들의 고백에는 관심이 있다.

*

희곡 : 개성이 없는 인간. 그래서 그는 다른 사람들이 그에 대해 제시하는 이미지에 따라 변한다. 그의 아내에게는 쓸모 없는 사람. 그가 사랑하는 여자에게는 똑똑하고 용기 있고, 등……어느 날 마침내 그 두 가지 이미지가 서로 갈등하게 된다. 결국.

하녀 : 선생님은 마음씨가 좋으세요.

그 남자 : 자, 마리, 이건 당신 거야.

*

예술을 이해할 줄 아는 사람은 거의 없다.

　　　　　　　　　　　　　*

　렘브란트 시대에는 전쟁하는 장면들은 제조업자가 그린다.

　　　　　　　　　　　　　*

　파리. 비와 바람으로 낙엽이 대로 위에 뿌려져 있었다. 축축한 갈색의 털을 밟고 걷는 사람들.

　　　　　　　　　　　　　*

　흑인 택시 기사가, 1950년 파리에서는 별나다 싶을 만큼 예절 바르게, 자동차가 잔뜩 늘어선 테아트르 프랑세 앞을 지나면서 내게 말한다. "몰리에르의 집이 오늘 저녁에는 만원이군요."

　　　　　　　　　　　　　*

　2천 년 전부터 우리는 그리스적인 가치에 대한 계속적이고 집요한 비방과 중상을 목격하고 있다. 이 점에 있어서 마르크스주의는 기독교의 배턴을 이어받았다. 그리고 2천 년 전부터 그리스적인 가치가 저항을 거듭한 나머지 그런 이데올로기 아래서 20세기는 기독교적이거나 러시아적이라기보다는 그리스적이고 이교도적이 되었다.

*

    지식인들은 이론을 만들고 대중은 경제를 만든다. 결국 지식인들은 대중을 이용하고, 대중을 통해서 이론은 경제를 이용한다. 그렇기 때문에 그들은 계엄 상태와 경제적 예속을 유지할 필요가 있다──대중이 노동자 대중으로 남아 있도록 하기 위해. 경제가 역사의 재료가 되는 것은 사실이다. 사상은 그저 역사를 진행시키는 정도로 만족한다.

*

    그때부터 나는 나에 대한, 그리고 남들에 대한 진실을 알게 되었다. 그러나 나는 그 진실을 받아들일 수 없었다. 나는 벌겋게 달아올라 그 진실 밑에서 몸을 비틀고 있었다.

*

    창조자들. 대재난이 발생하면 그들은 우선 싸우지 않으면 안 된다. 만약 패배하면 살아남은 창조자들은 칠레, 멕시코 등 문화가 한데 모일 수 있는 땅으로 가야 한다. 그런데 만약 성공하게 된다면 : 가장 큰 위험이 도래할 것이다.

*

18세기 : 인간을 완전하게 만들 수 있다는 판단이 그때 벌써 토론의 주제였다. 그러나 살아보고 난 뒤에 인간이 착하다고 판단한다는 것은…….

*

그렇다, 나에게는 조국이 하나 있다 : 프랑스 말.

*

소설.
1) 줄무늬 옷 입은 사람들[135]에 의한 바이마르 함락, 혹은 그와 동등한 일.
2) 포로 수용소에서 자존심 강한 한 지식인이 가래침 독방[136]에 갇힌다. 그 순간부터 그의 모든 삶의 목표 : 죽이기 위해 살아남을 것.

*

그룹[137]의 해체. 라자레비치 : "우리는 서로 사랑한다, 이것이 진실이다. 우리가 사랑하는 것을 위해 새끼손가락 하나도 들어 올릴

---

135) '줄무늬 옷 입은 사람들'은 아마도 강제 수용소로 끌려간 사람들을 의미하는 듯.
136) 《전락》, 114쪽 참조.
137) 모든 전체주의 체제에 희생된 사람들을 돕기 위해 설립한 국제 연대 그룹.

능력이 없다. 아니다, 우리가 무력한 것은 아니다. 그렇지만 우리는 우리가 할 수 있는 아주 작은 일조차 하기를 거부한다. 비가 오거나 집안에 무슨 말썽이 있으면 그냥 회의 한 번 하는 것도 지나친 것이 된다, 등……."

*

원칙의 민주주의를 믿는 척하는 예술가의 불성실함. 왜냐하면 그때 그는 그의 경험 속에서 가장 심오한 것, 예술의 위대한 교훈, 즉 서열과 정돈을 부인하기 때문이다. 그 불성실이 감정적인 것이라고 해서 달라지는 것은 없다. 그것은 공장이나 수용소의 노예 상태로 인도한다.

*

시몬 베유의 말이 맞다. 보호해야 할 것은 인간 그 자체가 아니라 그 인격이 내포하는 가능성이다. 그녀는 또 말한다. "자기 자신의 무화(無化)를 거치지 않고서는, 즉 전반적이고 극단적인 모멸의 상태 속에 오랫동안 몸담고 있어보지 않고서는 진실 속으로 들어가지 못한다." 불행(어떤 우연이 나를 소멸시킬 수 있다)은 그런 모멸의 상태지만 고통은 그렇지 않다. 그리고 또 "정의의 정신과 진실의 정신은 같은 것이다."

             *

    혁명 정신은 원죄를 거부한다. 그렇게 함으로써 그 정신은 원죄 속으로 깊숙이 빠져든다. 그리스 정신은 그런 생각을 하지 않는다. 그렇게 함으로써 그 정신은 원죄에서 벗어난다.

             *

    강제 수용소의 광인들. 자유 상태. 잔인한 농담의 대상.

             *

    부헨발트에서 어떤 오페라 가수는 사람들이 몽둥이로 얻어맞는 동안 거창한 아리아를 불러대지 않을 수 없는 입장이 된다.

             *

    위와 같음. 부헨발트에서 여호와의 증인들은 독일 군대를 위한 양모 수집에 참가하기를 거부했다.

             *

    힌저트에서 프랑스 수형자들은 입고 있는 옷에 대문자 두 글자를 써서 달고 다녔다. HN : Hunde-Nation : 개들의 국가.

*

프랑스는 군대의 나라이기 때문에 공산주의가 발붙일 가능성이
있는 것이다.

*

희곡.
──그게 바로 정직함이란 거야. 그건 좋은 일을 한다면서 정작
해를 끼치지.
──하지만 정직함은 그건 분간할 줄 알아.

*

권리의 원칙, 그것은 국가의 원칙이다. 1789년 혁명이 힘에 의해,
법에 반해 세계 속에 도입한 로마의 원칙. 그리스의 원칙으로 되돌
아가야 한다. 즉 자율의 원칙으로.

*

바다에 대한 텍스트. 파도, 신들의 침. 바다의 괴물, 정복해야 할

바다, 등. 쾌락에 대한 나의 과도한 취향.

*

알렉상드르 자콥 : "어머니는 곧 인류야, 알겠어?"

*

라이프니츠 : "나는 거의 아무것도 멸시하지 않는다."

*

1951년 1월 23일——발랑스.
나는 외쳤고 요구했고 기뻐서 어쩔 줄 몰라했고 절망했다. 그러나 서른일곱에 어느 날 나는 불행을 알게 되었고, 겉보기와는 달리 그때까지 내가 알지 못했던 것을 알게 되었다. 내 생애의 중반 무렵, 나는 혼자 사는 것을 힘겹게 다시 배우지 않으면 안 되었다.

*

소설. "오래전부터 신음하면서 육체의 세계 속에서 살아온 나는 시몬 베유처럼 그 세계에서 벗어난 듯한 사람들을 찬미했다. 나로서는 소유가 없는, 그러니까 육체에 의해 살아가는 사람들의 몫인

굴욕적 고통이 없는 사랑을 상상할 수가 없었다. 나는 심지어 나를 사랑하는 사람은 영혼과 마음의 충실함보다는 육체의 충실함을 간직해줄 것을 바랄 정도였다. 아는 여자들에게 있어서 후자는 전자의 조건이라는 사실을 잘 알고 있었기에 나는 그것을 요구했다. 그러나 내게 무엇보다 중요한 그 배타적 소유, 그것의 상실은 곧 끝없는 고통의 원천이 되며 그래서 내게는 개인적 구원이기도 한 그 배타적 소유의 조건으로서만 그것을 요구했다. 나의 천국은 다른 사람들의 순결성에 있었다."

*

그라스,[138] 이발사들의 수도.

*

역사상 유일하고 진정한 전환점인 헬레니즘에서 기독교로의 이동을 다시 다룰 것. 운명에 관한 에세이.(네메시스?)

*

철학적 에세이 모음집. 표현의 철학 +《윤리학》제1권 주석 +

---

138) (옮긴이주) 남프랑스의 니스에서 가까운 작은 도시. 향수 제조로 세계적인 명성을 지닌 곳이다.

헤겔에 관한 성찰(역사 철학에 관한 강의들) + 그르니에의 에세이 + 소크라테스의 변명 주석.

*

"자유는 바다가 주는 한 선물이다." 프루동.

*

내가 그토록 오랫동안 찾았던 것이 마침내 나타난다. 죽는 것이 하나의 동의가 된다.

*

2월 5일. 아무것도 청산하지 않고 죽는 것. 그러나 과연 누가 청산을 하고 나서 죽는가, 혹시……? 적어도 사랑했던 사람들의 평화를 청산하고…… 자신에게는 아무것도 빚진 것이 없다. 심지어, 특히 평정을 얻은 죽음은.

*

1951년[139] 2월. 반항적 인간. 나는 진실을 말하면서도 너그러움을 잃지 않으려고 했다. 나의 정당화는 그것이다.

*

작업 등. 1) 바다에 대한 에세이. 에세이들을 한데 모을 것 :《축제》. 2) 희곡집 미국판 서문. 3) 에세이집 미국판 서문. 4)《아테네의 타이먼*Timon of Athens*》번역. 5) 먼 곳에 대한 사랑. 6) 영원한 목소리.

*

로욜라. "대화는 무질서한 것이면 죄악이다."

*

《반항하는 인간》이후. 체제의 공격적이고 집요한 거부. 이제부터는 아포리즘을.

*

로욜라. 인류 : "지옥으로 걸어가는 저 인간들의 무리."

*

---

139) 원고에는 '1950'년으로 되어 있다. 필시 착오일 것이다.

단편. 죽음의 불안. 그리하여 그는 자살한다.

*

자기 딴에는 오만불손이라 여기는 바를 함양하는 파리의 조무래기 작가들. 거인들을 흉내내면서 동시에 그들을 직업적으로 조롱하는 종들.

*

나는 때때로 변사(變死)를 바라곤 했다──영혼이 뽑혀나가는 것에 항거해서 절규하는 것을 용서받는 죽음으로서의 변사. 또 때로는 길고 줄곧 의식이 또렷한 최후를 꿈꾸기도 했다. 적어도 내가 부지불식간에 갑자기──내가 부재하는 가운데──당했다는 소리는 듣지 않도록──요컨대 알면서 갈 수 있도록……그러나 땅속에 묻히면 숨이 막히는데.

*

1951년 3월 1일.
자신의 결론들을──심지어 그것이 명백하다고 여겨질 때라 하더라도──뒤로 연기함으로써 사상가는 발전한다.

*

　자신의 정념들을 부인하게 만드는 어떤 도덕. 그 정념들을 균형 있게 만드는 더 심오한 도덕.

*

　망각을 위한 나의 강력한 조직.

*

　내가 세상으로부터 무시당한 채 싸늘한 감옥 저 깊은 곳에서 죽어야 한다면, 마지막 순간에 바다가 나의 감방을 가득 채워서 나를 내 머리 위로 들어올리고 증오심 없이 죽도록 도와주리라.[140]

*

　1951년 3월 7일.
　《반항하는 인간》 첫 번째 원고 탈고. 이 책과 더불어 처음 두 작품군이 완성된다. 서른일곱. 그러면 이제 창조가 자유로워질 수 있을 것인가?

---

140)《결혼·여름》 중 〈가장 가까운 바다〉, 185쪽 참조.

*

모든 완성은 속박이다. 그것은 더 높은 완성을 강요한다.

해설

창조적 반항의 시대와 그 어둠

김화영

《작가수첩*Carnets*》은 알베르 카뮈의 내면의 일기가 아니라 작가의 필수적인 작업도구로 사용된 노트다. 그는 약관 스물둘이었던 1935년 5월부터 1959년 12월까지 24년여에 걸쳐서 장차 쓰고자 하는 작품의 구상, 주제나 구체적인 에피소드, 독서 내용의 인용, 혹은 마음에 남는 풍경이나 인상 등을 학생들이 사용하는 공책 아홉 권에 틈틈이 기록해 왔다. 그중 일곱 권은 다시 수정 정리하여 타자본으로 옮기고 나머지 두 권은 처음 기록한 그대로 남겨놓은 《작가수첩》은 작가의 사후 갈리마르 출판사에서 모두 세 권으로 간행되었다. 그 첫 권이 1962년, 두 번째 권이 1964년, 그리고 마지막으로 세 번째 권은 그로부터 무려 25년이 지난 뒤에야 출간되었다. 한편 1946년 3월에서 5월까지의 북미 여행, 1949년 6월에서 8월까지의 남아메리카 여행에 관한 기록은 이 공책 속에서도 별도의 여행기를 이루는 것이어서 1978년에 따로 분리되어 《여행일기*Journaux de voyage*》라는 제목으로 같은 출판사에서 간행되었다.

우리가 프랑스 갈리마르 출판사에게서 독점 번역권을 계약해 한국어 번역판 〈알베르 카뮈 전집〉을 기획한 것은 1986년이었다. 《작가수첩 III》은 우리가 전집 간행을 시작하여 이미 《결혼 · 여름》, 《이방인》, 《안과 겉》 등의 한국어 번역본을 내놓고 난 뒤인 1989년에 처음으로 프랑스에서 빛을 보았다. 카뮈의 독자들이 오래전부터 고대해왔던 그 책의 출간은 실로 하나의 '사건'이었다. 나는 당연히 그 책을 가장 먼저 번역해 소개했다(1991). 그에 이어 본래의 순서에 따라 그 첫 권인 《작가수첩 I》의 번역이 나온 것이 1998년이었으니 많은 독자들은 그동안 그 두 권 사이에서 실종된 듯한 《작가수첩 II》의 행방에 대하여 의문을 가졌을 것이다. 사정이 이렇게 된 까닭은 무엇보다 작가의 단속적인 메모가 주된 내용을 이루는 텍스트의 방대한 분량과 난해함 앞에서 역자가 감히 번역의 엄두를 내지 못한 데 있었다. 대신 그 사이에 《칼리굴라 · 오해》, 《정의의 사람들 · 계엄령》 등 두 권의 희곡집을 소개할 수 있었다. 그러나 더 이상 미루고만 있을 수는 없게 된 역자가 번역에 착수한 지 장장 2년에 걸친 힘겹고 지지부진한 노력 끝에 이 《작가수첩 II》가 빛을 보게 되었다. 그러나 만족스럽지 못한 번역에 대한 불안감은 여전히 남는다.

《작가수첩 III》을 통과하는 9년 동안(1942년 1월~1951년 3월)은 작가 카뮈에게 있어서 격동과 고난과 풍요, 그리고 영광의 30대였다. 이 시기는 2차 세계대전에서 한국전쟁에 이르는 역사적 소용돌이와 이데올로기의 첨예한 대립과 투쟁으로 점철되어 있으므로 전무후무한 격동의 시대였다. 또한 이때는 사회적으로 보면 전란으로 인한 피점령국의 물질적 · 정신적 고통, 그리고 카뮈 개인으로 보면 죽음을 지척에

둔 지병의 재발과 부부간의 참기 어려운 이별, 그리고 지성계 내의 해소하기 어려운 갈등으로 인한 고난의 세월이었다. 그러나 작가는 끈질긴 인내와 집요한 싸움으로 이 격동과 고난을 극복해내고 수많은 걸작들을 세상에 내놓았다는 점에서 풍요와 영광의 시대였다. 이 무명의 알제리 출신 청년은 점령된 파리에서 30대를 맞으면서 소설《이방인》과 철학적 에세이《시지프 신화》를 시작으로 하여《독일인 친구에게 보내는 편지》,《오해》,《칼리굴라》,《페스트》,《계엄령》,《정의의 사람들》,《시사평론 I》,《반항하는 인간》을 차례로 발표하여 일약 전후 세계 문단과 지성계의 정상에서 사르트르와 함께 가장 주목받는 인물로 떠오르게 된다.

1941년, 알제리에서 건너와《파리 수아르》지의 신입 기자가 되었던 청년 카뮈는 전란 중 신문사의 인원감축으로 실직하고 갓 결혼한 신부 프랑신과 함께 프랑스를 떠나 그녀의 친정 집이 있는 알제리로 돌아갈 수밖에 없었다. 1년 8개월에 걸친 긴 오랑 생활이 시작된 것이다. 그의 첫 소설《이방인》은 1년 전에 이미 완성되어 있었다. 2월 21일, 그는 《작가수첩》에 기록한다.《시지프》를 끝냈다. 세 개의 부조리가 완성되었다. "자유의 시작." 그동안 그는《알제 레퓌블리캥Alger républicain》 시절 이후 함께 일했던 파스칼 피아와 편지로 줄곧 긴밀한 연락을 취하고 있었다. 피아는 카뮈의《이방인》과 희곡《칼리굴라》의 원고를 롤랑 말로를 거쳐 그의 형 앙드레 말로에게 전달했다. 10월에는《시지프 신화》의 원고도 말로의 수중에 들어가 있었다. 같은 해 11월 12일 갈리마르 심사위원 장 폴랑이 짤막한 소설《이방인》에 최고점을 주었고 12월 8일 갈리마르 출판사는《이방인》의 계약서를 작성한다.

《작가수첩 II》에 해당되는 1942년은 이리하여 알제리 오랑에 유폐된 젊은이의 암울한 상황과 그 상황을 이겨내려는 힘겨운 결의의 표현, 즉 니체의 인용으로 시작된다.

1월~2월.
"나를 죽이는 것이 아니면 무엇이나 다 나를 더욱 강하게 만든다." 그렇다. 하지만……그런데 행복을 생각하기란 얼마나 어려운가. 그 모든 것의 짓누르는 듯한 무게. 최선의 방법은 영원히 입 다물고 그 밖의 것 쪽으로 생각을 돌리는 것이다.

그 해 1월 1일에는 영국 망명정부의 드골이 파견한 장 물렝이 프랑스에 침투하고 미군은 알제리의 조직망을 타고 북상한다. 오랑으로 되돌아온 카뮈는 설상가상으로 지병인 결핵이 재발하는 곤경을 맞는다. 그러나 그는 좌절하지 않고 그 불안정한 상황 속에서 이 세상의 부조리에 대한 '반항'을 신화적 차원에서 형상화한 하나의 연대기를 구상한다. 그것이 바로 소설 《페스트》다. 작가가 머물고 있던 도시 오랑이 바로 드라마의 무대가 된다. 이 소설의 착상은 "페스트에 관한 소설"이라는 짤막한 언급이 처음 나타나는 1941년 4월(《작가수첩 I》, 229쪽), 혹은 그 이전으로 소급된다. 그러나 이 작품이 본격적으로 그 모습을 갖추어 가는 시기는 바로 《작가수첩 II》의 첫 기록에서부터 책의 출간 전후시기인 1947년까지 약 5~6년에 해당하는 이른바 '페스트의 시대' 혹은 '반항의 시대'라고 할 수 있다. 특히 1942년은 소설 《페스트》에 대한 메모들이 《작가수첩》 속에 가장 많이 그리고 가장 구체적으로 축적되는 해이다.

한편《작가수첩》에는 영국을 비방하는 현지 알제리 언론에 대한 비판적 기록이 암시적으로 등장한다. 그는 오랑에서 생활을 영위하기 위하여 친구 앙드레 베니슈 집에서 가정교사를 하는 한편《페스트》구상에 열중한다. 가령 "거울 앞에서 살고 죽을 것" 같은 보들레르의 인용은 자신의 죽음 앞에서 주인이 되어야 한다는 페스트의 가장 중요한 주제인 반항을 예고한 것이다. 그는 또한 소설에 편입시킬 생각으로 여러 가지 에피소드를 수집하고 기록한다. "체포의 강박관념에 사로잡힌 정신병자"는 장차 코타르라는 인물로 구체화될 것이고 "냄비 두 개를 가져다가 그중 한 개에 이집트콩을 가득 채워놓고 그걸로 시간을, 특히 식사 시간을 측정"하는 노인은 전형적인 부조리의 장면 속에 삽입된다.

한편 그는 구상 중인 작품《페스트》를 자신의 문학적 철학적 탐구의 전체적인 기획 속에 넣으려고 노력한다. "《페스트》와 관련하여 나의 의도를 분명하게 요약"한다든가 "《페스트》는 사회적 의미와 동시에 형이상학적 의미를 가진다. 그것은 똑같은 것이다. 이런 애매성은《이방인》의 애매성이기도 하다" 같은 메모에서부터 두 작품의 관계를 "발전"이라는 조망 속에 놓고 생각하고자 하는 다음과 같은 기록은 이 같은 태도를 잘 말해준다. 임시적으로《페스트》라고 지칭되었던 소설은 《수인들Les Prisonniers》로, 그리고 다시《서로 헤어진 사람들》로 변화하면서 그에 대한 노트는 한결 더 빈번하고 구체적으로 나타난다. 그와 같은 구상과 집필, 개작은 1946년까지 줄기차게 이어진다.

그는 셰익스피어, 밀턴, 롱사르, 라블레, 몽테뉴, 말레르브와 같이 난세 속에서 창조를 했던 사람들을 염두에 두면서 호메로스, 세르반테스, 톨스토이, 다니엘 디포, 지드, 도스토예프스키, 발자크, 카프카, 말로, 특히 "감정과 이지들이 철학을 열 배로 불려주는" 멜빌을 읽으면서 현실 경험의 신화적 형상화에 성공한 모범들에 관하여 깊이 생각해본다.

그러나 언제나 그렇듯이 그는 머릿속으로 생각만 하는 것이 아니다. 카뮈는 무엇보다도 먼저 직접 몸으로 살고자 하는 젊은이다. 오랑 주변의 자연에서 순수한 즐거움을 체험한 "완벽한 일주일"의 기록은 그런 시각에서 이해하는 것이 옳다. 세계와의 이 직접적인 일치의 경험은 부조리와 거리가 멀다.

누가 말할 수 있겠는가. 나는 완벽한 일주일을 보냈다고. 나의 추억이 내게 그렇게 말한다. 그것이 거짓이 아님을 나는 안다. 그렇다, 그 기나긴 날들이 완벽했듯이 그 이미지는 완벽하다. 그 기쁨들은 순전히 육체적인 것이고 정신의 전적인 동의를 얻은 것이다. 바로 거기에 완전함이 있는 것이다. 자신의 조건과의 일치, 감사 그리고 인간에 대한 존중.

그러나 카뮈는 불행하게도 5월부터 각혈을 하기 시작하여 인공기흉 시술을 받지 않으면 안 되는 처지가 된다. 5월 19일 그의 처녀작《이방인》이 갈리마르 출판사에서 초판 4천 4백 부가 인쇄되었고 6월 첫 주에는 정가 25프랑의 책이 세상에 나왔다. 카뮈는《이방인》의 반응에 주목하면서 자신의 작품에 대한 왜곡된 이해나 비판에 대하여 자신의 생각을 밝힌다. 당시 파리 문단의 중요한 비평가 앙드레 루소의《이방인》평은 그에게 큰 실망을 안겨준다. "3년이 걸려서 한 권의 책을 썼는데 불과 다섯 줄의 글이 그 책을 웃음거리로 만들어놓는다——게다가 잘못된 인용들."

한편 이 시기는 구체적인 작품의 구상을 위한 메모에 병행하여 장차 《시지프 신화》와 《반항하는 인간》이라는 저서를 통하여 그 전모가 드러날 그의 예술관이 점진적으로 그 모습을 갖추어 가는 시기라고 할 수 있다. 세계와 삶의 무의미, 즉 부조리를 확인한 그는 무의미와 부조리에 의미와 통일성을 부여하려는 힘겨운 노력이 예술임을 믿는다. 그래서 그는 이렇게 적고 있다. "만약 이 세계에 어떤 의미가 있어 보인다면 나는 글을 쓰지 않을 것이다."

고도가 높은 곳에 올라갈수록 적혈구이 숫자가 늘어난다고 믿고 있던 당시의 의사들은 그에게 폐에 산소를 공급하기 위해 고산지대 요양을 권했다. 교사인 프랑신은 이제 곧 학기도 끝나고 방학을 맞아 여유가 생긴다. 6월 17일 그들은 프랑스로 떠나기 위하여 당국에 신청한 통행증을 발급받는 데 성공한다.

《페스트》의 초고를 집필하고 희곡 《오해》와 반항에 대한 에세이를 구상하는 가운데 플라톤, 스피노자, 성서 읽기에 열중하고 있던 카뮈는 8월 말 아내와 함께 멀고 복잡한 여행길에 오른다. 그들을 실은 배는 스페인을 거쳐 마르세유에 도착했다. 그들은 다시 기차로 리용을 거쳐 생테티엔에 이르렀다. 그곳에서 다시 협궤열차로 샹봉쉬르리뇽으로, 그리고 다시 마차로 고원지대인 비바레 마을 한복판에 자리잡은 요새 모양의 파늘리에에 도착한다. 그곳은 아내 프랑신의 고모부 폴 엘밀 외틀리의 어머니 사라의 집이었다. 이리하여 이 무렵부터 상당기간 동안 이 산간 지역의 풍경과 기후의 묘사는 고독한 카뮈의 공책에 자주 등장한다. 그는 보름마다 이곳에서 기차를 타고 생테티엔으로 가서 기흉치료를 받는다. 소설가의 눈에 비친 전쟁 중의 이 지역의 궁핍한 삶의 모습들은 짧지만 선명한 터치로 그려진다.

"병은 나름대로의 규직과 절제와 침묵과 영감들을 갖춘 수도원 같은 것"이라고 체념하는 가운데 카뮈는 장차 《오해》라는 제목으로 발표하게 될 희곡 《부데요비체》(체코슬로바키아에 있는 도시 이름)를 구상한다. 이 제목은 그 사이 《추방당한 사람》, 《신은 대답하지 않는다》 등으로 변한다. 미증유의 전쟁으로 인하여 고향에서 추방당한 작가 자신 ["〈추방당한 사람〉(혹은 〈부데요비체〉) : 희극"], 나아가서는 이 시대 인간 일반의 상황을 연상시키는 주제와 제목들이다. 특히 신의 부재를 암시하는 이 작품의 마지막 장면은 처음부터 구상되어 있었음을 《작가수첩》은 말해주고 있다.

한편 그는 이곳 파늘리에에서 파욜이란 이름으로 불리는 유대인 피에르 레비 그리고 그의 아내와 가까이 지낸다. 그는 1941년부터 이미 레지스탕스에 가담한 인물이었다. 카뮈는 이들에게 시인 프랑시스 퐁주와 신부 브뤽베르제 영감을 소개해준다. 9월 22일 출간이 예고된 철학적 에세이 《시지프 신화》를 위하여 '작가의 말' 초고를 쓴다.

그러나 이 낯선 고장에 함께 와 있던 아내 프랑신마저 개학을 맞아 9월 중 알제리로 돌아가고 나면 카뮈는 "11월까지는 혼자 꾸려가야 한다." 그때의 쓸쓸한 심정은 누렇게 물든 시월의 풍경 묘사 속에 잘 드러나 있다. 그러나 작가는 병석에서 죽음과 싸우며 마지막 순간까지 집필을 멈추지 않았던 프루스트를 읽고 《소돔과 고모라》를 인용하면서 용기를 가다듬다. "《잃어버린 시간을 찾아서》는 1) 창조 의지의 한 결같음에 의하여 2) 그 의지가 병든 환자에게 요구하는 노력에 의하여. 영웅적이고 씩씩한 작품이다."

10월 16일 갈리마르 출판사에서 "에세이" 총서 12번으로 《시지프 신화》가 출간된다. 초판 2천 7백 부. 11월 8일 몽고메리 장군이 롬멜을 이기고 모로코와 알제리에 상륙하고 10일에는 오랑을 탈환한다. 이리하여 프랑스의 객지에 혼자 떨어진 카뮈는 알제리의 가족과 연락두절 상태에 놓이게 된다. 11월 11일자의 노트는 "쥐 떼 같은"이라고 짤막하게 그때의 상황을 요약하고 있다. 배표를 사놓고도 마지막 배를 놓친 카뮈는 이제 독 안에 든 쥐와 같은 상황이 되었다. 자신이 쓰고 있는 소설 《페스트》의 "헤어져 지내는 사람들"의 테마를 그는 몸소 살고 있는 것이다. 그의 처지는 《페스트》에서 아내를 요양지로 떠나보내는 의사 리외의 그것을 연상시킨다. 카뮈가 프랑스에서 보낸 1942~1943년의 쓸쓸하고 절박한 시간이 이 소설의 의미를 다 말해주는 것은 아니지만 그 시절의 쓰라린 체험이 소설에 다양하게 녹아들어 있는 것은 부인할 수 없다. 카뮈는 작중인물의 이름을 그 작품을 쓸 때 머물렀던 지역 이름과 연관시키기를 좋아했다. 그가 머물고 있던 마을이름 파늘리에에서 파늘루라는 신부의 이름이 탄생했고 아내가 있는 알제리로 돌아가려고 백방으로 애쓰는 당시의 카뮈 자신처럼 페스트로 폐쇄된 오랑을 벗어나려고 노력하는 기자 랑베르는 작가가 치료를 위하여 정기적으로 찾아가던 생테티엔의 쓸쓸한 한 구역 이름인 몽랑베르에서 태어났다. 《페스트》에는 또한 비바레 고원에서 만나 사귀게 된 유신론자들과 무신론자들의 경험이 활용된다. 파스칼 피아나 파욜 부부 같은 무신론자들과 도미니크 수도회의 수도사 브뤽베르제, 1941년부터 레지스탕스에 가담한 시인 르네 레노, 르 포레스티에 박사 등 유신론자들의 대조 역시 이 작품과 관련하여 주목할 대목이다.

그의 처녀작 《이방인》은 전쟁 중임에도 유례 없는 성공을 거두어 11월 19일 갈리마르사는 재판 4천 4백 부를 찍고 6개월 뒤 다시 그만큼의 부수를 추가 제작한다. 1943년 1월 4일 잠시 여행허가를 얻게 된 카뮈는 파리로 가서 2주간 머물게 된다. 이때 그는 미셸 갈리마르에게 실질적인 호감을 느끼게 되어 그의 절친한 친구가 된다. 그로부터 정확하게 17년 뒤 그 친구가 운전하는 자동차를 타고 파리로 가다가 불의의 교통사고를 만나게 될 것이다. 카뮈는 〈파리 떼〉 공연 연습장에서 사르트르를 처음으로 만난다.

산간 지역의 요양생활은 여전히 계속된다. 그는 샹봉과 생테티엔을 오가는 동안 그 어두운 공업지대의 추악함을 목격하면서 두고 온 알제의 찬란한 햇빛과 그 아름다움을 전란에 시달리는 유럽의 암울한 모습과 비교한다. 《페스트》에는 미소도 없고 유머도 없다. 이 작품은 그만큼 어두운 시대의 연대기인 것이다.

카뮈는 마침내 그해 11월 1일 월 4천 프랑의 급료를 받는 갈리마르사의 사원으로 임명되어 파리로 올라간다. 셰즈가 22번지 메르퀴르 호텔에 여장을 푼 그는 벌써 자신의 나이를 지각한다. 11월 7일 "서른 살"이 된다. 점차 파리에서 카뮈의 주위에는 동아리가 형성된다. 갈리마르 집안 사람들로 피에르 갈리마르, 자넌 토마세, 그의 사촌 미셸 갈리마르가 그들이다. 한편 미셸 레리스 부부의 집에서 피카소의 희곡 〈꼬리 잡힌 욕망Le d sir attrap par la queue〉의 독회가 열린다. 카뮈가 무대감독과 연출을 맡고 레리스, 사르트르, 시몬 드 보부아르 출연, 브라사이가 사진을 찍는다. 자크 라캉, 장 루이 바로, 조르주 브라크, 아르망 살라크루, 미셸 물루지, 앙리 미쇼 등이 참석한다. 이곳에는 여배우 마리아 카자레스도 있다. 그는 파리 문화계의 중심으로 진입한다.

이 무렵 카뮈는 동시에 피아, 레노를 통해 전투 조직과 접촉하면서 전국 레지스탕스 위원회(CNR)의 책임자 클로드 부르데의 부름을 받는다. 그에게 알베르 마테라는 이름의 위조 신분증(1911년 5월 7일생 슈와지르루아 출생 1943년 5월 20일 발행)이 지급된다. 그가 지하 신문《자유》와《진실》을 통합하여 발행하는《전투》지에 가담하게 된 것은 이때부터다. 신문의 초기 편집진은 조르주 비도, 프랑수아 르 망통, 피에르 앙리 테트장, 레미 루르, 세르프 페리에르, 프레네, 자크린 베르나르 등이며 책임자는 클로드 부르데, 홍보와 배포 책임 파스칼 피아다. 부르데가 체포되자 피아는 이 모든 지하운동을 통괄하던 CNR의 새 위원이 된다.《전투》는 "유일한 리더는 드골이고 유일한 전투는 우리의 자유를 위한 투쟁"이라고 명시한 신문으로 레지스탕스 연합체의 기관지 같은 성격을 가지고 있었다. 갈리마르 출판사의 사무실은 한때 이 조직의 연락장소로 활용된다.

카뮈가 레지스탕스에 기여한 가장 중요한 글은《독일인 친구에게 보내는 편지》라는 에세이였다. 그 첫 번째 편지는《자유*Revue libre*》(1943년 2호)지에 처음 발표되었다. 그 글에서 카뮈는 자신이 반대하는 것은 독일이 아니라 나치라는 점을 분명히 한다. 새로운 임무를 맡고 파스칼 피아가 떠나자 카뮈는 지하 신문《전투》의 편집 책임을 맡게 된다. 파리에서《오해》가 무대에 오르지만 연극은 성공을 거두지 못한다. 그러나 이 공연을 계기로 아홉 살 아래의 마리아 카자레스와 만나서 알게 되었고 그들은 곧 연인 사이가 되었다. 7월 11일 자크린 베르나르가 체포된다. 카뮈는 피신한다.

8월 15일 연합군이 프로방스에 상륙하고 18일 파리 해방전쟁이 전개된다. 피아와 동료들은 해방된 날의 《전투》를 준비한다. 파리의 레오뮈르가 100번지에 자리잡을 무렵 《전투》는 58호까지 발간했다. 8월 21일 지하 신문 《전투》가 마침내 백일하의 가판대에 출현한다. 경영을 책임진 파스칼 피아에 의해 카뮈는 편집국장으로 임명되었다. "정치 대신에 윤리"라는 새로운 저널리즘의 이상을 내세운 그는 역사의 궁극성을 믿지 않는다. 혁명은 반항과 다른 것이다. 4년간 레지스탕스를 지탱해온 것은 '반항'이었다. 반항은 무엇보다 마음의 자발적 외침이다.

8월 24일 샹젤리제 대로를 행진하는 드골 장군에게 군중들이 박수를 친다. 8월 31일, 카뮈는 아직 오랑에 머물고 있는 프랑신에게 편지로, 자신은 스페인을 통해 알제리로 건너가려고 노력했지만 실패했다는 것, 피아와 함께 오트 루아르에서 전투 조직원으로 활동하다가 지금은 파리에서 일간지 《전투》 편집을 책임지고 있음을 알린다. 10월에는 마침내 오랑의 식구들(처형 크리스티안과 프랑신)을 맞아 시내에 스튜디오를 하나 얻어 결혼생활을 다시 시작한다. 자크 로랑 보스트, 장 그르니에, 앙리 토마, 알렉상드르 아스트뤽, 로제 그르니에, 자크 르마르샹 등 쟁쟁한 문필가들이 《전투》 편집에 합류한다. 11월에 《르몽드》가 창간된다.

숙청의 문제를 에워싸고 《피가로》와 《전투》가 논쟁을 벌이면서 카뮈와 프랑수아 모리악이 대립하다. "숙청에 대해 이야기할 때마다 나는 정의를 말했고 모리악은 자비를 말했다. 그 자비의 힘은 하도 기이해서, 내가 정의를 주장하는 것이 마치 증오를 옹호하는 것처럼 비쳐지고 있다. 모리악 씨의 말을 듣다보면 우리는 일상사에서 꼭 그리스도의 사람과 인간의 증오 사이에서 하나를 선택해야 하는 것 같다. 그러나 천만의 말씀이다!" 이들은 서로를 존중하면서 서로의 비위를 건드렸고 서로를 놀라게 하면서 자극했다.

1945년 1월 11일 대독 협력작가 브라지야크가 사형선고를 받자 카뮈는 충격을 받는다. 마르셀 에메의 간청을 받은 그는 드골에게 사면을 요청하는 탄원서에 서명하다. 탄원서에 모리악과 카뮈가 서명한 이유는 각기 달랐다. 그러나 결국 브라지야크는 2월 3일 처형당했다. 그후 프랑스 작가는 아무도 처형당하지 않았다. 이 '반항적 인간'의 마음속에서 '정의'와 '자유'는 서로 대립한다. 그에게 있어서 자유는 정의에 우선한다. 이 같은 생각은 장차《반항하는 인간》의 한 중심축을 이룬다.

숙청재판은 여러 가지 도덕적, 형이상학적 문제를 제기한다. "이제 프랑스의 숙청은 실패작일 뿐만 아니라 평판도 나쁘다는 것은 확실한 사실이다"라고《전투》는 지적한다. 4월에 카뮈는 알제와 오랑으로 돌아가 3주를 보낸다. 5월 8일 파리에서 있게 될 독일의 항복조인식 소식. 알제리에 대한 프랑스의 탄압. 8월 8일 히로시마에 원폭이 투하되자 프랑스에서 지식인의 도덕적 소명에 따라 우려를 표명한 논객은 카뮈였다. 공산당은《전투》와 카뮈를 공격한다. 카뮈는 "역사적 유물론, 절대적 결정론, 일체의 자유에 대한 부정, 용기와 침묵의 이 끔찍한 세계" 즉 "신 없는 철학의 가장 당연한 귀결"과 맞서서 독자적인 해결책을 모색하고자 한다. 그가 '정의'와 '자유'의 화해를 옹호할 필요가 있다고 보았던 것은 서양의 마지막 희망이 바로 거기에 있지 않을까 하는 생각이 들기 때문이다.

이제 세상 사람들은 사르트르와 카뮈를 한데 묶어 생각하고 그들의 생각을 혼동한다. 그러나 실존주의자 사르트르가 그렇듯이 실존주의자가 아닌 카뮈는 차이를 분명히 한다. "사르트르는 갈수록 마르크스주의 역사관 그리고 역사의 유전자 속에 미리 계획되어 있는 승패와 함께 미래의 혁명에 점점 더 집착한다. 카뮈는 역사적 유물론을 인정하지 않는다. 그것은 모든 자유를 부정하고 있기 때문이다. 사르트르는 자유의 이름으로 절대적 결정론을 거부한다. 하지만 역사와 자유의 의미 사이에서 막다른 골목에 처한 그는 카뮈처럼 20세기 기독교에 특권적인 지위를 인정하지 않는다."

카뮈는 《페스트》를 다시 쓰고 있다. 작중의 랑베르는 헤어졌던 아내와 다시 만난다. "감옥살이 뒤에 귀환한 사람들의 80퍼센트가 이혼. 인간의 사랑 80퍼센트는 단 5년간의 이별을 참아내지 못한다"고 카뮈는 기록한다. 1945년, '누이'같은 아내 프랑신의 임신 소식에 이해심 많지만 고집 센 마리아 카자레스는 그와 절교를 선언한다. 8월에는 프랑신의 출산을 돌보기 위하여 장모가 파리로 온다. 에베르토 극장에서 폴 외틀리 연출, 제라르 필립 주연의 《칼리굴라》연습 시작. 무대에 올려진 연극은 대성공이었다.

서른 살 때 나는 순식간에 명성을 얻었다. 나는 그것을 유감스럽게 생각하지는 않는다. 나는 나중에 그것을 악몽으로 만들 수도 있었을 것이다. 이제 나는 그게 무엇인지 잘 안다. 그건 정말이지 별것 아니다.

9월 5일, 포르트 드 셍클루의 병원에서 두 아이 장과 카트린 쌍둥이가 태어난다. 그의 '반항의 미학'은 "위대한 스타일과 아름다운 형식"으로 더욱 구체화된다. 11월, 서른두 살이 된 그는 지나온 세월 속의 자신을 돌아보며 의식의 각성을 다짐한다. "단지 정상적이 되기 위해서 얼마나 엄청난 노력이 필요한가! 자신과 정신을 통제하기 위해서는 또 얼마나 큰 노력이 필요한가. 인간은 그 자체로서는 아무것도 아니다. 인간은 무한한 기회에 불과하다. 그러나 인간은 그 기회에 대해 무한 책임을 진다. 그 자체로서 인간은 그저 용해되려는 성질을 가졌을 뿐이다. 그러나 그의 의지, 그의 의식, 그의 모험 정신이 우세하게 되면 성장할 수 있는 기회가 시작된다. 아무도 그가 인간의 한계에 이르렀다고 말할 수 없다. 우리가 이제 막 겪은 5년의 세월이 그것을 내게 가르쳐주었다. 짐승에서 순교자에 이르기까지, 악의 정신에서 희망 없는 희생에 이르기까지 그 어느 증언도 내게 감동을 불러일으키지 않은 것이 없다. 자신의 내부에서 결정적인 덕목인 가장 위대한 인간적 기회를 발굴해내는 것은 우리 각자의 몫이다. 인간의 한계가 어떤 의미를 갖게 되는 날, 그때에야 비로소 신의 문제가 제기될 것이다. 그러나 그 이전에는, 가능성이 끝까지 남김없이 체험되기 전에는 절대로 그런 문제는 제기되지 않을 것이다. 위대한 행동의 가능한 목표는 오직 하나뿐이다. 그것은 인간적 풍요다. 그러나 그러기에 앞서 자기 자신의 주인이 되도록 해야 한다."

알베르와 프랑신은 세기에가 18번지에 있는 갈리마르가 소유의 사저 안에 있는 아파트로 이사한다. 이듬해 3월 10일 카뮈는 르 아브르에서 오레곤 호 승선, 석 달을 예정으로 미국 여행을 떠난다. 프랑스 본토, 체코, 이탈리아에 이은 카뮈의 네 번째 장기여행이다. 뉴욕에 도착한 그는 문정관 클로드 레비 스트로스의 영접을 받는다. "점령자들은 역사를 위해서 인간이 존재했지 인간을 위해서 역사가 존재한 것이 아니다라는 지긋지긋한 헤겔의 법칙에 따라서 생각하고 행동했다"고 그는 잘라 말한다. 당시 그의 가방에는《페스트》의 최종 원고가 들어 있었다. 4월 11일, 미국에서《이방인》영어판 출간된다. 카뮈가 개인적으로 호감을 느끼는 사람들의 등급은 1) 알제리의 아랍인과 프랑스인 2) 프랑스, 스페인, 이탈리아 같은 지중해 연안 사람들, 3) 허무주의적 페시미즘의 매력을 가진, 그러나 행복에 대한 열렬한 욕망을 가진 슬라브인이었다. 반면에 앵글로색슨은 경계하는 터였다. 그러나 카뮈는 미국에서 파란 눈에 밤색 머리칼을 가진 스무 살의 파트리시아 블레이크와 만나 사랑에 빠진다.

파리로 돌아온 알베르 카뮈는《전투》편집에서 손을 뗀다.《페스트》거의 끝나간다. 제목을《공포*La Terreur*》로 할지《페스트》로 할지 아직 결정하지 못한다. 소설《제로와 무한대》로 알려진 헝가리 출신의 영국 작가 아서 쾨슬러가 그의 아내 마멘과 함께 파리에 오다. 두 사람 사이에는 즉각적인 우정이 생긴다. 둘 사이에는 가난한 어린 시절, 공산당 가입경력, 조지 오웰을 좋아한다는 공통점이 있다. 쾨슬러는 "깊은 우정 이상의 공범 관계"를 인정한다. 한편 카뮈와 마멘 사이에는 덧없고 불가능한 사랑이 생겨난다.

10월, 공산당의 지배를 받지 않는 지식인 주도의 인권기구를 만들자는 생각에서 쾨슬러의 친구이며 독일의 유대인 작가이자 심리학자인 마네스 스페르버와 대표단이 카뮈, 사르트르, 쾨슬러와 함께 말로의 집을 방문한다. 카뮈는《작가수첩》에 "피에로 델라 프란체스카와 뒤비페 중간 정도"로 느껴지는 그 집의 분위기 속에서 그들 사이에 오간 대화를 요약한다. 카뮈는 필연적으로 진보를 향해 나아간다는 역사법칙의 가설을 거부할 뿐만 아니라 소위 혁명적이라는 이름 아래 자행되는 폭력의 수용도, 오늘의 개인적 불행은 내일의 전체 사회적 행복으로 보상받게 된다는 변증법도 거부한다. 카뮈는 작가의 신념을 이렇게 표현한다. "나는 참여 문학보다는 참여하는 사람들을 더 좋아한다. 그의 삶 속에서의 용기와 작품들 속에서의 재능, 그것만 해도 상당한 것이다. 그리고 나서 작가가 원할 때 참여한다." 사르트르와 카뮈의 사이에 새겨진 정치 이데올로기의 골은 점점 깊어간다. 실존주의는 헤겔주의에서 근원적인 오류를 그대로 간직했다. 그것은 인간을 역사로 축소시키는 오류다.

1946년 10월, 그는 점점 더 나이를 강하게 의식한다. "한 달 뒤면 서른셋. 1년 전부터 기억이 자꾸 흐려진다. 들은 이야기를 기억할 수가——생생하게 살아 있는 것인 과거의 한 부분을 통째로 다 상기할 수가 없다. 그 상태가 개선될 때까지(만약 개선될 수 있는 것이라면) 나는 분명 여기에 점점 더 많은 것을, 심지어 사사로운 일까지도——하는 수 없이——기록해 두지 않을 수 없다. 결국 내게서는 모든 것이 약간 흐릿한 같은 차원에 놓이므로, 망각은 마음까지도 침범한다. 기억이 야기하는 그 기나긴 울림이 사라진 채 오직 순간적인 짧은 감동뿐이다. 개의 감성이 그러한 것이다."

11월 11일부터 카뮈는 《피해자도 가해자도 아닌》을 기고하면서 잠정적으로 《전투》에 다시 돌아온다. 신문사의 분위기가 사회당 지지(알베르 올리비에, 레몽 아롱)와 사회민주주의를 싫어하는 쪽(자크 로랑 보스트)으로 갈라진다. 그는 메를로 퐁티와 갈등을 겪는다. 크리스마스 무렵부터 이듬해 초까지 카뮈 가족은 브리앙송에 머물면서 휴식을 취한다. "브리앙송, 1947년 1월. 싸늘한 저 산맥 위에 흐르는 저녁이 마침내 가슴을 얼음같이 차갑게 하고 만다. 나는 프로방스나 혹은 지중해 바닷가에서밖에는 이런 저녁 시간을 견딜 수가 없었다." 그는 2월 달에 파욜에게 보낸 편지에서 이렇게 말한다. "《페스트》가 곧 나올 것입니다. 몇 달간 다시 《전투》지를 맡기로 했습니다. 도산의 위기에서 벗어나기 위해서입니다." 해방되면서 하나로 뭉쳤던 이 신문사의 기자들은 드골 문제로 갈라선다. 말로는 드골 파로 사르트르는 반 드골파로 돌아선다. 공화파 기질의 카뮈는 애국주의자들과 독재정치를 신용하지 않는다. 카뮈는 드골 주의자들을 다른 정당과 동등한 입장에서 취급하려 한다. 이런 견해는 다른 편집자들과 상충되는 것이었다. 6월 1일 주주들은 부르데에게 주식을 양도한다. 이때부터 카뮈와 피아는 서로 만나지 않게 된다. 피아는 자기가 드골 파에 가담하러 나갔다고 소문을 낸 사람들의 험담에 대해 카뮈가 아무런 제재를 가하지 않았다고 믿었다. 이렇게 하여 카뮈는 《알제 레퓌블리캥》에 이은 두 번째 신문사 경력을 종결한다. 갈리마르의 심사위원 봉급으로 만족하는 수밖에 없다. 그는 이 일에 마음을 붙이고 자신의 계획을 점검한다.

내일 없는 세계. 제1계열. 부조리 :《이방인》——《시지프의 신화》,《칼리굴라》,《오해》. 제2계열. 반항 :《페스트》(그리고 그에 부속된 글들),《반항인》,《칼리아예프》제3계열. 재판——최초의 인간. 제4계열. 찢어진 사랑 : 화형대——사랑에 대하여——유혹적인 것. 제5계열. 수정된 창조 혹은 체계 ——위대한 소설 + 위대한 명상 + 무대에 올릴 수 없는 희곡.

제1계열의 작품들을 완성하고 난 그는 이제 겨우 제2계열의 작품들을 집필 중이다. 6월 초, 마침내《페스트》의 초판이 나온다. 2만 2천 부. 6일부터 판매하기 시작하여 열흘 만에 다시 2만 2천 부를 더 찍는다. 카뮈는 소설로 비평가상을 수상한다. 이 상에는 기쁨과 함께 씁쓸한 맛 또한 섞여 있다. "1947년 6월 25일. 작품의 성공에 따르는 슬픔. 반대는 필요하다. 전과 마찬가지로 모든 것이 내게 더욱 어렵기는 하겠지만 내가 하는 말을 할 더 많은 권리를 갖게 될 것이다. 그동안에——내가 많은 사람들을 도울 수 있다는 것은 수확이다."《페스트》가 끝나고《전투》에서도 손을 뗀 뒤의 멍한 공백. 허공을 떠다니는 기분. 그는 여행을 떠난다. 영국에 가서 루이 기유를 만나고 장 그르니에와 콩부르, 생말로, 생브리외를 여행한다. 이곳에서 그는 1차 세계대전 때 사망한 아버지의 무덤을 처음으로 찾아가 본다.《최초의 인간》에서 아버지의 무덤을 찾아간 자크 코므리는 "이 묘비석 아래 누워 있는 자신의 아버지였던 그 사람은 지금의 나보다 나이가 젊다"고 말한다. 그러나 1947년의 카뮈는《작가수첩》에 흑색 아이러니가 인상적인 짤막한 한 줄을 남길 뿐이다.

G는 생브리외에서 장의용 물건들을 파는 상인인 그의 할머니와 함께 살고 있었다 : 그는 무덤돌 위에서 숙제를 했다.

8월의 텅 빈 파리로 돌아온 그는 희곡《계엄령》,《반항하는 인간》, 그리고《정의의 사람들》의 구상을 계속한다. 10월, 미국과 소련 블록에 반대하던 그는 제3의 길을 모색하며《에스프리》11월호에 부르데, 사르트르, 메를로 퐁티, 다비드 루세 등과 함께 서명한다. 11월《희생자도 살인자도 아닌》을 장 다니엘의《칼리방》에 재수록하도록 허용한다.

1948년 4월 그는 프랑신과 함께 알제리로 떠나서 알제와 오랑 사이에 있는 해변에서 해수욕을 즐긴다. 그리고 그가 "우리의 부산물"이라 부르는 쌍둥이를 오랑의 처가에 맡겨둔다. 파리로 돌아온 카뮈는 대영제국 프랑스 연구소 초청으로 영국을 방문한다. "런던. 나는 런던을 아침이면 새들이 내 잠을 깨우던 공원 도시로 기억한다. 런던은 그 반대다. 그런데도 나의 기억은 옳다. 거리에는 꽃을 실은 차들. 도크들, 대단하다. 내셔널 갤러리. 멋진 피에로 델라 프란체스카와 벨라스케스의 그림. 옥스퍼드. 잘 다듬어 놓은 종마 사육장. 옥스퍼드의 고요함. 사교계가 여기 와서 무슨 할 일이 있겠는가?"

그는 시몬 베이유에 관심을 가지고 그의 책을 자신의《희망》총서 속에 출판한다. 6월 18일 카자레스와 거리에서 우연히 마주친다. 카자레스는 다시 카뮈의 전부가 된다. 1948년 7월 코모에서 그는 기록한다. "우리의 사랑이 없는 하늘을 무엇에 쓰겠는가. 우리는 우리의 진정한 날들의 참혹함 앞에 홀로 남으리라." 9월, "나는 내가 10년 전에 쓰겠다고 마음 먹었던 일련의 저작들을 거의 다 완성했다. 그 덕분에 나는 내 직업이 어떤 것인지 알 수 있을 만큼 되었다. 내 손이 떨리지 않으리라는 것을 알게 된 지금 나는 나의 광기를 풀어놓을 생각이다."

10월 27일 마리니 극장에서 《계엄령》 무대에 오르다. 장 루이 바로가 페스트 역을, 카자레스가 빅토리아 역을 맡고, 발튀스가 의상을, 호네거가 음악을 담당했지만 완전히 실패한다. 그는 어느 정당에도 속해 있지 않으나 혁명민주주의 연합(RDR)을 지지한다. 전쟁 중 전투기 조종사였다가 미국여권을 파기하고 세계시민권이 있음을 선언하며 무국적자로 남은 채 세계시민운동 시작한 개리 데이비스를 브르통, 크노, 베르코르, 무니에, 폴랑과 더불어 지지한다.

남프랑스의 일쉬르소르그의 시골집 팔레름을 빌린다. 그곳에서 서른다섯의 소설가 카뮈는 마흔하나의 시인 르네 샤르와 급속도로 가까워지고 그의 《히프노즈 소곡》을 발표하도록 도와준다. "제1기. 내 초기의 저서들(《결혼》)에서부터 《밧줄》과 《반항하는 인간》에 이르기까지 나의 모든 노력은 사실상 나를 비개인화하는 데 바쳐진 것이다(매번 다른 톤으로). 그런 다음에야 나는 내 이름으로 말할 수 있게 될 것이다."

그는 신문기자로서 쓴 글들을 모은 《시사평론 I》의 서문을 준비한다. "내가 후회하는 것들 중 하나는 객관성을 위해 너무 많은 것을 희생했다는 점이다. 객관성은 때로 일종의 자기 만족일 수 있다. 오늘에 와서 만사가 명백해졌다. 집단 수용소는 집단 수용소라고 불러야 마땅하다. 그것이 비록 사회주의라 할지라도. 어떤 면에서 나는 이제 다시는 더 이상 예의 바르게 굴지 않겠다." 그의 태도는 점차 분명해진다.

1949년 1월 31일 스페인 자유훈장을 받다. 그는 레지스탕스 대원에게 자동적으로 수여되는 매달 이외에는 어떤 훈장도 거부했다. 외무성 국제관계국의 로제 세이두가 그에게 남미를 다녀올 것을 제의한다. 그는 여행을 떠나기 전에 "2~7월 계획"을 야심차게 세운다. "1) 밧줄. 2) 반항적 인간. 세 권의 에세이를 마무리할 것. 1) 문학적 에세이. 서문——미노타우로스 + 명부의 프로메테우스 + 헬레네의 추방 + 알제리의 도시들 + …… 2) 비평적 에세이. 서문——샹포르 + 지성과 단두대——아그리파 도비네 + 이탈리아 연대기에 붙이는 서문 + 《동 쥐앙》에 대한 주석 + 장 그르니에. 3) 정치적 에세이. 서문——10 개의 사설 + 지성과 용기 + 가해자도 피해자도 아닌 + 다스티에에 게 답한 것 + 왜 스페인인가 + 예술가와 자유. 2월 18~28일 :《밧줄》첫 번째 버전 완료. 3월~4월 :《반항하는 인간》완료. 첫 번째 버전. 5월 : 에세이. 6월 :《밧줄》과《반항하는 인간》버전 재검토."

6월 30일 마르세유를 떠나 7월 21일 리우데자네이루에 도착할 예정인 캄파나 호에 승선 예약. 8월 10일까지 브라질에 머물 예정. 그러나 남아메리카 여행 끝에 병이 재발한 카뮈는 8월 20일 비행기로 파리로 돌아온다. "바다에 대한 에세이"(《결혼·여름》게재)는 이때의 경험과 관련된 것이다. "절망한 사람에게는 조국이 없다. 그런데 나는 바다가 존재한다는 것을 알고 있었고, 그렇기 때문에 이 죽음의 시대 한가운데서 살았다. 이리하여 서로 사랑하면서도 헤어져 있는 사람들은 고통 속에서도 살아갈 수 있다. 그러나 누가 뭐라 하든 그들은 절망 속에서 살고 있는 것이 아니다. 그들은 사랑이 존재한다는 것을 알고 있나니."

다시 힘든 요양의 시절을 맞으며 카뮈는 호손, 셸리, 결핵환자였던 키츠, 그리고 톨스토이, 피히테, 스탕달, 랭보, 들라크루아, 마리탱을 붙잡고 늘어진다. 그레엄 그린을 읽고 메모도 한다. 톨스토이에게서 소설의 본보기를 찾고 자신의 삶의 대차대조표를 정리해본다. "그는 1828년에 태어났다. 그는 1863년에서 1869년 사이에《전쟁과 평화》를 썼다. 35세에서 41세 사이였다." 그가 복용하는 약물의 상세한 내용도 수첩에 등장한다. "스트렙토──1949년 11월 6일에서 12월 5일까지 40그램. P. A. S. 1949년 11월 6일에서 12월 5일까지 360그램 + 11월 13일부터 1월 2일까지 스트렙토 20그램." 카뮈는 멜빌을 생각한다. "멜빌이 말하는 그 성스러운 불안, 그것은 사람들과 나라들을 항상 미결 상태로 있게 한다." "죽음의 물은 쓰디쓴 것⋯⋯" 혹은 "서른다섯의 멜빌 : 나는 무로 돌아가는 것에 동의했다."

《반항하는 인간》은 아직 큰 진전을 보지 못한다. 소련지지자들과 반대자들로 갈라진 친구들이 서로의 갈등을 우려한다. 카뮈는 '평화운동'을 추종하면서 러시아의 폭탄은 깨끗하고 미국의 폭탄은 더럽다고 주장하는 자칭 '진보주의자'들과 프랑스 공산당지지자들과 맞선다. 12월 15일《정의의 사람들》을 에베르토 극장에서 무대에 올린다. 카자레스가 도라 역을 맡는다. 열정적인 마리아와 중심축 같은 프랑신 사이에서 이중생활이 계속된다.

《정의의 사람들》에 대한 비평에 그는 만족하지 못한다. "사랑에 대해 전혀 아는 것이 없다"고 비판하는 사람들에게 그는 말한다. "만약 내가 불행하게도 사랑에 대해 아는 것이 없고 그래서 사랑에 대해 배우겠다는 우스꽝스러운 생각을 하게 된다 해도 내가 그 수업을 받으러 갈 곳은 파리나 소문 퍼뜨리는 것이 일인 싸구려 잡지 따위는 아닐 터이다."

1950년, 카브리와 보주 지방에서 회복기를 보내다. 카브리와 샹봉 사이를 오가면 그는 기록한다. "4월까지 규율을 지키며 작업. 그 다음에는 불꽃 속에서의 작업. 침묵할 것, 귀를 기울일 것. 넘쳐나게 할 것." 그는 "점점 더 흐릿해지는 기억력"을 생각하며 일기를 쓸 결심을 해야 할 것 같다고 말한다. "들라크루아의 말이 맞다. 기록해놓지 않은 그 모든 날들은 존재하지 않았던 날들이나 마찬가지다."

1950년 3월 4일. "하여 나는 공개적으로 내 가슴을 심각하고 고통스러운 땅에 바쳤고, 죽는 날까지 두려움 없이 그 땅의 무거운 숙명의 짐과 더불어 그 땅을 사랑할 것을, 그리고 그 속에 담긴 어떤 수수께끼도 업신여기지 않을 것을 성스러운 밤에 몇 번이나 맹세했다. 이리하여 나는 치명적인 매듭으로 그 땅에 맺어졌다." 그는 가장 마음 편한 세계라고 느껴지는 그리스 신화에 묻힌다. "이 처음 두 주기 동안의 내 작품 : 거짓이 없는, 따라서 현실성이 없는 존재들. 그것들은 이 세상에 있지 않다. 아마도 그런 이유 때문에, 지금까지는, 내가 흔히들 말하는 의미의 소설가가 아닌 것이다. 그보다는 오히려 자신의 열정과 불안에 맞는 신화들을 창조하는 예술가라고 해야 옳을 것이다. 그런 이유 때문에 이 세상에서 나를 열광케 한 존재들 또한 항상 그런 신화들의 힘과 예외성을 지닌 사람들이다." 4월, "다시 카브리. 안개 낀 더운 밤. 멀리 해안의 불빛들. 골짜기에서는 두꺼비들의 엄청난 합창, 처음에는 구성지게 들리던 그 소리가 쉰 목소리로 변하는 듯. 빛나는 저 마을들과 집들……."

5월 프랑스로 돌아와 파리 근교 퐁트네 오 로즈에 자리잡은 장 그르니에와 다시 만나기 시작한다. 1950년 6월 25일 북한 군대가 38선을 넘어 남한을 침공. 유엔 개입. 7월 1일 미군이 한국에 투입. 카뮈는 그의 마지막 주소가 될 파리의 마담가 29번지 아파트로 이사한다. 8월에 다시 마리아와 함께 보주의 그랑 발탱의 한 호텔에 온다. "보주. 붉은 사암 덕분에 교회들과 십자가상이 마른 피 색깔이다. 이 승리와 위력의 모든 피가 이 고장에 넘쳐흘렀고 이 성전에서 말랐다." 1950년 9월 사부아 지방에서 파리로 돌아온다. "그렇다, 나에게는 조국이 하나 있다: 프랑스 말."

1951년 1월 23일 발랑스. "나는 외쳤고 요구했고 기뻐서 어쩔 줄 몰라했고 절망했다. 그러나 서른일곱에 어느 날 나는 불행을 알게 되었고, 겉보기와는 달리 그때까지 내가 알지 못했던 것을 알게 되었다. 내 생애의 중반 무렵, 나는 혼자 사는 것을 힘겹게 다시 배우지 않으면 안 되었다." "1951년 2월. 반항적 인간. 나는 진실을 말하면서도 너그러움을 잃지 않으려고 했다. 나의 정당화는 그것이다."

1951년 3월 7일. 마침내 오랜 성찰의 결과인 《반항하는 인간》첫 번째 원고 탈고. 이 책과 더불어 처음 두 작품군이 완성된다. 서른일곱. 그러면 이제 창조가 자유로워질 수 있을 것인가?⋯⋯모든 완성은 속박이다. 그것은 더 높은 완성을 강요한다." 장차《반항하는 인간》의 출간과 더불어 전개될 장송, 사르트르와의 사나운 논쟁과 그에 따른 파리 문단과 사상계의 분열, 그리고 냉전 시대의 개막은 과연 '더 높은 완성'을 위한 것이었을까?

카뮈 연보.*

카뮈의 작품세계를 이해하기 위해서는, 그의 삶의 중요한 이정 (里程)과 함께 정치적 사건 그리고 문화적 상황을 총람해보 아야만 한다. 그는 이러한 여건들과 맞부딪치면서 자신을 규정해나갔 기 때문이다. 이러한 연보는 딱딱해 보일 수밖에 없지만 반면 사실의 왜곡이나 과장 같은 것은 전혀 없다.

■ 1913년 11월 7일 : 알제리의 몽도비에서 알베르 카뮈 출생.

부친 뤼시앵 카뮈는 19세기 말엽에 알제리로 이주한 보르도 지방 출 신으로 포도농장의 저장창고 노동자였다. 모친 카트린 생테스(후에 카 뮈의 딸 이름이 카트린으로 지어지고, 《이방인》에는 뫼르소의 친구로 생테스가 등장)는 스페인의 마요르카 섬 출신으로 9남매 중 둘째였다. 알베르 카뮈 위로 형 뤼시앵이 있었다.

---

* 이 연보는 플레이아드판 《카뮈 전집》 제1권 권두에 로제 키요가 작성, 수록한 것이다.

■ 1914년 8월 2일 : 1차 세계대전.

"나는 내 또래의 모든 사람들과 함께 1차 세계대전의 북소리를 들으며 자랐고, 우리의 역사는 그때 이후 끊임없이 살인, 부정, 혹은 폭력의 연속이었다."(《여름》 중 〈수수께끼〉)

그의 부친은 보병연대에 징집되어 마른 전투에서 부상당하고 브르타뉴의 생 브리외 병원에서 사망했으며, 생 브리외 공동묘지에 매장되었다.

그의 모친은 알제로 돌아와 벨쿠르라는 서민 지역(리용 가 93번지)에 정착했다. 카뮈는 방 두 개짜리 아파트에서, 처음에는 화약제조공장에서 일하다가 후에는 가정부 일을 하게 되는 어머니——거의 말을 안 하고 지낸 벙어리가 되다시피 한(《안과 겉》 중 〈긍정과 부정의 사이〉),——자못 권위적이고 희극적인 할머니 카트린 카르도나(《안과 겉》 중 〈아이러니〉), 통 수리공인 불구의 삼촌 에티엔(《적지와 왕국》 중 〈말없는 사람들〉에서 기억되는), 그리고 형 뤼시앵과 함께 가난하게 살았다.

"나는 (……) 마르크스를 통해 자유를 배운 것이 아니다. 가난을 겪으면서 자유를 배웠다는 것이 옳을 것이다."(《시사평론 I》)

■ 1918~1923년 : 초등학교 재학 시, 교사 루이 제르맹한테서 각별한 총애를 받는다. 그는 수업 종료 후에도 카뮈를 지도해주었고, 중고등학교 장학생 선발시험에 카뮈를 추천해 응시하도록 했다. 후에 카뮈는 노벨상 수상 연설집 《스웨덴 연설》을 그에게 헌정한다.

■ 1923~1930년 : 알제 고등학교에서 장학생으로 수학.

■ 1926년 : 지드의 《사전꾼들》, 말로의 《서양의 유혹》.

- 1928년 : 말로의 《정복자》.
- 1928~1930년 : 알제 대학 축구 팀의 골키퍼.

"내가 내 축구팀을 그렇게도 사랑한 것은 결국, 열심히 뛰고 난 후에 뒤따르는 나른한 피곤함과 더불어 느껴지는 저 기막힌 승리의 기쁨 때문이었고, 또한 패배한 날 저녁이면 맛보게 되는 울음이 터져 나올 것만 같은 그 어리석은 충동 때문이었다."(《알제 대학 주보》)

- 1929~1930년 :

"처음으로 지드를 읽게 된 것은 열여섯 살 때였다. 내 교육의 일부를 책임지고 있던 삼촌이 때때로 나에게 책을 주곤 했다. 삼촌은 푸줏간 주인이었는데 장사가 아주 잘 되었지만 그의 진정한 관심거리는 독서와 사상에 관한 것뿐이었다. 그는 아침 나절에만 장사에 몰두하고, 나머지 시간에는 서재에서 책을 읽거나 동네 카페에 나가 이야기와 토론을 하곤 했다.

어느 날 그는 나에게 양피 커버로 된 조그만 책 한 권을 빌려주면서 '너의 관심을 끌 책'이라고 다짐하는 것이었다. 그 즈음 나는 아무것이나 닥치는 대로 읽어대던 중이라, 《여인들의 편지》(마르셀 프레보의 작품 —옮긴이주) 읽기를 끝낸 후에, 삼촌이 건네준 《지상의 양식》을 펼쳐 보았다.

이 책의 기도하는 듯한 문장들은 나에게 모호하게 느껴졌다. 자연이 주는 재화들에 대한 찬미의 노래를 읽으며 나는 어리둥절했다. 나는 열여섯 살 때 알제에서 이와 같은 종류의 풍요함을 벌써 실컷 맛보았기 때문이었다. 아마도 나는 다른 종류의 풍요함을 희구하고 있었던 것 같다. (……) 나는 그 책을 삼촌에게 돌려주면서 아닌 게 아니라 그 책이 재미있었다고 말했다. 그러고 나서 해변가를 거닐거나 느긋하게 공부하거나 또는 한가하게 독서하면서 고달프기만 한 내 삶을 살아가야만 했다. 이리하여 진정한 만남은 이루어지지 않았다."(〈지드에게 보내는 경의〉)

■ 1930년 : 말로의《왕도(王道)》.

문과반에서 스승 장 그르니에와 처음으로 만남.(장 그르니에의《알베르 카뮈》, 제1장 참조)

폐결핵 첫 발병. 요양에 부적당한 집을 떠나, 우선 무정부주의자이며 볼테르 숭배자인 푸줏간 주인 귀스타브 아코 삼촌 집에 기거하게 된다. 기흉(氣胸) 때문에 입원했다가 후에는 독립생활을 하며, 혼자서, 혹은 여럿이서 함께 알제의 이곳저곳으로 옮겨가며 생활하게 된다.

■ 1932년 : 문과 학업 계속. 학창시절 친구로 클로드 드 프레맹빌과 앙드레 벨라미슈와 사귀며, 후자에게 카뮈는 나중에 로르카(스페인 시인, 극작가—옮긴이주) 번역을 맡기게 된다. 폴 마티외 교수와 장 그르니에 교수와도 친분을 나누는데, 특히 철학자이며 문필가인 후자와의 친분은 오래도록 변함없이 계속된다.

카뮈는 후에 그르니에 교수에게《안과 겉》과《반항하는 인간》을 헌정하고, 은사의 저서《섬》의 서문을 쓴다.

"장 그르니에 교수를 만났다. 그 역시 나에게 책 한 권을 읽어보라고 내밀었다. '고통 *La Douleur*'이라는 제목의 앙드레 드 리쇼의 소설이었다. 처음 들어보는 사람이었다. 그러나 나는 그 훌륭한 책을 결코 잊을 수가 없다. 그 책은 내가 경험해서 아는 것들, 즉 어머니라든가 가난이라든가 아름다운 저녁 하늘이라든가 하는 것에 대해서 처음으로 나에게 이야기해준 책이다. 습관대로 하룻밤새에 그 책을 다 읽어 치웠다. 다음날 잠에서 깨었을 때, 낯설고 새로운 자유를 가슴에 안고 나는 머뭇거리며 미지의 영역으로 나아가기 시작했다. 책에서 얻어지는 것이 망각과 심심파적만이 아니라는 교훈을 터득한 것이었다. 나의 집요한 침묵, 지독하지만 정체를 알 수 없는 이 고통, 그리고 기묘한 이 세상, 내 가족들의 고결성과 가난, 나만이 알고 있는 비밀 등, 이 모든 것이 이야기될 수 있는 것이었다.《고통》이라는 책에서 나는, 지드가 장차 나를 유인하여 끌어들이게 될 창작의 세계가 어떠한 것인지를 막연하게나마 우선 엿볼 수 있었다."(〈지드에게 보내는 경의〉)

■ 1931~1932년 : 후일에 건축가가 될 미켈, 나중에 조각가가 될 베니스티, 작가요 비평가인 막스 폴 푸셰 등과 교우.

■ 1932년 : 잡지《쉬드》에 네 편의 글을 발표.

■ 1933년 1월 30일 : 히틀러 권력 장악.

카뮈는 앙리 바르뷔스와 로맹 롤랑에 의해 주도된 암스테르담-플레이엘 반파쇼 운동에 가입, 투쟁한다.

말로의《인간 조건》, 프루스트 작품 탐독.(《반항하는 인간》 중 〈소설과 반항〉 참조)

장 그르니에의《섬》. 짧은 에세이들로 구성된 이 책은, 실존의 문제들을 다루면서 아이로니컬하고 시적인 문체로 강한 회의주의를 표명함으로써, 카뮈로 하여금 그르니에를 사상적 스승으로 여겨 언제나 그의 영향을 입은 바를 잊지 못하게 했을 뿐만 아니라,《안과 겉》과《결혼》에 깊은 영향을 미쳤다.

■ 1934년 6월 : 시몬 이에와 첫 결혼, 그러나 2년 후에 이혼. 발레아

르로 여행.(《안과 겉》중 〈삶에의 사랑〉 참조)

■ 1934년 말 : 장 그르니에의 권유로(8월 21일자 편지 참조) 공산당에 가입. 회교도 계층에서의 선전 임무를 부여받는다. 카뮈는 1935년 5월 라발(프랑스 정치가—옮긴이주)의 모스크바 방문 때문에 공산당의 친회교도 운동이 부진해지자마자 공산당에서 탈퇴했다고 주장했다. 내면적인 갈등이 있었다는 것이 분명하며 《작가수첩》이 그것을 증명해주고 있다. 그러나 카뮈의 친구들은 그가 1937년까지 공산당원증을 갖고 다녔다고 말한다. 사실 공산당이 장악하고 있던 문화원 책임을 그가 맡고 있었다는 사실을 달리 설명할 수는 없겠다. 그 친구들의 말에 따르면 카뮈와 공산당 간의 결별——카뮈의 제명——은 공산당과 알제리 인민당 간의 불화 직후였다는 것이다. 인민당은 당시 메살리 하지가 주도했고, 그는 공산당원들을 자신들을 억압하는 탄압 선동자들이라고 비난하고 있었다.

또 다른 몇몇 글들은, 카뮈가 프리메이슨 비밀결사에 가담했다고 말하고 있으나, 이러한 주장들은 현재까지 아무런 입증 자료를 제시하지 못하고 있다. 아마도 그의 삼촌 아코가 프리메이슨 단원이라는 소문에서 연유된 혼동으로 여겨진다.

■ 1935년 : 말로의 《모멸의 시대》.
《안과 겉》집필 시작.
"나로서는, 나의 원천이 《안과 겉》속에, 내가 오랫동안 몸담아 살아온 그 가난과 빛의 세계 속에 있다는 것을 알고 있다. 그 세계의 추억이 지금도, 모든 예술가들을 위협하는 두 가지 상반되는 위험, 즉 원한과 만족으로부터 나를 지켜주고 있는 것이다. (……) 그러나 인생 자체에 관해서는 지금도 《안과 겉》에서 서툴게 말한 것보다 더 많이 알지는 못한다."

이 시기에 카뮈는 그에게 지급된 대여 장학금으로 알제 대학에서 철학 공부를 계속한다. 그러나 또한 생계 수단으로 여러 가지 일을 해야만 했다. 이 해에 그는 정기적으로 대학 관상대에 나가 일하면서 남부 지방의 기압에 관한 보고서를 제출하곤 했다. 또 그는 자동차 부속품을 팔거나, 선박 중개회사에 취업하기도 했고(뫼르소처럼), 시청 직원으로 일하기도 했다(그랑은 시청 직원으로 《페스트》에 등장한다).

■ 1936년 : 플로티노스와 성 아우구스티누스를 통한 헬레니즘과 기독교의 관계를 주제로 한 철학 졸업논문(D. E. S.) 제출. 제목은 〈기독교적 형이상학과 신플라톤 철학〉.

에픽테토스, 파스칼, 키르케고르, 말로, 지드 등의 작품 탐독.

3월 7일 : 독일군이 레난 지방을 재점령.

5월 : 프랑스에서 인민전선 득세.

6월~7월 : 중앙 유럽 여행(《작가수첩 I》과 《안과 겉》 중 〈영혼 속의 죽음〉 참조). 그곳에서 첫 결혼이 파경에 이른다.

7월 17일 : 스페인 내란.

1935년에서 1936년에 이르는 기간 동안, 카뮈는 몇몇 친구들과 함께 문화원의 책임을 맡았고 '노동극장'을 창단했다.

이 극단을 위하여 세 명의 동료와 함께 《아스튀리의 반란》을 집필했으나 상연이 금지되었고, 이것은 후에 샤를로 출판사에서 출판된다. 가브리엘 오디지오와 샤를로를 중심으로, '참다운 풍요'라는 기치 아래 지중해 문학운동이 전개된다.

■ 1936~1937년 : 알제 라디오 방송극단의 배우로서 한 달에 보름씩 방방곡곡을 순회하며 공연.

■ 1937년 2월 : 문화원에서 새로운 지중해 문화에 관해 강연.

5월 : 건강상의 이유로 철학교수 자격시험 응시를 거부당한다.

5월 10일 :《안과 겉》출간.

8월~9월 : 말로에 관한 평론 계획. 요양을 위해 앙브룅에 체류. 이어 마르세유, 제노바, 피사를 거쳐 피렌체 여행.(《결혼》중 〈사막〉 참조) 명증하고 고뇌에 찬 열정의 시기로서《결혼》이 그 결실.

미발표의 소설《행복한 죽음》집필.

시디 벨 아베스 중학교 교사직을 타성과 침체를 우려하여 거절.

10월~12월 : 소렐, 니체, 슈펭글러(《서양의 몰락》) 등을 탐독.

'노동극장'이 해체되고 '협력극장'에 흡수.

알제리를 떠나 프랑스로 건너갈 것을 계획(오디지오에게 보낸 편지).

■ 1938년 : 파스칼 피아(후에《시지프 신화》를 그에게 헌정)가 주도하는《알제 레퓌블리캥》신문의 기자로 취직. 잡보 기사로부터 사설에 이르기까지, 그리고 의회 기사와 문학란에 이르기까지 여러 가지 일을 담당했으며, 특히 알제리의 정치적 문제점들을 낱낱이 파헤치기도 했다.

말로의《희망》, 사르트르의《구토》. 이미 이때부터 사르트르의 이 책을 면밀히 읽은 카뮈는 사르트르의 미학에 반대 입장을 취하고, 사르트르가 실존의 비극성을 창출해내기 위해 인간의 추한 모습을 지나치게 강조한다고 비판한다. "사르트르의 주인공은 위대함을 딛고 근원적인 절망에서 일어서려고는 하지 않고 인간의 그 혐오스러운 면만을 강조하면서 자신의 고뇌가 지닌 참된 의미를 보여주지 않고 있는 것 같

다."(《알제 레퓌블리캥》1938년 10월 20일자)

《칼리굴라》집필. 부조리에 관한 시론(試論)을 구상하며《이방인》집필에 도움이 될 자료 수집. 니체의《인간적인, 너무나 인간적인》,《신들의 황혼》, 그리고 키르케고르의《절망론》(흔히《죽음에 이르는 병》으로 번역—옮긴이주)을 탐녹.

9월 30일 : 뮌헨 협정.

■ 1939년 3월 : 나치 정부, 체코슬로바키아를 완전히 합병.

에피쿠로스와 스토아 철학자들의 책을 탐독.

오디지오, 로블레스 등과 함께《리바주》라는 잡지 창간.

앙드레 말로와 상봉.

사르트르의《벽》. "위대한 작가는 그의 세계와 그의 주장을 항상 느끼게 해준다. 사르트르의 주장은 무(無)이며, 또한 명철성에 있다."(《알제 레퓌블리캥》1939년 3월 12일자)

5월 : 샤를로 출판사에서《결혼》출간.

6월 : 카빌리(알제리의 산악 지방—옮긴이주) 취재 여행. "세계에서 가장 아름다운 이 지방 경관 한복판의 그 비참함은 유례를 찾아볼 수 없을 만큼 처참하다."

국제적 긴장 고조로 그리스 여행 계획을 포기. "전쟁이 나던 해, 나는 율리시스의 순항 길을 다시 한번 더듬기 위하여 배를 타기로 되어 있었다. 그 시절에는 가난한 한 젊은이도 빛을 찾아서 바다를 건너질러 가는 화려한 계획을 세울 수 있었던 것이다."(《여름》중 〈명부(冥府)의 프로메테우스〉)

9월 3일 : 2차 세계대전.

"첫째 할 일은 절망하지 않는 일이다. 세계의 종말이 온다고 외치는 사람들의 말에 너무 귀를 기울이지 말자."(《여름》중 〈편도나무들〉)

"가장 보잘것없는 임무를 가장 고귀하게 여기며 수행해나갈 것을 결심."(《작가수첩》)

연대의식 때문에 전쟁에 참여하려 했으나 건강 때문에 그의 소집이 연기된다. "자기 나라가 전쟁을 피할 수 있도록 투쟁하지 않으면 안 된다. 그러나 전쟁이 터지면 자기 나라에 대하여 연대감을 가져야 한다." (《작가수첩》)

오랑 여행.(《여름》중 〈미노타우로스 또는 오랑에서 잠시〉)

■ 1940년 :

《알제 레퓌블리캥》은 판매 보급상의 애로 때문에《수아르 레퓌블리캥》에 합병된다(전자는 10월 28일에 폐간되고 후자는 9월 15일에 창간되었으니 몇 주일간은 두 신문이 공존하고 있었던 셈이다). 그 후 당국의 검열 요구에 불복, 1월 10일 폐간된다. 카뮈는 안정된 직장을 당국의 압력 때문에 박탈당할 것을 예측하고 알제리를 떠난다. 검열받는 신문에 더 이상 아무런 글도 쓰지 않을 결심을 하고서 파스칼 피아의 추천을 받아《파리 수아르》에 순전히 사무적인 임무를 띤 편집 담당자로 입사한다. "《파리 수아르》에서 파리의 심장부와 그 경박하고 천한 정신을 느끼게 된다는 것."(《작가수첩》)

5월 :《이방인》탈고.

5월 10일 : 독일군 침입. 카뮈는《파리 수아르》편집진과 함께 클레르몽으로 피난하나 12월에 신문을 떠난다.

9월 :《시지프 신화》전반부 집필.

10월 : 임시로 리옹에 기거.

12월 3일 : 오랑 출신이며 수학교사인 프랑신 포르와 리옹에서 결혼.

■ 1941년 1월 : 오랑으로 돌아와 얼마 동안, 유대인 아이들이 많이 다니는 사립학교에서 강의.

2월 :《시지프 신화》탈고.

"악에 대항하는 인간의 투쟁에 관해서, 그리고 정의로운 인간으로 하여금 우선은 창조와 창조자에 대항하고 나아가서는 자기 동료와 자기 자신에게까지 대항하게 만드는 저 거역할 길 없는 논리에 관해서 인간이 상상해낼 수 있는 가장 충격적인 신화들 중의 하나인"《모비 딕》(〈허먼 멜빌 소개〉참조)의 영향을 받아《페스트》를 준비.

톨스토이와 마르쿠스 아우렐리우스와 사드의 작품,《군인의 위대성과 노예성》(프랑스 19세기 작가 비니의 작품—옮긴이주), 그리고 그가 13년 후 앙제 페스티벌 때 각색하게 될 피에르 드 라리베(프랑스 고전 극작가—옮긴이주)의《정령(精靈)》등을 탐독.

12월 19일 : 가브리엘 페리 처형(프랑스 공산당 중앙위원이었던 페리는 독일군 점령 당시 공산당 지하 비밀잡지의 간행을 주도했기 때문에 체포되어 총살형을 당했다—옮긴이주).

"……여러분은 내게 어떤 이유로 항독 지하운동에 참가했느냐고 묻는다. 그것은 나와 같은 사람들에게는 아무런 의미도 없는 질문이다. 집단 수용소의 입장에 동조할 수 없는 것은 예나 지금이나 마찬가지이다. 폭력 자체보다는 오히려 폭력으로 구성된 제도를 내가 더 혐오한다는 것을 그때 깨달았기 때문이다. 좀더 정확히 말하자면 내 속에 늘 막연히 자리잡고 있던 반항심이 절정에 달하게 된 그날을 나는 아주 생생하게 기억하고 있다. 리옹에서 신문을 통해 가브리엘 페리의 처형을 읽던 그날 아침 말이다."(《시사평론 I》)

항독 지하운동 시절에 대해 카뮈는 별로 이야기를 하지 않고 있다. 아마도 향수와 수줍음 때문에 옛 전사(戰士)라는 것에 대하여 별로 얘기할 마음이 내키지 않았을 것이다. 그가 민족해방운동, 즉 '콩바 Combat' 조직에 참여하게 된 것은, 파스칼 피아와 르네 레노의 중개에 의한 것으로 추측된다(카뮈는 후자에게 《독일 친구에게 보내는 편지》를 헌정하게 되고, 1947년에 간행된 레노의 《사후의 시편들》의 서문을 쓰게 된다). 이 조직에서 카뮈의 임무는 정보 활동과 지하 신문 발간에 관한 것이었다. 곧 이어 그는 클로드 부르데('콩바' 조직의 간부)와 사귀게 된다.

■ 1942년 : 1941~1942년 겨울에 재발한 폐결핵 각혈 때문에 샹봉 쉬르 리뇽에서 겨울이 끝날 무렵부터 이듬해 가을까지 요양.

11월 8일 : 북아프리카 지역에 영미 함대가 상륙(아이젠하워 장군 지휘 아래 오랑, 알제에 상륙—옮긴이주)하는 바람에 알제리행이 중단되자 카뮈는 샹봉 부근 르파늘리에의 외틀리 부인 집에 돌아와 기거. 독일 점령으로부터 해방될 때까지 아내와 헤어져 있게 된다. 통신 연락이 어렵고, 그가 기차 타기를 싫어해서, 양쪽 폐가 다 병들었음에도 불구하고 그는 이따금 생테티엔 시와 르파늘리에 사이의 60킬로미터에 이르는 해안을 자전거로 달리기도 했다.

이 시기에 그는 프랑시스 퐁주와 관계를 맺는다.(《《사물의 편에서》에 관한 편지》 참조)

■ 1942년 : 멜빌, 다니엘 디포, 세르반테스, 발자크, 마담 드 라파에

트, 키르케고르, 스피노자 등의 작품 탐독.

7월 :《이방인》출간.

■ 1943년 :《시지프 신화》출간. 비평계 일각에서 카뮈를 절망의 철학자로 규정, 선전.

《오해》초고 탈고.

《독일 친구에게 보내는 편지》제1신 발표.

몇 달 동안, 리옹 지방과 생테티엔 지역을 왕래하며 생활. "만약 지옥이란 게 존재한다면 그건 필시 모든 사람이 검은 옷을 입고 어슬렁거리는 그 잿빛의 끝없는 거리들과 닮은 것이리라."(르네 레노의《사후의 시편들》서문)

"프랑스인 노동자들——함께 있으면 마음이 편안해지고, 그래서 알고 싶고 '살고' 싶어지는 유일한 사람들. 그들은 나와 같다."(《작가수첩》)

'의용병', '콩바', '해방' 등 항독 지하운동단체들이 통합될 당시 '콩바'의 지도자들은 파리에서 활동했으며, 당시 카뮈는 바노 가에 있는 앙드레 지드의 아파트에 기거하면서 갈리마르 출판사의 고문직을 맡게 된다. 이 무렵에 아라공과 두 번째로 만나게 된다.

■ 1944년 : 사르트르와 상봉. 그는 카뮈에게《닫힌 방》의 연출을 부탁하나 계획은 성사되지 못함.《오해》상연, 시덥지않은 반응.

"아니다. 나는 실존주의자가 아니다. 사르트르와 나는 우리 둘의 이름이 나란히 붙어 다니는 것을 보고 항상 이상하게 생각하고 있다. 심지어 우리는 어느 날 그만 성명을 발표하여, 우리가 서로 아무런 공통점을 갖고 있지 않을 뿐만 아니라, 어떠한 상호관계도 각기 부정하고 있다고 우리의 입장을 밝히려고 생각해보기도 했다. 그러나 결국 그것은 농담으로 그쳤다. 사르트르와 나는 우리가 서로 알기 전부터 제 나름대로의 저서들을 모두 발표했다. 우리가 서로 알게 된 것은 우리가 서로 다르다는 것을 확인하기 위해서였다. 사르트르는 실존주의자이며, 내가 발표한 유일한 사상적인 책 《시지프 신화》는 소위 실존주의 철학자들을 반대하는 입장에서 씌어졌다."(1945년 11월 15일자 인터뷰)

《독일 친구에게 보내는 편지》 제2신 발표.

8월 24일 : "파리의 모든 총알들이 8월 밤하늘을 수놓는다."(공개적으로 배포된 《콩바》 창간호)

파스칼 피아와 함께 《콩바》 편집, 운영.

■ 1945년 5월 8일 : 바노 가의 앙드레 지드에게서 휴전 소식을 전해 들음. 세기에 가에 정착.(《적지와 왕국》 중 〈요나〉 참조)

5월 16일 : 세티프(알제리의 도시—옮긴이주)에서의 학살과 탄압. 카뮈는 이를 조사하기 위하여 알제리를 여행한다.

"가난해진 민족을 위한 위대한 정치란 모범적인 정치를 수행하는 길밖에는 없다. 이 점에 대해 꼭 한마디 해두어야 할 것은 프랑스가 실제로 아랍 지역에 민주주의를 도입해야 한다는 점이다. 민주주의는 아랍 지역에 있어서 새로운 사상이다. 백만의 군대 그리고 수많은 유전 못지않게 민주주의는 값질 것이다."(1945년 12월 20일자 인터뷰)

8월 6일, 9일 : 일본의 히로시마와 나가사키에 원자탄 투하.

"기계 문명의 야만적 횡포가 극에 달했다. 멀지 않은 미래에, 집단자살이냐 아니면 자연과학적 성과의 현명한 사용이냐 하는 문제에 봉착하게 될 것이 분명하다."(《콩바》 8월 8일자)

9월 5일 : 쌍둥이 자녀 장과 카트린 출생.

《칼리굴라》상연, 대성공.(제라르 필리프와 R. 켐프 각광)

《반항하는 인간》의 출발점이 되는《반항론》발표.

■ 1946년 : 연초에 미국 방문. 대학생들의 열렬한 환영. 하버드에서
는 연극에 관해서, 뉴욕에서는 분명의 위기에 관해서 강연.《페스트》
를 어렵게 탈고. 시몬 베유의 작품을 발굴, 갈리마르 출판사에서 미발
표된 그의 저작들의 발행을 주도.

몇 달 동안《콩바》편집, 운영 포기. 1944년부터 1945년에 이르는 모
리악과의 논쟁 때문에 카뮈는 폭력 문제에 대하여 체계적으로 사색,
정리. "우리는 지옥 속에서 지냈고 그후 다시는 밖으로 나오지 못했
다! 6년이라는 긴 세월 동안 우리는 그 속에서 어떻게 해보려고 발버
둥을 치고 있다."《여름》)

르네 샤르와 깊은 친교.

10월 : 사르트르, 말로, 케스틀러, 스페르버 등과 정치문제 토론.

■ 1947년 : 마다가스카르의 반란. 카뮈는 집단 탄압을 맹렬히 규탄
한다. "……문제가 사실로 나타났다. 사실은 명백하고 추하다. 우리
가 독일 사람들이 저질렀다고 비난했던 짓을 이번에는 우리 자신이 저
지르고 있으니까 말이다."《콩바》)

공산당, 정부에서 이탈. '프랑스 국민연합(R. P. F.)' 출범. 재정적,
정치적 문제로 인해《콩바》편집진 분열. 올리비에, 피아, 레몽 아롱은
'프랑스 국민연합'에 가담하고, 장 텍시에는 사회주의 신문사로 옮겨
간다. 카뮈는 사직하고 편집 운영을 클로드 부르데에게 넘겨준다.

'민주 혁명 연합'이 결성되었는데, 카뮈는 거기에 참여한 일은 한

번도 없었으나 그 노선에는 대체로 공감했다.

6월 :《페스트》출간. 즉각적인 대선풍. 수많은 비평가들이 카뮈를 덕망 있는 '무신론적 성자'로 찬양, 선전.

■ 1947~1948년 : 1947년 여름과 1948년 여름을, 1946년에 며칠 지낸 적이 있었던 루르마랭 부근에서 보낸다.

아마도 1947년에 벌어진 정치 논쟁 때문에 카뮈와 메를로 퐁티 간의 친분관계가 단절된 것 같다.

■ 1948년 2월 : 프라하의 군사 혁명. 알제리 여행.(《여름》)

6월 : 티토, 공산당 정보국Kominform에서 추방.

아그리파 도비녜의 작품 탐독. 후에 이 사람의 작품 권두에 일종의 서문을 쓴다.

10월 27일 : 장 루이 바로와 함께 쓴《계엄령》상연, 실패.

■ 1949년 3월 : 사형선고를 받은 그리스 공산당원들을 위한 구명 호소. 1950년 12월에 또 다른 사형수들을 위한 구명 호소.

6월~8월 : 남미 여행.(《여름》중〈가장 가까운 바다〉와《적지와 왕국》중〈자라나는 돌〉참조)

이 여행으로 말미암아 이미 허약해진 카뮈의 건강이 더욱 악화되어, 앞으로 2년 동안《반항하는 인간》집필을 계속하는 것 이외에 아무 일도 못하게 된다. 하는 수 없이 한가해진 이 기간을 이용, 자기의 작품 세계 전반에 대해 반성한다.

12월 15일 :《정의의 사람들》(세르주 레지아니, 마리아 카자레스 출연) 첫 상연을 관람하기 위해 기동, 성공.

■ 1950년 :《시사평론》제1권 간행.

그리스 근교의 카브리에서 얼마간 휴양. 보주 산악지방에서 여름을 보낸다. 마담 가 29번지 아파트에 입주.

■ 1951년 10월 : 《반항하는 인간》이 출간되자 곧 이어 벌어진 논쟁이 1년 이상 계속된다.

■ 1952년 : 알제리 여행.(《여름》중 〈티파사에 돌아오다〉 참조)

8월 : 사르트르와 결별.(《현대》지)

11월 : 레카미에 극장 운영 신청. 프랑코 장군 영도하의 스페인이 국가로 인정받자 유네스코에서 탈퇴.

소설 《최초의 인간》과 《적지와 왕국》을 구성할 중편들, 그리고 희곡 《동 쥐앙》과 《악령》 각색 등을 구상.

■ 1953년 6월 7일 : 동베를린 폭동.

"세계의 어느 구석에서, 한 노동자가 탱크 앞에서 맨주먹으로 자기는 노예가 아니라고 외치며 대항할 때, 우리가 무관심하다면 도대체 우리는 무엇이란 말입니까?"(신용조합에서의 연설)

《시사평론》제2권 출간.

6월 : 앙제 연극 축제에서 연출가 마르셀 에랑이 병으로 못 나오자 카뮈는 그를 대신하여 자신이 각색한 《십자가에의 예배》와 《정령》을 직접 연출.

■ 1954년 : (7명의 튀니지 사형수 구명 운동을 제외하고는) 모든 정치적, 문학적 활동을 중단하고 1년 내내 아무 글도 쓰지 않는다. "내가 각색하고 있는 《악령》이 지금 엉망이 되어 있습니다. 하기야 다른 것들도 마찬가지입니다. 언제 다시 글을 쓰게 될지 나도 잘 모르겠습니다."(질리베르에게 보낸 편지)

1939년에서 1953년까지 쓴 글들을 모은《여름》출간.

11월 : 이탈리아 여행.

■ 1955년 3월 : 디노 부차티(20세기 이탈리아 소설가—옮긴이주)의《흥미 있는 경우》각색.

5월 : 그리스 여행을 하며,《계엄령》을 야외 극장에서 다시 상연할 것을 구상하고 연극에 관해 강연.

6월 : 기자 활동을 재개하여《엑스프레스》에 기고하고, 특히 알제리 문제를 다룬다.

■ 1956년 : 알제 여행.

1월 23일 : 카뮈는 휴전을 호소하나, 그의 동향인들에게서 매우 모욕적인 대접을 받는다. "알제리에서 아주 낙담하여 돌아왔습니다. 그곳에서 벌어진 일들은 오히려 그 신념을 굳게 해주는 것들이었습니다. 나에게는 개인적인 불행이었겠지만 참을 도리밖에는 없지요. 모든 것이 다 타협될 수는 없는 노릇 아닙니까."(질리베르에게 보낸 편지)

2월 :《엑스프레스》에의 기고 중단, 드 메종쇨(5월 28일)과 체포된 수많은 알제리 민족주의자들과 자유주의자들을 위한 구명 운동에 참여.

9월 20일 : 자신이 각색한 포크너의《어떤 수녀를 위한 진혼곡》상연(카트린 셀레르 출연), 성공.

부다페스트 봉기. 탄압 반대 회합에 참여.

수에즈 운하에서 불 · 영 군사 작전.

《전락》출간.

《여름》의 속편으로《축제》집필 구상.

■ 1957년 3월 :《적지와 왕국》출간.

6월 : 앙제 연극 축제. 로페 데 베가의 《올메도의 기사(騎士)》 각색, 《칼리굴라》 재상연. 케스틀러, 장 블로크 미셸과 공동으로 저술한 《사형에 관한 성찰》에 〈단두대에 대한 성찰〉을 게재.

10월 17일 : 노벨 문학상 수상. 프랑스인으로 아홉 번째이며 최연소.

■ 1958년 2월 : 《스웨덴 연설》 출간.

3월 : 새 서문(1958년 집필)을 추가한 《안과 겉》 개정판 출간.

6월 : 알제리 연대기인 《시사평론》 제3권 출간. 이 저서를 통하여 카뮈는, 알제리의 갈등과 해결책 강구를 위한 면밀한 분석의 필요성을 제창했으나, 유명 신문들은 아무런 논평도 가하지 않고 무시한다.

이해와 다음 해에도 카뮈의 건강은 쇠약.

6월 9일 : 그리스 여행.

11월 : 루르마랭에 주택 구입.

■ 1959년 1월 30일 : 도스토예프스키의 《악령》을 각색하고, 자신의 연출로 상연. 문화부장관 말로가 카뮈에게 테아트르 프랑세의 운영을 맡아달라고 제의. 그러나 카뮈는 '완전히 새로 시작'하고자 한다.

거의 1년 내내, 카뮈는 많은 일을 아주 고통스럽게 해냈다. 그러나 11월에 들어 루르마랭 집에서 자기의 집필 원동력을 다시 되찾기라도 한 듯이 힘들이지 않고 《최초의 인간》의 일부를 써내려갔다.

■ 1960년 1월 4일 : 미셸 갈리마르(갈리마르 출판사 사장의 조카—옮긴이주)의 승용차에 동승한 카뮈, 몽트로 근교 빌블르뱅에서 교통 사고로 즉사.

1942년 샹봉쉬르리뇽에서 요양하기 위해 프랑스로 옴. 연합군의 북
아프리카 상륙으로 인해 알제리로 돌아갈 수 없게 됨.

1943년 연말에 파리에 자리를 잡음. 갈리마르 출판사 편집 위원이
되고, 지하 신문《전투》지 편집에 참가.

1944년 파스칼 피아가 다른 임무를 맡아 떠난 다음 지하 신문《전투》
의 편집 책임을 맡음. 해방 후《전투》지의 편집국장이 됨.

1945년 쌍둥이 자녀 장과 카트린 출생.

1946년 북아메리카 여행.《전투》편집 일을 그만둠.〈피해자도 가해
자도 아닌〉을 발표하며 연말에《전투》에 복귀.

1947년 4월과 5월에《전투》의 경영을 맡다가 클로드 부르데에게 신
문을 넘김.

1948년 알제리 여행. 개리 데이비스를 지지.

1949년 남아메리카 여행. 병이 재발하여 돌아옴.

1950년 카브리에서, 그리고 보주 지방에서 회복기를 보냄.

1951년 《반항하는 인간》에 관한 논쟁.

1942~1951년 사이에 집필하거나 발표한 작품

1942년 《이방인》(Gallimard). 1940년 2월 탈고

《시지프 신화》(Gallimard). 1941년 2월 탈고

1943년 〈페스트 속에 유형당한 사람들Les Exilés dans la peste〉(Domaine français)

〈지성과 단두대L'Intelligence et L'Échafaud〉(*Confluences*)

〈독일인 친구에게 보내는 첫 번째 편지Première lettre à un ami allemand〉(Revue libre)

1944년 〈독일인 친구에게 보내는 두 번째 편지Deuxième lettre à un ami allemand〉(*Cahier de Libération*)

《오해》(Gallimard), 1943년 탈고

《칼리굴라》(Gallimard), 1938년에 제1고를 집필

〈샹포르에 붙이는 서문Préface à Chamfort〉(*Incidences*)

1945년 〈반항에 대한 고찰Remarque sur la révolte〉(*L'Existence*, Gallimard)

〈앙드레 살베의 《침묵의 투쟁》(Portulan)에 붙이는 서문〉

1946년 〈미노타우로스〉(*L'Arche*). 1939~1940년에 집필

〈《자유 스페인》(Calmann-Lévy)에 붙이는 서문〉

1947년 《페스트》(Gallimard)

〈르네 레노의《유고 시집》(Gallimard)에 붙이는 서문〉

〈자크 메리의《나의 민족을 보내다오》(Seuil)에 붙이는 서문〉

〈《페스트》관련 자료Les archives de la peste〉(*Cahiers de la Pléiade*)

〈명부의 프로메테우스〉(Palinugre)

1948년 《계엄령》(Gallimard)

〈헬레네의 추방〉(Permanence de la Grèce)

1950년 《정의의 사람들》(Gallimard). 1949년 집필

〈수수께끼〉

《시사평론 I》(Gallimard)

1951년 《반항하는 인간》(Gallimard)

〈앙드레 지드와의 만남Rencontre avec André Gide〉(N.N.R.F.)

옮긴이 김화영

1974년 프랑스 프로방스 대학교에서 알베르 카뮈 연구로 문학박사 학위를 받았고, 현재 고려대학교 불어불문학과 명예 교수로 있다. 《문학 상상력의 연구 -- 알베르 카뮈론》, 《행복의 충격》, 《공간에 관한 노트》, 《소설의 꽃과 뿌리》, 《바람을 담은 집》 등 다수의 저서와 80여 권의 역서를 발표했으며, 문학평론가로도 활동하고 있다.

작가수첩 II

초판 1쇄 발행 2002년 12월 15일
초판 6쇄 발행 2024년 8월 19일

지은이 알베르 카뮈
옮긴이 김화영

펴낸이 김준성
펴낸곳 책세상
등록 1975년 5월 21일 제2017-000226호
주소 서울시 마포구 동교로23길 27, 3층 (03992)
전화 02-704-1251
팩스 02-719-1258
이메일 editor@chaeksesang.com
광고·제휴 문의 creator@chaeksesang.com
홈페이지 chaeksesang.com
페이스북 /chaeksesang   **트위터** @chaeksesang
인스타그램 @chaeksesang   **네이버포스트** bkworldpub

ISBN 978-89-7013-363-8 04860
     978-89-7013-108-5 (세트)